LA LUZ DE LA ESPERANZA

ALAN HLAD

LA LUZ DE LA ESPERANZA

Traducción de Juan José Estrella

ESPASA

Obra editada en colaboración con Editorial Planeta – España

Título original: The Light Beyond the Trenches

© 2022, Alan Hlad
Publicado por primera vez por Kensington Publishing Corp.
Publicación en España de acuerdo con Sandra Bruna Agencia Literaria S. L.

© 2022, Traducción: Juan José Estrella

© 2022, Editorial Planeta S.A. - Barcelona España

Derechos reservados

© 2022, Editorial Planeta Mexicana, S.A. de C.V.
Bajo el sello editorial ESPASA M.R.
Avenida Presidente Masarik núm. 111,
Piso 2, Polanco V Sección, Miguel Hidalgo
C.P. 11560, Ciudad de México
www.planetadelibros.com.mx

Diseño de portada: Planeta Arte & Diseño / Estudio La fe ciega / Domingo
Martínez
Fotografía de portada: Fotoarte creado con imágenes de © iStock
Fotografía del autor: © Anne Martin McCoy

Primera edición impresa en España: abril de 2022
ISBN: 978-84-670-6563-3

Primera edición en formato epub en México: agosto de 2022
ISBN: 978-607-07-9061-4

Primera edición impresa en México: agosto de 2022
ISBN: 978-607-07-9054-6

Impreso en los talleres de Impregráfica Digital, S.A. de C.V.
Av. Coyoacán 100-D, Valle Norte, Benito Juárez
Ciudad De Mexico, C.P. 03103
Impreso en México – Printed in Mexico

En homenaje a los perros guía

PRIMERA PARTE

PRELUDIO

Capítulo 1

La víspera del crimen de guerra, Max Benesch se encontraba agazapado en una de las trincheras del frente occidental. El bombardeo había cesado y en el campo de batalla reinaba la calma, salvo por el repiqueteo esporádico de alguna ametralladora. Se acercó a un grupo reducido de soldados alemanes, camaradas suyos, congregados en torno a un recipiente de hierro que recordaba a una lechera oxidada. Por turnos, con unas latas, recogían la sopa de papa aguada en la que flotaba algún tendón de buey picado.

Max, un hombre alto y delgado, de ojos y pelo castaños, se metió en la boca una cucharada de aquella sopa insípida y fría. Miró a Jakob, un soldado de rostro aniñado y aspecto cansado.

—La guerra terminará pronto, y volverás a devorar *sauerbraten* y *spätzle*.

Jakob, con los ojos oscurecidos por la fatiga, sonrió y se tomó otra cucharada de sopa.

La trinchera, una zanja de tres metros de profundidad y dos de anchura, se extendía a lo largo de veinte kilómetros en la zona flamenca de Bélgica y formaba un frente semicircular. El Ejército Imperial Alemán dominaba y rodeaba parcialmente a los Aliados: las tropas francesas, británicas, canadienses y belgas. Pero el traslado de soldados al frente oriental para proseguir el combate contra los rusos había supuesto una reducción de las tropas alemanas. Los dos bandos se encontraban encallados en las trincheras. Los separaban doscientos metros de tierra de nadie, un campo árido asolado por las bombas, surcado por alambradas y lodo. Y a pesar de los bombardeos de la artillería, de los ataques

11

terrestres y la creciente cifra de muertos, el campo de batalla de Ypres seguía estando completo.

Max, un soldado judío alemán de veinticuatro años, había llegado al frente seis meses atrás. Antes de alistarse al ejército, había cursado estudios en el conservatorio de música de Leipzig. Pianista y aspirante a compositor, soñaba con poder actuar algún día en el Musikverein de Viena. Pero su ambición quedó en suspenso cuando en Europa estalló la guerra. Para él y muchos otros judíos, servir a Alemania era algo que alentaba su esperanza de que, por primera vez, su país los tratara en pie de igualdad con los alemanes no judíos. Aun así, a Max le desanimó saber que los judíos no podían ascender ilimitadamente de rango y que solo podían llegar a ser oficiales en la reserva, no en el ejército regular. Sin tener en cuenta su formación ni su rendimiento durante la instrucción, le asignaron la posición de *soldat*, soldado raso, el rango más bajo de los reclutas del ejército, y lo destinaron al frente.

Las semanas iniciales en las trincheras le resultaron prácticamente insoportables. Las condiciones eran espantosas, el lodo y las ratas lo ocupaban todo y contribuían a la expansión de la gripe, el tifus y el pie de trinchera. Los cañones de la artillería no dejaban de disparar. La tierra temblaba. La metralla silbaba en el aire. Ya había visto morir a hombres en combate, y algunos de ellos eran amigos suyos. La sensación de temor, la conciencia de que en cualquier momento podía morir o quedar mutilado, lo perseguía como una sombra. Bajo una lluvia de proyectiles, lo que determinaba quién vivía y quién moría no era el valor ni la destreza, sino la suerte.

Las semanas se habían convertido en meses, y con el tiempo Max había aprendido a aceptar que era poco lo que podía hacer para controlar su destino. «Mantén bien agachada la cabeza», se decía a sí mismo mientras se arrastraba por el suelo bajo las ráfagas de las ametralladoras. Esperaba poder resistir otros seis meses. Cuando cumpliera un año de servicio en el frente, lo recompensarían con un permiso de dos semanas, podría volver a casa y reencontrarse con su prometida, Wilhelmina. Ansiaba verla y le escribía cartas muy a menudo, pero su enraizada voluntad de supervivencia no se asentaba solo en el deseo de reencontrarse con ella: se nutría de la muerte de sus padres, Franz y Katarina.

Los padres de Max habían perdido la vida en el naufragio del *Baron Gautsch*, un buque de pasajeros que se había hundido en el mar Adriático al inicio de la contienda tras impactar contra un campo de minas tendido por la Marina austrohúngara. Entre pasajeros y tripulación, la cifra de fallecidos ascendió a ciento veintisiete, y los cadáveres de sus padres no pudieron recuperarse. Él rezaba por que no hubieran sufrido. Desconsolado, muchos días sacaba una fotografía en la que aparecía él junto a sus padres durante un concierto de piano en Leipzig y la contemplaba largo rato. La llevaba guardada en su billetera de piel de *soldat*, junto con un retrato de Wilhelmina. «¿Se sienten orgullosos de mí? —les preguntaba para sus adentros—. ¿Seré perdonado por lo que se me obliga a hacer?» Cuando cerraba la billetera, regresaba a sus deberes resuelto a vivir un día más, y otro, y otro.

Max dio un sorbo a su sopa y oyó unos pasos que se acercaban chapoteando por la trinchera embarrada.

—La Unidad de Desinfección —dijo Jakob, propinándole un codazo.

Max alzó la vista. Un *oberleutnant* con bigote se detuvo y empezó a dar instrucciones a dos soldados que lo seguían. Uno de ellos llevaba un anemómetro unido a un palo que mantenía muy levantado, mientras que el otro inspeccionaba un grupo de grandes cilindros metálicos parcialmente enterrados en el suelo de la trinchera. El oficial anotaba datos en un cuaderno. Su unidad pasaba cada cierto tiempo por aquella zona, pero la frecuencia de sus inspecciones había aumentado en los últimos días.

Max y sus camaradas dejaron de comer, y sus conversaciones intrascendentes quedaron en el aire.

Otto, un soldado corpulento de prominente mandíbula, llamó al oficial.

—¿Podemos ayudarle en algo, señor?

—*Nein* —respondió este con voz grave, adusta, sin dejar de garabatear en su cuaderno.

Otto bajó la cabeza.

Hacía unas semanas, un escuadrón especial conocido como la «Unidad de Desinfección» había instalado miles de cilindros de metal a lo largo de las trincheras. Salvo por la parte superior, quedaban totalmente enterrados en el suelo como zanahorias metálicas gigantes. Unas mangueras de goma, fijadas a las válvulas de los cilindros, corrían por encima de las trincheras. En el extremo de las mangueras había unas boquillas de plomo orientadas hacia las líneas enemigas. Aunque el manejo de aquellos cilindros era responsabilidad de la Unidad de Desinfección, Max había acudido en ayuda de uno de sus miembros al ver que tenía problemas para arrastrar un cilindro hasta uno de los huecos; pesaba casi cuarenta kilos, les llegaba a la altura de la cadera y parecía contener algún tipo de gas. Los rumores sobre aquellos cilindros habían empezado a propagarse por las trincheras, sobre todo después de que se comentara que a algunos oficiales privilegiados les habían proporcionado una especie de aparato para respirar como el que usaban los mineros. Pero a medida que pasaban los días, los soldados, que luchaban por mantenerse con vida, prestaban cada vez menos atención a aquellos tubos que parecían no servir de nada.

El oficial del bigote anotó otra lectura del anemómetro antes de alejarse por la trinchera, seguido de sus hombres.

—Se esfuerzan todo lo que pueden por mantener en secreto sus obligaciones —comentó Heinrich, un soldado muy flaco de Colonia al que le encantaba jugar a las cartas.

—Quizá los tubos contengan desinfectante contra los piojos —aventuró Jakob.

—No lo creo —intervino Max—. Las boquillas apuntan al enemigo, y además están midiendo la dirección y la velocidad del viento.

Jakob se encogió de hombros.

—Quién sabe si los franceses tienen aún más piojos que nosotros —dijo Otto, y sonrió.

Algunos hombres ahogaron unas risitas, pero la broma no pasó de ahí.

«Haya lo que haya dentro de esos tubos, no puede ser nada bueno». Max revolvió la sopa con la cuchara, deseando que regresaran las intensas lluvias primaverales y sepultaran los cilindros y todo el frente occidental bajo un río de lodo.

Jakob terminó de comer y se volteó hacia Max.

—¿Crees que los bombardeos habrán destruido la granja que visitamos durante nuestro permiso?

—No lo sé —respondió Max, sorprendido por la pregunta de su amigo.

—La próxima vez que nos den un día libre tenemos que volver, si es que sigue en pie.

—*Ja* —intervino Heinrich, agitando los dedos—. Max toca muy bien el piano.

Max sonrió.

Hacía tres semanas, a los miembros de la unidad de Max les habían concedido un permiso de veinticuatro horas. Heinrich, que había ganado varias botellas de *schnapps* jugando a las cartas en la trinchera con los de la unidad de al lado, sugirió que fueran a buscar un lugar discreto para beberse el producto de sus victorias. Se refugiaron en una granja abandonada, bombardeada en parte por la infantería aliada. La casa estaba vacía, salvo por un sofá roto y un piano de pared, que seguramente pesaba tanto que la familia no había podido llevárselo. Después de comerse una codorniz asada gracias a la puntería de Otto, los hombres le pidieron a Max que tocara el piano. Al posar las manos sobre las teclas de marfil resucitaron en él bellos recuerdos de sus padres, que siempre habían alentado su sueño de convertirse algún día en un pianista profesional. Empezó con dos de sus piezas favoritas, la sonata *Claro de luna* de Beethoven y la *Marcha turca* de Mozart. Sus amigos aplaudieron y le rogaron que tocara más. Como deseaba que sus camaradas también participasen, optó por marchas alemanas y músicas con letra, aunque no las tocaba casi nunca. Con la tripa llena y el corazón ligero, los hombres se congregaron en torno al piano. Bebían, se pasaban las botellas, deslizándolas por encima del instrumento. El aguardiente derramado hacía que sus teclas estuvieran cada vez más pringosas. Max tocaba. Los hombres cantaban. Y, por primera vez en muchos meses, sintieron alegría.

Otto se terminó la sopa y se secó los labios con la manga.

—Eres un pianista extraordinario.

—*Danke* —dijo Max, agradecido por el cumplido.

Otto le dio un codazo.

—Pero yo en tu lugar me centraría en las marchas. La gente pagaría por oírlas.

Max asintió.

Los hombres retiraron sus latas y recogieron los rifles. Otto y Heinrich se dirigieron a un refugio, una cueva de protección labrada en un costado de la trinchera, mientras Max esperaba a Jakob, que se había arrodillado y pegaba la oreja a una porción seca del suelo.

—¿Qué haces? —le preguntó.

—Comprobar si vienen tuneladores —respondió Jakob.

A Max se le cayó el alma a los pies. Le vino a la mente la imagen de una colina ocupada por alemanes saltando por los aires en una fuente explosiva de tierra, hierro y cuerpos. Ahuyentó el recuerdo y dijo:

—No tienes por qué preocuparte.

—Seguramente los mil hombres que volaron en pedazos en la cresta pensaron lo mismo —soltó Jakob con voz algo temblorosa—. Si los zapadores británicos son capaces de abrir túneles en el punto más elevado del territorio alemán y de llenar una cámara subterránea de explosivos, está claro que también pueden llegar hasta nuestras posiciones.

«Durante meses, hemos temido que la muerte nos cayera del cielo —pensó Max—. Ahora nos preocupa que la ira ascienda desde los infiernos».

Se acercó a Jakob y le ofreció la mano.

—No van a abrir túneles por debajo de nosotros.

—¿Cómo lo sabes?

—Les interesan los terrenos elevados. Nuestra posición se encuentra en una de las zonas más bajas de la línea.

—¿Estás seguro?

—Sí —mintió Max, con la esperanza de aplacar la angustia de su amigo.

Jakob se agarró a la mano de Max y se levantó. La tensión que fruncía sus cejas se suavizó un poco.

Max le dio una palmadita en el hombro.

—Ven conmigo. Voy a escribirle una carta a Wilhelmina. Tú tendrías que escribirle una a tu madre.

—De acuerdo —dijo Jakob.

Al llegar al refugio, se encontraron a Heinrich de pie junto a la puerta improvisada, hecha a partir de un pedazo viejo de lona. Varios soldados bajaron corriendo a la trinchera poniéndose los cascos.

—¿Qué ocurre? —preguntó Jakob.

Heinrich se quitó el casco y se pasó la mano por el pelo grasiento.

—Han dado órdenes a la infantería de lanzar un bombardeo de cuarenta y ocho horas.

Jakob se hundió de hombros.

—¿Cuándo?

—Esta noche —respondió Heinrich.

«El preludio de un ataque de infantería», pensó Max. Todos y cada uno de los soldados del frente sabían que los ataques por tierra seguían a los bombardeos sostenidos. En poco tiempo, unos oficiales les ordenarían a punta de pistola abandonar las trincheras y dirigirse corriendo al campo de batalla.

Ahogando sus temores, retiró la puerta de lona y le dedicó un gesto a Jakob.

—Las cartas.

Los hombres hablaron muy poco durante las siguientes horas. Echados en sus literas, descansaban, leían o escribían. A la llama parpadeante de una *hindenburglicht*, un cuenco plano lleno de una grasa parecida a la cera con una mecha corta en el centro, Max tomó papel y lápiz. A última hora de la tarde ya había terminado la carta a su prometida, y la metió en un sobre. Jakob, que parecía tener dificultades para concentrarse en cualquier cosa que no fuera la inminente batalla, hacía esfuerzos por garabatearle una nota a su madre. Con ganas de respirar algo de aire fresco antes de tener que pasarse cuarenta y ocho horas en una zanja atestada y forrada de planchas de madera, Max salió del refugio. El cielo estaba oscuro, salvo por la luna en cuarto creciente. El olor a tabaco quemado le impregnaba la nariz. Por

17

toda la trinchera, los cascos brillaban a la luz de la luna. Las brasas de los cigarros encendidos resplandecían y se apagaban como luciérnagas.

En el momento en que consultaba la hora en su reloj luminoso de pulsera, las armas de la artillería alemana dispararon. En cuestión de segundos, el estruendo de los cañones se fundió en un rugido feroz, indistinguible. Unas esferas rojas surcaban el cielo. Los cohetes franceses lanzaban balizas con paracaídas incorporados que descendían lentamente hasta la tierra. Aquellas balizas ardían durante un minuto y convertían la noche en día.

Una lluvia blanca y rojiza llenaba la atmósfera. Al poco tiempo, las armas de la artillería francesa empezaron a disparar. Por encima de Max, el aire se llenó de gritos y silbidos. La adrenalina le corría por las venas. Las explosiones que superaban las líneas alemanas hacían temblar el suelo bajo sus pies. El olor acre de la pólvora lo inundaba todo. El miedo se apoderó de él.

Entonces estalló una oleada de bombas aliadas, una tras otra, muy cerca, lo que lo obligó a pegar el cuerpo todo lo posible contra el lateral de la trinchera. Al voltearse con la intención de salir corriendo hacia el refugio, una explosión muy potente lo lanzó al suelo. Un pitido agudo atronaba en sus oídos. Cuando la niebla se retiró de su cabeza, de las inmediaciones del refugio le llegó una especie de siseo fortísimo, como de radiador de vapor reventado. Las toses y los alaridos le helaron la sangre. Un hedor a piña y a pimienta le impregnaba las fosas nasales y se las quemaba. Un destello, desde arriba, iluminó la trinchera y reveló un cilindro roto que desprendía un vaho verde amarillento.

—¡Jakob! —Max hacía esfuerzos por ponerse de pie—. ¡Heinrich! ¡Otto!

La niebla se condensaba y cubría la trinchera. Sus camaradas salían a rastras del refugio y quedaban engullidos por ese gas tan espeso.

Max avanzaba tambaleándose.

Jakob, jadeando, sin aire, cayó bocabajo, como si se hundiera en un mar verde. Heinrich y Otto se agitaban en el suelo. Les salía espuma por la boca.

Max se lanzó hacia delante para intentar ayudar a sus amigos. Aunque contenía la respiración y se cubría la nariz y la boca con el brazo, el gas le abrasaba los pulmones. Le ardían los ojos, como si se los hubieran rociado con ácido. Cerraba los párpados, pero las lágrimas brotaban de ellos. Cegado, a tientas, retrocedió. Los pulmones se le encogían y se le abrían, ávidos por expulsar el veneno y regenerar el cuerpo con oxígeno.

Incapaz de vencer al gas, trepó por la trinchera para salir de ella. Ahogándose, se agarraba frenéticamente a las piedras y la tierra. Tosía, se asfixiaba. Siguió ascendiendo en busca de aire fresco.

Segunda parte

Gavota

Capítulo 2

Oldemburgo, Alemania
17 de abril de 1916

Anna Zeller —enfermera de la Cruz Roja, rubia, de veintitrés años, con un hoyuelo en la barbilla y los ojos azules como el aciano— se metió un ovillo de vendas en el delantal y se abrió paso por la sala atestada del hospital. Gemidos, toses y carraspeos inundaban el espacio. Junto con un equipo de enfermeras y médicos, todos fatigados por tener que doblar turnos, hacía lo que podía por atender el número creciente de soldados heridos.

—Emmi —dijo Anna al pasar junto a una enfermera joven, de pelo negro y grueso que le asomaba por debajo de la cofia—. Morfina. Cama once.

Emmi asintió y se dirigió apresuradamente al gabinete de los medicamentos.

La gran sala estaba llena de hileras de camas metálicas individuales, y en cada una de ellas yacía un soldado herido. Estaban separadas medio metro para permitir que las enfermeras pudieran acceder a todos los pacientes. A pesar de mantener abierta una ventana, el aire apestaba a sudor, desinfectante y gangrena. Varias enfermeras, con sus vestidos de rayas blancas y azules, cuidaban a los hombres, que procedían todos del frente occidental. Aquellas mujeres trataban un amplio espectro de lesiones de guerra. Heridas de bala y metralla. Quemaduras. Miembros amputados. Cuerpos mutilados. Exposición a gases venenosos. Infecciones. Fracturas. Heridas craneales. Todos los días trasladaban a más heridos al hospital, donde médicos y enfermeras libraban su propia batalla: reparar los cuerpos de aquellos hombres rotos.

—Soy Anna —se presentó al llegar junto a la cama de un soldado tembloroso que llevaba la cabeza cubierta por una especie de turbante. «Posible fractura de cráneo».—. ¿Puede decirme su nombre?

El soldado entreabrió los párpados hinchados.

—Johann —susurró.

—Te vas a poner bien, Johann.

Emmi, con una jeringuilla hipodérmica en la mano, se acercó a la cama.

—Mi amiga Emmi te va a poner una inyección de morfina para aliviarte el dolor —le informó Anna—. Después te examinará un médico y yo te limpiaré y te vendaré de nuevo la herida.

Johann se quejó y se llevó las manos a las sienes.

Emmi le tocó el brazo.

Él lo retiró asustado.

—No pasa nada —dijo Anna bajando la voz—. Yo sostendré tu mano mientras Emmi te administra el medicamento. —Y, con dulzura, le agarró los dedos, le bajó los brazos hasta los costados y le hizo un gesto a Emmi.

La enfermera le inyectó la morfina.

Él apretó con fuerza las manos de Anna, clavándole las uñas, negras de la suciedad de las trincheras.

Cuando vio que empezaba a respirar más pausadamente y que se le relajaban los músculos, Anna lo soltó. Se volteó hacia Emmi.

—Sin ti no podría —le susurró.

Emmi, con las ojeras muy marcadas por el cansancio, esbozó una sonrisa fugaz y se fue a atender a otro paciente.

Anna, entonces, le quitó al soldado, con sumo cuidado, la venda de urgencia que le habían puesto en el campo de batalla, pidiendo para sus adentros que mantuviera el cráneo intacto.

Decidida a cumplir con su deber patriótico, había comenzado a trabajar en el hospital cuando estalló la guerra. Los primeros días fueron agotadores. Los gritos de los hombres que sufrían dolores espantosos la enervaban. Le temblaban las manos cuando administraba los medicamentos, y la misión de limpiar heridas infectadas le revolvía el estómago. Además, los aspectos técnicos de la enfermería no le habían resultado fáciles, y sentía que necesitaba más práctica para dominar ciertas labores, como la medición exacta de las medicinas y el manejo de las agujas. Para complicar más las cosas, en el centro escaseaba el personal a causa de la gran cantidad de médicos y enfermeras que se habían trasladado a los hospitales de campaña, y los trabajadores de Oldemburgo solían doblar turnos. Cuando no estaba trabajando en el pabellón del hospital o descansando un rato en alguno de los catres del cuarto de calderas situado en el sótano, regresaba a su casa, que compartía con su padre, Norbie, y caía rendida en su cama.

Con el paso de los meses, Anna fue acostumbrándose a la tensión de la vida hospitalaria, al tiempo que iba dominando cada vez más sus obligaciones. «Tengo que ser fuerte por ellos», se decía a sí misma cuando cambiaba el vendaje del muñón de una pierna amputada. Aunque su padre la había educado en el pacifismo y detestaba las guerras con toda su alma, Anna creía que estaba haciendo algo bueno al servir como enfermera. Sin embargo, le parecía que gran parte de su labor curando cuerpos era algo provisional, teniendo en cuenta el futuro aciago que aguardaba a aquellos hombres que habían quedado discapacitados para siempre. «¿Quién los cuidará cuando salgan del hospital? —se preguntaba a menudo—. ¿Cómo sobrevivirán por su cuenta?» Le dolía el corazón cuando pensaba en los soldados, aquellos jóvenes con el cuerpo y el alma destrozados por la guerra, y deseaba poder hacer algo más por mejorar su calidad de vida.

Tras una mañana frenética atendiendo a los pacientes, Anna se citó con Emmi para comer algo en uno de los bancos del jardín. Aunque la vegetación estaba en estado letárgico, el aire era fresco, todo un cambio respecto al ambiente cargado del interior.

—¿Cómo está el paciente de la cama once? —le preguntó Emmi.

—No hará falta operarlo —dijo Anna desenvolviendo un pedazo de pan. Lo partió en dos mitades y le ofreció una a Emmi—. Es posible que se recupere del todo.

—Son tus cuidados los que los curan —comentó su amiga.

—*Danke*—respondió Anna—. Pero todas saben que soy una de las enfermeras menos capacitadas técnicamente de toda la planta.

—Eso no importa. La medicina es mucho más que retirar metralla de las heridas. Tú les ofreces compasión y esperanza.

Anna sonrió, sopesando aquellas amables palabras. Le dio un bocado al pan y le vino a la mente el marido de Emmi, que servía como médico castrense en el frente.

—¿Cómo está Ewald?

—Recibí carta suya ayer. Tiene la moral alta, aunque sé muy bien que no me lo contaría si no fuera así.

—Seguro que está a salvo y se encuentra bien.

Emmi le dio un pellizco al pan.

—Siempre estoy preocupada por él.

—A mí me ocurre lo mismo con Bruno —dijo Anna pasándole la mano por el brazo—. Debemos confiar en que la guerra terminará y ellos regresarán a casa.

—Sí. —Emmi cerró los ojos para reprimir las lágrimas.

Anna había conocido a Bruno, oficial del ejército con una fractura de brazo, poco después de empezar a trabajar en el hospital. Fue uno de sus primeros pacientes. A pesar de que lo había escayolado muy mal con unas vendas empapadas en yeso, él le había preguntado si aceptaría seguir viéndolo cuando saliera del hospital. En un primer momento, ella declinó el ofrecimiento, pero después de que le insistiera y de que le escribiera dos cartas en forma de poema, aceptó. Bruno se quedó en una casa de huéspedes de Oldemburgo durante las tres semanas de permiso médico en lugar de regresar a Fráncfort para reunirse con su familia. Aunque eran de procedencias muy distintas —el padre de Anna era un humilde relojero, mientras que la familia de Bruno poseía una gran empresa de tintes—, a ella le fascinaba su encanto. Un día antes de volver al frente, le propuso matrimonio. Ella aceptó, y decidieron casarse cuando acabara la guerra, algo que ambos creían que sucedería en cuestión de meses. Pero los meses se habían convertido en un año y, dos después del inicio de la contienda, el fin del conflicto no parecía estar cerca.

Cuando Anna y Emmi estaban a punto de terminar la comida, un médico de pelo entrecano, bien cuidado, con lentes, salió al jardín. En una mano sostenía la correa de la que llevaba atado a un pastor alemán. Con el brazo libre guiaba a un soldado que había quedado ciego en el campo de batalla y que avanzaba arrastrando los pies, con los ojos clavados frente a él.

—Qué amable es el doctor Stalling trayendo a su perra al hospital —comentó Anna—. Anima mucho a los pacientes.

—Sí —coincidió Emmi—. No sé cuántos perros tiene en su casa.

—¿Por qué lo dices?

—Es el director de la Asociación de Perros Sanitarios de la Cruz Roja alemana.

—¡Quién lo diría! —exclamó Anna algo avergonzada por ignorar ese aspecto de la labor del doctor Stalling.

—Ewald me escribe a veces sobre esos perros sanitarios que ayudan a los médicos a localizar y rescatar a soldados heridos en el campo de batalla.

—Pues deben de ser muy valientes.

—Y listos.

—Yo siempre he querido tener un perro —comentó Anna sin apartar la vista del pastor alemán de Stalling, que agitaba la cola.

Emmi le dio un codazo.

—Quizá Bruno y tú podrían tener uno cuando termine la guerra.

—Me encantaría.

Emmi se puso de pie y se sacudió un poco el delantal para quitarle las migas.

—Debo volver al trabajo.

—Yo voy enseguida —dijo Anna.

Emmi asintió y entró en el edificio.

Anna se alejó del banco y se quedó un rato de pie observando al trío que recorría el jardín. Admiraba la delicadeza con la que el doctor Stalling paseaba a su paciente, y la obediencia de la perra que caminaba a su lado. Pero sobre todo le dolía ver al soldado ciego, que no tardaría en tener que enfrentarse a enormes cambios al salir del hospital.

En ese momento, una enfermera abrió bruscamente la puerta que daba al jardín.

—¡Doctor Stalling! —lo llamó—. ¡Lo necesitamos en la habitación veintiocho!

El médico agitó la mano. Mientras llevaba al paciente y la perra hasta el edificio, se fijó en Anna.

—Fräulein Zeller...

Anna puso la espalda más recta.

—Sí, doctor Stalling.

—¿Podría relevarme?

—Por supuesto, señor —dijo ella acercándose a toda prisa.

Stalling le entregó la correa.

Ella miró a la perra. Era negra, salvo por unas pinceladas doradas en las orejas y el cuello, como si estuviera salpicada de caramelo. Se le aceleró el pulso. Se acercó más, fingiendo lo mejor que podía que sabía cómo tratar a un perro.

—No tiene por qué preocuparse, Fräulein Zeller. No la va a morder. —Stalling le dio una palmadita en el hombro a su paciente—. Y Horst tampoco.

El soldado sonrió un poco.

Anna relajó los hombros.

Stalling se despidió y entró en el edificio.

—Encantada de conocerte, Horst —dijo ella—. Soy Anna.

—*Hallo* —la saludó él. Tenía los ojos oscuros e inmóviles. Unas cicatrices profundas le surcaban la frente y las mejillas.

—¿Te gustaría seguir caminando?

—Sí —respondió él, y le ofreció el codo.

Anna lo agarró por el brazo y miró a la perra.

—¿Tiene nombre?

—No lo sé —dijo—. El doctor Stalling no ha tenido la oportunidad de presentarnos aún. Me ha visto en el pasillo y me ha sugerido que fuéramos a dar un paseo.

La perra irguió mucho las orejas, como si estuviera escuchando la conversación.

Anna tiró un poco de la correa.

—De acuerdo, chica. Ven con nosotros.

Pasearon por el jardín. El animal, al que no hacía falta dar órdenes, se mantenía pegado a Anna, que, cada vez más segura, caminaba más deprisa y llevaba a Horst por un sendero estrecho bordeado de plantas de hoja perenne.

—Qué bien huelen estas plantas —comentó él aspirando hondo y levantando la nariz.

—Son enebros. —Ella lo miró—. ¿Cómo perdiste la vista?

—Por impacto de metralla.

—Lo siento —dijo—. ¿Está planeada alguna intervención quirúrgica?

—No se puede hacer nada.

Anna tragó saliva.

—¿Cuándo vas a volver a casa con tu familia?

—Solo tengo un hermano, y está en el frente.

A Anna se le cayó el alma a los pies. No quería ni pensar que su cuidado fuera a recaer en el gobierno. Para este, la vista se consideraba el sentido más importante, y establecía que las personas ciegas sufrían una discapacidad del cien por ciento. Le daba miedo que, junto con el de incontables lisiados, su caso se perdiera en el sistema burocrático alemán. Ocultó sus temores y, juntos, dieron otra vuelta al jardín.

Se detuvo junto a un jardín con flores, y la perra le acercó el hocico a la pierna. Ella se arrodilló y le acarició la cabeza, cuyo pelo le hizo cosquillas en la palma. Su temor inicial había desaparecido.

—Vamos a cambiarnos de sitio —propuso.

Agarró la mano de Horst y la colocó sobre el lomo de la perra. Él pasó los dedos por el pelaje.

—Toma —le dijo, entregándole la correa.

Horst vaciló y se mordió el labio inferior.

—No pasa nada —insistió Anna—. Yo iré detrás, muy cerca.

—De acuerdo.

Horst le dio una palmadita al animal y se pusieron en marcha. La perra lo seguía, manteniéndose muy pegada a su lado.

Recorrieron el jardín. Al principio, Horst se movía con cautela, como si temiera salirse del camino y tropezar con los arbustos. En un primer momento, Anna le mantenía la mano en el hombro para guiarlo en los giros. Pero al ver que la perra le daba golpecitos con el hocico en la pierna para que no se desviara de la senda, fue dejando de asistirlo. Al cabo de unos minutos, se sentó en un banco mientras Horst y el animal exploraban el jardín.

La puerta se abrió y el doctor Stalling salió de nuevo. Abrió mucho los ojos.

Anna se puso de pie de inmediato.

—Lo siento...

Stalling se llevó el índice a los labios.

Ella ladeó la cabeza.

El médico permaneció un rato observando, fijándose en cómo su perra ayudaba a Horst.

—¿Cuánto tiempo llevan caminando juntos? —preguntó en voz muy baja.

Anna se acercó más a él.

—Varios minutos.

—¿Hasta dónde han llegado?

—Han dado un par de vueltas al jardín. —Tragó saliva—. Lo siento. Ha sido irresponsable por mi parte no acompañarlos.

—En absoluto, Fräulein Zeller.

La perra se detuvo cerca de un árbol y le lamió la mano a Horst.

Este se rio y le acarició la cabeza.

La curiosidad se apoderaba de Anna, que miraba a Stalling.

—¿Cómo le ha enseñado a su perra a guiar a la gente?

—No lo he hecho.

Anna abrió mucho los ojos.

—Es muy inteligente.

El doctor asintió.

La mente de Anna se llenó de soldados invidentes, sentados solos en bancos de hospital. Le invadió una oleada de tristeza.

—Ojalá todos los veteranos de guerra ciegos pudieran contar con perros como el suyo.

—Sí, ojalá. —Stalling levantó la barbilla y sonrió de oreja a oreja, como si acabara de ocurrírsele una idea—. Quizá podríamos proporcionarle un compañero a cada uno de ellos.

—¿Qué quiere decir? —preguntó ella.

—Ya adiestramos a perros pastores para que sean centinelas, rastreadores, mensajeros y asistentes sanitarios —dijo el doctor—. No veo por qué no podemos adiestrar a un gran número de perros para que se conviertan en guías de veteranos ciegos.

La mente de Anna iba a toda velocidad.

—De ese modo los soldados podrían regresar a sus casas y no se verían obligados a confinarse en los hospitales. Y tendrían la oportunidad de recuperar una vida independiente.

—Exactamente. —Stalling volvió a sonreír—. ¿Qué le parecería que existiera una escuela de perros guía en Oldemburgo?

—No se me ocurre nada mejor, señor.

—Me alegra que piense así. —Stalling contempló a su perra, que ayudaba a Horst a tomar una curva en el sendero del jardín—. El nuevo armamento está causando algunas de las heridas más espantosas que hemos visto nunca, y cada vez regresa del frente un número mayor de hombres cegados en el campo de batalla. No podemos permitir que esos hombres, que han sacrificado su vista en defensa de nuestro país, se conviertan en mendigos, en personas marginales, en objeto de la caridad de los demás. Quiero brindarles la oportunidad de rehacer sus vidas, y creo que los perros guía pueden ayudarlos en su movilidad. Así dejarán de depender totalmente de familiares y amigos, recuperarán su independencia y su capacidad para trabajar. Y lo más importante: un perro guía puede proporcionar a los veteranos de guerra un gran apoyo emocional y ayudarlos a recobrar la confianza en sí mismos.

—Se trata de un proyecto admirable, señor —comentó Anna.

—Lo es. —Stalling la miró—. Va a ser todo un reto obtener ayuda económica y gubernamental, pero encontraré la manera de abrir una escuela de perros guía. Empezaremos con pequeñas clases para perfeccionar nuestras técnicas de adiestramiento, pero no tardaremos en ampliar hasta adiestrar a centenares de perros pastores con sus veteranos. Abriremos sucursales por toda Alemania. Y algún día las prácticas que desarrollemos beneficiarán a miles de personas ciegas de todo el mundo.

Anna, entusiasmada con la idea de Stalling, entrelazó las manos.

—Eso sería maravilloso, señor.

Stalling asintió.

Juntos observaron a Horst y a la perra mientras cruzaban lentamente el jardín.

«Estoy presenciando un acontecimiento muy importante», pensó. Y se le llenó el pecho de esperanza, y anheló poder formar parte de algo que la trascendiera.

Capítulo 3

Oldemburgo, Alemania
17 de abril de 1916

Anna, impaciente por compartir con su padre las novedades del día, abandonó el hospital al concluir su turno. A lo lejos, la iglesia de San Lamberto, con sus agujas neogóticas elevándose sobre los tejados rojos de la ciudad, se recortaba contra el cielo de color magenta. Se dirigió directamente a casa, sin respetar los pasos de peatones, tomando atajos por callejones y bocacalles. Esquivó carros tirados por caballos y bicicletas, así como un automóvil de ruedas muy finas que transportaba a un oficial de alto rango. Al cabo de diez minutos llegó a casa, una construcción estrecha de tres plantas que se alzaba en una calle adoquinada. Sobre la puerta, en letras grabadas en un letrero se leía: UHRMACHER («relojero»).

—¡Padre! —gritó Anna al entrar. Tomó una bocanada de aire, intentando recobrar el aliento. La nariz se le impregnó al instante de un olor que era mezcla de madera antigua, barniz y aceite de relojes. Un tictac rítmico le inundó los oídos.

—Ahora mismo voy —respondió una voz desde un trastero.

La planta baja de la casa de Anna hacía las veces de taller de su padre. Las paredes, los bancos de trabajo y las vitrinas cubiertas de polvo contenían numerosos relojes, algunos en funcionamiento y otros en distintas fases de reparación. Relojes de pared. De péndulo. De pulsera. De chimenea. De cucú. De mesa. Despertadores. Cronómetros. Tras el estallido de la guerra, la mayoría de los habitantes de Oldemburgo dejaron de reparar sus relojes, y la venta de piezas restauradas disminuyó hasta casi desaparecer. Norbie Zeller, que en otra época se ocupaba de velar por la salud de los relojes más preciados de la ciudad, incluidos los de las torres del ayuntamiento y la iglesia de San Lamberto, debía esforzarse mucho para ganarse la vida.

Norbie, de cincuenta y nueve años, con el pelo entrecano, barba y bigote, entró en el taller. Se subió un poco los lentes de armazón de alambre, que en ese momento parecían suspendidos en la punta de la protuberante nariz.

—*Hallo*, Anna.

Ella le dio un abrazo.

—¿Va todo bien? —le preguntó él estrechándola en sus brazos.

—Sí —respondió Anna, y lo soltó—. Hoy ha ocurrido una cosa buena en el trabajo. Y he venido corriendo a contártelo.

—Pues cierro la tienda y preparo café.

Anna echó un vistazo a aquella pared llena de relojes, con sus péndulos oscilando desincronizados.

—Pero si todavía te falta una hora para cerrar.

—Prefiero oír cómo le ha ido en el día a mi hija. —Pasó el cerrojo y colgó el cartel de CERRADO en la ventana.

Anna sonrió. Le vino a la mente un recuerdo de infancia, cuando Norbie se libraba de los clientes para poder escucharla mientras ensayaba su papel de la obra de teatro escolar. «Me encanta que siempre dejes lo que estás haciendo para dedicarme tiempo». Agradecida por contar con la atención inquebrantable de su padre, lo siguió a la primera planta, dejando atrás el tintineo de los relojes del taller.

Unos minutos después, se encontraban en la mesa de la cocina. Norbie sirvió el café en unas tazas de porcelana pintadas a mano con rosas blancas y guirnaldas verdes, que eran las que normalmente usaban los días de fiesta.

—Ojalá tuviéramos nata, o leche —comentó al alargarle la taza a su hija.

—*Danke* —dijo ella—. Pero deberíamos ahorrar café. El racionamiento está empeorando. Es poco probable que consigamos más.

Norbie sopló un poco el café para que se enfriara.

—No es muy habitual que en un hospital militar surjan buenas noticias. Veo esperanza y emoción en tus ojos, y tengo ganas de celebrarlo.

Anna sonrió y le dio un sorbo al café. Su sabor amargo, un poco ácido, activaba su mente, y empezó a evocar imágenes de la tarde en los jardines del hospital. Durante varios minutos, fue contándole a Norbie la historia del soldado que se había quedado ciego en el campo de batalla que paseaba por el jardín guiado por el pastor alemán del doctor Stalling.

—Ha sido muy bonito —expresó Anna, pasando un dedo por el borde de la taza—. El hombre seguía a la perra, que lo guiaba por el sendero. Ah, si hubieras visto la felicidad dibujada en el rostro de ese soldado...

—Increíble —dijo Norbie—. No sabía que adiestraban a los pastores alemanes para ser acompañantes de los ciegos.

—No, no lo hacen. Pero hasta ahora sí los han entrenado para llevar a cabo numerosas tareas en el ejército. El doctor Stalling es uno de los directores de la Asociación de Perros Sanitarios. Cree que podría entrenarse a un gran número de perros para los ciegos, y de hecho piensa pedir financiación al gobierno para crear una escuela de perros guía en Oldemburgo.

—¿Dónde?

—No lo sé, pero Stalling ha comentado que pretende conseguir el apoyo del gran duque de Oldemburgo para adquirir unos terrenos en los que instalarla.

—¡Qué buena noticia! —Norbie dio otro sorbo al café—. Stalling debe de ser un médico bastante influyente.

Anna asintió.

—Hemos admitido en el hospital a muchos soldados que han perdido la vista en combate, y todos los días nos llegan más desde el frente. Como el personal médico está volcado en el cuidado de los heridos críticos, los ciegos muchas veces se quedan sin acompañamiento, sentados en los bancos, o caminando a tientas por los pasillos del hospital, pasando las manos por las paredes para orientarse.

—Por Dios... —dijo Norbie.

A Anna se le encogió el estómago.

—Algunos de los ciegos no tienen familia que cuide de ellos, y pocas posibilidades de vivir fuera de alguna institución pública. Los perros guía podrían darles esperanza e independencia.

Norbie se apoyó en la mesa y la miró a los ojos.

—Estoy orgulloso de ti.

A Anna se le llenó el pecho de gratitud.

—Pero si yo no he hecho nada. Es solo que estaba en el jardín y he sido testigo de lo que ha ocurrido.

—Tú trabajas para salvar vidas, todos los días —insistió Norbie—. Y algo especial habrás hecho, porque de otro modo el doctor Stalling no habría confiado en ti.

—Gracias —dijo Anna, y regresó a su mente la imagen de la perra del doctor lamiéndole la mano al soldado—. Si finalmente abre la escuela, me encantaría tener la oportunidad de ver cómo los adiestran.

—¿Por qué no te ofreces voluntaria para ayudar? —propuso su padre.

Anna enderezó la espalda.

—Lo más probable es que los entrenamientos los lleven a cabo miembros de la Asociación de Perros Sanitarios. Además, yo no tengo ni idea de cómo trabajar con perros, y apenas dispongo de tiempo libre cuando salgo del hospital.

—Pues a mí me parece que se te daría bien —prosiguió Norbie mesándose la barba—. Yo siempre he querido que tengas un perro.

—¿En serio?

—Sí.

—¿Y por qué no lo tenemos?

Norbie rodeó la taza con los dedos.

—Tu madre y yo pensamos en tener un perro cuando tú eras pequeña, pero las cosas cambiaron cuando enfermó.

Anna paseó la mirada por el salón, donde el piano de su madre llevaba en silencio muchos años. Una tristeza sorda, atemporal, le inundó el pecho.

Helga, su madre, había muerto de cáncer cuando ella tenía cinco años. Helga fue una madre y una esposa cariñosa, y una mujer discreta, con talento artístico, a la que le encantaba cantar y tocar el piano a pesar de no haber recibido formación musical seria. Aunque Anna era pequeña cuando su madre falleció, mantenía vivo su recuerdo gracias a las historias que

Norbie contaba de su amada esposa, en las que a menudo introducía variaciones para entretener a su hija. Solía hablar de su voz angelical, que levantaba el ánimo de los parroquianos cuando cantaba solos en el coro de la orquesta; del día en que ayudó a Norbie a recortarse la barba y, sin querer, le afeitó la mitad del bigote; de la mañana en que dio a luz a Anna, haciendo de Norbie y Helga (según él) la pareja más feliz de Alemania.

Descontando aquellas anécdotas que relataba su padre, el recuerdo más bonito que Anna tenía de Helga era el de sentarse en su regazo mientras tocaba el piano. A pesar de los años transcurridos, todavía veía los dedos ágiles de su madre recorriendo las teclas. Y casi le parecía sentir el calor de sus besos, que le acariciaban el pelo.

—Cuando murió Helga, quedé destrozado —continuó Norbie—. Me superaba la idea de tener que ser a la vez padre y madre, y trataba de ganar el dinero suficiente con el que comer y mantener un techo. Pero si ahora pudiera hacer las cosas de otra manera, te habría traído un perro.

—Has sido un padre maravilloso —dijo Anna—. Yo no cambiaría nada.

Él le dio una palmadita en la mano y se terminó el café.

—Quizá no sea tarde para tener un perro.

«Sería difícil alimentar bien a una mascota en pleno racionamiento». Como no quería aguarle la fiesta a Norbie, Anna sonrió y asintió.

—Tengo una cosa para ti. —Su padre se levantó, y las patas de la silla arañaron el suelo de madera desgastada. Tomó un sobre de la encimera—. Te ha llegado una carta de Bruno.

A Anna le dio un vuelco el corazón.

Su padre le entregó la carta, la besó en la cabeza y se dirigió a la escalera.

—No hace falta que te vayas.

—No tengo por qué inmiscuirme en la intimidad de mi hija. Si quieres, luego me cuentas qué te dice.

Norbie se limpió los lentes con un pañuelo que se sacó del bolsillo del pantalón y regresó al taller.

37

Anna, impaciente por leer la misiva, sacó un cuchillo del cajón y rasgó el sobre. Notó que mientras desdoblaba el papel se le aceleraba el pulso.

Querida Anna:

Me ha alegrado mucho recibir tu carta. Sigo en la tierra de los vivos y te mando mis más sinceras disculpas por no haberte escrito estos últimos días. Espero que no te hayas preocupado por la demora.

Casi nunca permanezco en un mismo sitio, querida mía. Nuestra unidad se trasladará pronto a una nueva ubicación, que actuará como base de apoyo a los hombres del frente. Quiero que sepas que hago todo lo que está en mi mano para contribuir a que esta guerra termine.

¿Todavía llevas el diamante que te regalé?

Anna se miró el dedo desnudo. El anillo de compromiso lo tenía guardado en un joyero de madera, en su dormitorio. El hospital prohibía el uso de joyas a sus trabajadoras, pues las tareas de enfermería exigían operar en condiciones de máxima esterilidad. A pesar de tener un buen motivo para no llevarlo, sintió una punzada de culpa en el estómago.

Te echo de menos, querida. Las palabras no sirven para describir la soledad que me atenaza. Pensar en ti alivia mi tormento. Por las noches, contemplo tu retrato y veo a la mujer que me curó los huesos y capturó mis afectos. Ansío que llegue el día en que termine la guerra y podamos iniciar nuestro viaje juntos.

Afectuosamente,

Bruno

P. D.: Por favor, has de saber que estoy bien y que te llevo en mis pensamientos.

—Te echo de menos —susurró Anna.

Se secó las lágrimas y guardó la carta en el sobre. Le dolía el corazón al pensar en Bruno, en los soldados mutilados del hospital y en los innumerables hombres que morirían antes de que la contienda llegara a su fin. «¿Cuánto tiempo más debemos esperar para que acabe la guerra?»

En un intento de ahuyentar la presión que sentía en el pecho, Anna tomó lápiz y papel y empezó a escribir.

Capítulo 4

Bruno Walher, un *oberleutnant* alemán de veintiséis años, bigotudo y musculoso como un practicante de lucha grecorromana, se encontraba acuclillado en un refugio angosto, reforzado con sacos de arena y estacas de madera mal cortadas. La tierra aún temblaba con las explosiones esporádicas de las bombas, y seguía lloviendo tierra sobre sus cabezas. Ya eran más de las doce de la noche en el frente occidental, cerca de la localidad de Hulluch. Tras dos días de terribles combates, los ataques a las trincheras se habían detenido. Pero antes de la salida del sol se iniciaría otra ofensiva alemana letal, una ofensiva en la que Bruno pondría a prueba toda su pericia.

En el refugio, se acercó a un soldado que estaba sentado a una mesa confeccionada con pedazos de madera de un carro destruido.

—¿Cuándo ha realizado la última medición del viento?

—Hace una hora, señor —respondió el soldado, que mantenía un cigarro encendido en la comisura de los labios.

Bruno sacó la cabeza del refugio y echó un vistazo al cielo, iluminado por la luna. Las nubes avanzaban lentamente hacia las líneas inglesas, pero el desasosiego seguía instalado en sus entrañas.

—Vuelva a medirlo.

—Sí, señor.

El soldado dio otra fumada al cigarro antes de apagarlo en un cenicero improvisado, que en realidad era el casquillo de latón de un proyectil. Recogió la veleta y el anemómetro, que se usaban para calcular la velocidad y la dirección del viento, y abandonó el refugio.

Una vez solo, Bruno se sentó a la mesa. Al resplandor tenue de la lámpara, extrajo del bolsillo la carta de Anna que acababa de recibir.

Mi querido Bruno:

Me ha alegrado inmensamente recibir tu carta. Qué alivio saber que estás bien. Rezo todos los días por que sigas a salvo y por el fin de la guerra.

Mantengo la alianza que me regalaste a buen recaudo, junto a mi cama. A las enfermeras no se nos permite llevar anillos, ya que debemos mantenerlo todo esterilizado en el hospital. Espero que puedas entenderlo. Cuando la contienda termine y ya no haya soldados heridos que requieran mis cuidados, te prometo que me la pondré y ya no me la quitaré nunca más.

Bruno sonrió y se acarició la barba incipiente.

He sido testigo de un hecho extraordinario en el hospital. Mientras hacía una pausa en el jardín, un médico, que acompañaba a un soldado que perdió la vista en combate, ha tenido que ausentarse y ha dejado allí a su pastor alemán. Sin que nadie le dijera nada, la perra ha guiado al paciente por un camino lleno de giros. Ha sido algo milagroso. Me habría encantado que hubieras estado conmigo para verlo. Al regresar, el doctor se ha mostrado tan impresionado con el comportamiento de su perra que ha prometido abrir una escuela de perros guía para veteranos de guerra ciegos.

En la mente de Bruno se formó la imagen de unos soldados invidentes. Había visto a muchos —víctimas del gas, de la metralla, de las esquirlas— avanzando en fila india, con los ojos vendados y las manos en los hombros de otros soldados ciegos que los precedían.

¿Tú has tenido perro alguna vez? Yo no, pero Norbie cree que nunca es tarde para tener una mascota. Quizá, cuando vuelvas, podríamos adoptar un perro.

«Eres un alma bondadosa —pensó Bruno—. Esa es una de tus muchas y adorables cualidades».

Te echo de menos, querido mío. Por favor, cuídate y escríbeme más cuando llegues a tu nuevo destino.
Tu prometida,

Anna

P. D.: Aún me queda mucho por saber de tu familia. Esta guerra no termina, y a menudo me pregunto cuándo podré conocer a tus padres. ¿Tú crees que les caeré bien?

«Te van a adorar». Una mezcla de tristeza y anhelo le recorrió las venas. «Sin embargo, soy yo el que va a tener que luchar por ganarme su afecto».

Bruno había esperado que la guerra terminara poco después de su compromiso, y que ahora ya estuvieran casados y viviendo en Fráncfort. Pero el conflicto se había intensificado y, a pesar de la enorme cifra de bajas, el frente se encontraba en un punto muerto. A Bruno le parecía que podían pasar años antes de poder reencontrarse con Anna. Los soldados alemanes debían servir un año entero en el frente para tener derecho a un permiso de dos semanas, y todavía le faltaban muchos meses para volver a verla. La única posibilidad de precipitar el final de la contienda, en su opinión, era superar a las fuerzas aliadas con tecnología militar.

Los padres de Bruno, Stefan y Eva, vivían en Fráncfort, relativamente cerca de Julius, el medio hermano de Bruno, que era mucho mayor que él. La primera esposa de Stefan había muerto en circunstancias trágicas, ahogada al romperse la fina capa de hielo de un estanque congelado mientras patinaba en la finca familiar. Menos de seis meses después del funeral, Stefan se casó con Eva, que había sido su amante. Era veintitrés años menor que él y, según se rumoreaba en los círculos sociales de Fráncfort, había llamado su atención cuando actuaba como bailarina en un local. Un año después de casarse, Eva dio a luz a Bruno.

De pequeño, lo que más quería Bruno era ganarse el cariño de sus padres. Pero Eva tenía muy poca experiencia y ningún deseo de cuidar a un niño. Dedicaba gran parte de su tiempo a los eventos sociales, a los viajes para comprar joyas y ropa, y a las frecuentes escapadas al chalé familiar de Suiza. Casi todos los cuidados los había recibido de niñeras. Las comidas. La disciplina. Los cuentos infantiles a la hora de acostarse. Las visitas al parque. La ayuda con las tareas escolares. El vendaje de una rodilla rasguñada. Incluso el consuelo era un trabajo que se delegaba en los empleados. Para Bruno, Eva era más una tía lejana que una madre atenta.

Mientras Eva estaba ocupada gastando su fortuna recién adquirida, Stefan se dedicaba en cuerpo y alma a su exitoso negocio, Wahler Farbwerke, una gran fábrica de tintes que llevaba en sociedad con su hijo Julius, mucho mayor que Bruno, tanto que podría haber sido su padre. Esforzándose por encajar en ese mundo tan masculino, Bruno estudió ciencias en sus años escolares, a pesar de que habría preferido cursar arte y literatura. Con el tiempo, se licenció en Química en la Ludwig-Maximilians-Universität de Múnich. Su padre, complacido, le ofreció entrar de aprendiz en el negocio familiar. Transcurridos apenas unos meses estalló la guerra, y Wahler Farbwerke consiguió enseguida lucrativos contratos de suministros con el ejército.

—A tu hermano y a mí nos gustaría que conocieras a un amigo —le informó un día su padre mientras hacía rodar un puro entre los dedos—. Se llama Fritz Haber y es director del Departamento de Química del Ministerio de la Guerra. Está reclutando a químicos que quieran alistarse en una unidad especial, y le he dicho que me pondría en contacto contigo.

Más que dispuesto a complacer a su padre, así como a servir a su patria, Bruno se alistó en el ejército, mientras que Julius, que ya era demasiado mayor para entrar en combate, se quedaba en casa y ayudaba a llevar el negocio familiar. Joven e ingenuo, Bruno creía que la guerra se saldaría con una rápida victoria del Imperio alemán, y que él sería recibido en su casa como un héroe. Lo más importante de todo era que la contienda había hecho posible que, a ojos de su padre, estuviera en pie de igualdad con Julius. No en vano iba a tener el honor de convertirse en protegido de Fritz Haber, un brillante químico que había inventado un proceso artificial de fijación del nitrógeno que proporcionaría a Alemania una fuente de amoniaco para la fabricación de explosivos. Dio por sentado que trabajaría para conseguir bombas más potentes o proyectiles de artillería más precisos, pero cuando le asignaron un puesto de aprendizaje junto a Haber, un señor calvo, con lentes y un tono de voz monótono, Bruno descubrió con asombro que iba a dedicarse a un proyecto mucho más dañino de lo que habría podido imaginar: la guerra química.

Por temor al castigo de un tribunal militar, por miedo a acabar en primera línea de fuego, acató las órdenes. Tras un difícil periodo de aprendizaje bajo la supervisión de Haber, a Bruno lo destinaron al Regimiento 36 de Pioneros, una de las dos unidades de gases a las órdenes del coronel Petersen. Por motivos de seguridad, a la suya se le denominaba Unidad de Desinfección.

Bruno dobló la carta de Anna y la guardó en el bolsillo de la chamarra. «¿Cómo le cuenta uno a su prometida los horrores de la guerra? Si supiera lo que me piden hacer, ¿cambiarían sus sentimientos hacia mí?» Tomó varios tragos de agua de una cantimplora, en un intento de aplacar los nervios.

—¡Señor! —gritó el soldado, entrando a la carrera en el refugio.

Bruno dejó la cantimplora y lo miró.

—El viento ha perdido fuerza —dijo entre jadeos.

—¿Cuánta? —preguntó Bruno.

—Cinco nudos.

A Bruno se le erizó el vello de la nuca.

—¿Ha tomado mediciones en múltiples ubicaciones a lo largo del flanco?

—Así es —respondió el soldado—. Tal como usted me ha enseñado.

Consultó la hora. La 1:17. Una decisión cobraba forma en su mente y le quemaba el pecho. Su mentor, Fritz Haber, se había ausentado, y el coronel Petersen se encontraba en el campo con su otro regimiento. Se planteó la posibilidad consultar a su superior inmediato en la cadena de mando, pero eso llevaba tiempo, y tiempo era precisamente lo que les faltaba. Garabateó un mensaje en un pedazo de papel y se lo entregó al soldado.

—Busque a un mensajero y que se lo entregue al coronel Petersen —le ordenó Bruno.

—Sí, señor.

—Y después mida otra vez la velocidad del viento y que un mensajero lleve los resultados al búnker del general Von Stetten. Yo me desplazaré hasta allí para recibirlos.

El soldado asintió y abandonó el refugio.

Bruno avanzó corriendo por la trinchera. Sus botas de piel se hundían en el lodo. Algunos soldados, a punto de entrar en combate, escribían cartas a sus seres queridos o se sacaban objetos de valor de los bolsillos. Decidido a encontrarse con el general antes de que comenzara el ataque, bajó la cabeza y se obligó a sí mismo a correr más.

Veinte minutos después, tras recorrer otra trinchera contigua que se alejaba del campo de batalla, llegó al búnker del general Von Stetten. Aspiró hondo, intentando enfriar el fuego que ardía en sus pulmones. Se acercó a la entrada, donde lo recibió un *hauptmann* que fumaba un cigarro.

—*Oberleutnant* Wahler, Regimiento 36 de Pioneros, señor —le informó Bruno en posición de saludo—. Le traigo información urgente al general.

—¿Qué clase de información? —El *hauptmann* dio una fumada y soltó el humo por la nariz.

—Un cambio de viento desfavorable, señor.

Su interlocutor frunció el ceño y le dio un golpecito al cigarro para deshacerse de la ceniza.

—Sígame.

En el interior del búnker, el general Von Stetten y varios oficiales se habían congregado alrededor de una mesa en la que había un mapa desplegado.

—General —habló el *hauptmann*—. Este oficial del Regimiento de Pioneros trae información sobre el viento y asegura que es urgente.

El general Von Stetten, un hombre de cincuenta y tantos años, de bigote poblado y bien recortado, parecido a una crin de caballo, se acercó a ellos.

—Señor, el viento se nos ha vuelto desfavorable —explicó Bruno—. Ha perdido cinco nudos de velocidad.

—¿Y qué opina de ello su superior? —preguntó el general.

—Acabo de enviar a un mensajero para que informe al coronel Petersen, pero me ha parecido que usted desearía conocer de inmediato la situación.

El general se atusó el bigote.

—Recomiendo que se retrase el ataque —concluyó Bruno.

Los demás oficiales, que estaban examinando el mapa, alzaron la cabeza y rodearon al general.

Bruno tragó saliva.

—El viento está dando muestras de aflojar, y podría incluso cambiar de dirección.

—¿Pero sigue soplando en dirección al enemigo? —quiso saber el general.

—Por el momento, sí.

Algunos oficiales negaron con la cabeza.

—General —intervino el *hauptmann*—, siempre y cuando haya algo de brisa hacia las líneas británicas, no veo motivo para suspender nuestros planes.

El general clavó la mirada en Bruno.

—Seguimos adelante con el ataque.

—Señor —insistió Bruno—. He ordenado que se realice otra medición del viento y que la envíen aquí. ¿Me autoriza a quedarme para interpretar el mensaje cuando llegue?

—Muy bien.

El general se volteó y reanudó la inspección del mapa.

Bruno permaneció cerca de la entrada del búnker y aguardó la llegada de la última medición, que esperaba que aportara pruebas inequívocas que llevaran a la cancelación del ataque. «Si mi mensaje no llega a tiempo al coronel Petersen, debo encontrar la manera de convencer al general de que suspenda la ofensiva».

Minutos después apareció un mensajero. Jadeando, se sacó un pedazo de papel del bolsillo y se lo entregó a Bruno.

Viento a cinco nudos que viaja en dirección a las líneas enemigas.

Las esperanzas de Bruno se desvanecieron.

El general alzó la vista.

—¿Algún cambio?

—No —admitió Bruno—. Pero sigo preocupado por...

—Prepare a sus hombres para el ataque —le ordenó el general.

—Sí, señor. —El temor le quemaba las entrañas como un carbón encendido—. Señor, como medida de precaución recomiendo que ordene a la infantería el uso de respiradores.

El general arrugó la frente.

—Eso es todo, *oberleutnant*.

Bruno saludó y se retiró.

A las 3:45, Bruno se encontraba en su puesto, en la trinchera, donde su regimiento había instalado siete mil cuatrocientos cilindros de gas a lo largo de un frente de tres kilómetros. Pidió a sus hombres llevar máscaras antigás, y deseó contar con autoridad para ordenar a los miles de soldados de infantería que hicieran lo mismo. Las órdenes de prepararse para el ataque fueron transmitiéndose por todo el frente, y los hombres del Regimiento 36 de Pioneros se pusieron de pie, listos para abrir las válvulas de los cilindros, que contenían una mezcla potente y letal de cloro y gas fosgeno. Los soldados de infantería acoplaban las bayonetas a sus rifles y se congregaban junto a las escaleras de mano.

«La muerte es muerte, independientemente de cómo se inflija». La voz monocorde de Fritz Haber resonaba en la cabeza de Bruno. Se le revolvieron las tripas y tuvo ganas de vomitar.

La infantería alemana lanzó una baliza verde, seguida al momento por otra roja. Los soldados, con los ojos atemorizados, alzaron la vista al cielo. Segundos después se lanzaron las primeras cargas de artillería alemana. Las bombas cayeron sobre las trincheras enemigas. Los británicos dispararon cohetes con balizas en paracaídas, que iluminaron el campo de batalla.

«Que Dios me perdone por lo que debo hacer». Bruno se notaba la frente empapada de un sudor frío.

—¡Abran las espitas!

A lo largo de la larga y ondulante trinchera, los soldados del Regimiento 36 de Pioneros fueron abriendo las válvulas de aquellos cilindros.

Un gas denso, verdoso, empezó a brotar de las boquillas, situadas a ras de suelo, y fue esparciéndose por la tierra de nadie.

Empujado por su sentido del deber, Bruno subió por una escalera y echó un vistazo más allá de su trinchera. Con sus binoculares de campaña, inspeccionó el campo de batalla. La nube de gas, que se aferraba al suelo, avanzaba lentamente hacia las trincheras británicas.

Seguían las explosiones del armamento de artillería. La tierra temblaba. Cuando el gas alcanzó las líneas británicas, unos oficiales de la infantería alemana hicieron sonar sus silbatos, instando a los soldados a salir de las trincheras y avanzar posiciones.

Las ametralladoras británicas ladraban.

Varios soldados alemanes, con los cuerpos agujereados por las balas, cayeron en la zanja, pero el grueso de la tropa prosiguió el ataque. Los soldados, agazapados y apuntando con sus bayonetas, se esparcían por aquella tundra árida y asolada por las bombas.

Las balas silbaban por encima del casco de Bruno, que apoyó la barbilla en el suelo y ajustó los lentes de los binoculares. Cuando consiguió enfocar de nuevo el campo de batalla, vio que la nube de gas se había detenido y que, al poco tiempo, empezaba a retroceder. «¡No!» En cuestión de segundos, el viento había cambiado de dirección y devolvía la neblina venenosa a su lugar de procedencia, directamente hacia las líneas alemanas.

—¡Gas! ¡Gas! ¡Gas! —gritó Bruno.

Sonaron las sirenas. Los hombres, que se preparaban para un segundo ataque por tierra, salieron corriendo a buscar sus respiradores.

Bruno se colocó su máscara. Respirando un aire caliente, reciclado, le parecía que se ahogaba. Sentía una opresión en los pulmones y el pulso acelerado en los oídos. A través de aquellos lentes tan gruesos, veía que la nube de gas se retorcía sobre el campo de batalla y engullía a los soldados alemanes. Entre las explosiones, los gritos poblaban el aire. «¡Dios mío!»

El veneno flotaba y cubría las trincheras. Los hombres tosían y vomitaban. A través de aquella neblina verdosa, Bruno hacía lo que podía por ayudar a los soldados a encontrar respiradores. Pero no había máscaras de gas para todos.

Capítulo 5

Max despertó con el repicar de cascos de caballos en el exterior de su departamento y se dio la vuelta en la cama. Con cuidado de no despertar a su prometida, Wilhelmina, alargó la mano y palpó la mesilla de noche hasta encontrar un despertador metálico. Leyó la hora rozando las manecillas con los dedos. Las 5:30. Incapaz de volver a conciliar el sueño, se dedicó a escuchar el ritmo de la respiración de Wilhelmina. Intentó visualizar su rostro —los pómulos, la curvatura de la nariz, los labios, los ojos color avellana—, pero la imagen le llegaba desgastada, como una fotografía abandonada bajo la lluvia. A pesar de estar tan cerca de ella que notaba su calor, se apoderó de él una gran desolación. «Te oí llorar en silencio antes de acostarte. Detesto ser una carga para ti».

Max había regresado a casa hacía algunas semanas, tras meses hospitalizado. Como muchos otros judíos, había partido para luchar por su patria con la esperanza de recibir un trato igual que el de los alemanes no judíos. Pero en su búsqueda de igualdad y de servicio al país, la guerra se lo había robado todo: la salud, sus aspiraciones de convertirse en compositor y la posibilidad de llevar una vida feliz con Wilhelmina.

Intoxicado por el gas cloro del frente occidental, lo habían trasladado a un hospital de campaña. Los gritos de los hombres, combinados con el hedor del carbólico y la gangrena, llenaban el aire. Le ardían los ojos y la tráquea, como si se los hubieran rociado con queroseno y les hubieran prendido fuego. Un médico castrense le aplicó una solución alcalina en las córneas, pero no sirvió para devolverle la vista ni para aliviarle el espantoso dolor que sentía bajo los párpados. Cada vez que, con gran esfuerzo, aspiraba y espiraba, los pulmones le silbaban y pitaban. Entre jadeos, consiguió preguntarle al médico qué había sido de sus amigos Jakob, Otto y Heinrich.

—Han muerto —respondió él, aplicándole unas gasas en los ojos.

Max sintió una gran devastación. Mientras luchaba por respirar, se preguntaba cuántas horas, cuántos días más debería sufrir antes de llegar al mismo destino que sus camaradas. Rezaba por alcanzar el descanso eterno. Pero su diafragma aún se contraía y le seguía latiendo el corazón. Le inyectaron morfina, que le alivió el dolor y reguló el ritmo de su respiración. Bajo los efectos del medicamento, se clavaba las uñas en los muslos mientras el médico le desinfectaba los ojos con gasas, una y otra vez.

Con los ojos fuertemente vendados, pasó cuatro días en un hospital de campaña, recibiendo tratamiento por neumonía bronquial. Al final, su respiración se estabilizó. Demasiado débil para mantenerse en pie, y mucho más para caminar, lo llevaron en camilla hasta una ambulancia que lo trasladó a una estación ferroviaria. En compañía de una enfermera, cuya voz pausada y rítmica le recordaba a la de su madre, viajó hasta un hospital militar de Colonia. Allí, en una sala llena de soldados lisiados, un doctor le auscultó los pulmones con estetoscopio. Y cuando notó que empezaba a retirarle los vendajes de los ojos, Max rezó por que el médico castrense hubiera conseguido eliminarle el veneno a tiempo de salvarle la vista.

El doctor se inclinó sobre él para examinarlo, y a Max le llegó el olor a tabaco de su aliento.

—¿Ve algo?

El temor se esparció por las venas de Max.

—*Nein.*

El médico le puso una mano en el hombro.

—Lo siento. Tiene los pulmones y los ojos quemados.

—¿Se puede hacer algo? —preguntó Max.

—Su ceguera es permanente. Pero con el tiempo y un buen tratamiento, podría recuperar la capacidad pulmonar.

Max se cubrió la cara con las manos. Inspiró hondo varias veces, tratando de contener las lágrimas. Oyó que le doctor se alejaba, que sus zapatos repicaban en el suelo. No bebió ni probó bocado en todo el día. En su mente y en su corazón veía sin parar la vida que ya nunca viviría. Esa noche, solicitó la ayuda de una enfermera para escribirle una carta a Wilhelmina, informándole de sus lesiones y prometiéndole que haría todo lo que estuviera en su mano para recobrar la salud y regresar a casa.

Permaneció cuatro meses en Colonia. Durante ese tiempo, recibió tratamiento respiratorio, que básicamente consistía en cubrirse la cabeza con una toalla e inhalar vapor de un cuenco de agua caliente con aceites medicinales. En dos ocasiones soportó la introducción de un broncoscopio rígido en sus vías respiratorias para romper tejidos cicatrizados. Lo peor del procedimiento, para Max, era que se lo practicaban sin dormirlo, usando cocaína tópica como anestesia local. Su ceguera no remitió, pero con el paso de los meses los pulmones fueron recuperando poco a poco la capacidad de procesar el oxígeno. Haciendo esfuerzos por recobrar la energía perdida, recorría su planta del hospital, muchas veces él solo; se orientaba pasando la mano por las paredes.

Cuando lo dieron el alta, lo trasladaron a un centro de rehabilitación del Estado, donde lo enseñaron a usar el bastón, que debía golpear contra el suelo, frente a él, para identificar posibles obstáculos. Junto con otros dieciséis soldados que habían perdido la vista en combate (en algunos casos por los efectos del gas y en otros a causa de la metralla), se metió a un curso para aprender a leer en sistema braille. Estaba impaciente por regresar con Wilhelmina, y le parecía que lo peor de su desgracia podía haber quedado atrás. Pero Max descubrió que había perdido mucho más que la vista cuando, en el centro de rehabilitación, adquirieron un piano de pared de segunda mano. Se sentó, dispuesto a tocar por primera vez desde aquel día en que sus camaradas y él se habían divertido cantando, tocando, comiendo codornices y bebiendo aguardiente en una granja abandonada. «Aunque sea ciego, podré ganarme la vida como pianista». Sus dedos recorrían el teclado reproduciendo las notas del *Concierto para piano en la menor* de Mendelssohn. A medida que la mano derecha ascendía por las teclas, las notas musicales desaparecían. En un primer momento pensó que las cuerdas del instrumento estaban rotas, pero cuando un miembro del personal, así como el público formado por otros veteranos ciegos, le informó de que todas las teclas funcionaban perfectamente, se dio cuenta de que sus oídos, dañados a causa de una explosión, eran incapaces de registrar los tonos agudos.

Quedó devastado. Y su sueño de convertirse en compositor de piano, junto con su esperanza de ganarse la vida por sí mismo, se rompió en mil pedazos.

Wilhelmina salió de la cama, sacando a Max de su ensimismamiento. Oyó que sus pasos se alejaban y que se cerraba la puerta del baño. Posó la mano en la almohada, aún tibia. «La distancia que nos separa parece un abismo».

Reprimió sus pensamientos, se vistió y bajó a la cocina.

—Apenas tenemos comida —dijo Wilhelmina al entrar. Se abrochó la bata marrón—. Pero con las sobras de papas fritas puedes comer todo el día.

Max, pasando la mano por la pared, se acercó a ella.

—Luego voy a buscar la comida del racionamiento.

—*Nein* —replicó Wilhelmina—. Podrías perderte.

—He estado practicando la ruta mientras tú trabajabas —le dijo entonces, esperando impresionarla.

En sus trayectos con Wilhelmina para buscar provisiones, se había fijado bien en el camino, había contado los pasos y había tomado nota mental de las calles, las aceras y los cruces. Durante la semana anterior, mientras ella trabajaba en la fábrica de municiones, Max había ensayado la ruta. Había empezado dando vueltas a la manzana. Pero cada día iba un poco más lejos, hasta que llegó al mercado.

—No es seguro que vayas tú solo —contestó ella—. Ya iré yo al salir del trabajo.

—Pero es que quiero hacerlo —insistió él.

Wilhelmina permaneció unos instantes en silencio. Tenía las ojeras muy marcadas. A sus veinticinco años, la guerra le había robado el vigor, y su pelo, antes moreno, comenzaba a tornarse gris tras unos días en compañía de Max, como si cuidar de él hubiera acelerado el proceso de envejecimiento.

—Está bien —claudicó al fin, a regañadientes.

Max asintió, preguntándose si el afecto que ella sentía por él, aletargado desde que había regresado a Leipzig, se reavivaría cuando él fuera autosuficiente.

Wilhelmina tomó una rebanada de pan negro y un vaso de agua. Le dio un beso fugaz en la mejilla y se fue.

Impaciente por volver a ser útil, Max recogió sus documentos de identidad, la billetera, el bastón y una cesta de mimbre con tapa, parecida a una nasa de pesca. En el exterior del departamento se vio rodeado por el estruendo de los caballos y los carros. Creció un repicar de zapatos en la acera, que se redujo cuando un peatón pasó por su lado. «Puedo hacerlo». Dio unos golpecitos al suelo con el bastón y caminó hasta la esquina. «Girar a la izquierda, seguir dos manzanas, girar a la derecha, seguir una manzana, girar a la izquierda, seguir tres calles y girar a la derecha».

Mientras avanzaba lentamente, notaba que su confianza crecía. Más allá de clavarse alguna vez el bastón en la barriga, cuando la punta se quedaba clavada entre dos adoquines, no hubo sobresaltos en el recorrido. Media hora después de salir de casa, llegó al mercado. Localizó la entrada por el tintineo de unos cencerros clavados en la puerta, entró y se formó en la fila. Transcurrieron los minutos. Paso a paso, iba acercándose al dependiente del mostrador.

—¿Qué le ha ocurrido? —oyó preguntar a una voz de niña que aguardaba a su lado.

Max se volteó.

—Calla —ordenó una voz de mujer.

—No tiene importancia —le dijo Max a la mujer, que suponía que debía de ser la madre de la pequeña—. Me hirieron en la guerra. Soy ciego.

La pequeña se fijó en los ojos lechosos de Max.

—¿No ve nada?

—Me temo que no.

A juzgar por su timbre de voz, supuso que la niña tendría cuatro o cinco años.

—¿Y cómo ha llegado hasta aquí? —le preguntó.

—Franziska —intervino la madre en tono severo—. Es de mala educación preguntar.

—No se preocupe, de verdad —insistió Max, y levantó el bastón—. Voy dando golpecitos en el suelo con la punta para orientarme.

Esperó a que la niña dijera algo, pero no habló más. Decepcionado, se dio la vuelta y esperó el avance de la fila.

Al llegar al mostrador, lo recibió la voz nasal de un dependiente llamado Georg, al que Max conocía de cuando acompañaba a sus padres al mercado. Mientras Georg le llenaba el cesto de pan negro, algún pedazo de carne en conserva y papas, la mente de Max se poblaba de recuerdos de sus padres adquiriendo los ingredientes que necesitaban para preparar los sabrosos platos de los días de fiesta: *schnitzel* con fideos gratinados; *goulash*, un guiso de carne con pimentón picante; *kaiserschmarrn*, tortitas dulces con mermelada de ciruela; *latkes* de papa cubiertos de salsa de manzana; *challah*, un pan de huevo trenzado con semillas de amapola en la corteza... Pero, con gran diferencia, el capricho favorito de Max eran las *krokerle* de su madre, unas galletas de avellana y chocolate con especias que ella servía con vino caliente. Hacía pocos años que habían muerto, pero a Max le parecía una eternidad. La melancolía le inundó el pecho. «Dios mío, cómo los echo de menos».

—¿Necesitas algo más, Max? —le preguntó Georg.

—No.

El dependiente le marcó los productos en la cartilla de racionamiento, la depositó en la cesta y cerró la tapa. Max alargó la billetera.

—¿Tengo suficiente?

—Sí. —El dependiente sacó unos marcos y le devolvió el cambio—. Me alegro de que estés de vuelta en casa.

—*Danke*.

Max se colgó el asa de la cesta en el brazo y se abrió paso por el mercado lleno de gente. A medida que iba golpeando el suelo con el bastón, los demás peatones se hacían a un lado y creaban un camino para que pasara.

Una vez en el exterior, volvió a crearse un mapa mental. «Girar a la izquierda, seguir tres calles, girar a la derecha, seguir una manzana, girar a la izquierda, seguir dos calles y girar a la derecha». Enfiló hacia su casa, orgulloso de su logro. Pero cuando había recorrido la mitad del trayecto, oyó pasos detrás de él. Aminoró la marcha para dejar que los transeúntes lo adelantaran. Pero el grupo se detuvo. Continuó su camino, y al momento el repicar de los pasos se reanudó. A Max se le erizó el vello de la nuca. Empezó a andar más deprisa.

Las suelas de los zapatos resonaban en el adoquinado.

Tenía la adrenalina disparada. Se volteó. Una mano lo agarró de la chamarra y tiró de él hasta llevarlo a un callejón.

—Danos la comida —le ordenó una voz de adolescente.

—No —se negó Max.

—Pues entonces te la quitaremos —soltó otro chico.

—Y tu dinero —añadió una tercera voz gutural.

«¿Son tres?» Un sudor frío le cubría la piel. A pesar de su experiencia en el campo de batalla, sin ver no tenía nada que hacer. Como no quería rendirse sin enfrentarlos, apoyó la espalda en la pared de ladrillo y levantó el bastón como si fuera un palo.

Los niños ahogaron unas risas.

Max cayó al suelo al recibir un fuerte golpe. Aturdido, hizo esfuerzos por levantar la cara del frío empedrado. Se tocó la frente y se le mojaron los dedos. Intentó ponerse de pie, pero perdió el equilibrio y se cayó. Cuando el vértigo remitió un poco, colocó las palmas de las manos en el suelo y se le clavaron los pedazos de una botella rota. Se había quedado sin cesta y sin billetera, y tenía el bastón partido por la mitad.

Salió a tropiezos del callejón. Le dolía la cabeza, y la humillación le había revuelto el estómago. «Wilhelmina tenía razón. No debería haber intentado ir sin compañía». No quería ni imaginarse que ella tuviera que cuidarlo el resto de su vida. Pero, en el fondo de su alma, le daba miedo estar solo. Desorientado, arrastrando los pies, avanzaba por la acera. En lugar de esperar a que alguien acudiera en su ayuda, se apretó una manga contra el corte de la cabeza y se esforzó todo lo que pudo por encontrar el camino de vuelta.

Capítulo 6

Anna, con el cansancio dibujado en los ojos por el turno de noche, entró en la cocina. La despensa estaba vacía, salvo por unos pocos restos de papas y unas zanahorias pasadas. Encendió la cocina de leña, vertió una cantidad mínima de aceite de girasol en un sartén y salteó en él un puñado de cáscaras de papa. «¿Cuándo fue la última vez que le preparé a mi padre unos huevos con jamón para desayunar?»

El racionamiento limitaba el consumo de huevos de los ciudadanos a uno por semana, que se usaba para añadir nutrientes a las comidas. El año anterior, el gobierno había ordenado la *Schweinemord*, la matanza de más de cinco millones de cerdos, que se consideraban competidores por los escasos recursos existentes. Pero el empeño burocrático del gobierno de producir alimentos y conservar cereales no había tenido en cuenta el uso de estiércol de cerdo para abonar los campos, y crecía el temor a que la cosecha de ese otoño fuera desastrosa. La escasez empeoraba por momentos. Faltaban cereales, y los panaderos recurrían a la harina de papa para producir un pan negro conocido como *kriegsbrot*, «pan de guerra», que solía contener diversos aditivos, entre ellos maíz, lentejas y aserrín. A veces Anna se preguntaba si Alemania sería capaz de sobrevivir al bloqueo naval británico, que obligaba al país a la autarquía en la producción de sus alimentos, pero no dedicaba mucho tiempo a esos pensamientos.

Notó que le rugía el estómago mientras se preparaba el sucedáneo del café, hecho con corteza de árbol. Pero el dolor que sentía en el abdomen no se debía solo al hambre. Durante las últimas semanas, las cartas de Bruno llegaban cada vez con menor frecuencia. Y cuando le escribía, era parco en palabras y aportaba escasos detalles de lo que ocurría en el frente. «Quizá esté ocupado en los combates, o quizá intenta protegerme». Le entristecía pensar que llevaba su carga él solo, y deseaba poder escribirle algo en sus cartas para aliviar su soledad.

—Buenos días, Anna —la saludó Norbie al entrar en la cocina. La ropa le quedaba grande, y había tenido que abrirse otro agujero en el cinturón para evitar que se le cayeran los pantalones.

«Has adelgazado». Anna colocó las cáscaras de papa salteadas en dos platos, asegurándose de que el de su padre tuviera más cantidad.

—¿Has dormido bien?

—Sí. ¿Qué tal el trabajo?

—Sin problemas. —Anna apartó de su mente las imágenes de un soldado con las piernas gangrenadas que había muerto durante su turno. «Ya se lo contaré más tarde».

Norbie vertió el brebaje de corteza en las tazas.

—Ya no nos queda café en grano —comentó Anna.

—Este está delicioso —dijo Norbie tras dar un sorbo.

—Muy amable —replicó Anna—. Pero los dos sabemos que sabe a ceniza.

Se sentaron, y Norbie recitó una oración en la que pedía paz y que los soldados regresaran a casa sanos y salvos.

—Me has puesto más —observó Norbie, echando un poco más de cáscara de papa en el plato de Anna.

—A veces me dan algo de comer en el hospital.

—Sí, pero hoy no vas a trabajar.

—¿Cómo lo sabes? —le preguntó Anna—. Todavía no he tenido la ocasión de contarte que Emmi y yo nos hemos cambiado los turnos.

—Llevas el anillo de compromiso y el relicario de tu madre. —Norbie, visiblemente orgulloso de sus dotes deductivas y detectivescas, se golpeó la sien con el índice.

Anna agarró con fuerza aquel medallón de plata con forma de corazón que Norbie le había regalado a su esposa por un cumpleaños. En su interior contenía un reloj de tamaño liliputiense, que Norbie había confeccionado a partir de un diminuto reloj de pulsera de segunda mano.

—El relicario lo llevo siempre —dijo Anna—. Debajo del uniforme.

—Me alegro. A tu madre le habría encantado ver que te lo pones.

Norbie probó su comida.

—No sabía que las cáscaras de papa pudieran saber tan bien.

Anna sonrió, agradecida ante los esfuerzos de su padre por levantarle el ánimo.

—¿Qué piensas hacer en tu día libre? —le preguntó él.

—Tengo ropa que remendar, y después debo ir a buscar la comida del racionamiento.

—De eso nada —soltó Norbie—. Hace semanas que no tienes ni un solo día libre. Hace un tiempo estupendo. Podrías llevarte un libro e irte al parque a pasar la mañana.

Anna dio un bocado a la papa.

—O quizá podrías acercarte a la escuela de perros guía —sugirió su padre.

—En otro momento —repuso Anna, dejando el tenedor en el plato—. Tengo muchas cosas que hacer en casa.

Hacía unas semanas, el doctor Stalling había obtenido el apoyo del gobierno para abrir la primera escuela de adiestramiento de perros guía del mundo. Según la noticia del periódico, la ciudad de Oldemburgo había sido escogida porque ya albergaba la sede de la Asociación Alemana de Perros Sanitarios, pero Anna creía que la decisión tenía mucho que ver con la influencia de Stalling, así como con su deseo de ayudar a los veteranos ciegos. La apertura de la escuela, que tendría lugar en cuestión de semanas, solía ser tema de conversación entre padre e hija. Él la había animado a hablar con el doctor para proponerle trabajar allí como voluntaria, o, mejor aún, conseguir un empleo en las instalaciones. Aunque Anna deseaba formar parte de algo que pudiera tener un impacto duradero en la vida de los veteranos, rechazó la sugerencia de Norbie con el argumento de que no sabía nada sobre adiestramiento de perros.

—Los remiendos pueden esperar —insistió Norbie—. Y la comida iré a buscarla yo.

—Hay que hacer mucha fila, y tú tienes relojes que reparar —replicó Anna.

—Puedo hacerlo después. —Norbie apartó un poco el plato—. Sé muy bien que quieres participar en lo que se está haciendo en esa escuela. ¿Qué te frena? ¿Por qué no hablas con el doctor Stalling?

Anna se revolvió un poco en la silla.

—No estoy calificada, y estoy bastante segura de que todos los adiestradores son hombres. Dudo mucho que necesiten a nadie como yo entre su personal.

—Quizá lo que necesitan, precisamente, es una enfermera —sostuvo Norbie—. Yo creía que la finalidad de un perro guía era cuidar de los hombres que perdieron la vista en combate. En cierto modo, ¿no están esos perros ejerciendo de enfermeras?

Anna no se lo había planteado así, pero las palabras de su padre hicieron mella en su mente.

—Supongo que tienes razón, pero incluso si me dejaran trabajar como voluntaria, no podemos permitirnos renunciar al marco diario que cobro en el hospital, aunque solo sea cada tres meses.

—Ya encontraremos la manera de sobrevivir —la tranquilizó Norbie—. ¿Qué daño puede hacerte hablar con Stalling?

Anna movió los dedos de los pies dentro de los zapatos mientras pensaba en una réplica a las palabras de su padre.

—La mayoría de los trabajadores del hospital, incluido el doctor Stalling, deben de saber que soy una de las enfermeras con menos competencias técnicas. Cuando termine la guerra, lo más probable es que me despidan.

—Eres tan buena como las demás. —Norbie le agarró la mano—. Protégete el corazón.

«Protégete el corazón», pensó Anna. Eso era algo que Norbie le decía muy pocas veces, solo cuando más lo necesitaba. Era su forma de simbolizar que podemos protegernos el corazón en la peor de las tormentas emocionales. La primera vez que se lo dijo fue cuando le regaló el relicario de plata de su madre, poco después de su muerte. Ella imaginó que guardaba su corazón en el interior de aquella joya para protegerlo de la profunda pena que le invadía el pecho. Y ahora, cuando volvía de alguna jornada particularmente dura en el hospital, su padre recurría a aquella frase para proporcionarle algo de alivio. La afirmación de Norbie era, y siempre sería, su mantra para cuidar y animar a su hija.

Anna le apretó los dedos.

—Está bien, hablaré con el doctor Stalling. Pero cuando vuelva a casa, quiero que dejemos de darle vueltas al tema.

Norbie sonrió.

—Por supuesto.

Tras caminar treinta y cinco minutos hasta las afueras de Oldemburgo, Anna llegó a Schützenhof, una finca espaciosa cubierta de abetos, álamos y hayas. El terreno lo había adquirido recientemente el gran duque de Oldemburgo con la idea de albergar la escuela de perros guía. En un claro del bosque se alzaba una especie de cobertizo de paredes blancas y tejado de tablillas de madera. Su incomodidad crecía a medida que se aproximaba al edificio. Agarró con fuerza el bolso, en el que portaba su almuerzo: un poco de pan negro y una papa que Norbie había insistido en que se llevara. Una voz de hombre, autoritaria, que por su tono parecía la de un instructor dirigiendo un ejercicio militar, atronaba desde la parte trasera del edificio. Se le puso la piel de gallina. «Ya he llegado demasiado lejos para dar la vuelta ahora». Ahuyentó la angustia y siguió avanzando por un camino de piedras que la acercaba a la fuente de aquellos gritos.

Tres adiestradores, vestidos con uniformes de color gris claro, recorrían un circuito de obstáculos acompañados de sus pastores alemanes. Los hombres llevaban los ojos cubiertos con vendas negras para simular su ceguera. En una mano, cada uno de los adiestradores sujetaba un bastón de madera. Con la otra agarraban un asa rígida que estaba fijada al arnés de uno de los animales. Juntos, el adiestrador y el perro recorrían el circuito, con varios obstáculos dispuestos: charcos, rocas, troncos caídos, barriles de madera y aceras artificiales. Un supervisor recorría el circuito en sentido inverso, con un cuaderno en la mano, y parecía hacer las veces de peatón que obstaculizara el paso.

Anna se fijó en uno de los pastores alemanes, que guiaba a un adiestrador por entre una serie de troncos. Sonrió. «Mi padre tiene razón. Un adiestrador puede ser como una enfermera».

—Hola, Fräulein Zeller —dijo una voz que le resultó familiar.

Anna se volteó.

—Doctor Stalling.

Él se tocó el ala del sombrero con un dedo.

—¿A qué debo el placer de su visita?

—Hoy tengo día libre en el hospital.

Anna intentaba pensar en lo que quería decir y, nerviosa, no paraba de toquetear el borde del bolso.

—¿Ha venido a verlos entrenar?

—He venido a hablar con usted.

—¡Vaya! —se sorprendió Stalling.

—*Halt!* —gritó el supervisor. Le quitó la venda de los ojos a uno de los adiestradores—. No hagas caso del bastón. Sigue la indicación del perro.

El adiestrador asintió. Se vendó de nuevo los ojos y regresó a su posición junto al perro.

—Rolf Fleck es el supervisor —le explicó Stalling a Anna bajando la voz—. Es un poco duro con los adiestradores, pero sus perros sanitarios son los mejores. Confío en que logrará los mismos resultados con los perros guía.

Anna asintió.

—¿Por qué deseaba verme? —le preguntó Stalling.

A ella se le aceleró el pulso. «Protégete el corazón», pensó.

—Me gustaría trabajar en la escuela.

Stalling permaneció en silencio y se acarició la barbilla.

—Espero que no lo considere presuntuoso por mi parte —prosiguió Anna—. Si hubiera alguna vacante, sería para mí un honor servir como voluntaria.

—¿Está a disgusto en el hospital? —le preguntó él.

—Todo lo contrario, señor. Me resulta muy gratificante cuidar de los pacientes. Pero desde aquel día en el jardín del hospital en que su perra guio a un soldado ciego por los senderos no puedo dejar de pensar en lo increíble que sería que todos los veteranos con su misma discapacidad dispusieran de un perro así. —Se fijó en uno de los pastores alemanes que alejaban a un adiestrador de un charco—. Son como una prótesis de sus ojos y de su alma.

—En efecto —coincidió Stalling, que se quitó el sombrero y se lo apoyó en el pecho—. En realidad, nunca le di las gracias por lo que hizo ese día en el jardín.

—Lo único que hice fue estar allí y presenciar lo que ocurría —dijo ella—. Estoy segura de que habría puesto en marcha la escuela de todos modos, hubiera estado yo allí o no ese día.

—Eso es cierto, Fräulein Zeller. Pero usted me animó a acelerar los tiempos.

Anna sonrió.

Oyeron un repicar de cascos y se giraron a mirar. Sobre un carro tirado por dos caballos viajaba un cochero y dos pastores alemanes que olisqueaban el aire con los hocicos muy levantados. El vehículo se detuvo junto al edificio y los perros se bajaron de un salto agitando las colas, mientras el cochero levantaba en brazos a un tercer pastor alemán tendido al fondo del carro y lo depositaba en el suelo. El perro cojeó, como si tuviera espinas clavadas en las pezuñas, y cayó de costado.

«Pobrecito», pensó Anna.

—Hay escasez de pastores alemanes —le explicó Stalling—. Además de buscarlos por toda Alemania, vamos a intentar reeducar a algunos perros sanitarios que ya no pueden llevar a cabo sus tareas en el frente.

Anna asintió.

—Ha tenido suerte de encontrarme aquí hoy —continuó Stalling—. He venido a informar a Fleck de que han alistado al veterinario que se suponía que debían destinarnos a la escuela.

Anna se fijó en el adiestrador, que fruncía el ceño y anotaba algo en su cuaderno. «Si ya está de mal humor ahora, no quiero imaginar cómo se pondrá cuando sepa que ha perdido a un veterinario».

—¿Está segura de que quiere trabajar aquí? —le preguntó Stalling.

—Sí —dijo ella—. No he adiestrado nunca a ningún perro, pero creo que aquí podría ser útil.

—En el hospital la necesitan.

—No soy tan competente como las demás enfermeras.

Stalling enarcó las cejas.

—Los pacientes le tienen mucho cariño.

—Gracias, doctor. Pero algo me dice que debería estar aquí.

—Debe saber que yo no siempre estaré presente en la escuela —prosiguió Stalling—. El que está al mando de las operaciones diarias es Fleck, y es él quien selecciona al personal. Yo dedico mi tiempo a otros compromisos, como conseguir financiación del Estado y trabajar con nuestra junta de directores para seleccionar a veteranos aptos para iniciar su formación con un perro guía. —Señaló el circuito de obstáculos—. Tengo grandes planes para esta escuela. Pronto estaremos entrenando a centenares de perros cada año.

Anna abrió mucho los ojos. Se imaginó aquellas instalaciones llenas de veteranos con sus perros.

—Si Fleck le permite trabajar aquí —dijo Stalling—, no le va a ser fácil. Tendrá que dedicar bastantes horas a la semana, quizá más que en el hospital. Y, además, ganará algo menos que con su salario de enfermera.

—¿Puedo preguntarle cuánto?

—Algo menos de un marco al día. A los empleados se les paga mensualmente.

«Al menos cobraré más a menudo».

—Perfecto.

—¿Quiere que hable con Fleck?

—Sí, por favor.

—De acuerdo. —Stalling se puso el sombrero, se acercó al circuito y llegó junto a Fleck.

Anna inspiró hondo y soltó el aire despacio. Mientras Stalling conversaba con el supervisor, la vista se le iba hacia el perro cojo que seguía tumbado de costado. «¿Qué te ha ocurrido?» Se acercó al adiestrador, que estaba fijando los arneses de los demás perros.

—Soy enfermera —dijo Anna—. ¿Podría examinar a su perro?

Él asintió.

—Es una perra. Se llama Nia.

Anna se arrodilló.

—*Hallo*, Nia.

El animal tenía los ojos rojos y acuosos. Desnutrida, el pelaje negro y color caramelo se le pegaba a las costillas.

Anna alargó la mano.

Nia se la olisqueó y empezó a menear la cola.

—Buena chica, Nia —le dijo Anna acariciándole la cabeza.

Sacó un pañuelo del bolso y, con mucho cuidado, se dispuso a retirarle las legañas amarillentas que le cubrían los ojos. Al examinarle las patas, descubrió que tenía las almohadillas calientes e hinchadas. Miró al adiestrador.

—Llega de las trincheras, ¿verdad?

Él asintió.

—Convencí a un soldado para que no la sacrificaran. Espero que sobreviva.

—Sobrevivirá —afirmó Anna, intentando ocultar la preocupación de su voz.

Anna había visto con sus propios ojos los efectos de las trincheras en los pies de los soldados. El frío sostenido y las condiciones de humedad limitaban la circulación de la sangre y dañaban los tejidos de la piel. En los casos más extremos, resultaba inevitable la amputación de algún dedo. Esperaba que ese no fuera el caso de Nia.

—Fräulein Zeller —dijo Stalling, aproximándose en compañía del supervisor—. Le presento a Rolf Fleck.

Anna acarició a Nia y se puso de pie.

Fleck, un hombre corpulento de mediana edad, cruzó los brazos. Llevaba la barba muy bien recortada, y las botas militares brillantes como la obsidiana.

—En condiciones normales, no permitiría que se contratara a una enfermera —dijo, retorciéndose la punta del bigote—. Pero han trasladado a nuestro veterinario y no sé cuándo nos llegará otro.

Anna tragó saliva.

Fleck se fijó en Nia, que seguía con los párpados entornados.

—¿Puede curarla?

—Lo intentaré —respondió Anna—. He atendido muchas heridas de trinchera como esta en soldados.

—Así es —corroboró Stalling.

—Puede trabajar aquí —proclamó Fleck—. Pero con algunas condiciones.

Anna dio una palmada de alegría.

—En primer lugar —prosiguió Fleck—, tiene que estar dispuesta a acoger a un veterano de los seleccionados para iniciar la formación. Las opciones estatales de alojamiento son limitadas, y, en caso de necesidad, mis empleados deben estar preparados para proveer una pensión completa.

La mente de Anna pensaba a toda velocidad. «Seguro que Norbie estará dispuesto a acoger a un veterano. ¿Y Bruno? ¿Pondría él algún impedimento?»

—Por supuesto —dijo, ahuyentando sus pensamientos.

—En segundo lugar, me gustaría que reclutara a otra persona para que trabaje con usted. Yo tendré que darle el visto bueno a quien recomiende, claro está. Pronto, el personal actual de la escuela no bastará para hacerse cargo de todo.

—Así lo haré —contestó, aunque no estaba segura de poder convencer a otra persona que quisiera sumarse a ella.

—Preséntese aquí mañana a las siete en punto —concluyó Fleck—. Y, antes de que se vaya, cure a la perra. Hay medicamentos en el interior.

El supervisor se dio media vuelta y se dirigió de nuevo al circuito de obstáculos.

—Buena suerte, Fräulein Zeller —se despidió Stalling—. Yo me ocuparé de informar al hospital y de formalizar los trámites para el cambio de empleo.

Una mezcla de emoción y nerviosismo crecía en su interior.

—Gracias, doctor Stalling.

El médico la saludó con un movimiento de cabeza y se fue.

Con cuidado, Anna se acercó a Nia y le pasó las manos por debajo de la barriga. Levantó a la perra, frágil y ligera, teniendo en cuenta que debería haber pesado al menos veinte kilos, y la introdujo en el edificio. Un ligero olor a paja y a estiércol viejo le impregnó la nariz. Depositó a Nia en un establo que había sido de un caballo y localizó un botiquín con antiséptico y jabón. Llenó un cuenco de esmalte desportillado con agua que bombeó de un pozo y le lavó las patas.

Nia gimoteó, pero no hizo ni el más mínimo gesto de moverse.

Anna le lavó concienzudamente las membranas entre las uñas, rojas, en carne viva, y a continuación aplicó el antiséptico.

Nia se retorció de dolor.

—Lo siento —le susurró, acariciándole la cabeza—. Escuece, sí, pero te ayudará a combatir la infección.

La respiración de Nia se volvió más lenta y relajó los músculos.

Anna terminó de lavarle las patas con antiséptico. Como no contaba con vendas ni trapos, usó su falda para secarle las almohadillas. Recogió un poco de agua en la palma de la mano y se la acercó a la boca. Pero Nia, sin fuerzas para levantar la cabeza, apenas dio un lametón y cerró los ojos.

—Para ti la guerra ha acabado —murmuró—. Voy a conseguir que te cures y algún día serás una perra guía.

Anna le acarició las costillas prominentes, que parecían una tabla de lavar cubierta de pelo. Se sacó del bolso el pedazo de pan y la papa de Norbie y las dejó sobre un montoncillo de paja, frente a la nariz de Nia. «No sé qué te van a dar de comer, pero te va a hacer falta alimentarte todo lo que puedas». Se levantó y se dispuso a volver a casa, impaciente por contarle a su padre las novedades de su nuevo empleo y reclutar a otra persona que quisiera trabajar con ella. Pero solo pensaba en salvar a Nia.

Capítulo 7

Al amanecer, Anna se vistió y se fue a la cocina, donde encendió un fogón y tostó un poco de pan negro. Como no dejaba de pensar en Nia, apenas había podido pegar ojo. «Espero que haya sido capaz de comer algo», pensó mientras mordisqueaba el pan. Lamentó no haberles ofrecido llevársela a casa, aunque seguramente Fleck, que parecía un exmilitar muy apegado a las reglas, no habría permitido que el animal abandonara las instalaciones. «Lo intentaré cuando vea que soy buena trabajadora».

La casa estaba en silencio, salvo por el tictac de los relojes procedente del taller de la planta baja y por los ronquidos que venían de arriba, del dormitorio de Norbie. Como le quedaba algo de tiempo antes de ir al trabajo, tomó papel y lápiz y se puso a escribir.

> *Querido Bruno:*
>
> *Han ocurrido muchas cosas desde mi última carta. ¿Recuerdas que te conté que un médico pensaba crear una escuela de adiestramiento para perros guía en Oldemburgo? Bien, pues he aceptado un puesto de trabajo en ella. O, más exactamente, han aceptado el ofrecimiento que yo les hice. En cualquier caso, empiezo hoy, y estoy más que emocionada por poder trabajar con pastores alemanes.*
>
> *¿Te parece que me he vuelto loca? Soy consciente de que sé muy poco sobre perros, pero mi experiencia como enfermera me ha llevado a darme cuenta de los obstáculos a los que se enfrentarán los soldados que han quedado ciegos en el campo de batalla cuando*

regresen a casa después de la guerra. Estoy absolutamente con-
vencida de que los pastores alemanes traerán esperanza, consuelo
e independencia a los veteranos. Quiero formar parte de la solu-
ción y ayudarles a recuperar sus vidas. Aunque me va a costar un
poco dejar el hospital, creo que esto es algo que debo hacer.

Rezo por que sigas sano y salvo. Escríbeme cuando puedas, por
favor.

Tu prometida,

Anna

P. D.: A la escuela ha llegado una antigua perra sanitaria que
volvió del frente en muy malas condiciones. Se llama Nia. Mi pri-
mera misión va a ser lograr que se recupere.

Anna metió la carta en un sobre y lo dejó sobre la mesa de la
cocina. Tenía muchas ganas de ver cómo estaba Nia e iniciar su
primera jornada de trabajo, pero, además, se alegraba de llevar
consigo a su amiga Emmi. El día anterior, tras salir de la escuela
de perros guía, Anna se había dirigido directamente al hospital.
Le había contado a Emmi, mientras se tomaba un descanso en el
jardín, lo de su nuevo empleo, y que le habían pedido que buscara a alguien más que quisiera trabajar en la escuela. Sin darle
tiempo a preguntarle si le interesaba, Emmi le agarró las dos manos a Anna y le preguntó: «¿Puedo ir contigo?».

A Anna le entusiasmó la disposición de Emmi. Ni siquiera
después de aclararle cuestiones como los horarios, la rebaja del
sueldo y los modales algo bruscos de Rolf Fleck menguó la determinación de su amiga.

—Ewald trabaja con perros sanitarios en el frente —le explicó—. Estoy segura de que le encantaría que trabajara con perros
guía.

Anna se alegraba de que Emmi contara con el pleno apoyo
de su esposo y, muy brevemente, se preguntó qué opinaría Bruno de su cambio brusco de trabajo. Ese mismo día, Stalling ya lo
había dispuesto todo en el hospital para hacer efectivo el traslado de ambas a la escuela de perros guía. A Emmi, a la que se
consideraba una enfermera muy competente, la recibirían con

los brazos abiertos si optaba por volver algún día al hospital. En cuanto a Anna, a la que se le daba bien consolar y cuidar de los demás pero que carecía de formación especializada, su cambio de empleo podía ser algo permanente.

—Buenos días, Anna —la saludó Norbie al entrar en la cocina.

—¿Has dormido bien? —le preguntó ella.

—Sí. —Norbie se pasó la mano por el pelo gris, enmarañado, y bostezó. Consultó la hora en el reloj de péndulo de la pared—. Te has levantado temprano.

—Emmi llegará pronto —le aclaró Anna—. Creo que convendría que llegáramos temprano el primer día de trabajo.

—Les prepararé un café a las dos —dijo su padre.

—No hace falta.

—Insisto —zanjó, y fue a buscar una cafetera de cobre deslustrada.

—De acuerdo —dijo Anna. «Cuando se trata de ser hospitalario con las visitas no hay manera de hacerlo cambiar de opinión. Aunque vayan a quedarse solo un minuto».

Llamaron a la puerta principal. Anna bajó hasta el taller de Norbie. Instantes después, Anna, su padre y Emmi estaban sentados a la mesa de la cocina con sendas tazas humeantes frente a ellos. El aire se había impregnado de un olor a madera.

—Gracias, Norbie —dijo Emmi rodeando la taza con las manos.

—Está hecho con corteza de árbol —le explicó él—. Así que no me lo agradezcas hasta que lo hayas probado.

Emmi ahogó una risita.

—Por Anna y Emmi —brindó Norbie, alzando la taza como si estuviera llena de vino—. Que su trabajo sane las vidas de los que no ven.

Anna notó un cosquilleo en el pecho.

—*Prost* —dijo mientras chocaban las tazas.

Dio un sorbo a la bebida. La infusión amarga le calentó el estómago.

Emmi también bebió.

—Está bastante bueno, Norbie.

Él sonrió.

—¿Cómo está Ewald?

—Es muy amable de su parte por preguntar —dijo Emmi—. Tiene la moral alta. Le escribí ayer noche para contarle lo de la escuela de perros guía.

—Se sentirá impresionado —le aseguró Norbie.

«Espero que a Bruno le entusiasme tanto lo de la escuela como a mí». Anna se agitó un poco en la silla y señaló la carta que había dejado sobre la mesa.

—Padre, ¿tienes tiempo hoy de franquear la carta que le he escrito a Bruno?

—Por supuesto —respondió Norbie.

En el taller sonó un reloj de pie. A los pocos segundos, un estrépito de timbres, cucús y campanillas indicó que eran las seis de la mañana.

Norbie, que se enorgullecía de fabricar relojes de gran precisión, meneó la cabeza y suspiró.

—Por mucho que ajuste el péndulo, ese viejo reloj de pie siempre toca antes o después de la hora.

—Estoy segura de que encontrarás la manera de arreglarlo —dijo Anna. Se terminó el café y se volteó hacia Emmi—. Creo que deberíamos irnos ya.

Emmi apuró el contenido de su taza.

—Gracias por el café, Norbie.

—Cuando termine la guerra —dijo él—, les prepararé a Anna y a ti un buen desayuno con café de verdad y pastel.

—Suena fantástico.

Norbie abrazó a Anna.

—Lo vas a hacer muy bien —le susurró.

Anna sonrió y se separó de él.

Mientras bajaban por la escalera el coro de tictacs fue en aumento. Se abrieron paso por el taller, atestado de relojes, y cruzaron la puerta principal.

Al salir a la calle mal empedrada, Anna notó que los nervios le atenazaban el estómago. Se preguntaba si las patitas tan débiles de Nia mejorarían, y si Fleck aceptaría a Emmi como empleada.

«No puedo hacer nada hasta que llegue al trabajo». Durante el trayecto, fue contándole a Emmi cuáles eran los problemas de la perra y le confió que esperaba poder salvarla.

Llegaron a la escuela de perros guía veinte minutos antes. Anna creía que serían las primeras en presentarse, pero la puerta del edificio estaba abierta. En el interior encontró a Fleck paseándose por los establos, inspeccionando a los perros.

—Buenos días —lo saludó Anna.

Fleck se volteó y sujetó el cuaderno bajo el brazo.

—Llega pronto. Creía haberle dicho que estuviera aquí a las siete.

—Yo... —Anna tragó saliva—. No quería llegar tarde.

—Mañana llegue a las siete —insistió él—. Para los perros es importante que sus horarios sean precisos.

—Sí, señor.

Emmi le dio un codazo.

Anna carraspeó.

—Esta es Emmi Bauer.

—Un placer conocerlo, señor —dijo Emmi.

Fleck le dedicó un movimiento de cabeza.

—Emmi es la mejor enfermera del hospital —le explicó Anna—. Está dispuesta a trabajar aquí.

Fleck miró a Emmi.

—¿Le han informado de la paga y de la posibilidad de que deban alojar a veteranos en sus casas?

—Sí —respondió Emmi.

Anna se fijó entonces en el cubículo de Nia, pero no la vio. Esperaba que estuviera de pie.

—¿Y el doctor Stalling ha formalizado el traslado de las dos desde el hospital a la escuela? —preguntó Fleck.

—Sí, lo hizo ayer mismo —le informó Anna.

—Síganme —les ordenó. Se acercó a una serie de cubículos de madera y los fue señalando con el cuaderno—. Uno por uno, irán poniendo las correas a los perros y después se los llevarán, individualmente, para que hagan sus necesidades. Detrás del cobertizo hay una zona marcada para tal efecto.

—De acuerdo —dijo Anna, que se dio cuenta de que habían

traído a varios perros más, que en ese momento estaban de pie y meneaban la cola. Volvió a fijarse en el establo de Nia y se le cayó el alma a los pies. La perra respiraba con dificultad, acostada de lado, en la misma posición en que la había dejado el día anterior.

Fleck miró a Anna.

—Puede cuidar de ella después, cuando los demás perros estén entrenando.

—Sí, señor —respondió Anna, temerosa porque todavía le faltaba un buen rato para poder acudir junto a Nia.

—Cuando todos los perros se hayan aliviado —prosiguió Fleck—, les darán de comer y les pondrán agua fresca. Cada uno tiene su propio cuenco en los cubículos. Hay barriles con su comida, de la que deberán darles exactamente una palada rasa. En cuanto al agua, les será más práctico si una la saca del pozo y la otra lleva los cubos llenos hasta los cuencos.

Emmi asintió.

—Treinta minutos después de que hayan comido, vuelvan a sacarlos, uno por uno, para que hagan sus necesidades una vez más. Y a continuación pónganles los arneses. —Señaló los arneses que tenían incorporadas unas asas—. Ustedes serán las encargadas de llevar los perros hasta los adiestradores en el circuito de obstáculos. Mientras los hombres estén trabajando con ellos, podrán limpiar los establos y recoger los excrementos del patio.

A Anna comenzaba a formársele un nudo en el estómago. Miró a su amiga, que mantenía la vista fija en un cubículo.

—Después de llevar los perros a los adiestradores, y antes de empezar a limpiar el establo, proporcionarán asistencia médica e higiénica a los perros que no estén trabajando. Le pediré a un adiestrador que les enseñe cómo se cortan correctamente las uñas.

Anna tragó saliva y entrelazó las manos.

—¿Y... va a necesitar nuestra ayuda con el adiestramiento de los perros? —preguntó.

Fleck frunció el ceño.

—*Nein.*

Anna carraspeó.

—Creía que entre nuestras obligaciones podría estar...

—Pues se ha equivocado —la interrumpió él—. Tengan los perros preparados para cuando lleguen los adiestradores.

Fleck se volteó y salió del edificio. Las suelas de sus botas crujían en contacto con la tierra.

«Qué tonta soy», pensó Anna.

Emmi tomó una correa.

—Emmi —dijo Anna—. Lo siento mucho.

—¿Por qué?

—Creía que nuestro trabajo incluiría adiestrar a los perros —le explicó Anna, y sus palabras, al pronunciarlas en voz alta, le resultaron algo absurdas—. ¿Estás disgustada conmigo?

—Por supuesto que no. —Emmi le puso una mano en el hombro—. Por lo que me ha contado Ewald sobre los perros sanitarios, suponía que a los perros guía los adiestrarían militares veteranos. Además, si he aceptado el trabajo es porque pensaba que sería similar al de enfermera.

—¿En qué sentido? —le preguntó Anna, aliviada al constatar que Emmi no estaba decepcionada.

—Son los médicos los que practican la cirugía y deciden si hay que amputar o no un miembro. Nosotras, como enfermeras, limpiamos la herida, alimentamos al enfermo y le cambiamos la cuña.

—Me alegro de no haberte confundido —dijo Anna—. Pero me siento una tonta por haber creído que podríamos trabajar con los perros y sus adiestradores.

—No eres tonta —replicó Emmi—. Eres una soñadora, y esa es una de las cosas que más admiro de ti.

Anna sonrió, a pesar de la desilusión que sentía.

—Quiero presentarte a Nia.

—Debemos ponernos a trabajar —objetó Emmi.

Anna miró por una ventana.

—Fleck se está fumando un cigarro. Hemos llegado antes de hora, así que disponemos de algo de tiempo.

—No sé —vaciló Emmi—. Tal vez nos metamos en problemas.

—Será solo un segundo —insistió Anna—. Quiero que le eches un vistazo para que puedas ir pensando en la manera de curarle las patas.

Emmi oteó por la ventana.

—Por favor —le suplicó Anna.

—Está bien.

Entraron en el cubículo de Nia y se arrodillaron delante de ella. Junto a su cabeza había pedacitos mordisqueados de pan y de papa.

Despacio, Nia entreabrió los párpados. Intentó ponerse de pie, pero lloriqueó y cayó de barriga, apoyando la barbilla en el suelo.

Anna le acarició la espalda.

—No pasa nada, Nia. Esta es Emmi. Va a ayudarme a cuidar de ti.

Con cuidado, le levantó la pata delantera derecha.

Emmi torció el gesto.

—Malditas trincheras.

Le acarició la cabeza a Nia y le examinó las otras patas, todas inflamadas, muy rojas y con ampollas entre las almohadillas.

Anna le dio un beso en la cabeza y le susurró:

—Volveremos enseguida para darte de comer y curarte.

A pesar de que su corazón le decía que se quedara, se obligó a sí misma a cumplir con sus obligaciones.

Durante la siguiente hora, Anna y Emmi acompañaron a los perros a hacer sus necesidades. Suponía que Fleck quería que los perros salieran solos, uno por uno, para reproducir las condiciones de la experiencia diaria que encontrarían cuando acompañaran a los veteranos ciegos. Anna creía que haber trabajado juntas en el hospital les beneficiaba, pues se alternaban en el bombeo del agua y el traslado de los cubos para llenar los cuencos. Aplicaron también esa misma manera de trabajar para dar de comer a los animales. La comida que había en los barriles eran nabos cortados, bastante similar al pienso que se daba al ganado. Y al ver que junto a los barriles había un saco lleno de nabos enteros, así como una tabla de cortar y un cuchillo viejo, Anna supuso que la preparación de la comida de los perros pronto se añadiría a su lista de obligaciones.

Por mucha decepción que sintiera al verse limitada al mantenimiento y la cura de los perros, no habría cambiado su interés en trabajar allí, incluso si hubiera tenido un conocimiento pleno sobre sus funciones. Los pastores alemanes eran cariñosos y simpáticos, además de muy inteligentes; esperaban a que les dieran permiso antes de comer, salir del establo y hacer sus necesidades. Tenían un pelo denso y suave, y su forma de jadear con la lengua fuera resultaba simplemente adorable. Anna debía hacer esfuerzos por no abrazarlos a cada momento. Además, todos los animales eran hembras, algo que Emmi y ella constataron al acompañarlas a hacer sus necesidades.

Cuando los adiestradores llegaron para iniciar su trabajo, las perras estaban alimentadas, cuidadas y ya llevaban puestos los arneses, excepto Nia, que seguía acurrucada en el suelo de su cubículo. Tras unas breves presentaciones a cargo de Fleck, que llamó «Emilie» a Emmi, los adiestradores llevaron a un grupo de animales hasta el circuito de obstáculos. Antes de que Anna y Emmi empezaran a recoger los excrementos y a limpiar el establo, fueron a curar a Nia.

—Tiene las patas bastante mal —comentó Emmi arrodillándose junto a ella—. Sobre todo la delantera derecha.

Anna le acarició la cabeza.

—¿Y qué crees que debemos hacer?

Emmi señaló hacia abajo.

—Este suelo está muy húmedo. Así será muy difícil que se le curen las patas.

—¿Lo cubrimos de paja?

—Ayudaría, pero lo que Nia necesita es un lugar seco y cálido donde dormir.

A Anna se le pasó por la mente llevársela a su casa a escondidas, pero desechó la idea.

—Vamos a limpiarle y a secarle las patas —sugirió Emmi.

Anna fue a buscar agua y antiséptico. Juntas, le limpiaron las patas e inmediatamente después se las secaron con uno de los pañuelos viejos de Norbie que Anna se había guardado en el bolso. A continuación, le dieron comida y agua, pero Nia solo mordisqueó un pedacito de nabo.

—Intenta beber algo —dijo Anna, poniéndose un poco de agua en la palma de la mano y acercándosela a la boca del animal.

Nia le dio unos lametones, pero enseguida bajó la cabeza.

El resto del día, Anna y Emmi lo dedicaron a limpiar los cubículos, recoger los excrementos, llevar a los pastores alemanes a sus adiestradores, cortar nabos para elaborar el pienso y preparar un ungüento casero a base de cera de vela, que Anna le aplicó a un pastor alemán que mostraba una callosidad sangrante en un codo.

Entre tarea y tarea, Anna cuidaba de Nia. Consiguió que comiera un poco al aplastar los nabos para hacer con ellos una pasta, que le costaba menos tragar estando de costado. En dos ocasiones había intentado ponerse en pie, pero en ambas había aullado de dolor y había vuelto a echarse en el suelo.

—Ojalá pudiera llevarte a casa conmigo —le susurró mientras le acariciaba la cabeza.

Nia abrió los ojos y agitó un poco la cola, que barrió el suelo.

Los adiestradores terminaron su jornada a media tarde. Anna y Emmi escoltaron a las perras, una por una, desde el circuito de obstáculos hasta el cobertizo, donde les quitaron los arneses y les ofrecieron agua fresca. Mientras los adiestradores, formando un corrillo fuera, se fumaban un cigarro, Anna y Emmi se dedicaban a ponerles la comida de la tarde. Cuando Anna estaba recogiendo una palada de comida del barril, Fleck entró en el cobertizo y se acercó a ella.

Se le puso la piel de gallina.

—¿En qué puedo ayudarlo, señor?

Él le señaló la pala metálica.

—Mis instrucciones fueron que les diera una palada *rasa*.

Anna se fijó en la cantidad de comida que se amontonaba en la pala.

—Lo siento, señor.

—No hay que malgastar comida —sentenció él.

Anna volvió a echar en el barril la comida sobrante y levantó la pala para mostrársela a Fleck.

—Mejor —dijo.

Anna vertió la comida en un cuenco. Sintió alivio al ver que Fleck se alejaba. Pero no abandonó el cobertizo y, con el cuaderno levantado, empezó a inspeccionar los cubículos uno por uno.

«¡Oh, no!»

Fleck iba de cubículo en cubículo, examinando las condiciones de cada animal, así como la limpieza del espacio. Tras cada examen, anotaba algo en el cuaderno. Al fijarse en la perra del codo calloso, preguntó:

—¿Qué es eso que le han puesto?

Anna y Emmi se acercaron al cubículo enseguida.

—Es un ungüento, señor —respondió Anna.

—¿De dónde lo han sacado?

—Lo he preparado yo, señor —dijo Emmi.

Él pasó un dedo por el codo del animal.

—El sangrado se ha detenido, y ya no se lo rasca.

Anna miró a Emmi y sonrió.

—Prepare más —ordenó Fleck antes de pasar al siguiente cubículo, en el que Nia seguía enroscada sobre sí misma, con el hocico pegado a la cola—. Veo que esta no ha mejorado.

—Ha bebido agua y ha comido algo —le aclaró Anna.

Fleck le levantó la pata delantera y negó con la cabeza.

—Si no consigue recuperarse pronto, vamos a tener que sacrificarla.

Anna sintió como si le hubieran propinado un puñetazo en la boca del estómago.

—Se recuperará, señor. Hemos tratado a muchos soldados con los pies en un estado espantoso por su permanencia en las trincheras.

—Estamos hablando de una perra, no de un soldado —soltó Fleck.

Anna tragó saliva. «Si Nia se queda aquí, es posible que no se recupere lo suficientemente deprisa para su gusto». Miró a la perra, que levantaba las cejas al pasar la vista de Fleck a Anna. «Protégete el corazón», la voz de Norbie resonaba en su mente. Se armó de valor y habló.

—El obstáculo que impide su pronta recuperación es el suelo, que está frío y húmedo.

Fleck arañó la tierra con el tacón de una bota.

—Señor —prosiguió Anna—. Yo estoy dispuesta a llevármela a casa para cuidar...

—*Nein* —la interrumpió él.

Anna tragó saliva. La mente y el corazón le iban a toda velocidad.

—Sé que usted quiere que el animal se recupere enseguida, pero le hace falta un ambiente seco y cálido, y aquí no disponemos de él. Usted tiene unas exigencias que satisfacer, y yo deseo ayudarle a cumplirlas. Si esta perra se queda aquí, se comerá su comida, ocupará espacio y al final es posible que tenga que sacrificarla.

Emmi abrió mucho los ojos.

Fleck se cruzó de brazos.

—Pero si me permite que me la lleve a casa, no consumirá su comida y no ocupará espacio, un espacio que estoy segura de que va a necesitar para los pastores alemanes que van a llegar. Y yo le devolveré a una perra sana y capaz de entrenar en vez de a una perra que deba ser sacrificada.

Fleck permanecía en silencio, y con un dedo daba golpecitos al cuaderno.

Anna hacía esfuerzos por reprimir el temblor de las manos. «Dios mío, por favor...»

—Está bien —dijo Fleck al fin.

—Gracias, señor. No lo lamentará...

—Quiero un informe diario de su estado.

—Por supuesto —respondió Anna.

Fleck dio media vuelta y se fue.

Emmi se acercó a su amiga.

—No puedo creerme lo que acabas de hacer.

—Yo tampoco —admitió Anna con las piernas temblorosas.

Anna y Emmi pusieron fin a su jornada laboral. Uno de los adiestradores, un hombre de unos sesenta años, con unas cejas hirsutas que parecían una especie de ciempiés albinos, las ayudó a montar a Nia en su carro. En vez de sentarse delante, Anna se instaló en la parte trasera y le levantó la cabeza a la perra para que la apoyara en su regazo. El cochero hizo chasquear las riendas y el vehículo se puso en marcha. Mientras los cascos de los caballos repicaban en el camino de tierra, Anna le acariciaba las orejas a la perra.

—Te vienes a casa conmigo.

Nia le acarició la mano con el hocico.

Ella se echó hacia delante y le susurró:

—Te prometo que te vas a curar.

Capítulo 8

Bruno, con las botas salpicadas de lodo de las trincheras, veía desde la ventana del vagón que el tren se adentraba en la estación de Lille, a apenas veinte kilómetros del frente. Lo habían convocado a una reunión con Fritz Haber, jefe del Departamento de Química del Ministerio de la Guerra, aunque el motivo del encuentro no le había sido revelado. Lo envolvía una sensación de impotencia, como si lo arrastrara un río embravecido. «Quizá me amonesten por mi incapacidad para detener el ataque con gas de Hulluch».

La última vez que habló con Haber, que lo reclutó para que se sumara al regimiento del gas, fue en Ypres, cuando Alemania lanzó el primer ataque masivo con gas venenoso, que causó miles de bajas entre las filas francesas. El Imperio alemán fue el primero en incumplir el Convenio de La Haya, el tratado por el cual se prohibía el uso de armas venenosas. Pero ser los primeros en perpetrar aquella atrocidad no había servido para cambiar el curso de la guerra. Por el contrario, había proporcionado el pretexto a las fuerzas aliadas para atacar también con agentes químicos. Y así, en opinión de Bruno, se había esfumado toda posibilidad de adelantar el fin de la guerra.

A pesar de las condiciones desfavorables del viento en la batalla de Hulluch, Bruno no había conseguido influir en sus superiores para cancelar el ataque con gas. La nube tóxica, que había retrocedido, regresando a las líneas alemanas, había causado la muerte a más de mil soldados alemanes. Las trincheras y los refugios habían quedado llenos de cadáveres con los rostros azulados y los labios ennegrecidos. Casi todas las bajas se debieron a la falta de máscaras antigás. Pero algunos que sí las tenían no entendieron que el gas se había hundido en las trincheras y se habían retirado las suyas antes de tiempo. Esos hombres tragaron gases que les quemaron los pulmones, y murieron por asfixia y hemorragias internas.

Aunque no estaba entre sus obligaciones, insistió en supervisar el entierro de los fallecidos, que en muchos casos recibieron sepultura en fosas comunes. Aun así, dispuso que cuatrocientos de los caídos fueran enterrados individualmente en el cementerio de un pueblo francés llamado Pont-à-Vendin. Pero aquellas sepulturas no le sirvieron de mucho para aplacar el sentimiento de culpa que, como un cáncer, crecía en su interior. Los gritos entrecortados de los camaradas que se asfixiaban los llevaba grabados en el cerebro como si de discos de fonógrafo se tratara. Y fijados en su recuerdo estaban la imagen y el hedor de los cadáveres en distintos estados de descomposición, amontonados como troncos de madera.

«No hay palabras para describir la perversión de la guerra», pensó mientras le escribía una carta a Anna. Se debatía entre contarle lo que había ocurrido en Hulluch y ocultárselo. Deseaba compartirlo con ella, pero temía que, al mostrarse totalmente transparente sobre sus obligaciones, ella pudiera sentirse dolida o, peor aún, que lo que sentía por él pudiera cambiar. «Se lo contaré todo durante mi próximo permiso. Por ahora, llevaré esta carga yo solo».

El tren se detuvo con un chirrido. Bruno ahuyentó las ideas espantosas que ocupaban su mente y recogió su maletín de piel, que contenía las cartas de Anna y sus objetos personales. Al poner el pie en la escalerilla del tren, se le impregnó la nariz del olor a carbón de locomotora. Lille, ciudad ocupada por los alemanes, estaba llena de soldados de paso, camino del frente. Con pocas ganas de recibir una amonestación, Bruno decidió ir a pie para postergar el momento, renunciando a llegar en coche de caballos hasta su encuentro con Haber.

La ciudad de Lille, que poseía gran parte del carbón francés y de su industria del acero, había sido capturada en octubre de 1914. Las materias primas, los bienes manufacturados y la comida partían hacia el este para apuntalar al Imperio alemán. Las placas de las calles se habían cambiado y ahora los nombres figuraban en alemán. En los bares y los cafés, corría la cerveza para los soldados alemanes. Una fábrica de cigarros abandonada, así como diversos edificios industriales en desuso, habían sido convertidos en cuarteles para los soldados. Además, el Imperio había tomado el control de las publicaciones impresas. Un periódico en lengua alemana, el *Liller Kriegszeitung*, se distribuía entre las tropas ocupantes, mientras que otro, en francés pero confeccionado por los alemanes, la *Gazette des Ardennes*, emitía propaganda para los ciudadanos ocupados. Asimismo, los relojes de Lille marcaban la hora alemana. A Bruno le parecía que la ocupación había transformado la ciudad francesa en un destacamento alemán.

Al adentrarse en el centro de la ciudad, Bruno observó que un grupo de soldados armados obligaba a cuarenta prisioneros aliados, exhaustos y con los uniformes sucios, a desfilar por las calles. Contemplaban la escena en silencio unos peatones franceses, hombres, mujeres y niños plantados en la acera. Bruno veía que a los ciudadanos de Lille no les estaba permitido hablar con aquellos prisioneros. Aquellos hombres devastados, con las cabezas gachas, avanzaban arrastrando los pies. «Salvo por sus uniformes, son iguales que nuestros hombres».

Mientras pasaban los prisioneros, Bruno se acercó a un soldado.

—¿Adónde los llevas?

—A una prisión de la ciudadela. —El soldado se ajustó el rifle al hombro.

—¿Para trasladarlos a Alemania?

—No. Los hacemos desfilar todos los días entre la ciudadela y la estación de tren.

El soldado aceleró el paso y volvió a unirse a su grupo.

Bruno clavó la vista en aquellos prisioneros. Un sentimiento de vergüenza se apoderó de su conciencia. «Los paseamos por toda la ciudad para desmoralizarlos». Agarró el asa del maletín con tanta fuerza que los nudillos se le pusieron blancos, y cambió de ruta para dirigirse a su cita con Haber por otras calles.

Por una avenida importante, flanqueada de residencias palaciegas, Bruno llegó a una casa burguesa señorial, de tres plantas, con ventanas que sobresalían de la buhardilla. Al subir por la escalinata de piedra de la entrada, la angustia crecía en su interior. Llamó a la puerta, en la que una placa mostraba dos nombres: GABRIELLE LEMAIRE, parcialmente tachado con lápiz, y CELESTE LEMAIRE.

Abrió la puerta una joven de poco más de veinte años con la piel de alabastro. El pelo, color caoba, ondulado, reposaba sobre el cuello de encaje de su vestido azul marino.

—¿*Oberleutnant* Wahler?

Bruno se quitó el sombrero.

—*Ja.*

—Lo esperan en la sala —le informó la mujer en alemán pero con acento francés—. Sígame.

Avanzaron sobre suelos de mármol rojo. El taconeo de sus zapatos resonaba en el pasillo. Ella abrió unas puertas altas, de madera de roble. Sentados a una mesa había dos oficiales a los que Bruno reconoció: Fritz Haber, un hombre calvo con lentes quevedos, y Otto Hahn, oficial con bigote que se acercaba a la cuarentena. Como Bruno, este era químico y había sido reclutado por Haber. Entre las obligaciones de Otto estaba la localización de lugares, en ambos frentes, propicios para los ataques con gas tóxico.

—Bruno... —Haber se puso de pie y le extendió la mano.

Bruno, sorprendido al oír que lo llamaba por su nombre de pila, se la estrechó.

—Celeste —dijo Haber volteándose hacia la mujer—, tráenos de la bodega algo de beber.

La mujer se ausentó y cerró la puerta.

—Seguramente se estará preguntando por qué lo he convocado.

Haber se sentó. Bruno dejó en el suelo el maletín de piel y también tomó asiento.

—Supongo que tiene que ver con lo que ocurrió en Hulluch.

—Los errores forman parte de la guerra —sentenció Haber.

Otto asintió, y por su gesto se habría dicho que él también había sufrido accidentes con el gas tóxico.

—Los cambios de viento son imposibles de predecir —prosiguió, subiéndose los lentes—. Y los altos mandos, ignorantes en cuestiones científicas, pueden resultar difíciles de convencer.

Bruno notó que se le relajaban los músculos.

—Lo he convocado para compartir con usted un importante avance tecnológico.

Otto esbozó una sonrisa.

—Hemos conseguido introducir gas fosgeno en unas bombas de artillería —reveló Haber, también sonriendo—. Otto las ha usado con éxito en Verdún.

—¿Bombas tóxicas? —preguntó Bruno.

—Así ya no tendremos que preocuparnos por el viento —intervino Otto—. Podemos llevar el gas hasta donde queramos.

—¿Y cuáles han sido los resultados en Verdún? —quiso saber Bruno, aunque no estaba seguro de querer conocer la respuesta.

—El 22 de junio, gaseamos posiciones de la artillería francesa con bombas de fosgeno —le explicó Otto—. Estimamos entre mil y dos mil bajas.

Haber entrelazó los dedos.

—Su nueva misión tendrá Lille como base. Las bombas de fosgeno se trasladarán hasta aquí. Usted será el responsable de introducir las nuevas armas en el frente, entre Hulluch e Ypres.

Bruno asintió.

Celeste entró en ese momento con una botella de vino y tres copas, y lo sirvió.

—*Danke* —dijo Bruno.

Ella clavó sus ojos verdes en los de Bruno antes de bajar la cabeza.

—¿Desean algo más?

Haber le hizo un gesto para que se retirara y la joven obedeció.

—¡Por que superemos la tecnología enemiga y ganemos la guerra! —brindó Haber alzando la copa.

Bruno también brindó y dio un sorbo al vino. «Seguramente, en cuestión de meses, los Aliados también empezarán a usar sus bombas tóxicas».

—Nuestras acciones causarán un incremento de bajas —comentó Otto—. Y así se acabará el estancamiento en el frente.

Haber movió la copa en círculos.

—La muerte es muerte, independientemente de cómo se inflija.

A Bruno se le puso la piel de gallina. Le vino a la mente el recuerdo de cuerpos gaseados, de bocas abiertas, de rostros amoratados.

—He hablado con su padre hace poco —le informó Haber.

—¿Y cómo está? —preguntó Bruno.

—Está bien. Con los contratos del gobierno, la Wahler Farbwerke se está convirtiendo en una empresa muy grande. Su familia se habrá enriquecido bastante cuando termine la guerra.

Bruno asintió, tratando de recordar cuál era la última carta que había recibido de su padre, de su madre, de su medio hermano Julius. Dio un sorbo al vino, intentando borrar con él la decepción que le causaba su falta de comunicación.

—¿Cómo está su mujer, Clara? —le preguntó, impaciente por cambiar de tema.

—Muerta —respondió Haber.

Bruno dio un respingo.

—Lo siento mucho. ¿Cuándo ha sido?

—El año pasado.

Otto bajó la vista.

—Mi más sentido pésame, señor —murmuró Bruno—. De haberlo sabido, habría...

—No estaba bien —dijo Haber con brusquedad.

Bruno asintió. El silencio inundó la sala, y Otto cambió de tema y regresó a la fabricación de bombas de fosgeno. Durante los veinte minutos siguientes, evitaron cualquier asunto personal y se limitaron a abordar los planes del Imperio alemán para ponerse por delante en la carrera del armamento químico.

Haber se terminó el vino y se puso de pie.

—Debo tomar un tren, pero Otto puede quedarse en Lille unos días para ayudarlo a poner en marcha su nueva misión.

Bruno se levantó y le estrechó la mano.

—Buena suerte. —Haber se puso el sombrero y salió de la sala.

Al cabo de unos segundos, oyeron que la puerta de la calle se abría y se cerraba.

Otto se sirvió otra copa de vino.

—¿Lo he ofendido? —preguntó Bruno.

—No, debía irse, lo tenía programado así. Pero le recomiendo que en el futuro no le pregunte por su esposa. —Le dio un sorbo al vino—. Clara se suicidó.

Bruno abrió mucho los ojos.

—A Haber no le gusta hablar de ello. Según algunos rumores, estaba deprimida por la implicación de Haber en la guerra química. Cuando tuvo conocimiento del ataque con gas en Ypres, que causó miles de muertes, se quitó la vida.

—Dios mío —susurró Bruno.

—Se pegó un tiro en el corazón con el revolver de Haber. La encontró sin vida su hijo de doce años.

Bruno se quedó sin respiración.

—Mejor que no volvamos a hablar de ello. —Otto apuró su copa y la dejó sobre la mesa—. Celeste le mostrará su dormitorio. Creo que el alojamiento de esta casa de huéspedes le resultará más agradable que el cuartel de la vieja fábrica. Una vez que se haya instalado, lo llevaré al almacén de suministros, y después nos iremos al casino de oficiales.

Bruno asintió.

Otto le dio una palmadita en el hombro y se dirigió hacia su habitación.

Bruno se hundió más en su silla y se cubrió la cara con las manos. «¿Qué hará Anna cuando se entere de lo que he hecho? ¿Qué pensará del papel de mi familia en esta guerra?» El arrepentimiento le oprimía el corazón, y le habría gustado poder hacer algo para alterar el pasado.

Celeste entró en la sala.

—¿Desea que lo acompañe a su dormitorio?

Bruno alzó la cabeza y asintió. Se puso en pie y, con mano temblorosa, recogió el maletín.

—¿Está bien, *monsieur*?

—Sí —mintió Bruno.

Celeste, con suavidad, le quitó el maletín.

—Se sentirá mejor cuando haya descansado.

Salieron de la sala y él la siguió por una escalera semicircular. Cada paso que daba le costaba más, como si el peso de la guerra lo empujara de los hombros hacia abajo.

—He dejado toallas y agua en su cuarto —le comentó Celeste abriendo la puerta. Colocó el maletín junto a la cama.

—Gracias —dijo él.

—Si necesita algo, *monsieur*, me encontrará en la cocina, o en mi cuarto de la buhardilla.

Celeste se volteó, salió y cerró la puerta.

Bruno se desplomó en la cama. No podía dejar de pensar en las posibles ramificaciones de sus actos. Se esforzaba en convencerse a sí mismo de que Anna, si llegaba a enterarse de su papel en las muertes de miles de hombres, no actuaría contra sí misma como había hecho Clara, la esposa de Haber. «Pero ¿cómo puedo estar seguro?» Como no quería poner en peligro su compromiso matrimonial y, menos aún, cargar a Anna con el conocimiento de sus pecados, decidió no contarle nunca la verdad.

Capítulo 9

En su departamento, solo, Max avanzó por el salón y fue a sentarse en una silla tapizada con lana. Sonaba la *Sonata n.° 7 en do mayor* de Mozart en un gramófono instalado junto a un piano de cola Blüthner cubierto de polvo. La música reverberaba en la habitación, pero los oídos de Max, afectados por un bombardeo, eran incapaces de registrar las notas más altas de la clave, las que un pianista normalmente tocaba con la mano derecha. Para Max, las notas agudas desaparecían en un abismo negro, amortiguado, como si las teclas del instrumento estuvieran cubiertas por una manta.

El médico de Max había intentado curarle la pérdida de audición con hierbas, entre ellas infusiones de eneldo, o mediante la aplicación de gotas de aceite de ajo en los canales auditivos. Al constatar que esos tratamientos no daban resultado, el doctor le recetó un asistente de audición eléctrico del tamaño de una gran caja de puros que llevaba incorporado un aparatoso altavoz que se le insertaba en el oído. Si bien era cierto que ese aparato amplificaba los tonos que Max ya era capaz de discernir, no le servía de nada para detectar los más altos. El médico le diagnosticó pérdida permanente de la audición de las frecuencias agudas y le informó de que no podía hacer nada más por él.

Max se negaba a renunciar a la esperanza de recuperar audición con el tiempo. Todas las mañanas, cuando Wilhelmina se iba a trabajar en la fábrica de munición, se sentaba al piano. Tocaba escalas ascendentes hasta que las notas, a partir del re sostenido de la segunda octava más alta del teclado, se le volvían inaudibles. De las siete octavas de un piano de ochenta y ocho teclas, Max solo oía cinco. Perseverante, se sometía a sí mismo a pruebas diarias. Pero con el paso de los meses su espectro auditivo no mejoraba, y su sueño de componer música, junto con su deseo de tocar el piano, empezaba a desvanecerse.

Antes de la guerra, la aspiración de Max de convertirse en compositor nacía de su pasión por el piano, alentada por sus padres, Franz y Katarina. Pero ahora, en tanto que veterano de guerra invidente, la música era una de las pocas vías que le quedaban de obtener un empleo mínimamente lucrativo. A ojos de Alemania, se consideraba que una persona ciega sufría una discapacidad total. Aun así, Max se negaba a ser considerado un inválido, o digno de recibir la caridad de los demás. «No pienso ser una carga para Wilhelmina, ni mendigaré por las calles. Encontraré la manera de mantenerme a mí mismo, sea lo que sea lo que tenga que hacer».

Y aunque su audición mejorara, la ceguera de Max seguía siendo un inmenso obstáculo para la movilidad. Desde el brutal robo que había sufrido de regreso del mercado —que le causó una contusión, una herida en la cabeza que había requerido seis puntos de sutura y la pérdida de su dinero— había dependido de Wilhelmina para obtener provisiones. Aunque los residentes en Leipzig, en su mayoría, se mostraban amables, respetuosos y defensores de la ley, la escasez de alimento y los rumores de una hambruna inminente provocada por el bloqueo naval británico habían llevado a algunos ciudadanos a cometer actos delictivos. Un ciego con una cesta de alimentos era un blanco fácil para un grupo de adolescentes con el estómago vacío. A pesar de que le habían dado una paliza y le habían robado, Max no abandonó su propósito de explorar las calles. Con un bastón nuevo que se fabricó con el palo de una escoba vieja, salía a caminar alrededor de la manzana de su edificio. Cada día se atrevía a llegar algo más lejos por las aceras empedradas, decidido a crearse un mapa mental del barrio.

Max creía que la búsqueda de la independencia exigía algo más que la capacidad de recorrer unas pocas calles de la ciudad y, por tanto, insistía en preparar comidas y limpiar el departamento, a pesar de la desconfianza de Wilhelmina, que temía que pudiera romper algo o acabar incendiando todo el edificio.

Con mucha práctica y gracias a una organización meticulosa de alimentos, utensilios y cacharros, ya era capaz de preparar platos básicos, que sobre todo consistían en pan tostado, papas fritas y café. Con el tiempo ella, aunque no apreciara sus tareas, al menos empezó a tolerarlas. Max esperaba que al liberarla en parte de su carga de trabajo Wilhelmina recobrara parte de su afecto por él. Pero lo cierto era que entre ellos las cosas seguían igual. Agotada por los turnos extraordinarios que debía aceptar en la fábrica, hablaba muy poco durante las comidas y muchas veces se acostaba temprano. Su intimidad se marchitó, y Max temía que sus días felices de antes de la guerra no regresaran nunca.

La música cesó. La aguja del gramófono se deslizó, chirriante, hasta el centro del disco. Max se levantó. Con las manos extendidas, localizó el aparato y levantó el brazo del gramófono. Mientras se preparaba para volver a reproducir el disco, oyó una llave en la cerradura de la puerta del departamento. Pulsó un interruptor y el plato, lentamente, dejó de girar.

Wilhelmina, con la bata sucia, entró y cerró la puerta. Dejó una fiambrera de hojalata vacía en la encimera de la cocina.

Max se adelantó un poco apoyando la mano en la pared.

—*Hallo.* ¿Wilhelmina?

Ella se quitó la bufanda roja.

—¿Acaso esperabas a alguien más? —le preguntó con voz seca y fatigada.

—No. —«Antes nos abrazábamos con ganas cuando nos encontrábamos», pensó. «Mi discapacidad y tu exceso de trabajo en la fábrica de municiones han creado un abismo entre los dos».—. ¿Cómo te fue hoy?

—Como siempre.

—¿Todavía te duele la cabeza?

—Sí.

El empleo de Wilhelmina consistía en llenar de explosivo las carcasas de los proyectiles. Estaba diariamente sometida a productos químicos peligrosos sin contar con la protección adecuada. Además de las migrañas, las trabajadoras de la fábrica y ella sufrían catarros crónicos, anemia y náuseas.

—Lo siento. —Se acercó a ella y le buscó la mano. Su bata de trabajo, manchada de restos de explosivos, emitía un olor dulzón a producto químico. Él le apretó un poco los dedos, pero ella no le devolvió el gesto—. Te sentirás mejor cuando te hayas lavado y hayas comido algo. Tenemos unas cuantas papas. Preparé *latkes* para cenar.

Ella retiró la mano.

—No tengo hambre.

—Pues entonces te preparo un café.

Esperaba que ella volviera a rechazarlo, pero oyó el crujido de una silla y notó que se había sentado a la mesa de la cocina. Buscó un tarro de cerámica y, con cuidado, sacó de él unos cuantos granos de sucedáneo de café hechos con corteza de árbol. Los metió en un cazo de peltre.

Wilhelmina extrajo un sobre del bolsillo de su bata de trabajo.

—Te ha llegado una carta del Ejército Imperial Alemán.

Max sintió una opresión en el pecho. Fue a buscar una jarra de vidrio, vertió agua en el cazo y, con el dedo, comprobó hasta dónde lo había llenado.

—¿Prefieres leérmela ahora o más tarde?

—Ahora me parece bien.

Wilhelmina rasgó el sobre y leyó la carta.

13 de julio de 1916

Maximilian Benesch:

Por la presente se le notifica que, como consecuencia de su discapacidad visual, ha sido convocado a presentarse en las instalaciones de Schützenhof, en Oldemburgo, a fin de que inicie una rehabilitación de movilidad con perros guía para invidentes, el día 2 de diciembre a las 8:00 horas. Las sesiones se alargarán un mínimo de ocho semanas. En breve se le informará de los detalles relativos al traslado.

Obergefreiter, Frederick Müller
Departamento de Veteranos de Guerra
Ejército Imperial Alemán

«Dios mío. La solución del gobierno a mis problemas es enviarme lejos para que entrene con un perro». Localizó una caja de cerillos y encendió un fogón.

—No sabía que los perros se usaran para los ciegos —comentó Wilhelmina.

—Yo tampoco. —Se quedó unos instantes en silencio, pensando en los perros sanitarios, en los perros mensajeros y en los perros exploradores que había visto en el frente.

—Tal vez te ayude la rehabilitación.

—No quiero ir —dijo él.

—¿Por qué?

—Ninguna terapia me devolverá la vista ni el oído.

—Pero no puedes negarte.

Él se encogió de hombros.

—Yo quiero que vayas —prosiguió Wilhelmina—. Debes aprender a valerte por ti mismo, y un perro podría ayudarte. Como mínimo, te proporcionará protección contra los que quieran asaltarte y robarte. —Volvió a meter la carta en el sobre y se acercó a él—. Yo no puedo estar siempre cuidando de ti. Tengo que trabajar. Además, esta podría ser tu última oportunidad de recibir un tratamiento de rehabilitación.

Un mal presentimiento se instaló en las entrañas de Max.

«Si me voy, es posible que cuando regrese ella ya no esté. Y si está, quizá no se quede si considera que con un perro ya estoy seguro».

Ahuyentó esos pensamientos y se negó a admitirse a sí mismo que le daba miedo estar solo.

Ella le puso la carta en la mano, se fue al cuarto de baño y cerró la puerta.

Max se sentía cada vez más angustiado. Recuperar su relación rota con Wilhelmina era una tarea abrumadora, y le daba miedo someterse a cualquier tipo de rehabilitación gubernamental, por mucho que incluyera un elemento atractivo como era la participación de un perro. Mientras esperaba a que saliera el café, puso en marcha el gramófono. La sonata para piano, exceptuando las notas agudas, inundó sus oídos. Rezó para tener fuerzas para soportar su tormento, pero no llegaron.

Capítulo 10

El estrépito de un despertador sacó a Anna de su sueño. Pulsó el botón de la parte trasera del mecanismo y las campanillas dejaron de repicar. Pero los sonidos de los timbres que provenían del taller de Norbie, dos plantas por debajo del dormitorio de Anna, reverberaban amortiguados por toda la casa. Se frotó los ojos para quitarse las legañas y su mirada fue a posarse en una esquina de la habitación, donde Nia seguía acurrucada en el suelo.

—Buenos días —la saludó.

Nia meneó la cola, que golpeó la pared.

—La escuela de perros guía abre hoy —dijo Anna—. Y tú te vienes conmigo a trabajar.

Nia levantó la cabeza.

—Ven —la llamó, incorporándose en la cama.

El animal hizo esfuerzos por ponerse de pie. Cojeando, evitando poner mucho peso en la pata derecha delantera, apoyó la barbilla en las sábanas.

Anna le dio unas palmaditas en la frente, y a cambio recibió un lametón en la cara. Ahogó una risita y le acarició las orejas.

«Ya estás mejor».

Durante las últimas dos semanas, Anna había cuidado de Nia. Le había lavado y secado las patas, hinchadas e infectadas, y le había aplicado un ungüento antibacteriano casero hecho con ajo, una fórmula que le había enseñado Emmi. Mientras la curaba, Nia nunca se quejaba ni pateaba. Más allá de algún gimoteo esporádico o de algún lametón en el mejunje que llevaba entre las almohadillas y las uñas, que sin duda debía de escocerle, era una paciente ejemplar. Pero cuando Anna despertaba por las noches al oír sus gemidos y sus llantos, no le cabía la menor duda de que Nia había sufrido por muchos más motivos, no solo por las lesiones en las patas causadas por la humedad de las trincheras, durante sus misiones como perra sanitaria en el frente.

—Estás a salvo, y ya no vas a tener que volver nunca allí —le susurraba al oído mientras la abrazaba en el suelo.

Con el paso de los días, las pesadillas de Nia dejaron de ser tan frecuentes, pero no desaparecieron. Al presenciar su sufrimiento, Anna no podía evitar preguntarse si Bruno también tendría pesadillas causadas por el campo de batalla, por mucho que en sus cartas, cada vez menos frecuentes y menos detalladas, le asegurara que se encontraba bien de mente y cuerpo.

Mientras ella estaba en el trabajo, Norbie se ocupaba de la perra. Todos los días la envolvía en una manta de lana y la bajaba hasta su taller, donde le daba su pienso de nabo mezclado con pedacitos de pan negro. Nia se pasaba casi todo el tiempo durmiendo a sus pies, mientras él reparaba los relojes. Dos veces al día, la sacaba con delicadeza al jardín situado en la parte trasera del taller para que hiciera sus necesidades. Como no podía sostenerse sobre sus patas, Norbie le sujetaba el abdomen para liberarla del peso de su cuerpo. Después de aliviarse, Nia levantaba el hocico y le daba un lametón en la nariz. Al regresar por la tarde, Anna se encontraba a su padre sentado en su banco de trabajo y a Nia acurrucada a sus pies. Cuando le preguntaba por qué no tenía puestos los zapatos ni los calcetines, él movía los dedos de los pies y decía: «¡Es que le gusta que le acaricien la barriga!».

Al cabo de una semana, Nia ya había recuperado algo de peso. Las costillas ya no se le marcaban como tablas de lavar cubiertas de pelaje, cuyos tonos negro y caramelo habían empezado a brillar de nuevo. Ya era capaz de mantenerse de pie unos instantes, con las patas separadas y aún temblorosas, antes de tumbarse sobre la barriga. Pero después de unos días más de cuidados ya se acercaba tambaleante hasta la puerta para acariciar a Anna con el hocico cuando llegaba del trabajo. A juzgar por el reloj de péndulo estropeado que seguía exactamente igual en el banco de trabajo, Anna sabía que Norbie había abandonado gran parte de sus tareas por cuidar de Nia. Al ver su compasión y su entrega con la perra, se acordó de cómo había cuidado de ella tras la muerte de su madre. Ahora, más que nunca, daba gracias por tenerlo de padre.

Anna hizo la cama y se vistió para irse al trabajo. Ayudó a Nia a bajar a la cocina, donde Norbie estaba desayunando mientras leía el periódico.

—Buenos días.

Norbie dejó el periódico sobre la mesa.

—Te he preparado pan tostado y café de corteza. Está algo mejor que el de la última remesa, pero sigue sabiendo a infusión de madera.

—Gracias. —Anna se sirvió una taza del brebaje, que tenía color de avellana pálida, de un cazo que había sobre el fogón. Se sentó a la mesa y mordisqueó su pan negro tostado.

Nia se acercó a Norbie y le arrimó el hocico a la pierna.

Él le dio unas palmadas en el lomo y miró a Anna.

—¿Estás segura de que está lo bastante bien como para pasarse el día en la escuela? —le preguntó con un dejo de tristeza en la voz.

«La vas a echar de menos», pensó Anna.

—Todavía necesita más tiempo para que se le curen las patas, pero mi supervisor quiere ver cómo sigue su recuperación.

Norbie asintió.

Anna había ido informando diariamente a Rolf Fleck sobre las mejoras en el estado de salud de Nia. Aun así, tras dos semanas, su paciencia parecía haberse agotado y había insistido en que quería examinarla él mismo. Anna esperaba que, a pesar de la presión para disponer de más perros de adiestramiento, le concediera algo más de tiempo a Nia para reponerse del todo.

—Nuestro primer veterano de guerra llega hoy —le explicó Anna a su padre—. Se llama Paul Feyen.

—Eso son muy buenas noticias —dijo él—. ¿Y se le sumarán más?

—No el primer día de clase. Fleck prefiere empezar con uno para que los adiestradores tengan tiempo de aprender y adaptarse.

—¿Cuándo llegará la siguiente promoción? —preguntó Norbie.

—En ocho semanas —respondió Anna—. Tiempo suficiente para que Nia se recupere y pueda participar en las prácticas.

Norbie le acarició la cabeza a Nia.

—Todavía tengo dos meses para malcriarte.

Nia le lamió la mano.

—Deberíamos tratarla como a una perra guía, un animal de trabajo, y no como a una mascota —sugirió Anna—. No debemos apegarnos demasiado a ella. Tarde o temprano se irá.

Nia miró a Anna, y después a Norbie.

Este le acarició la cabeza y apoyó las manos en el regazo.

—Está bien.

Un atisbo de culpa se instaló en el estómago de Anna. Como Norbie, ella también había malcriado a Nia con abrazos y dejándola dormir en su cama.

—¿Vas a trabajar con el veterano? —le preguntó Norbie.

—No —respondió ella tratando de disimular la decepción—. Mis deberes se limitan a asistir a los adiestradores y cuidar de las perras.

Norbie le dio un sorbo al café.

—Deberían permitirte hacer algo más.

—Me gusta mi trabajo —dijo ella.

—Seguro que sí. Pero creo que podrías ser una gran adiestradora de perros. ¿Verdad que sí, Nia?

La perra levantó la cabeza.

Anna se bebió el café. Aunque acababa de afirmar que estaba satisfecha con su cometido, aspiraba a ser adiestradora. Le encantaban los perros, y le entusiasmaba la idea de que esos animales tan hermosos e inteligentes pudieran convertirse en prótesis de los ojos de veteranos ciegos. Siempre que podía se fijaba en el trabajo de los adiestradores. En su manera de evaluar el carácter de un perro. En las pruebas y exámenes a los que los sometían. En las órdenes de obediencia. En los pasos que daban para hacer de un animal sin entrenar un can formado. En los entrenamientos avanzados y en el trabajo con los obstáculos. Pero para ella, con diferencia, la tarea más impresionante era el adiestramiento en desobediencia inteligente, que consistía en que un perro guía aprendía a desobedecer una orden en aras de la seguridad de su acompañante, por ejemplo cuando este le ordenaba que cruzara una calle. Todas las noches, Anna anotaba sus observaciones en un cuaderno que guardaba en la mesilla de noche. Las hazañas que los perros guía lograban le resultaban de lo más estimulantes, y deseaba con todas sus fuerzas poder participar en ese proceso de recuperación de la vida de las personas discapacitadas. «Quizá algún día tenga la ocasión de entrenar con ellos».

En el taller se activaron simultáneamente los timbres y las campanillas de los relojes, que también se detuvieron a la vez.

«Ya son las seis y media».

Anna permaneció inmóvil, esperando el sonido de otro reloj.

—¿Has reparado el de péndulo?

—Sí —confirmó Norbie, esbozando una sonrisa.

En ese momento sonó el repicar grave de una campana.

Norbie suspiró.

—Maldito disco del péndulo...

—Tengo que irme. —Anna se puso de pie y le dio una palmadita a Nia—. ¿Estás lista?

El animal se incorporó. Dejó levantada la pata delantera herida, lo que por un segundo le dio el aspecto de perro cazador.

—¿No quieres darle algo de comer? —le preguntó Norbie.

—Se lo daré en la escuela.

—Te he preparado la comida y la tienes envuelta —dijo el padre señalándosela.

—Gracias.

Ella recogió la bolsa de papel de la encimera. Al voltearse vio que su padre se había cruzado de brazos y miraba por la ventana de la cocina. El pan había desaparecido de su plato, y Nia se estaba relamiendo el hocico.

—A mí no me engañas. Sé lo que acabas de hacer.

Norbie le dio unas palmaditas en la barriga.

—Ella lo necesita más que yo.

Haciendo esfuerzos por no sonreír, le dio un beso en la mejilla. Ayudó a Nia a bajar la escalera y esperó en la calle hasta que Emmi y un adiestrador, que conducía un carro tirado por un solo caballo, pasaron a recogerlas. Llegaron a la escuela a las siete en punto, tal como Fleck exigía.

En el cobertizo, Nia, cojeando, pasaba de cubículo en cubículo saludando a las demás perras. Las colas se agitaban. Los hocicos húmedos se asomaban por entre los huecos de las puertas. Cuando Anna estaba echando el pienso en los cuencos, Emmi se acercó a ella y le dijo:

—Por ahí se acerca Fleck.

El nerviosismo se apoderó de su estómago. Dejó la pala en el barril.

—¿Dónde está? —preguntó Fleck al entrar en el cobertizo.

Anna sacó a Nia, que se había tumbado cerca de un cubículo en el que descansaban otros dos pastores alemanes.

Fleck frunció el ceño.

—Cojea.

«Camina».

—Nia está mucho mejor. Ha engordado y...

—No podrá recibir adiestramiento si está coja.

Fleck sacó una correa de un gancho y se la ató al cuello. Le examinó las cuatro patas y la llevó por el cobertizo.

Nia, incapaz de apoyar el peso de su cuerpo en la pata delantera, avanzaba cojeando sobre las otras tres.

Fleck le entregó la correa a Anna.

—No podemos permitirnos el lujo de alimentar a animales que no pueden trabajar.

«No dejaré que la sacrifique». Anna apretó mucho la correa, haciendo esfuerzos por ahuyentar el miedo.

—Lo único que necesita es más tiempo para recuperarse.

—No disponemos de tiempo, Fräulein Zeller —sentenció él con firmeza.

—Herr Fleck —intervino Emmi, colocándose junto a su amiga—. A veces para que los pies de un soldado dañados por las trincheras se curen del todo hacen falta meses. No tengo ningún motivo para pensar que, en el caso de los perros, los tiempos sean más cortos.

Fleck se retorció el bigote con los dedos.

—Los hospitales están desbordados de soldados que han quedado ciegos en el frente —señaló Anna, armándose de valor—. No habrá perros para todos ellos. En los meses y los años venideros, podría tener que recurrir a todos los perros disponibles en Alemania.

Fleck sacó una cajita de metal del bolsillo, tomó un cigarro y se lo encendió.

—Hace dos semanas —prosiguió Anna—, Nia no podía ni caminar. Los progresos en su salud han sido extraordinarios. Cuando empiece el próximo curso, estará lista para el adiestramiento.

Fleck dio una fumada y expulsó el aire por la nariz.

—Póngala con otra perra en un cubículo.

—De acuerdo, pero...

—¿Pero qué? —preguntó él en tono impaciente.

Anna tragó saliva. «Protégete el corazón». La voz de Norbie resonaba en su mente.

—Si desea garantizar su recuperación, debería seguir bajo mis cuidados día y noche.

Con un golpecito, Fleck tiró la ceniza del cigarro al suelo.

—Con el debido respeto, Herr Fleck —apuntó Emmi—. Dormir en el suelo frío podría suponer un retraso en la recuperación de sus patas.

—Muy bien —dijo Fleck mirando a Anna—. Dado que insiste tanto en salvar a esta perra, espero que la alimente con su propia comida.

«Ya la estoy alimentando con nuestra comida racionada», pensó Anna, pero se mordió la lengua.

—Sí, señor.

Fleck dio media vuelta y abandonó el edificio.

—Gracias —dijo Anna.

—Lo has convencido casi tú sola —replicó Emmi.

Anna le dio un abrazo.

—Sin ti no podría hacer lo que estoy haciendo.

—Pues claro que podrías. —Emmi se apartó y sonrió—. Pero es agradable sentir que alguien me necesita.

Oyeron el repicar de cascos de caballo y no pudieron evitar asomarse al quicio de la puerta. En ese momento, en el patio, un carro se detenía por completo. El cochero ayudó a apearse a un hombre que llevaba bastón y vestía un uniforme gris desprovisto de insignias militares. Tenía los ojos oscuros, inmóviles, y la frente y los pómulos cubiertos de cicatrices.

—Ese debe de ser Paul Feyen —comentó Anna.

—Sí. Parecen siempre tan jóvenes...

Anna asintió.

Nia se acercó cojeando hasta Anna y le empujó la mano con el hocico.

Anna le acarició la cabeza y notó que se calmaba.

Fleck saludó a Paul con un apretón de manos y a continuación le presentó a los adiestradores y a varios perros guía. Le dio unas palmaditas a uno de ellos y esbozó una sonrisa.

—¿Crees que Fleck nos lo presentará? —preguntó Anna.

—Tal vez, pero yo no contaría con ello. —Emmi tomó una pala y se puso a limpiar un cubículo.

Nia contemplaba al corrillo que se había formado en el patio.

Anna se arrodilló junto a ella y le susurró:

—Algún día tú también ayudarás a un veterano de guerra como él.

La perra movió la cola.

Ella le pasó los dedos por el pelaje.

—Practicaremos todas las noches —le dijo—. Y aprenderás lo que hacen todas las demás perras. Y así, cuando estés bien del todo, Fleck ya no podrá echarte de la escuela.

Capítulo 11

Anna descolgó un arnés del gancho instalado en la pared del cobertizo y se acercó a Nia, que estaba de pie, apoyada en las cuatro patas.

—Has avanzado mucho en estos dos meses —le dijo, acariciándole la cabeza—. Pero todavía te queda mucho camino para convertirte en una perra guía.

Nia agitó la cola.

Anna miró discretamente a través del cristal combado de la ventana. En el circuito de obstáculos, Fleck y los adiestradores trabajaban con Paul y su perro guía. A excepción de Emmi, que en ese momento le cortaba las uñas a un pastor alemán, Nia y ella estaban solas en el cobertizo.

—Vamos a practicar un poco —le dijo, poniéndole el arnés.

—Será mejor que Fleck no se entere de lo que estás haciendo —le advirtió Emmi asomando la cabeza por el cubículo.

—No se enterará si tú haces bien tu trabajo y montas guardia.

—De acuerdo, pero que sea rápido.

Emmi acercó el taburete a una ventana y siguió cuidando de las patas del pastor alemán. Solo se oía el chasquido esporádico de las uñas al cortarse.

Anna colocó una serie de cubos y una pala en el suelo.

Fue a buscar un bastón de ciego y se vendó los ojos para tapar la entrada de luz. Agarró con fuerza el arnés.

—Adelante —dijo.

Nia se puso en marcha y giró al llegar junto a un cubo para darle a Anna espacio suficiente. Siguió maniobrando para superar los siguientes obstáculos.

Anna bajó el asa fijada al arnés y tiró un poco de ella.

Nia se detuvo.

Anna se quitó la venda, se arrodilló y le acarició la espalda.

—Buena chica.

Nia meneó la cola.

Emmi se levantó del taburete e hizo como que aplaudía.

Anna se sentía muy orgullosa.

Durante las semanas anteriores, había trabajado con Nia todas las noches y en sus días libres. Cuando no estaba trabajando, pasaba casi todos sus ratos curándole la pata a la perra y adiestrándola a escondidas. Con un arnés hecho a mano que Norbie había confeccionado aprovechando pedazos sobrantes de cuero y unos tubos de metal, había enseñado a Nia a maniobrar por un pequeño circuito de obstáculos improvisado con sillas y restos de relojes rotos en el taller de su padre. Cuando la perra ya dominaba el arte de guiar a Anna, que llevaba los ojos vendados y sostenía un bastón en la mano, para subir y bajar la escalera de su casa de tres plantas, empezaron a salir a la calle. Los adiestradores, normalmente, usaban vendas y bastones para simular el comportamiento de las personas ciegas, pero Anna no se atrevía a recurrir a aquellos elementos en público. Temía que se corriera la voz y acabara por enterarse Fleck, que era muy estricto asignando instructores a los perros. Aunque el arnés casero era bastante peculiar, Anna creía que, si Fleck le preguntaba al respecto, siempre podía poner como excusa que simplemente la estaba sacando a hacer ejercicio, algo que formaba parte de sus responsabilidades y las de Emmi en la escuela de perros guía.

Juntas, Anna y Nia recorrían las calles empedradas de Oldemburgo. Reproduciendo las acciones de los adiestradores, Anna le enseñaba a la perra a detenerse en los bordillos de las aceras, tanto para bajarlas como para subirlas, así como a pasar por calles concurridas, al tiempo que garantizaba un espacio suficiente para evitar a los peatones. Con todo, a veces cometía errores con el adiestramiento. Una vez, Nia intentó cruzar una calle cuando pasaba un carro, y para evitar la colisión tiró del arnés y le dijo: «¡No! ¡Perra mala!». A Anna no le gustaba regañarla, táctica que sí usaban los adiestradores, pero así Nia aprendía cómo poner a salvo a un acompañante por la calle. De modo que, tras unos cuantos casos de prueba y error, Nia aprendió a desobedecer las órdenes de Anna y a tomar su propia iniciativa cuando se encontraba con tráfico o con obras en las aceras. Aunque Nia era inteligente y servicial, a Anna le parecía que su capacidad para aprender a ser perra guía estaba condicionada por su experiencia como perra sanitaria.

A pesar de que la pata delantera derecha había sanado casi por completo, cuando pasaba muchas horas seguidas entrenando, Nia solía cojear, como si tuviera una espina clavada muy adentro en una almohadilla. A Anna le preocupaba que aquella pata tan frágil fuera una secuela crónica, que no se le curara nunca, pero ni ella ni Emmi le manifestaron en ningún momento aquella preocupación a Fleck. Lo que le decían era que, con el tiempo, la perra se recuperaría por completo.

Basándose en el pronóstico favorable de las dos sobre su estado, Fleck permitió que Nia comenzara a trabajar con adiestradores, pero al cabo de unas horas de ejercicios la perra empezó a levantar la pata y Fleck ordenó que la retirasen del circuito. Aunque quedó impresionado con su rendimiento en el circuito de obstáculos, la consideraba un animal débil. Y a medida que pasaban los días, se mostraba reacio a incluirla en los entrenamientos, lo que dificultaba sus posibilidades de establecer un vínculo con alguno de los adiestradores. Anna sabía, por el tiempo que llevaba en la escuela, que era fundamental que entre un adiestrador y un perro guía se generase una relación profunda. Se trataba de una relación importantísima, pues permitía que el adiestrador creara confianza entre el perro y un veterano ciego.

Nia era la perra descartada, como ese niño frágil al que sus compañeros no quieren en su equipo para jugar a la rayuela. Se pasaba gran parte del tiempo en el cobertizo, tumbada con la barbilla apoyada en el suelo, mientras Anna y Emmi llevaban a los perros sanos al circuito de obstáculos y los traían de vuelta. Anna deseaba que Fleck le permitiera pasar más tiempo con los adiestradores, pero el verano dejó paso al otoño y la guerra seguía, y a la perra se le agotaba el tiempo.

—Vamos a intentarlo una vez más —dijo Anna, clavando la vista en el circuito de obstáculos improvisado que habían preparado en el cobertizo. Se cubrió los ojos con la venda y agarró el asa del arnés de la perra—. Adelante.

Nia se puso en marcha, esquivando un cubo.

Ella tanteaba el suelo con el bastón en busca de obstáculos.

—¡Viene Fleck! —le advirtió Emmi en voz baja.

A Anna se le heló la sangre. Soltó el asa del arnés. Cuando intentaba quitarse la venda a toda prisa, tropezó con una pala y cayó al suelo. El dolor le recorrió los antebrazos. Se echó hacia abajo el pañuelo y forcejeó con el arnés de Nia para retirárselo.

Emmi se abalanzó sobre Nia y le desabrochó una hebilla.

La perra le lamió una oreja a Anna.

—Ahora no —le susurró ella, aflojándole el arnés.

Los pasos de unas botas resonaban cada vez más cerca.

A Anna el corazón le latía con fuerza. Soltó el arnés de Nia, se acercó corriendo a la pared y lo colgó de un gancho.

Emmi lanzó el bastón y la pala a un cubículo. Se volteó hacia Anna.

—La venda.

Anna se quitó el pañuelo que aún llevaba al cuello y ocultó las manos tras la espalda.

Emmi sujetó a Nia por el collar y se metió con ella en otro cubículo.

—Fräulein Zeller —dijo Fleck al entrar en el cobertizo.

—Sí, señor —respondió ella, enderezando la espalda.

—El doctor Stalling y otros miembros de la Asociación de Perros Sanitarios llegarán esta tarde para asistir a una recepción en honor a nuestro primer graduado. Habrá un fotógrafo en el acto, por lo que quiero que todo esté en orden. —Clavó la vista en los cubos distribuidos por el suelo.

Anna notó que se le secaba mucho la boca.

—Puede empezar por recoger todo este caos.

Ella asintió.

—Vaya a buscar a Frau Bauer, barran la parte trasera del edificio y después limpien el campo de excrementos de perro.

—Por supuesto, señor.

Anna apretó con fuerza el pañuelo.

Fleck se dio la vuelta y se fue.

Anna exhaló, con la sensación de haber esquivado por casi nada un tren a toda velocidad.

Nia sacó el hocico por un hueco del cubículo.

Emmi salió de su escondite.

—Quizá deberías limitar tu circuito de obstáculos al taller de Norbie.

Anna asintió.

Por la tarde, unos quince miembros de la Asociación de Perros Sanitarios, entre ellos el doctor Stalling, llegaron a la escuela.

Tuvo lugar una exhibición con adiestradores y pastores alemanes en el circuito de obstáculos. A continuación, en el cobertizo, se ofició una pequeña ceremonia, sin pastel ni bebidas alcohólicas, en reconocimiento a Paul Feyen, el primer graduado de la escuela de perros guía. Aunque Anna y Emmi habían mantenido muy poco contacto con él a causa de los estrictos protocolos impuestos por Fleck sobre los papeles y las responsabilidades de cada uno, habían llegado a conocerlo porque cuidaban a su pastor alemán. Se trataba de una persona amable, que se expresaba con dulzura. Trabajaba incansablemente con Fleck y los adiestradores, y desarrolló un fuerte vínculo afectivo con su perra. Había llegado a Oldemburgo destrozado, ciego por culpa de un explosivo. Y ahora se iría lleno de confianza, con una compañera fiel y los medios para llevar una vida independiente. A pesar de que su papel había sido solo de apoyo, Anna agradecía haber podido participar en ese cambio de perspectiva de futuro. Y al ver que Paul posaba para una fotografía junto a su animal, un pastor alemán de orejas enormes, como de murciélago, Anna no pudo evitar esbozar una amplia sonrisa de orgullo.

—Fräulein Zeller —dijo el doctor Stalling acercándose a Anna—. ¿Cómo está?

—Bien, doctor. ¿Y usted?

—Espléndido. —Señaló a Paul, que en ese momento acariciaba a su perro—. Es un nuevo inicio.

—Para los dos —comentó ella.

—En efecto.

—La primera escuela de perros guía del mundo. Lo felicito.

Stalling sonrió.

—Esto no habría sido posible sin el esfuerzo de todos. —Con gratitud en los ojos, miró a Anna—. Gracias por sus servicios.

—Es un honor.

—¿Cómo se va adaptando al nuevo empleo? —le preguntó él.

—Bien —respondió ella, a pesar de su deseo insatisfecho de poder adiestrar perros.

—En el hospital preguntan mucho por usted y por Emmi. Si alguna de las dos quiere regresar, por favor, háganmelo saber.

A Anna le parecía que hacía siglos que había dejado de ser enfermera. Siempre se le había dado mal poner inyecciones y medir las dosis de los medicamentos.

—Es muy amable de su parte, doctor, pero aquí estoy muy contenta.

—Me alegro —dijo él—. Aquí, en esta escuela, nos dedicamos a devolver la vista mediante asistencias vivas a la movilidad.

Con el rabillo del ojo, vio a Fleck acercándose. El corazón empezó a latirle con fuerza.

—Disculpe, doctor Stalling —dijo Fleck—. ¿Puedo hablar un momento con Fräulein Zeller?

Se le puso la piel de gallina.

—Por supuesto.

Stalling se despidió de ella llevándose la mano al sombrero, y regresó junto a los demás.

—Venga conmigo —le ordenó Fleck.

Anna tragó saliva y lo siguió afuera.

—Tengo un problema —empezó a explicarle, volteándose hacia ella.

«Oh, no». Anna se cruzó de brazos.

—Van a llegar varios veteranos a Oldemburgo para iniciar su curso de formación —prosiguió— y ha surgido un problema de alojamiento con uno de ellos.

—Vaya... —Anna notó que se le destensaban los músculos—. Mi padre y yo disponemos de espacio de sobra.

—No he terminado —la cortó él.

—Lo siento, señor.

—Un adiestrador, al que no voy a nombrar, prefiere no alojar a uno de los veteranos en su casa. —Fleck se sacó un cigarro del bolsillo, pero no parecía tener prisa por encenderlo—. Porque es judío.

Anna pensó que ese hombre había combatido y sacrificado sus ojos por el país de todos ellos y aun así no se le permitía dormir en casa de un adiestrador por su confesión religiosa. Notó que le hervía la sangre.

—Si los demás adiestradores expresan reservas similares, se quedará conmigo. Yo no tengo el menor inconveniente en acoger a un judío en casa. Con todo, antes de intentar reorganizar los preparativos, quería preguntarle si usted estaría dispuesta a alojarlo en su domicilio.

A Anna le alegró saber que Fleck, en caso de necesidad, estaba dispuesto a acoger al hombre, pero le decepcionaba descubrir que un adiestrador era intolerante con los judíos. Fleck parecía preocupado por que otros adiestradores expresaran reservas similares. Desechó aquellas ideas, lo miró y le dijo:

—Por supuesto. Puede quedarse conmigo.

—¿Tiene que hablar antes con su padre?

—No —dijo Anna—. Para él también será un honor alojarlo en casa.

—Me alegro de que les resulte aceptable. —Fleck volvió a guardarse el cigarro en la cigarrera y regresó con los demás a la recepción.

Anna entró en el cobertizo. Recorrió el espacio con la mirada, preguntándose cómo era posible que alguien que se dedicaba a velar por los ciegos pudiera albergar unas creencias antisemitas. Esperaba que se tratara de un caso aislado y que Fleck no fuera tolerante con los prejuicios de los adiestradores. Como se le habían quitado las ganas de celebraciones, se metió en el cubículo en el que Nia seguía acurrucada sobre un montón de paja. Se arrodilló y le acarició el lomo.

—Tú no tratarías a alguien tan mal solo porque es diferente, ¿verdad? —le susurró Anna.

Nia le acercó el hocico a la pierna.

Anna le pasaba los dedos por el pelaje. «Si la gente se pareciera más a los perros, quizá el mundo sería ciego a la intolerancia».

Anna permaneció allí, acariciando a Nia, hasta que los congregados se marcharon.

Capítulo 12

Bruno, con el uniforme manchado de lodo y sangre, se bajó del tren en la estación de Lille para iniciar su permiso de dos días. En el horizonte, el atardecer escarlata creaba la ilusión de que el frente occidental estaba en llamas. A pesar de haber abandonado el campo de batalla, a apenas veinte kilómetros de allí, los gritos y el rugido de las bombas reverberaban en su mente.

Hacía ya dos meses que se había ido de Lille para entrenar a varios regimientos en el uso de la nueva arma del Imperio alemán: los proyectiles con gas tóxico. Bajo la escrupulosa supervisión de Haber, Bruno instruía a unidades de artillería en el uso de bombas de cloro y fosgeno, cuyo aspecto exterior era muy parecido al de los explosivos normales, salvo por una cruz verde pintada en la base. Dado que el cloro emitía un gas verde fácilmente detectable, así como un intenso olor a piña y a pimienta, el fosgeno se había convertido en el tóxico preferido. Se trataba de un gas incoloro que olía a paja húmeda y, por tanto, resultaba menos perceptible que el cloro. Además, era mucho más mortífero dada su capacidad de reaccionar con proteínas en los alveolos de los pulmones, destruyendo la barrera alveolocapilar, lo que causaba asfixia. Pero el fosgeno tenía un defecto: en ocasiones, los síntomas de la intoxicación tardaban hasta dos días en manifestarse. Así pues, un soldado enemigo podía seguir luchando hasta que el fluido de sus pulmones lo ahogaba. Haber, que estaba decidido a ganar la carrera del armamento químico, le aseguraba a Bruno que los científicos no tardarían en descubrir variantes más mortíferas del gas tóxico.

«La muerte es muerte, independientemente de cómo se inflija». La voz de Haber resonaba en la mente de Bruno mientras veía salir disparados los proyectiles de aquellos colosales cañones hacia las líneas enemigas. Lo ponía enfermo pensar que había vendido su alma a Haber. También le indignaba el hecho de que los negocios de su familia se aprovecharan y produjeran para el gobierno armas tóxicas. No es que él pudiera hacer gran cosa, o eso le parecía, más allá de combatir para sobrevivir a la guerra y rezar por que Anna no llegara a enterarse nunca de las atrocidades que le ordenaban perpetrar.

El suicidio de la esposa de Haber, Clara, pesaba mucho en la conciencia de Bruno. Como una herida infectada que jamás se curaría, temía que Anna descubriera algún día lo que había hecho. «Cuando nos casemos y nos traslademos a Fráncfort, ¿cómo mantendré en secreto cuáles han sido mis deberes de guerra y el papel de mi familia en el suministro de armamento con gas tóxico?» Le asaltaban espantosas pesadillas en las que Anna, con los ojos anegados en lágrimas, se llevaba al pecho su revólver del Ejército Imperial Alemán. Todas las noches despertaba tembloroso y empapado en un sudor frío. Creía que con el tiempo aquellas visiones remitirían, pero pasaban los días y las bombas tóxicas seguían cayendo sobre el enemigo, y sus temores, lejos de menguar, aumentaban.

El miedo a hacerle daño a Anna no era lo único que inquietaba a Bruno. Su nuevo encargo, que lo llevaba por el frente francés y el belga, lo colocaba a menudo bajo el fuego enemigo. Los cañones de la artillería alemana, que disparaban explosivos y bombas de gas tóxico, eran un blanco prioritario de las fuerzas británicas, francesas y canadienses. Ocho días antes, las fuerzas aliadas habían iniciado un bombardeo mientras Bruno se encontraba instruyendo a un grupo de soldados sobre el manejo correcto de los proyectiles de gas fosgeno. Mientras las bombas silbantes descendían del cielo, agarró a un soldado del brazo y lo metió con él en el búnker. El estallido hizo temblar la tierra. Bruno, impelido a ayudar a los hombres que gritaban, abandonó su refugio y se encontró un cráter inmenso donde hasta hacía un instante había un obús. Restos de metal y de cuerpos mutilados cubrían la tierra. Arrastró hasta el búnker a un soldado que aullaba de dolor y se tocaba la caja torácica. Con las manos, presionó con fuerza un agujero en el pecho del joven, donde le faltaban varias costillas. Un pedazo de metal le sobresalía de la cadera. Bruno gritaba para que se presentara algún médico, pero el bombardeo silenciaba su voz. Con el paso de los minutos, el olor metálico de la sangre lo iba invadiendo todo, y los gritos del soldado eran cada vez más débiles. Bruno siguió sosteniéndolo hasta que murió desangrado.

Esforzándose por ahuyentar de su mente aquellas macabras imágenes, recorría las calles de Lille. Pasó frente a un café y oyó el sonido de las conversaciones bulliciosas de unos soldados alemanes ebrios. La mayoría de ellos, cuando se quedaban en Lille al ir o regresar del frente, iban en busca de bares y burdeles. Pero Bruno, cansado y hambriento, deseaba llegar al remanso de paz que era la casa burguesa que le había dispuesto Haber. Aunque debía inspeccionar los envíos ferroviarios de explosivos con gas tóxico durante su breve permiso militar, pensaba pasarse la mayor parte del tiempo en su cuarto.

Al doblar una esquina, el edificio señorial de tres plantas apareció ante él. Cerca de la verja de entrada, la casera, a la que reconoció por su figura esbelta y sus cabellos color caoba, estaba hablando con dos soldados. «Celeste». Le vino a la mente, como un destello, el recuerdo de aquella mujer escanciando vino en la copa de Haber.

Uno de los soldados, un sargento ancho de hombros, con bigote, le agarró el brazo a Celeste y se lo acercó al pecho.

Bruno sintió que un calor le recorría la piel. Apretó con fuerza el asa del maletín y aceleró el paso.

—*Non* —dijo Celeste, apoyando las manos en la casaca del hombre.

—Déjela en paz —le ordenó Bruno.

—Vete al infierno —soltó el sargento sin girarse hacia él.

El segundo soldado, un cabo con una cicatriz en el labio inferior, volteó la cabeza. Al momento se fijó en las insignias del uniforme del recién llegado y le dio una palmada en el hombro a su camarada.

El sargento soltó a Celeste. Se dio la vuelta y se puso en firmes.

—Lo siento, señor. No me habría dirigido a usted de ese modo de haber sabido que era oficial.

Bruno se acercó al sargento. Olía a sudor y a cerveza. «Maldito borracho». Reprimió las ganas de propinarle un puñetazo.

—Esta mujer trabaja para Alemania.

Los ojos del sargento estaban llenos de temor.

—Aloja a oficiales —prosiguió Bruno—. Quizá le gustaría explicar por qué se dedica a acosar a una mujer que cuida de ellos.

—Lo... Lo siento, señor.

—No es a mí a quien debe pedir disculpas.

—Le pido perdón, *fräulein*. No era mi intención hacerle daño.

Celeste bajó la cabeza.

—Regrese a su cuartel —le ordenó Bruno—. Si vuelvo a ver a cualquiera de los dos por las calles de Lille, recibirán un severo castigo.

Los soldados hicieron el saludo militar y se alejaron.

—*Merci*, Herr Wahler —dijo Celeste, mirándolo a los ojos—. Aunque soy capaz de cuidar de mí misma.

Él asintió, avergonzado por la conducta de aquellos soldados.

—Entre. Su habitación ya está preparada.

Bruno la siguió hasta el interior y cerró la puerta.

Celeste se fijó en las manchas de sangre que salpicaban las mangas de su saco.

—Le prepararé un baño, *monsieur*. La bañera está en la habitación de al lado de la cocina. Deje allí su uniforme sucio. Yo se lo lavaré.

—De acuerdo.

—¿Va a salir a cenar fuera?

—*Nein*.

—En ese caso, le prepararé algo de comer.

—No hace falta.

—Dejaré algo en el salón por si tiene hambre más tarde. —Se volteó y se dirigió a la cocina.

Bruno subió por la escalera. Los peldaños de madera crujían con las pisadas de sus botas. Entró en su dormitorio, que tenía una cama con dosel y un lavabo con jofaina de porcelana. Mientras esperaba a que se llenara la bañera, sacó del maletín el montón de cartas de Anna, se dejó caer en una silla y empezó a leer.

Bruno:
Te echo de menos, querido mío. Rezo por que sigas a salvo y por el fin de la guerra. Convencerme a mí misma de que el tiempo y la distancia son lo único que nos separa es tarea difícil. ¿Ya sabes cuándo tendrás permiso? Quizá podría convencer a mi supervisor de que me conceda unos días libres. En ese caso, ¿podríamos ir a visitar a tu familia? Como estamos prometidos, cuanto más tiempo pasa sin que los conozca, más me preocupa que no me vean con buenos ojos.

Bruno se revolvió en su asiento. «Si descubre la verdad sobre mis obligaciones y sobre el papel de mi familia en el suministro de gas tóxico, sus sentimientos hacia mí cambiarán». Confió en encontrar una solución a su dilema para cuando finalmente le concedieran el permiso de dos semanas.

Nia se está recuperando, pero sigue evitando cargar el peso de su cuerpo en la pata delantera derecha. Tengo muchas ganas de que la conozcas, si es que vuelves a casa antes de que se la asignen a un veterano. Nia es encantadora, cariñosa y muy inteligente. Norbie la colma de atenciones. Yo estoy embelesada con ella, y me temo que se me romperá el corazón cuando tenga que irse.

Bruno se pasó la mano por la barba de dos días y pensó en lo diferente que era la relación de Anna y Norbie de la suya con su familia.

Buenas noches, querido mío.

Anna

«Ojalá las cosas pudieran ser distintas para nosotros». Apartó la carta, sacó una navaja del maletín y un uniforme limpio de la maleta. En una habitación pequeña, sin ventanas, contigua a la cocina, se sumergió en una bañera de cobre deslustrado. Aunque el agua estaba fría, resultaba infinitamente mejor que la del último baño que se había dado, en un viejo tonel de vino, por el que ya habían pasado más de diez oficiales antes que él, cuya agua se había teñido del color de las trincheras. Con un pedazo de jabón de sosa, que emitía un fuerte olor a amoniaco, se lavó el pelo grasiento y el cuerpo. Se frotó con fuerza, hasta enrojecerse la piel, pero ni así pudo eliminar las espantosas visiones que se repetían en su cerebro.

Vestido, recién afeitado, siguió el rastro del olor de una salchicha que chisporroteaba en la cocina, y se encontró a Celeste de pie frente a los fogones. El estómago le rugía de hambre.

—¿Ha cambiado de opinión? ¿Quiere comer algo? —le preguntó Celeste.

Con un tenedor de dos dientes, le dio la vuelta a la salchicha en el sartén.

—Sí —dijo Bruno. Salió de la cocina y fue a sentarse a la mesa de la sala.

Instantes después, Celeste le puso delante una salchicha con papas asadas, y fue a buscar una botella de vino a la despensa.

—¿Hay más oficiales alojados en su casa esta noche? —quiso saber Bruno.

—*Non, monsieur* —respondió ella sirviéndole el vino en la copa.

—*Danke.* —Dio un sorbo. Era un vino seco, punzante, con un toque de vainilla—. ¿Y usted ya ha cenado?

—Comeré algo cuando le haya lavado el uniforme. —Dejó la botella sobre la mesa.

Estaba indeciso. Tenía ganas de estar solo, pero a la vez le gustaba saber cómo le iba la vida a Celeste y a los habitantes de Lille. Sin pensarlo dos veces, se levantó de la silla bruscamente.

—¿Le gustaría acompañarme?

Ella entrelazó las manos.

—Solo he preparado una ración para usted.

—Yo no tengo hambre —mintió él—. Compartamos la comida.

Ella clavó la vista en la pared, como si estuviera considerando la oferta, y asintió. Fue a buscar unos cubiertos, un plato y una copa de vino, y se sentó, extendiendo una servilleta en su regazo.

Bruno cortó la salchicha por la mitad. La depositó en el plato de Celeste, acompañada de una cucharada de papa, y le sirvió una copa de vino.

Ella pinchó un trozo de papa con el tenedor.

Bruno le dio un bocado a la salchicha, aderezada con especias y grasa; qué diferencia con aquellas salchichas secas y con sabor a cuero caliente del campo de batalla.

—Está muy buena.

Ella asintió con la cabeza gacha.

Durante un largo rato, comieron sin hablar. Los cubiertos entrechocaban con los platos de porcelana.

Él quería hablar de muchas cosas con ella.

—¿Suele encontrarse con soldados maleducados?

Celeste le dio un sorbo al vino.

—Más de lo que me gustaría.

—Lo siento.

—*Merci.* —Mientras intentaba cortar su mitad de salchicha, el cuchillo se le resbaló de los dedos y chocó con el plato.

—¿La he incomodado?

—No —dijo ella evitando mirarlo a los ojos.

—Su alemán es bastante bueno. ¿Dónde aprendió a hablarlo?

—Cuando era joven, mis padres me llevaban a mí y a mis hermanas menores de vacaciones a Suiza.

A Bruno le cruzó la mente un recuerdo fugaz de su madre abandonándolo al cuidado de niñeras y pasando varios meses seguidos en un chalé suizo. Enterró como pudo aquella imagen.

—¿Su familia vive en Lille? —le preguntó.

—En París —respondió ella—. Soy de allí.

—¡Quién lo diría! ¿Y por qué está en Lille?

Ella hizo una pausa y pasó la yema del dedo índice por el borde de la copa.

—Está bien, no tiene por qué contármelo si no quiere. —Bruno tomó con el tenedor un bocado de papa con pedacitos de cebolla caramelizada—. Es usted una cocinera excepcional. Hacía meses que no comía algo tan...

—Estaba visitando a mi tía Gabrielle cuando los alemanes invadieron Lille —dijo ella alzando la vista del plato—. No pudimos salir de la ciudad. —Dio otro sorbo de vino—. Esta es su casa.

—Es magnífica —comentó Bruno—. Supongo que llamó la atención del ejército como lugar ideal para alojar a oficiales.

—*Oui* —corroboró ella.

—¿Dónde está su tía Gabrielle?

Celeste apretó aún más fuerte el tallo de la copa con los dedos.

—Se la llevaron.

—¿Por qué?

Dio un trago al vino.

—Hace unos meses, veinte mil mujeres y jóvenes fueron apresadas por los alemanes y reubicadas en zonas rurales de la Francia ocupada.

«Oh, no». Una oleada de repugnancia recorrió el cuerpo de Bruno.

—Las coaccionan para que trabajen en granjas para producir comida para su país. —Inspiró hondo—. A muchas se las llevaron a rastras unos soldados con bayonetas, mientras ellas pateaban y gritaban.

Bruno se pasó una mano por el pelo, tratando de comprender la inmensidad del horror. «El bloqueo naval británico está causando que se acaben las existencias de alimentos en Alemania, y ahora recurrimos a trabajos forzados para dar de comer a nuestro pueblo». A pesar de las duras circunstancias, detestaba la solución por la que había optado su país para alimentar a una población hambrienta.

Celeste le dio otro sorbo al vino, como si quisiera armarse de valor.

—Para humillar y degradar a aquellas mujeres, los alemanes las obligaron a someterse a exámenes ginecológicos.

Bruno sentía cada vez más asco.

—Lo... Lo siento mucho —balbuceó.

A ella le temblaban las manos cuando apartó el plato.

—Me gustaría haber podido hacer algo.

—De haber estado presente en el momento de la redada, ¿habría podido impedirla?

—*Nein*. —Mientras se esforzaba por dar con las palabras justas, se sirvió otra copa—. Por suerte a usted no se la llevaron.

—No tuvo nada que ver con la suerte. —Se cruzó de brazos—. Un *hauptmann* que se había alojado aquí decidió que me quedara en la residencia como casera con la condición de que me convirtiera en su cortesana.

«Dios mío».

A Celeste se le anegaron los ojos de lágrimas.

Él se agarró con fuerza a la mesa.

—¿Le hizo daño?

—Ya no me lo hace. —Se frotó las manos, como si estuviera aplicándose un ungüento—. Lo mataron en el frente.

A Bruno le hervía la sangre. «Las atrocidades no se limitan al campo de batalla. No quiero ni imaginar el sufrimiento por el que ha pasado».

—Debe de odiarnos.

Ella lo miró.

—*Oui.*

—No me extraña —dijo él casi en susurros.

Ella se secó los ojos con la servilleta.

—Hablo demasiado.

—No pasa nada.

Ella inspiró hondo y soltó el aire despacio.

—Si quiere, *monsieur*, cuénteme algo sobre usted.

—Soy de Fráncfort —dijo, con la mente todavía atrapada en la historia de Celeste—. Antes de la guerra, era químico en la fábrica de tintes de mi padre.

Ella le dio otro sorbo al vino.

—¿Está casado?

—Tengo una prometida en Oldemburgo. Anna. Nos conocimos cuando a mí me hirieron en el frente. Era la enfermera que me curó las heridas.

Celeste sonrió.

—¿Y a usted? ¿La espera alguien en París? —preguntó él.

Ella negó con la cabeza.

—Solo mis padres y mis hermanas. Los echo muchísimo de menos.

—Volverá a verlos cuando termine la guerra.

Ella pasó un dedo por la mesa.

—Pero me da miedo que no me vean con los mismos ojos.

—¿Por qué?

—Yo soy una colaboracionista —dijo—. En Lille, soy la examante de un oficial enemigo caído. No se me considera distinta a las prostitutas francesas que trabajan en los burdeles alemanes. Sea cual sea el bando que gane la guerra, mi familia acabará sabiendo lo que he hecho y me repudiará.

—Lo comprenderán.

«Has colaborado para sobrevivir». Bruno valoraba la confianza que Celeste acababa de depositar en él y su valor para hablar con aquella franqueza. Pero era sobre todo su temor a ser rechazada por su familia con lo que él podía identificarse perfectamente.

—Yo también tengo miedo de que Anna me desprecie —dijo, casi sin pensar.

—¿Puedo preguntarle por qué?

Él le dio unas vueltas al vino en la copa, sopesando si debía seguir hablando o no. Animado por el alcohol y por la vulnerabilidad que había demostrado Celeste, la miró y le dijo:

—Por las cosas espantosas que he hecho.

—Es una guerra. Lo perdonará por lo que ha hecho.

Le asaltó una imagen fugaz de los cuerpos gaseados, sus rostros azules, sus barrigas hinchadas.

«La muerte es muerte, independientemente de cómo se inflija». El mantra de Haber se repetía una y otra vez en su mente.

—No creo que eso sea posible.

Ella se alisó la falda y le cubrió la mano con la suya.

Bruno sintió un cosquilleo en la piel.

—Quizá, después de la guerra, hallemos la absolución de nuestros pecados.

Él asintió.

—Buenas noches, Herr Wahler. Gracias por invitarme a cenar con usted. —Celeste se levantó y llevó los platos a la cocina.

Bruno se terminó el vino y subió a su dormitorio. Agitado a causa de la conversación que acababa de mantener con Celeste, no lograba conciliar el sueño. Sacó papel y lápiz del maletín para escribirle a Anna, pero no encontró las palabras.

TERCERA PARTE

INTERMEZZO
EL INVIERNO DE LOS NABOS

Capítulo 13

Anna, envuelta en un abrigo de lana que le llegaba a las rodillas y con Nia al lado, esperaba impaciente en la estación ferroviaria de Oldemburgo la llegada de un veterano de guerra que había quedado ciego en acto de servicio. Se llamaba Maximilian Benesch. Sabía muy poco de él, salvo que se trataba de un soldado judío de Lepzig que había perdido la vista en el frente. Anna llevaba varios días organizando la cocina y el dormitorio libre de la casa, y cambiando la distribución de los muebles del salón a fin de crear un entorno más amable para una persona invidente. Incluso Norbie, al que le gustaba el desorden del taller, había apartado bancos de trabajo y vitrinas para abrir un camino directo entre la puerta del comercio y la escalera que subía a la vivienda de la primera planta.

El tren vespertino llegaba con retraso. Para pasar el tiempo, sacó un sobre que llevaba en el bolso. Desdobló la carta de Bruno, la primera que había recibido desde hacía más de dos semanas, y la leyó por segunda vez.

Queridísima Anna:

Te pido perdón por mi falta de comunicación, amor mío. La instrucción a las tropas de artillería me ha impedido escribirte, así como mis viajes a un arsenal situado en Francia. Me duele pensar que puedas estar preocupada por mi seguridad. Espero que seas capaz de perdonarme. Te prometo que en las semanas venideras encontraré la manera de escribirte con más frecuencia.

Anna le dio unas palmaditas a Nia en el lomo. «Echo de menos recibir sus cartas, y los poemas que me escribía cuando nos conocimos». El sentimiento de culpa creció en su corazón. «Soy una egoísta por reclamar su atención cuando él está luchando por su supervivencia». Apartó aquellos pensamientos de su mente y siguió leyendo.

La muerte y los bombardeos nos vuelven locos a veces. Yo tengo suerte de que mis obligaciones me evitan tener que luchar en el frente. Paso muchos ratos contemplando tu retrato. Pensar en ti me protege, como un escudo, de las tensiones emocionales de la guerra. Ansío estrecharte en mis brazos, y que podamos iniciar una vida juntos cuando termine la guerra.

Los negocios de la familia Wahler van viento en popa a pesar del sufrimiento del país, y eso nos permitirá llevar una vida cómoda. Después de la guerra no pasaremos estrecheces económicas, querida mía. Compraremos una gran casa en Fráncfort y allí formaremos una familia. Se acabará el racionamiento, habrá comida de sobra, y comeremos hasta ponernos gordos y viejos.

Anna inspiró hondo y soltó el aire despacio. Daba por hecho que se trasladaría a Fráncfort después de la guerra, pero no habían hablado de su trabajo en la escuela de perros guía. «¿Cómo voy a irme de Oldemburgo cuando van a hacer falta tantos perros para atender a los soldados que se están quedando ciegos en el campo de batalla?» Le acarició las orejas a Nia y decidió que ya pensaría en ello más adelante.

Existe la posibilidad de que me concedan un permiso en los meses venideros, quizá en enero. Si es así, regresaré a Oldemburgo y pasaremos el Año Nuevo juntos.

Afectuosamente,

Bruno

Se oyó el silbato de un tren. Anna dobló la carta y se la guardó en el bolso. Las ruedas chirriaban sobre los raíles. La locomotora escupía volutas de vapor y humo, como nubes de tormenta en miniatura. El convoy se detuvo lentamente y el vapor se desvaneció. Las puertas de los vagones se abrieron y los pasajeros empezaron a bajarse, uno por uno, y a poblar el andén. Cansada, con hambre después de todo el día trabajando en la escuela de perros guía, Anna se puso de puntillas y escrutó a la multitud. Un olor acre a carbón quemado le inundaba las fosas nasales.

—¿Tú lo ves? —preguntó, mirando a Nia.

Ella levantó las orejas.

La muchedumbre, una mezcla de civiles y personal militar, comenzó a esparcirse por la estación. Cuando casi todos los pasajeros habían descendido ya del tren, de uno de los vagones salió un soldado. Bajaba los peldaños de espaldas y ayudaba a un hombre que se apoyaba en un bastón y llevaba un tabardo militar gris marengo a descender al andén.

—Ahí está —dijo Anna. Agarró a Nia por el arnés y se aproximó a los dos hombres.

—*Hallo.* ¿Maximilian Benesch?

—*Ja.* —Max se soltó del brazo del soldado y apoyó la punta del bastón en el suelo—. Por favor, llámeme Max.

—Yo soy Anna. —Hizo una pausa, sin saber bien si debía intentar estrecharle la mano, pero desechó la idea al ver que el hombre sujetaba el bastón con las dos suyas, como un pastor reacio a separarse de su cayado.

A diferencia de muchos soldados, que lucían bigote o barba, Max iba bien afeitado, salvo por algo de vello más crecido en la barbilla y unas patillas ligeramente irregulares. Era alto, delgado, de pómulos prominentes. El pelo castaño oscuro, algo largo para un soldado, le asomaba bajo la gorra.

—Aquí está su equipaje. —El soldado, que parecía llegar tarde a una cita, depositó la maleta de piel a los pies de Max—. Buena suerte.

—*Danke.* —Max miró hacia delante.

El soldado se llevó la mano a su gorra para despedirse de Anna y se fue.

Nia olisqueó la pierna de Max y meneó la cola.

Él se movió un poco.

—Esta es Nia, la que pronto será su perra lazarillo —dijo—. ¿Le gustaría acariciarla?

Max vaciló y agarró el mango del bastón con más fuerza.

«Quizá esté cansado del viaje».

—Va a pasarse los siguientes dos meses trabajando con perros guía. Creo que es mejor que nos presentemos como Dios manda.

—Con cuidado, le estrechó la mano y se dio cuenta de que él se la daba con firmeza pero sin brusquedad—. Me llamo Anna Zeller y seré su anfitriona mientras esté entrenando en Oldemburgo.

La expresión de su rostro se suavizó.

—Encantado de conocerla, Anna.

Ella le condujo la mano hasta la cabeza de la perra.

—Y esta es Nia.

Max le acarició las orejas y sonrió.

—*Hallo*, Nia.

El animal alzó la vista y empezó a jadear con la lengua fuera.

—¿Voy a trabajar con ella? —preguntó Max.

—*Nein* —respondió Anna, intentando ocultar su propia decepción—. Nia todavía no está preparada para el adiestramiento. El supervisor, Rolf Fleck, decidirá qué pastor alemán se le asigna. —Lo miró—. Hasta nuestra casa el trayecto es de unos veinte minutos a pie. ¿Quiere sujetarme el brazo o prefiere agarrarse del asa del arnés de Nia?

Max levantó la maleta y dio un golpecito de bastón en el suelo.

—Estoy acostumbrado a usar esto.

«Pronto caminará guiado por un perro. No hace falta que lo ponga a practicar esta noche», pensó.

Anna, mediante instrucciones verbales, orientó a Max por la estación de trenes. Una vez fuera, recorrieron las aceras iluminadas por el resplandor mortecino y parpadeante de las farolas de gas. Un aire gélido convertía su respiración en vaho. Ella intentaba iniciar conversaciones, pero Max, concentrado en manejarse por las irregulares calles empedradas, respondía con monosílabos a sus preguntas. Más allá de las indicaciones sobre el camino, hablaron muy poco hasta que estuvieron cerca de la calle de Anna.

—¿Qué le ocurre a Nia? —quiso saber Max.

Anna apretó algo más el arnés.

—Se está recuperando.

—Suena como si cojeara —dijo él, aminorando el paso.

Anna miró a Nia, que apoyaba con menos fuerza la pata delantera derecha que la izquierda.

—Servía de perra sanitaria en el frente y se le lastimaron las patas —explicó.

—Lo siento. ¿En las trincheras?

—Sí. ¿Cómo lo ha sabido?

—Aun con botas de cuero y con cambios frecuentes de calcetines, el lodo hacía estragos en los pies de los hombres. Supongo que las trincheras eran aún peores para los perros.

Anna redujo la marcha y le acarició el lomo a Nia.

—Cuando anda mucho rato, se le inflama la pata delantera. Pero ya está mejor. —«No lo bastante para Fleck».

Él se detuvo e inspiró hondo, como si le faltara el aire.

—No pasa nada, Nia —dijo—. Yo también me fatigo a veces.

Nia lo miró y, algo renqueante, siguió caminando.

—Ya hemos llegado —anunció Anna acercándose a la puerta.

La abrió con la llave que sacó del bolso y condujo a Max al interior. Oyeron de inmediato el tictac de los relojes.

Max alzó la cabeza.

—Mi padre, Norbie, es relojero —le explicó ella—. Nosotros vivimos encima del taller.

Max asintió y se acercó el bastón al pecho.

Anna lo llevó a la cocina, donde Norbie calentaba sobras de sopa. El aire estaba impregnado de un olor a nabo ligeramente sulfúrico, parecido al de la col cuando se hierve más de la cuenta.

—Padre, este es Max.

—*Hallo.* —Norbie cubrió la olla humeante con una tapadera y se acercó a él—. Yo soy Norbie.

El recién llegado dejó la maleta en el suelo y alargó la mano.

—Bienvenido a nuestro hogar —lo recibió, estrechándole la mano—. Nos alegramos mucho de que se aloje con nosotros.

—*Danke.*

—¿Ha tenido un buen viaje? —le preguntó Norbie.

—Sí.

Anna le quitó el arnés a Nia. La perra se acercó cojeando a Norbie y, cuando este le pasó la mano por debajo de la barbilla, se tumbó en el suelo. «Mañana te encontrarás mejor», deseó Anna. Le recogió el abrigo y la gorra a Max y los colgó en el perchero situado a los pies de la escalera.

—¿Me da tiempo a enseñarle la casa rápido a Max antes de la cena?

—Sí, por supuesto —dijo Norbie—. Dejaré la sopa a fuego bajo para que se mantenga caliente.

Anna, como la casera de una pensión, guio a Max por la cocina, mostrándole la ubicación de los armarios, los fogones, el fregadero, la mesa y las sillas. Después entraron en el salón.

—A la izquierda hay un sofá y una butaca tapizada —le explicó—, y a continuación una mesilla con un gramófono encima. En la esquina tenemos la *kachelofen*, una estufa de azulejos. No disponemos de mucho carbón, algo que seguramente habrá notado por el frío que hace en casa. Es posible que tenga que dormir con más capas de ropa.

Max asintió.

—Por favor, siéntase en confianza para explorar todo lo que quiera.

Él se adelantó un poco, tanteando suavemente con el bastón, y se encontró con un mueble.

—Ahora se está acercando a una librería —le informó ella—. Me han dicho que es posible que haya recibido alguna formación en lectura braille. He adquirido algunos libros a través del hospital. Espero que le gusten.

—Gracias. Seguro que sí. —Pasó los dedos por los libros y siguió avanzando.

—Un piano.

Max se detuvo y apoyó la mano en el teclado. Tocó algunas teclas, que emitieron un estrépito discordante.

—Me temo que está muy desafinado. Hace años que nadie lo toca. —Anna sintió una punzada en el estómago—. Era de mi madre. Murió cuando yo era pequeña.

—Lo siento —dijo Max.

—Gracias. ¿Usted toca?

—Tocaba. Pero ya no.

—Quizá le gustaría volver a intentarlo durante su estancia.

—No, gracias. —Max retiró la mano del piano—. ¿Dónde quiere que deje mis cosas?

—Arriba —le indicó Anna, y lo condujo hasta la habitación libre de la planta superior, en la que había una cama, una mesilla de noche y una cómoda—. El escusado se encuentra al final del pasillo. Por favor, póngase cómodo y tarde el tiempo que necesite. Cuando esté listo para cenar con nosotros, baje a la cocina.

Max colocó la maleta en el suelo.

—De acuerdo.

Anna cerró la puerta y bajó a reunirse con su padre.

—¿Max ya se está instalando? —le preguntó Norbie, distribuyendo las cucharas y las servilletas en la mesa.

—Sí. —Ella sacó los cuencos de un armario y los dejó en la encimera—. Parece un poco triste. Ya sé que ha pasado por cosas muy difíciles, pero esperaba que se mostrara algo más entusiasmado por estar aquí.

—Debe de ser duro para él irse de su casa —comentó Norbie—. Seguramente tardará un poco en adaptarse.

Anna asintió.

A los quince minutos, Max bajó a la cocina.

Nia se acercó a él y le arrimó el hocico a la pierna.

—Parece que ya ha hecho una nueva amiga —comentó Norbie.

Max asintió y la acarició.

Se sentaron los tres, Max entre Norbie y Anna, con sendos cuencos de sopa de nabo y tres rebanadas finas de pan negro. Norbie pronunció una oración breve en la que rogaba por un pronto fin de la guerra y del hambre.

—Es muy amable de su parte compartir sus alimentos conmigo —dijo Max.

—Con mucho gusto —replicó Norbie—. Anna es una cocinera excelente. Es capaz de conseguir una sopa deliciosa a partir de unos nabos bien feos y de cáscaras de papa.

—Qué exagerado —intervino Anna, agradecida por las dulces palabras de su padre. Probó una cucharada de sopa, amarga y a la vez bastante insípida.

Max tomó un poco.

—Está buena.

Anna sonrió.

Norbie sopló la cuchara.

—Mi hija me ha comentado que es usted de Leipzig. ¿Viven allí sus padres?

—No —respondió Max—. Están muertos.

A Anna se le cortó la respiración.

—Lo siento.

—Mi más sincero pésame —dijo Norbie, dando un sorbo a la sopa.

—Anna me ha hablado de su esposa —replicó Max—. Por lo que sé, le gustaba tocar el piano.

—Muchísimo —corroboró Norbie—. Helga tocaba estupendamente, y cantaba como los ángeles.

—Parece una persona maravillosa.

El recuerdo de estar sentada en el regazo de su madre mientras tocaba el piano pasó fugazmente por la mente de Anna. Lo ahuyentó y siguió tomándose la sopa.

—¿Y vive con alguien en Leipzig? —quiso saber Norbie.

—Con mi prometida, Wilhelmina.

—Debe de alegrarse de que vaya a asistir a formación para orientarse con perros —intervino Anna, aliviada al saber que Max no vivía solo.

Él asintió brevemente y le dio un bocado al pan.

—Anna también está prometida —añadió Norbie.

—Con Bruno —aclaró Anna—. Es *oberleutnant* en el frente.

—Enhorabuena —la felicitó Max con voz sincera.

Durante el resto de la cena, Anna habló de Emmi, del doctor Stalling, de Rolf Fleck, de los adiestradores, de los pastores alemanes de la escuela de perros guía... Y cuando le estaba contando cosas a Max sobre Paul Feyen, el primer graduado de la escuela, se fijó en Nia, que se había tumbado debajo de la mesa y tenía la barbilla apoyada en una de las botas de Max. «Le cae bien».

—Anna es una adiestradora con mucho talento —alardeó Norbie, orgulloso.

Ella dejó la cuchara en el plato.

—Soy una enfermera metida a cuidadora de perros.

«Pero algún día encontraré la manera de ser adiestradora».

—Eres mucho más que eso —insistió Norbie—. Le has enseñado a Nia a seguir órdenes, y puede guiarte por la ciudad si vas con los ojos cerrados. —Le dio una palmada a Max en el hombro—. Mi hija es demasiado modesta, Max. Es una enfermera y una adiestradora muy capaz, y algún día Nia será la compañera fiel de un veterano de guerra.

Nia levantó la cabeza del zapato de Max.

—Gracias por la cena —dijo Max—. Me gustaría fregar los platos.

—Normalmente los lavo yo y Anna los seca —le explicó Norbie.

—Por favor, insisto.

—Está bien. —Norbie se levantó y colocó la silla bajo la mesa—. Si me necesita, estaré en el taller intentando reparar un reloj de péndulo que se niega a dar la hora cuando corresponde. —Le apoyó una mano en el hombro—. Quizá las campanas de las horas no le dejen dormir mucho. Pero estoy casi seguro de que al cabo de unas noches acabará tomándoles cariño.

—Seguro que sí —dijo Max.

Anna retiró los platos. Llenó el fregadero de agua y le proporcionó a Max un estropajo. Trabajaron en equipo: Max lavaba y Anna secaba.

—Norbie la apoya mucho —comentó él mientras le alargaba un cuenco.

—Sí.

—Tiene suerte de tenerlo.

Anna sonrió. Secó el cuenco y lo guardó en el armario.

Él lavó las cucharas y las aclaró en el agua.

Anna no podía parar de pensar. Eran tantas las cosas que quería saber de Max... «¿Qué les ocurrió a sus padres? ¿Cómo sufrió las heridas en el frente?»

Pero decidió formularle una pregunta que le pareció menos indiscreta.

—¿A qué se dedicaba antes de la guerra?

Max sacó las manos del agua.

—Era pianista.

—¡Quién lo diría! —dijo Anna.

—Me licencié en el Real Conservatorio de Música de Leipzig. Estaba iniciando mi carrera como pianista clásico y tenía planes de convertirme en compositor cuando estalló la guerra.

—Pero ya no toca —observó Anna, recordando el comentario que le había hecho mientras pasaba los dedos por las teclas del instrumento de su madre.

—Así es. —Le alargó otro cuenco.

—¿Por qué? —preguntó ella—. ¿Le hirieron las manos?

—Los oídos.

Anna abrió mucho los ojos.

—En un bombardeo me lesioné los tímpanos.

A Anna la recorrió un escalofrío.

—Ya no oigo los sonidos agudos —prosiguió él con voz triste—. No soy capaz de percibir las octavas superiores de un teclado.

«Dios mío».

—Lo siento muchísimo.

Él asintió y empezó a frotar un cazo.

—¿Y no se puede hacer nada?

—Me temo que no.

A Anna se le encogió el corazón. Terminó de secar los platos y, a petición de Max, le mostró en qué lugares exactos guardaban la vajilla, los cubiertos y los cacharros.

—¿Quiere acompañarme al salón? —le preguntó—. Quizá pueda leer algún libro en braille, o si lo prefiere yo puedo leerle algo.

Nia se puso de pie y movió la cola.

—Estoy algo cansado del viaje. Creo que me retiraré a mi habitación. —Permaneció en su sitio unos instantes, jugueteando con un botón de la camisa—. Pero antes me gustaría decirle algo. Y espero que no se lo tome a mal.

Ella entrelazó las manos.

—De acuerdo.

—La labor que usted y la escuela están llevando a cabo suena increíble, y estoy seguro de que muchos hombres que han quedado ciegos en acto de servicio les estarán eternamente agradecidos por lo mucho que se esfuerzan en ayudarlos. —Se metió las manos en los bolsillos del pantalón y desplazó un poco el peso del cuerpo—. Pero yo he perdido mucho más que la vista. A mí, en el frente, me han robado la vida. No podré recuperar audición y, sin ella, no voy a poder retomar mi carrera de pianista, y mucho menos la de compositor. Yo no he acudido aquí por voluntad propia; obedezco órdenes del gobierno. Sé que soy muy afortunado por haber conseguido una de las plazas de la escuela, pero dudo que la escuela pueda reparar un futuro perdido.

Anna tenía la boca seca.

Nia se acercó a ella y le dio un golpecito con el hocico.

—No pretendo en absoluto faltarle al respeto, y espero que no esté disgustada conmigo. Simplemente deseaba ser franco con usted.

Anna, haciendo esfuerzos por mantener la compostura y no mostrar sus temores, acarició el pelaje de la perra.

—No se rinda, por favor. Cuando lleve algunos días entrenando en la escuela, se sentirá mejor.

—No era mi intención dar a entender que pretendo renunciar —dijo él—. Solo quiero que no se sorprenda ni se decepcione cuando se dé cuenta de que, en mi caso, la escuela no funciona.

—Prométame que al menos lo intentará.

—Se lo prometo. Y gracias de nuevo por la cena. —Palpó la pared con una mano para localizar el bastón y subió a su habitación.

Anna tenía los ojos anegados en lágrimas. Se sentó en el suelo y abrazó a Nia.

La perra le lamió las mejillas.

—Tenemos que encontrar la manera de ayudarlo —susurró Anna. Se secó los ojos y volvió a estrujar a Nia—. No sé cómo, pero tenemos que demostrarle que merece la pena vivir.

Capítulo 14

Anna se dio la vuelta en la cama y apagó el despertador. En su interior perduraba la misma sensación de incomodidad. Había pasado casi toda la noche pensando en Max, por lo que había dormido poco. Se pasó la mano por la frente, intentando borrar la preocupación que sentía. «Le mejorará el ánimo cuando empiece a trabajar con los pastores alemanes».

—Nia —llamó, sacando el brazo fuera de la cama.

Esperó oír el repicar de sus uñas en el suelo de madera, al que casi siempre seguía un lametón húmedo en la mano, pero no oyó nada. Levantó la cabeza y apoyó los codos en el colchón. La puerta estaba entreabierta y la manta de Nia, vacía. Seguramente habría bajado a la cocina con su padre.

Se levantó de la cama. Iba descalza, el suelo estaba gélido y le recorrió un escalofrío. Se vistió para ir a la escuela, poniéndose varias capas más bajo el vestido de lana. Después llamó a la puerta de Max.

—Entre —dijo él.

—Buenos días —lo saludó Anna abriendo la puerta.

Max, que ya se había puesto el uniforme pero no las botas, estaba sentado sobre la cama, que estaba muy bien hecha, y tenía a Nia acurrucada a sus pies. Ella abrió mucho los ojos.

—Y buenos días a ti también, Nia.

La perra agitó la cola.

—Anoche empezó a arañar la puerta con la pata, así que la dejé entrar —explicó él—. Espero no haber hecho mal.

—Por supuesto que no. —Se fijó en la ropa que llevaba—. ¿Se ha puesto ropa interior larga?

—No —respondió él, con los ojos fijos en una pared.

—Pasará gran parte del día expuesto al frío, al aire libre. Le sugiero que se cubra con otra capa de ropa. Si necesita alguna prenda, Norbie se la prestará sin problema.

—Tengo algo en la maleta.

—Saldremos en media hora —le informó—. Cuando esté listo, baje a la cocina a desayunar.

—De acuerdo.

—¿Vienes, Nia?

La perra bostezó y, al hacerlo, dejó escapar un aullido agudo. Se acercó a Anna y la siguió escaleras abajo.

Anna entró en la cocina, donde Norbie acababa de colocar el pan negro tostado y un cazo con café de corteza sobre la mesa.

—Gracias por levantarte temprano a preparar el desayuno. —Lo abrazó y, al hacerlo, notó que los omoplatos se le marcaban más por debajo del suéter. «Está aún más delgado».

Norbie la soltó.

—Quería sorprenderlos con una buena comida, pero lo único que tenemos es un pedazo de pan y unos nabos. Ojalá nos quedara algo de mermelada de ciruela para disimular el sabor del aserrín de este pan. Me habría gustado que Max pudiera tomarse un desayuno decente en su primer día de clase.

Anna asintió. Las papas escaseaban, y la gente sobrevivía a base de nabos, que era lo que normalmente se daba de comer a los animales. Le dolía pensar que había personas, sobre todo niños, que morían por desnutrición. Dejó de pensar en eso y le hizo una seña a su padre para que se sentara a la mesa.

—Hay algo en relación con Max que deberías saber.

Anna le habló de las lesiones que había sufrido como consecuencia de la explosión de una bomba.

—Antes de la guerra, aspiraba a una carrera de pianista. Ahora no oye bien del todo, y es incapaz de captar las octavas superiores de un piano.

—Dios mío —dijo Norbie—. Debe de estar devastado.

Anna asintió.

—Ha renunciado a su sueño de convertirse en compositor, y me preocupa que abandone el curso de entrenamiento con perro guía.

—A Max el destino lo ha traído hasta aquí. —Miró a su hija a los ojos—. No se me ocurre nadie mejor que tú para devolverle el ánimo.

Anna sonrió, agradecida por la confianza que su padre depositaba en ella.

En ese momento, Max entró en la cocina. Apenas tuvieron unos minutos para comer antes de salir. Tras un trayecto de media hora por calles y aceras cubiertas de escarcha, que Max prefirió recorrer con la ayuda de su bastón y las instrucciones verbales de Anna, en vez de dejar que fuera Nia la que lo guiara, llegaron al cobertizo a las siete en punto. Ella, temblando de frío, los condujo al interior.

—*Hallo*. —Emmi le colocó un arnés a un pastor alemán y se acercó a ellos.

—Max —dijo Anna, frotándose las manos cubiertas por los guantes—. Esta es Emmi.

Él se quitó la gorra y la saludó con un movimiento de cabeza.

—Un placer conocerlo —dijo ella.

Nia saludó al pastor alemán olisqueándole la nariz, y enseguida se puso a menear la cola.

Anna le rozó el brazo a Max.

—Los adiestradores llegarán dentro de una hora. ¿Cree que puede ayudar a Emmi a encender un fuego mientras yo atiendo a las perras?

—Claro —respondió él.

Lo condujo hasta la estufa de hierro forjado que Fleck había mandado instalar al fondo del cobertizo. Se usaba para mantener caliente al personal en las pausas. Como Anna, que cuidaba de Nia en su casa, algunos de los adiestradores habían empezado a llevarse a algún perro por la noche a causa de las bajas temperaturas.

Le entregó una pala y un cubo de metal.

—Puede vaciar aquí la ceniza. La madera está apilada junto a la estufa, y los cerillos se encuentran en el estante que le queda justo delante.

Max se arrodilló y se puso manos a la obra.

Anna sacó a un primer perro de su cubículo y le colocó el arnés. Al salir se topó con Emmi, que estaba llevando a un pastor alemán al patio para que hiciera sus necesidades.

—¿Cómo les va con Max de huésped? —quiso saber Emmi.

Anna frunció el ceño.

—No muy bien.

—¿Qué ocurre?

Un viento gélido se le metió por la nuca a Anna. Se tapó mejor con la bufanda y le contó a Emmi que antes de la guerra Max era pianista, y que había perdido parte de la audición.

—Está triste y deprimido, y durante el trayecto apenas ha pronunciado palabra.

—Vaya por Dios —dijo Emmi, soltando vaho por la boca.

—Tengo miedo de que se rinda.

—Dudo que el doctor Stalling y Fleck, o el gobierno más bien, le permitan dejar el curso.

—Quizá —convino Anna—. Pero me refería más bien a su determinación para seguir adelante.

Emmi le puso una mano en el hombro.

—Es imposible que alguien que se aloje contigo renuncie.

—Gracias —dijo Anna.

Las dos amigas siguieron sacando a las perras al patio, una por una, a hacer sus necesidades. A continuación, les dieron de comer en el cobertizo. A Nia también. Para rellenar el barril de comida, Anna extrajo unos nabos medio helados de un saco de arpillera y fue cortándolos con un cuchillo de carnicero. «Ahora los perros y los alemanes comen lo mismo», pensó mientras iba echando pedazos de nabo en el barril.

Se oyó el repicar de cascos de caballo en el exterior del cobertizo, que cesaron bruscamente. Un instante después, Fleck entró acompañado de un pastor alemán.

—Buenos días, Herr Fleck —lo saludó Anna.

Él se llevó la mano a la gorra y dirigió la mirada al fondo del cobertizo, donde Max introducía unos troncos en la estufa.

—¿Maximilian?

—Se hace llamar Max —le informó Anna.

—Acompáñelo fuera. Quiero presentarle a un veterano que se aloja conmigo. —Se atusó el bigote y se cruzó de brazos—. De ahora en adelante, espero que la estufa la enciendan usted o Emmi, no un veterano de guerra.

Anna lo miró y se fijó en que en su tabardo de lana no había rastro de pelos de perro, a pesar de trabajar con pastores alemanes.

—Sí, señor.

Durante la mañana, Anna y Emmi se dedicaron a llevar a los animales desde el cobertizo hasta el circuito de obstáculos, donde los adiestradores los sometieron a diversos ejercicios con seis veteranos, entre ellos Max. Aunque no le sorprendió, Anna sintió cierta decepción al constatar que ni Fleck ni los adiestradores se molestaban en presentarles a los veteranos a Emmi y a ella. «Llegaremos a conocerlos con el tiempo», pensó mientras limpiaba un cubículo. Siguió ocupándose de sus tareas, más decidida que nunca a encontrar la manera de contribuir más a la rehabilitación de aquellos hombres ciegos.

Mientras adiestradores y alumnos se congregaban en torno a la estufa durante la pausa del mediodía, Anna y Emmi salieron a comer.

Anna sacó del bolso unas rebanadas de nabo que llevaba envueltas en una servilleta y le ofreció una a Emmi.

—Toma —le dijo ella, partiendo un pedazo de pan negro en dos mitades y ofreciéndole una a su amiga.

Desde donde se encontraban, junto a la puerta, veían bien el circuito de obstáculos, en el que, en ese momento, Fleck trabajaba con Max.

Emmi mordisqueó el pan.

—¿Por qué se saltan la comida ellos dos?

—No lo sé —respondió Anna, observando al veterano, que intentaba esquivar un barril acompañado de un pastor alemán.

—¡Lo está haciendo mal! —soltó una voz áspera.

Anna se volteó a mirar.

Un adiestrador de sesenta años llamado Waldemar se asomó al quicio de la puerta y se acarició la prominente barbilla puntiaguda. El bigote descuidado le llegaba casi hasta los lóbulos de las orejas.

—Le cuesta entender las técnicas de manejo de perros más elementales de nuestra instrucción.

—Una explosión lo ha dejado sin parte de su audición —le aclaró Anna.

—Las instrucciones las oye perfectamente —insistió Waldemar—. Creo que sufre de escasa inteligencia. O quizá sea que el bombardeo le afectó al cerebro.

Anna notó que se le aceleraba el pulso. Se guardó la comida en el bolsillo del abrigo.

—Le aseguro que sus habilidades cognitivas están intactas.

—Solo es su primer día —añadió Emmi.

Waldemar frunció el ceño.

—Me parece increíble que despilfarremos recursos adiestrando a un judío.

Anna se sulfuraba por momentos.

Emmi la agarró del brazo, como queriendo impedir que su amiga se enfrentara a Waldemar. Pero Anna se soltó y se acercó más a él.

—Max ha sacrificado su vista luchando por nuestro país. Merece estar aquí tanto como cualquier otro veterano de guerra.

Waldemar se sacó un cigarro del bolsillo y lo encendió.

—Eso no importa. Tendrá suerte si dura una semana antes de que Fleck lo envíe de vuelta a su casa. —Dio una fumada profunda y le echó el humo en la cara.

Anna se aguantó las ganas de toser y permaneció en su sitio.

Waldemar sacudió la cabeza y, finalmente, se alejó.

—¿Estás bien? —le preguntó Emmi, que se había puesto a su lado.

—Sí. —Le temblaban las piernas—. Creo que ya sé qué adiestrador se negó a alojar a Max en su casa.

Emmi asintió.

—Haces muy bien en ponerlo en evidencia, pero, por favor, ve con cuidado. Waldemar podría ponerles las cosas difíciles a Max y a ti, y quizá consiga convencer a Fleck para que lo eche.

—No te preocupes —la tranquilizó Anna, que no sabía si su discusión con Waldemar haría que a partir de ese momento los demás le prestaran una atención innecesaria a Max.

Emmi miró a Anna.

—Me encantaría tener tu temple. Desearía poder decir lo que pienso así, como tú.

—Eres mucho más valiente de lo que crees. —Anna entrelazó su brazo con el de su amiga.

El estallido antisemita de Waldemar les había quitado el apetito, y dedicaron el resto de su tiempo libre a pasear por las instalaciones. Por la tarde, se ocuparon de los pastores alemanes. Nia, a la que seguían considerando coja, recibía menos de una hora de adiestramiento en el circuito de obstáculos, y se pasaba casi todo el día acurrucada frente a la estufa. Muchas veces, Anna asomaba la cabeza por la ventana para echarle un vistazo a Max. Esperaba que mejoraran sus habilidades con el manejo de los perros, y que su escaso rendimiento inicial pronto quedara olvidado. Pero sus esperanzas se desvanecieron cuando los adiestradores finalizaron su jornada y Fleck la llamó aparte.

—¿Va todo bien, Herr Fleck?

Él negó con la cabeza.

—Max no ha respondido bien al entrenamiento.

A ella se le encogió el corazón.

—Estoy segura de que mañana lo hará mejor.

—No se concentra —prosiguió él—. Le he comunicado que, si no da muestras de querer estar aquí, no tendré más remedio que asignarle su plaza a otra persona. El doctor Stalling dispone de una lista de espera bastante larga de veteranos necesitados de un perro guía.

Anna tragó saliva.

—¿Y por qué me lo cuenta?

Él se atusó el bigote. Se le suavizó el gesto.

—He pensado que usted podría hablar con él.

—Por supuesto, señor —dijo ella, aliviada al saber que Fleck no estaba decidido a echar a Max.

—Además, quiero que esté lista para acoger a otro huésped en caso de que las cosas con Max no salgan bien.

Ella asintió.

Fleck dio media vuelta y entró en el cobertizo.

Anna y Emmi terminaron de atender a las perras y, junto con Nia, fueron a reunirse con Max, que estaba acuclillado sobre una caja de madera en el exterior del cobertizo. Bajo el sol poniente, que pintaba el cielo con ribetes de azul marino y magenta, se dirigieron hacia la ciudad. Max hablaba poco, a pesar de los intentos de las jóvenes de entablar conversación sobre su jornada. Desesperada ante lo distante que se mostraba Max, Anna insistió en que caminara agarrado al asa del arnés de Nia, algo que desearía haber hecho mucho antes. «Quizá si le hubiera pedido que fuera con Nia desde la estación de tren, y también en el trayecto a la escuela, no habría tenido un día tan malo».

Al llegar a las afueras de la ciudad, Emmi se despidió de ellos y acarició a Nia en la cabeza. Enfiló una calle adoquinada y desapareció de su vista.

Anna y Max, con la perra entre los dos, siguieron avanzando. Ella pensó que, al quedarse solos, quizá él se abriría algo más. Pero no lo hizo y, sin detenerse en ningún momento, no trató siquiera de iniciar una conversación. A cada paso que daba, la paciencia de Anna menguaba.

—Entiendo que ha tenido un día duro —lo tanteó.

Max agarró el asa con más fuerza.

—Sí.

—¿Le gustaría hablar de ello?

—No.

Y continuó caminando, dando golpecitos al suelo con el bastón.

—Va a tener que esforzarse un poco más si quiere seguir con la formación.

—Ya lo sé.

—Lo expulsarán si no les demuestra que quiere estar ahí.

Nia se detuvo al llegar al bordillo de la acera.

—¿Por qué se ha detenido? —preguntó Max.

—Hay un bordillo —respondió Anna.

Él movió el bastón hasta que encontró el final de la acera, y dio un paso al frente.

Anna se sentía cada vez más desesperada.

—¿Qué ha ocurrido, Max?

—Nada.

Ella sujetó el asa del arnés de Nia y la movió hacia atrás y hacia abajo.

—*Halt.*

Nia se detuvo. Jadeaba, y su aliento lanzaba vaho al aire géli-do del anochecer.

Max bajó la cabeza.

—Me prometió que lo intentaría.

Él se pasó la mano enguantada por la cara.

—No es eso.

—¿Qué es entonces? —Anna le rozó la manga del tabardo—. Por favor, cuéntemelo.

Él inspiró hondo y se sacó un sobre del bolsillo.

—Esta mañana me he encontrado esto en la maleta.

Anna sintió un nudo en la boca del estómago.

Max abrió el sobre.

—¿Quiere leérmela?

Ella lo condujo hasta un banco público que quedaba cerca de la iglesia de San Lamberto. Sus agujas neogóticas se recortaban contra el cielo, en el que ya asomaban las primeras estrellas vespertinas. Se sentaron.

Pasó un coche de caballos; el repicar de los cascos se perdió en la noche. Bajo el resplandor parpadeante de una farola de gas, ella se quitó los guantes y abrió el sobre. Se sentía cada vez más inquieta. Había leído muchas cartas a soldados mutilados en el hospital, pero le preocupaba que esa trajera consigo unas consecuencias distintas.

—¿Seguro que quiere que se la lea yo? —le preguntó.

Él asintió.

—Creo que ya sé de qué trata, pero necesito confirmarlo.

Ella desdobló la carta y empezó a leer en voz alta.

Querido Max:

Siempre pensé que nuestro amor duraría para siempre. Que fueran cuales fuesen las dificultades a las que nos enfrentáramos, enfermedad, pobreza o traumas, nuestro vínculo sería indestructible. Sin embargo, no supe ver la devastación que una guerra podía causar en nosotros.

Anna estaba temblando. Agarró el papel con más fuerza para seguir leyendo.

Tu pérdida de visión nos ha destrozado el corazón a los dos. Desde tu regreso del frente, he rezado para que Dios me diera fuerzas para aceptar tu ceguera. Pero mi abatimiento crece como un cáncer, y lamento no ser capaz de proporcionarte los cuidados y el calor que tú tanto mereces.

A Anna le dolía el pecho. Hizo una pausa y se aflojó un poco la bufanda antes de proseguir con la lectura.

Mi capacidad para dar y recibir afecto se ha visto muy mermada, y creo que el tiempo no bastará para que la recupere. Me siento muerta por dentro.

No estaré en casa cuando regreses. Lamento muchísimo no haber tenido el valor para decírtelo antes de tu partida, pero no he sabido hacerlo de otra manera. Quiero que sepas que siempre pensaré en ti con afecto y conservaré en mi corazón el cariño que nos hemos tenido. Rezo por que tu rehabilitación te devuelva el ánimo y puedas vivir tu vida plenamente.

Wilhelmina

—Lo siento mucho —dijo Anna con lágrimas en los ojos.

—*Danke* —respondió él.

Nia se acercó a Max y le apoyó la barbilla en el regazo. Lo miraba, pero sin agitar la cola.

Él le acarició la cabeza.

—¿Está bien? —le preguntó Anna.

Él asintió.

—Nuestra relación terminó el día en que volví a casa del frente. Mi ceguera lo cambió todo entre nosotros. Fue ingenuo por mi parte pensar que, con el tiempo, al recuperar algo de movilidad, nuestro cariño mutuo reviviría.

Anna se secó los ojos.

—Ya sabía que ocurriría esto, ¿verdad?

—Lo de la carta no. Pero no esperaba encontrarla en el departamento a mi regreso.

Anna, al mirarlo, constató que su gesto era de profunda melancolía.

—Siento muchísimo que haya pasado todo el día con la carta en el bolsillo.

«No me extraña que no pudiera concentrarse en la escuela».

Dobló la hoja de papel, la metió en el sobre y se lo devolvió.

—Podría habérsela leído esta mañana, cuando la ha encontrado.

Él se metió el sobre en el bolsillo del tabardo.

—No quería estropearle el día.

«Su prometida lo deja y a él le preocupa que yo me desanime».

Anna sentía un dolor en el pecho. Max lo había perdido todo: su familia, su prometida, la vista, la audición, su pasión por la música... Y, por si fuera poco, no habría nadie esperándolo cuando regresara a Leipzig.

Permanecieron un rato sentados en el banco, sin hablar. Nia les daba golpecitos en las manos con el hocico alternativamente. Y así siguieron hasta que el frío los obligó a levantarse y volver a casa.

Capítulo 15

Valiéndose de la mano izquierda, Max sujetó el asa del arnés fijado a una perra llamada Gunda y entró en el terreno helado del circuito de obstáculos. Al otro lado del pastor alemán iba Waldemar, el adiestrador que Fleck le había asignado. Distribuidos por la pista había otros grupos formados por un veterano invidente, un perro guía y un adiestrador.

—Vamos a practicar las órdenes básicas que vimos ayer —informó Fleck a los hombres—. Esta tarde cambiarán de perro y de adiestrador. Eso me ayudará a determinar qué pastor alemán trabaja mejor con quién, y qué persona es más idónea para cada animal.

Waldemar se acercó más a Max y le susurró:

—Sujete el asa con la mano hacia abajo, no hacia arriba.

El aliento acre del hombre impregnó las fosas nasales del veterano, que hizo lo que le decía.

—Adiestradores —anunció Fleck—. Pueden empezar.

—¿Recuerda las órdenes? —le preguntó Waldemar.

—Sí —dijo él. La mente le iba a toda velocidad, enumerando todas las órdenes. «*Halt*. Adelante. Atrás. Derecha. Izquierda».

—Bien, pues ¿qué está esperando?

—Adelante —ordenó Max.

Notó el tirón de la perra, que se ponía en marcha. El paso del pastor alemán era equivalente al de los otros animales con los que había trabajado el día anterior, y sin embargo no podía evitar pensar en lo distinto que había sido su paseo matutino con Nia y Anna.

Ella había insistido en que Max practicara un poco más antes de la escuela, y lo había despertado más temprano aún. Desayunaron con Norbie, que se había puesto el despertador para prepararles café y nabos fritos. Y mientras el padre de Anna volvía a la cama para dormir un rato más, Anna, Max y Nia se dedicaron a recorrer las calles de Oldemburgo. Como si fuera una vieja amiga que se anticipara a sus pensamientos, Nia lo guiaba por la ciudad: la estación de tren, los alrededores de la iglesia de San Lamberto y un estanque que quedaba cerca del Palacio de Oldemburgo. Anna no mencionó en ningún momento la carta de Wilhelmina, y él tampoco lo hizo. Aunque sentía tristeza por su compromiso matrimonial fallido, también experimentaba cierto alivio porque al fin se había resuelto la situación. «Es mejor que termine ahora que cuando vuelva a casa», pensó, mientras avanzaba arrastrando un poco los pies por un sendero cubierto de nieve. Pero con el fin de su relación le sobrevino un miedo larvado: «Me voy a quedar solo, a menos que reciba un perro por compañero». Llegó al recinto de entrenamiento acompañado por Nia y por Anna, con la decisión recién tomada de hacer todo lo que estuviera en su mano por graduarse en la escuela de perros guía.

—Dese prisa —gruñó Waldemar.

—*Schneller* —ordenó Max a la perra.

Aceleraron el paso. Las botas y las patas resonaban en contacto con el suelo.

—¿Cuánto tiempo lleva trabajando con pastores alemanes? —le preguntó Max en un intento de trabar conversación con él.

—El suficiente —respondió Waldemar.

Max volvió a intentarlo, pero no tardó en quedarle claro que aquel instructor no tenía la menor intención de hablar con él, excepto para emitir órdenes.

Bajo la dirección de Waldemar, Max y Gunda recorrieron el circuito, girando en varias ocasiones a la izquierda, a la derecha, y realizando distintas paradas. Al final, Waldemar se los llevó de la zona de obstáculos. Llegaron a un camino que daba a un campo yermo. Las voces de los demás instructores se oían más lejanas, hasta que desaparecieron por completo. La tierra irregular, congelada y llena de piedras puntiagudas, hacía que a Max le resultara difícil andar. Con la mano derecha movía el bastón en un intento de localizar obstáculos.

—¿Adónde vamos? —preguntó.

—Eso no importa —replicó Waldemar—. Mantenga la concentración.

«Quizá sea un ejercicio para reproducir las condiciones de una calle adoquinada. Pero ¿por qué no practicarlo entonces en la ciudad?» Apartó el pensamiento de su mente y siguió caminando.

Transcurridos varios minutos, Waldemar le pidió que ordenara detenerse a la perra, y acto seguido retroceder.

—*Halt* —dijo Max, tirando del asa del arnés hacia atrás y hacia abajo.

La perra se detuvo.

—Atrás.

La perra y Max retrocedieron lentamente. El tacón de su bota tropezó con algo duro y él cayó de espaldas. Sintió un dolor agudo en la rabadilla.

—Cuidado con dónde pisa —dijo Waldemar con voz enojada.

—¿Eso ha sido su pie? —le preguntó Max.

—Sí —respondió.

Max se levantó y se sacudió la nieve de la ropa. «¿Cómo es que su pie estaba detrás de mí?»

Waldemar se fijó en Fleck y el resto de los instructores, que seguían muy lejos y no podían oírlos.

—Ayer lo hizo muy mal.

—Es cierto —admitió Max—. Hoy lo haré mejor.

Waldemar se acercó a la perra y le dio unas palmadas en el lomo.

—Gunda está teniendo problemas para establecer un vínculo con usted. Es la perra más dispuesta de todo el grupo, y me preocupa que no llegue a conectar con ninguna otra.

Max apretó mucho los labios.

—Tal vez no esté hecho para esto —prosiguió Waldemar—. Debería plantearse renunciar antes de que lo eche Fleck.

A Max le hervía la sangre.

—No pienso rendirme. —Agarró con fuerza el arnés y mantuvo los ojos en un punto fijo.

El resto de la mañana Max lo pasó trabajando con Waldemar, que le criticaba sus órdenes y maniobras. Se sintió aliviado cuando a los otros veteranos y a él les dieron de almorzar pan negro y salchichas, cortesía del ejército. Todos comieron en torno a la estufa del cobertizo. A pesar de estar hambriento, Max solo se tomó el pan negro y se guardó la salchicha en el bolsillo. «Se la daré esta noche a Anna y a Norbie».

Max se planteó la posibilidad de contarle a Fleck lo que le había ocurrido con Waldemar, pero al instante desestimó la idea. La experiencia le decía que cuando un soldado judío se quejaba de algo a un superior, no le ocurría nada bueno, y estaba seguro de que en el caso de los veteranos las cosas no debían de ser muy diferentes. En el frente, a los judíos les solían asignar las misiones más peligrosas, como patrullar en busca de actividad enemiga y lanzar ataques sobre las trincheras aliadas. Además, siempre se les ordenaba ocuparse de las tareas menos atractivas: sacar lodo de las trincheras, cavar túneles y trasladar a los muertos. Y mientras estaban estacionados en Ypres, Max había presenciado el momento en el que un soldado judío llamado Konrad le expresaba su disgusto a un oficial por un sargento que le había ordenado vaciar unas letrinas infestadas de ratas por el mero hecho de ser judío. Lo liberaron de seguir limpiándolas, sí, pero lo destinaron de manera permanente a una unidad (formada sobre todo por judíos y soldados insubordinados) dedicada a la reparación nocturna de las alambradas en tierra de nadie. Konrad duró cuatro noches hasta que su cuerpo, destrozado por fuego de ametralladora, fue hallado envuelto en alambradas, como una mosca pegada a una telaraña.

Max decidió mantener la boca cerrada. «Aguantaré todo lo que me haga Waldemar, hasta que me gradúe o me echen de la escuela». Por la tarde, Max entrenó con otros instructores, que se comportaron de un modo totalmente distinto. Aunque eran estrictos en su forma de entrenar, también se mostraban amables, lo apoyaban y, durante las pausas, le demostraban un interés auténtico formulándole preguntas personales y conversando con él de tú a tú, como camaradas. A Max no le cabía duda de que Waldemar sentía animadversión por él a causa de su etnia.

Que Waldemar influyera en Fleck para que lo echaran de la escuela no era la única preocupación de Max. También le estaba costando compenetrarse con alguno de los pastores alemanes. Aunque le gustaban y tenía la impresión de que ellos se mostraban atentos con él, ninguno se parecía a Nia, que era delicada y obedecía sus órdenes sin problemas, a pesar de su discreta cojera. Esperaba que su falta de concentración el primer día de clase no hubiera influido negativamente en la percepción que las perras tenían de él. Pasó el resto del día siguiendo las instrucciones que le daban, como hacía de pequeño cuando recibía clases de piano. Con determinación renovada, alentado por la amabilidad de Anna, y para demostrarle a Waldemar que estaba equivocado, practicaba las órdenes con los pastores alemanes una y otra vez.

Al concluir la jornada, los adiestradores y los veteranos se fueron, excepto Max. Mientras esperaba a que Anna terminara sus tareas, se sentó sobre una caja, en el exterior del cobertizo. Un viento gélido le azotó las mejillas y se subió el cuello del tabardo. Aunque estaba cansado y tenía frío, le gustaría oír de nuevo la voz de Anna y regresar a casa con ella, Emmi y Nia. Tras horas de órdenes e instrucciones, anhelaba mantener una conversación cordial con alguien. Al cabo de unos minutos, oyó el repicar de unas patas aproximándose y recibió un lametón húmedo en la cara.

—*Hallo*, Nia —dijo, secándose la nariz.

—¿Cómo ha ido la instrucción? —se interesó Anna.

—Mejor —respondió él, ya que no quería decepcionarla.

—Me alegro —dijo Emmi.

Anna hizo una pausa, mientras se ponía los guantes de piel.

—Le he contado a Emmi lo de Wilhelmina. Espero no haber hecho mal.

—No importa —la tranquilizó él.

—Lo siento mucho, Max —se compadeció Emmi.

—*Danke*.

Regresaron a pie a la ciudad. Max llevaba a la perra agarrada del asa del arnés. A diferencia del día anterior, ahora era él quien iniciaba las conversaciones y preguntaba cosas sobre las tareas y las experiencias de las jóvenes con los pastores alemanes. Cuando Emmi se despidió de ellos y emprendió la parte del camino que hacía sola, Max ya se había enterado de su trabajo con Anna como enfermeras, de que su marido Ewald servía como médico castrense en el frente y de que había sido Anna la que la había reclutado para que trabajara en la escuela.

Basándose en las amables palabras de Emmi sobre Anna, Max llegó a la conclusión de que no solo eran compañeras de trabajo, sino también muy buenas amigas.

Al llegar a casa, Anna preparó una cena a base de daditos de nabo salteados con corteza de pan negro duro. Max les regaló a ella y a su padre la salchicha que se había guardado en el bolsillo, pero ellos insistieron en que debían compartirla. Así pues, Anna la cortó en pedacitos y la añadió al plato. Al terminar de cenar, Max y Anna fregaron la vajilla y después se instalaron en el salón, donde Norbie ya se dedicaba a rebuscar entre un montón de discos de fonógrafo.

—Max, ¿le importa si pongo algo animado? —le preguntó—. La salchicha me ha devuelto el ánimo.

—No —respondió él, alegrándose al pensar que había contribuido en algo a la cena. Avanzó dando golpecitos en el suelo con el bastón hasta que localizó el sofá y se sentó.

Nia fue a acurrucarse a sus pies.

—Es posible que lamentes tu respuesta a la pregunta de mi padre —comentó Anna, sentándose a su lado en el sofá.

—¿Por qué?

Norbie sonrió.

—Creo que mi hija me tiene envidia porque canto mejor que ella.

Seleccionó un disco, lo colocó en el plato y bajó el brazo del gramófono. La aguja lo rasgó y un sonido aflautado de acordeón, parecido al de un órgano, inundó el aire.

Max volteó una oreja hacia el gramófono.

Un coro de niños que cantaban una melodía alegre se sumó al acompañamiento. «Una canción infantil», pensó Max, sorprendido con la elección musical de Norbie. A pesar de que sus oídos no lograban captar las notas más altas, no tardó en reconocer el tema, que trataba de un niño que viaja por todo el mundo y regresa junto a su familia convertido en un hombre.

—Esta canción la cantaba en el jardín de niños.

—Yo también —dijo Anna.

—*Hänschen klein* —anunció Norbie—. Es una obra maestra.

—Movía los pies al ritmo de la música, y empezó a cantarla él también con una voz de tenor y mucho vibrato, desafinando bastante.

Max sonrió, admirando la desinhibición y el entusiasmo de Norbie.

Anna le dio un codazo y le susurró:

—¿Sorprendido?

—Sí —admitió él.

Norbie levantó la aguja de disco.

—Canta conmigo.

—No recuerdo la letra —se justificó Max.

—Se aprende enseguida, chico —insistió Norbie—. ¿Anna?

Ella accedió a regañadientes.

Su padre hizo descender de nuevo la aguja.

Max escuchaba cantar a Norbie y a Anna; a diferencia de su padre, la voz de soprano de Anna era pura, tenía el timbre perfecto y recordaba a un violín impecablemente afinado.

Nia golpeaba el suelo con la cola.

—Cante usted —le pidió Anna a Max.

Él susurró las palabras. A su mente asomó por un instante el recuerdo de estar tocando al piano con sus camaradas militares mientras ellos cantaban. La celebración con aguardiente y canciones había amortiguado su dolor. Y, como sus amigos, Norbie y Anna también usaban la música para crear una pausa en la guerra. Millones de soldados habían muerto o quedado lisiados. La escasez de alimentos había puesto a los civiles al borde de la hambruna. A Max le parecía que los alemanes solo tenían motivos para lamentarse. Pero a pesar del mundo turbulento y el hambre que roía sus estómagos, Norbie y Anna habían hecho acopio de fortaleza y seguían adelante. Aunque fuera por un rato, la mente de Max se alejó de la guerra, de Wilhelmina y de su ceguera. Un fervor renovado le inundó el pecho y cantó en voz alta los versos finales.

—¡Bravo! —exclamó Norbie, aplaudiendo.

Nia levantó la cabeza y bostezó.

—Oye, no canto tan mal —dijo Norbie, dándole unas palmaditas en el lomo.

Anna se agitó un poco en su asiento.

—Quizá has cantado un pelín fuera de tono.

—Bobadas. —Norbie se acercó al piano y pulsó una tecla, que emitió un sonido seco, vibrante—. ¡La-la-laaa! —cantó, modificando el tono—. Sí, quizá desafino un poquito.

Anna ahogó una risita.

Nia entornó los ojos.

—Max —dijo Norbie—. ¿Qué opina usted?

—Me gusta cómo canta —respondió Max, que no quería herir sus sentimientos—. Interpreta con brío.

Norbie sonrió, exultante, y puso otro disco.

Durante el resto de la velada, sonó música popular alemana en el gramófono de la casa. Norbie cantaba. Anna, Max y Nia escuchaban.

Norbie estiró los brazos y apagó el gramófono.

—Me he divertido mucho, pero empiezo a estar cansado.

Anna se levantó y le dio un beso en la mejilla.

—Sacaré un momento a Nia antes de acostarme.

—De acuerdo —se despidió Norbie—. Que duerma bien, Max.

—Usted también —respondió él, poniéndose de pie.

Norbie acarició a Nia y subió a la planta de arriba. Sus pasos se perdieron y se oyó cerrarse una puerta.

—Tiene un padre maravilloso —comentó Max.

—Gracias.

—Creo que la canción que más ha disfrutado ha sido la infantil.

—Sí. Mi madre me cantaba *Hänschen klein* cuando era pequeña. Cuando la echa de menos, pone el disco en el gramófono.

Max entrelazó las manos.

—¿Le molesta si le pregunto cómo murió?

—De cáncer. —Anna se sentó en el sofá y dio una palmadita al cojín que quedaba a su lado.

Él se sentó.

—Murió cuando yo tenía cinco años. Llevaba más de uno enferma.

—Lo siento.

—Era demasiado joven. —Anna clavó la vista en el piano—. Su enfermedad no la privó de hacer lo que más le gustaba. Uno de mis recuerdos más preciados es sentarme en su regazo mientras cantaba y tocaba el piano. Tenía una voz preciosa.

—Usted también.

Anna sonrió.

—Quizá, si la compara con la de mi padre.

Max ahogó una risita.

Nia se levantó y apoyó la barbilla en el sofá, entre los dos.

Anna le acarició el hocico.

—Desafina mucho, pero no le importa. Y yo disfruto escuchándolo.

—Con los instrumentos adecuados, podría afinarles el piano. Necesitaría su ayuda, por supuesto, para las teclas de las octavas superiores.

—Sí —dijo ella—. Sería estupendo.

Nia dio un golpecito a la mano de Max con la nariz, y él le acarició las orejas.

—Siento mucho lo de la carta de Wilhelmina. —Anna respiró hondo—. ¿Cómo se siente?

Max notó una punzada en el estómago.

—Estaré bien.

—Me alegro de que hoy haya tenido un día mejor que el de ayer.

La voz de Waldemar y su aliento acre regresaron a su mente. Asintió.

—¿Cómo lo tratan los instructores? —le preguntó ella, como si le hubiera leído los pensamientos.

—Bien —respondió él, pues no quería cargarla con sus problemas.

—¿Ya tiene una perra favorita?

—No, aún no.

—Es una lástima que a Nia no se le haya curado del todo la pata —comentó ella.

—Quizá debería posponer mi curso y regresar cuando Nia esté lista para entrenar con un veterano —dijo en broma.

—Sería estupendo. Por desgracia, a los veteranos solo se les concede una oportunidad de recibir formación. Son centenares los que necesitan un perro guía.

«Si no apruebo, me quedaré solo», pensó él.

—Bien —dijo Anna—. Será mejor que vayamos a dormir. Mañana lo despertaré temprano para que practique con Nia.

—¿Por qué?

Anna se mantuvo en silencio unos instantes, retorciéndose los dedos.

—He oído sin querer a uno de los instructores hacer un comentario despectivo.

A Max se le cayó el alma a los pies.

—¿Porque soy judío?

—Sí —le confirmó ella—. Creo que es por él por lo que se aloja conmigo.

—¿Waldemar?

—¿Cómo lo ha sabido?

—Dejémoslo en que no es una persona fácil con la que trabajar —dijo Max.

—Quizá debería informar a Fleck.

—No —discrepó él—. En el ejército, los soldados judíos no sacaban nada bueno de protestar ante sus superiores por comentarios antisemitas. Supongo que será igual en el caso de los veteranos. Además, puedo arreglármelas con Waldemar.

—Está bien —concedió Anna—. Pero no vamos a correr el menor riesgo. Va a necesitar ser el mejor de la clase, y eso significa que habrá de practicar más que los demás. Prepárese para despertarse a las cinco de la mañana.

—De acuerdo. —Acarició a Nia, le buscó el collar y se levantó—. ¿Qué le parece si practico un poco más y la saco yo a la calle a hacer sus necesidades?

Anna sonrió.

—Cuando baje, gire a la izquierda y llegue hasta la puerta trasera que da al jardín. Dejaré la puerta de mi dormitorio entreabierta para que la perra pueda entrar cuando suban.

Max, guiado por Nia, se dirigió a la escalera. Al llegar al umbral se detuvo.

—Gracias por su ayuda, y por esta velada tan agradable. Hacía mucho tiempo que no disfrutaba escuchando música.

—Me alegro —dijo ella.

Nia guio a Max al jardín, aletargado y cubierto de una capa de nieve recién caída. La perra se adelantó unos pasos. Un instante después, le dio un golpecito en la mano con el hocico y lo condujo de nuevo al interior de la casa, y después a la planta de arriba, a su dormitorio.

Max se arrodilló.

—Buenas noches, Nia —le susurró.

La perra le lamió la cara y entró en la habitación de Anna que, en efecto, había dejado la puerta entreabierta.

En su cuarto, Max se desvistió y se metió en la cama. El viento silbaba por una rendija de la ventana. Sin poder conciliar el sueño, a su mente regresaban las imágenes de la instrucción. Temía tener que trabajar con Waldemar, pero debía soportar la ira de aquel hombre si quería superar el curso. «Si me echan, o si Fleck no me considera apto para ninguno de los pastores alemanes, me quedaré solo».

Para ahuyentar su angustia, dirigió sus pensamientos a Anna. «Es amable, comprometida con la ayuda a los ciegos y se niega a dejarme fracasar. Tengo suerte de alojarme aquí con ella y con Norbie». Lentamente, sucumbió al sueño con el eco de las voces de Anna y Norbie cantando el *Hänschen klein*. Pero lo despertaron unos arañazos. Tras abrir la puerta, Nia entró y se dejó caer en el suelo, junto a su cama.

—¿Anna sabe que estás aquí? —le susurró.

La perra meneó la cola, barriendo con ella el suelo.

Capítulo 16

Bruno, con frío y falta de sueño, abandonó su búnker tras una noche de implacables bombardeos enemigos. Las armas de artillería habían enmudecido, pero los ecos de las ondas expansivas reverberaban en sus venas y en sus huesos. El olor acre de la cordita flotaba en el aire. Se abrochó el tabardo de lana y avanzó hundiendo los pies en la trinchera enfangada, alejándose de la primera línea de combate. Aunque se alegraba de contar con un permiso de dos días, se resistía a abandonar el frente. Haber le había ordenado reunirse con él para inspeccionar juntos un suministro de bombas de fosgeno que había llegado al almacén de Lille. Pero él sospechaba que Haber, que por lo general delegaba aquellas tareas menores, en realidad pretendía abordar cuestiones más cruciales. Y la idea de tener que ver a su superior reavivó en él un mal presentimiento. «Si Anna descubre mi secreto, nuestra relación terminará».

Mientras avanzaba por la trinchera serpenteante, iba encontrándose con grupos de soldados que cargaban palas, estacas y bayonetas. En una de las paredes había un pedazo de cable atado entre dos palos, algo así como un tendedero en miniatura, del que colgaban decenas de ratas muertas sujetas por sus colas que parecían serpientes. «Están cazando», pensó.

Las ratas infestaban las trincheras y propagaban enfermedades. Esa era una batalla secundaria que se libraba en aquellas zanjas. A diferencia de lo que ocurría en los campos de batalla, donde había pausas en la contienda, aquellos animales atormentaban a los soldados día y noche. Las ratas de trinchera eran grandes, del tamaño del antebrazo de un hombre, y eso sin contar la cola, y lucían unos vientres muy hinchados. Criaban sin parar, y se alimentaban de restos de latas, desechos humanos y bocados de carne arrancada a los soldados cuando dormían. Con todo, la mayor parte de su alimento provenía de la tierra de nadie, donde se daban banquetes con los cadáveres de los soldados caídos.

—¡Ahí! —gritó un soldado apuntando con un palo.

Una rata inmensa, que mostraba sus incisivos afilados y amarillentos, chilló y se ocultó en un refugio.

Bruno, con las botas medio hundidas en el lodo, pasó por delante de aquellos cazadores de ratas y giró al llegar a una trinchera contigua.

Esperaba que las condiciones mejorasen a medida que se alejara del frente. Sin embargo, al aproximarse a un claro el aire se impregnó de un intenso olor a carne quemada. Se tapó la nariz y la boca con la manga y siguió avanzando, pero el hedor empeoraba. No tardó en llegar al origen de la peste: allí donde hasta hacía poco se alzaba una tienda de campaña dedicada a los primeros auxilios, se retorcía ahora una masa chamuscada de lona y cuerpos carbonizados. A la vista de los restos quemados, podía estimarse que el centro de curas albergaba aproximadamente a unos treinta soldados heridos. Unos médicos desbordados recorrían la zona, colocando restos de carne ennegrecida y miembros amputados en bolsas de arpillera. «Dios mío. Los pobres desgraciados no han llegado a salir siquiera de las camillas». Bruno notaba que temblaba de arriba abajo. Se aguantó las ganas de vomitar y aceleró el paso.

Con aquellas espantosas imágenes de cuerpos quemados alojadas en su mente, Bruno consiguió sitio en un camión militar que se dirigía a Lille. Llegó a mediodía al depósito de munición de la ciudad, donde Haber ya lo esperaba.

—Bruno... —Se sujetó la gorra bajo el brazo. Una fina capa de sudor le cubría la calva.

—Buenos días, señor —lo saludó él estrechándole la mano.

Haber se colocó bien los lentes quevedos y se fijó en la ropa de Bruno, salpicada de lodo seco.

—Veo que viene directamente de las trincheras.

—Sí —corroboró él—. No quería llegar tarde.

—*Gut.* —Volvió a ponerse la gorra—. Mi tren sale en poco tiempo, y tengo mucho que contarle. Sígame.

El depósito de armamento, que antes de la guerra había sido una fundición, alojaba miles de bombas de fosgeno, que llevaban pintada una cruz verde para distinguirlas, almacenadas en pilas que recordaban a pirámides a medio construir. Desde su última visita a Lille, habían llegado al depósito de munición enormes cantidades de explosivos.

Haber le señaló un pasillo de la longitud de un barco de pasajeros lleno de bombas apiladas a ambos lados.

—El Ejército Imperial Alemán planea que las unidades de artillería aumenten el uso de armas químicas.

Bruno tragó saliva, preguntándose qué cantidad de gas tóxico del que se almacenaba en aquel espacio se habría producido en la fábrica de su padre, la Wahler Farbwerke, y cuántos miles de hombres morirían entre espantosos sufrimientos. Apartó de su mente esos pensamientos y asintió.

Haber juntó las manos, uniendo las yemas de los dedos, como si sostuviera una pelota invisible.

—Calculo que pronto una de cada tres bombas lanzadas sobre nuestro enemigo contendrá gas.

—Eso son buenas noticias, señor —mintió Bruno—. Gracias por venir a Lille a mostrarme personalmente los suministros y a informarme de sus expectativas.

—No es para eso para lo que le he pedido que venga —dijo Haber.

Bruno se enderezó.

—En nuestra última reunión, prometí que nuestros químicos proveerían un arsenal de armas más letales. —Miró a Bruno a los ojos a través de sus lentes—. Dos de mis mejores químicos, Wilhelm Lommel y Wilhelm Steinkopf, han desarrollado un nuevo agente químico derivado de la mostaza sulfurada.

—Enhorabuena, señor.

Habber asintió.

—Se trata de un agente irritante que causa quemaduras químicas debilitantes en la piel y los ojos, así como sangrado y llagas en el sistema respiratorio.

A Bruno se le heló la sangre. La imagen de unos cadáveres gaseados, con la piel morada, se instaló en su mente.

—Ya se ha iniciado la producción a gran escala del gas mostaza —prosiguió Haber—. En verano podrá utilizarse con fines armamentísticos y me gustaría que fuera usted quien pusiera en marcha su uso.

A Bruno le ardía el esófago.

—Será un honor, señor.

Haber le apoyó una mano en el hombro.

—Creo que esa nueva arma infundirá un terror real en el enemigo. Es cuestión de tiempo que ganemos la carrera del armamento químico y la guerra. —Apartó la mano—. He hablado con su padre. Le complace que su hijo vaya a implementar unos explosivos con agentes tóxicos creados en su fábrica.

Bruno asintió. Aunque le entristecía, no le sorprendía que su padre, así como su madre, no le hubieran escrito ni una carta en muchos meses. «Si a mi padre le enorgullecen mis servicios al ejército, está claro que no ha hecho el menor esfuerzo por comunicármelo».

—Bien —dijo Haber, poniéndose la gorra—. Debo irme, pero estaremos en contacto y le informaremos sobre los planes de la nueva arma. Entretanto, cuenta usted con gran cantidad de bombas de fosgeno que distribuir. —Dio media vuelta y se alejó. El repicar de los tacones de sus botas reverberó en todo el edificio.

Bruno permaneció un buen rato contemplando el montón de explosivos. Respiraba hondo intentando calmarse, pero el recuerdo del momento en el que Haber lo había reclutado regresaba a su memoria.

Como parte de su reclutamiento para la Unidad de Desinfección, a Bruno, así como a otros candidatos a integrarse en aquel escuadrón especial, los había convocado Haber en unas instalaciones de investigación discretas ubicadas en el Instituto Kaiser Wilhelm. Una vez allí, los condujeron a una sala en la que un panel de cristal sellado permitía ver una cámara con paredes de hormigón en la que había un pequeño mono de laboratorio metido en una jaula. Sin muchas explicaciones previas, más allá de que estaban a punto de presenciar un experimento, Haber le indicó algo con un movimiento de cabeza a uno de los químicos, vestido con bata blanca. El hombre hizo girar la válvula de un cilindro de gas de la que partía un tubo de plomo fijado a la pared. Un vapor verde amarillento se introdujo en la cámara. Los candidatos lo observaban todo a través del cristal. El animal empezó a chillar y a convulsionar. Bruno, asqueado y horrorizado, hacía esfuerzos por mantener la compostura. Con el rabillo del ojo veía a Haber, que se dedicaba a examinar la reacción de los candidatos. «Quiere asegurarse de que somos insensibles al experimento y no plantearemos problemas a la Unidad de Desinfección», pensó Bruno. Se mordió la mejilla por dentro con la esperanza de que el dolor ahogara el espanto. Tras el experimento, uno de los candidatos, que había torcido el gesto y bajado la cabeza, fue descartado de inmediato, y lo sacaron de las instalaciones. Meses después, Bruno supo que aquellas pruebas no se realizaban solo con primates. Mientras se encontraba refugiado en un búnker durante un bombardeo, otro oficial de la Unidad de Desinfección que se había tomado una botella entera de aguardiente le reveló que había sido testigo de que Haber y sus químicos experimentaban con gases tóxicos en ratas, conejillos de Indias y animales de granja.

Bruno se cubrió la cara con las manos. Una sensación de vergüenza se apoderó de él. Detestaba lo que había hecho, y desearía haber tenido el temple suficiente para hacerle frente a Haber. Pero si lo encaraba, era posible que lo ejecutaran. En el mejor de los casos lo considerarían desleal y lo destinarían a un puesto de combate en primera línea de fuego, donde el índice de bajas era elevadísimo, y además la familia lo desheredaría. «No tengo salida de este infierno. Hice un pacto con el diablo y mi destino es la condena eterna».

Bruno, con el alma destrozada, se obligó a sí mismo a cumplir con sus obligaciones. Ordenó a un grupo de soldados que llevaran a cabo un inventario de las bombas de fosgeno y abandonó el depósito de munición. En un intento de librarse del horror, recorrió a pie las calles de la Lille ocupada, pero las imágenes de unos cuerpos grotescamente gaseados regresaban a su mente una y otra vez. Al anochecer, llegó a la casa de huéspedes para oficiales. Celeste le abrió la puerta.

—*Oberleutnant* Wahler, pase, por favor.

Bruno entró y se quitó la gorra.

—*Hallo*, Celeste.

Ella se fijó en el lodo que le cubría las botas y el abrigo, y no le pasaron desapercibidas las profundas ojeras que le ensombrecían el rostro.

—¿Está bien, *monsieur*?

—No. —Se pasó la mano por el pelo grasiento—. ¿Tiene algo de beber?

Celeste asintió. Le recogió el abrigo, desapareció y regresó al momento con una copita alargada y estrecha que contenía un líquido claro.

—*Schnapps* —dijo, alargándosela.

—*Danke*. —Se lo bebió de un trago. El alcohol le calentó la garganta y el estómago.

Ella le retiró la copa.

—¿Le gustaría que le llene la jofaina de agua tibia o prefiere un baño, *monsieur*?

—La jofaina es suficiente —respondió él—. No me he traído muda para el uniforme.

—Yo tengo ropa a su disposición. Puede ponérsela mientras le lavo el uniforme.

Bruno asintió.

—Venga a la sala cuando se haya lavado. Le ofreceré algo de cena.

—No será necesario. —Se volteó y empezó a subir por la escalera.

—Eso mismo dijo la última vez que estuvo aquí —insistió ella, mirándolo.

Él se detuvo y apoyó la mano en la barandilla.

—Se sentirá mucho mejor después de comer algo —añadió Celeste.

—Está bien.

Bruno se lavó, se afeitó y se vistió con una camisa y unos pantalones limpios que Celeste le había dejado junto a la puerta.

Recogió el uniforme sucio y se dirigió a la planta baja, donde estaba la cocina y de donde provenía un delicioso aroma de echalotes salteados. Celeste, de pie frente a los fogones, revolvía el contenido del sartén con una cuchara de madera.

—Huele bien —dijo.

Celeste lo miró.

—Deje su uniforme en ese rincón. Su cena estará lista en unos minutos. —Echó dos salchichas carnosas en el sartén que, en contacto con esta, empezaron a chisporrotear.

—¿Algún otro oficial cenará conmigo? —preguntó él.

—No. Hay otros dos hombres alojados en casa esta noche, pero han preferido cenar en el casino de los oficiales.

Le vino a la mente su cena con Celeste.

—¿Y usted?

Ella le dio la vuelta a las salchichas. El aceite salpicó un poco.

—Yo cenaré cuando le haya limpiado la ropa.

—Eso fue lo que me dijo la última vez que estuve aquí.

Ella sonrió y asintió.

Bruno se sentó a una mesa pequeña de madera con dos sillas.

—Se está mucho mejor en la sala —comentó ella, dividiendo la comida en dos platos.

—Aquí está bien, siempre y cuando a usted no le moleste.

Celeste sonrió. Puso en la mesa platos, servilletas y cubiertos y fue a buscar una botella de vino blanco, un sacacorchos y dos copas.

Bruno se levantó y le retiró la silla.

—*Merci* —murmuró ella al sentarse.

Él descorchó el vino, lo sirvió en las dos copas y se sentó.

—Por el fin de la guerra —brindó, alzando la suya.

Ella chocó su copa con la de Bruno y le dio un sorbo al vino.

Él dio un bocado a la salchicha, grasienta y sabrosa.

—¿Ha tenido un mal día, *monsieur*?

Bruno también dio un trago al vino, fresco y afrutado, y asintió.

—Lo siento. ¿Le gustaría hablar de ello?

Bruno negó con la cabeza, pero su mente regresó a la última conversación que habían mantenido. Celeste había sobrevivido convirtiéndose en la querida de un oficial alemán que había muerto. A su tía, una de los miles de mujeres de Lille reclutadas por el ejército alemán para trabajar en las granjas francesas, la habían sacado a la fuerza de su casa. «Celeste confió en mí ese día, y yo no le conté casi nada». Se sintió egoísta. Dejó el tenedor sobre el plato.

—Mi unidad me exige que lleve a cabo acciones horribles —dijo al fin.

Ella lo miró.

—Veo en su rostro que lleva una carga.

Bruno agitó un poco el vino en la copa. Aunque nunca había hablado con nadie de la factura emocional que le pasaba su trabajo, sintió que podía confiar en ella.

—Noto como si se me estuviera pudriendo el alma.

—Lo siento —dijo ella—. Pero le pido por favor que tenga en cuenta que no es culpa suya. La guerra obliga a los soldados a hacer cosas espantosas.

«Pero es que yo he cometido crímenes de guerra». Apuró la copa y al momento se sirvió otra.

—Lo que yo he hecho es mucho peor que lo que ha hecho la mayoría de los hombres.

Celeste acercó su mano a la de él, pero se detuvo justo antes de rozarle los dedos.

—¿Y lamenta haber hecho esas cosas?

—Sí.

—Entonces no está todo perdido.

Bruno la miró a los ojos.

—Rezo por que tenga razón.

Ella bajó la mano y la apoyó en su regazo.

—¿Se lo ha confiado a su prometida?

Él se agitó en su silla.

—*Nein*. Si supiera a qué me dedico, lo nuestro terminaría.

—Quizá su destino sea mejor de lo que cree.

—Es posible —admitió él, a pesar del temor que lo devoraba por dentro.

Celeste inspiró hondo.

—Sé cómo se siente. Cuando termine la guerra, a mí también me rechazará mi familia.

—Usted ha colaborado para sobrevivir —matizó él—. La perdonarán.

—Ojalá tenga razón. Pero me temo que eso no ocurrirá nunca.

Bruno le dio un bocado a la salchicha.

—Usted y yo venimos de mundos diferentes, pero compartimos dilemas similares.

Sus ojos se encontraron.

—*Oui.*

Cambiaron de tema, dejando de hablar de la guerra, y durante el resto de la cena se centraron en sus recuerdos de épocas anteriores. Bruno descubrió que Celeste se había educado en el seno de una familia parisina acomodada, que había estudiado en colegios privados y pasaba las vacaciones en Suiza y en la Costa Azul. Aunque él se cuidó de no revelar detalles sobre su experiencia militar, sí le habló de su infancia, de sus estudios de Química en la Ludwig-Maximilians-Universität, y de las expectativas de su padre, que pretendía que, acabada la guerra, pasara a formar parte del negocio familiar de tintes.

—Cuando regrese a casa, su carrera profesional despegará enseguida —dijo Celeste.

—Sí. —Bruno se terminó la copa—. Pero a mí me gustaría hacer algo distinto con mi vida.

—¿Como qué?

—Preferiría dedicarme a cualquier cosa que no tuviera que ver con productos químicos —respondió él, con la mente turbia por el alcohol—. Si pudiera empezar de nuevo, me gustaría estudiar arte o literatura en la universidad. Eso me permitiría vivir mi vida en lugar de seguir los pasos de mi padre.

—Nunca es demasiado tarde para iniciar un camino distinto.

—Eso es verdad. Aun así, he hecho cosas que ya no puedo cambiar, cosas que me vincularán para siempre con... —«Atrocidades de guerra». Volvió a llenarse la copa y dio un buen trago.

—Entiendo que no quiera contármelo —intervino ella—. Quizá podría escribirle a su prometida para confiárselo a ella.

Él negó con la cabeza.

—Lo entiendo. —Le tocó la manga con delicadeza—. A veces no pasa nada por guardar un secreto.

A Bruno se le puso la piel de gallina.

Ella retiró la mano y le sirvió más vino.

—Un secreto no es lo mismo que una mentira.

A él se le aceleró el pulso.

—Supongo que tiene razón.

Celeste esbozó una sonrisa coqueta. Cruzó las piernas y el dobladillo de la falda se elevó, dejando entrever una pantorrilla.

Bruno no pudo evitar mirar.

Ella bajó la voz.

—Tal vez no tenga por qué renunciar a lo que necesita para conseguir lo que desea.

Bruno tragó saliva.

Celeste pasó un dedo por el borde de su copa.

Él sentía que su conciencia forcejeaba con su deseo, y se obligó a apurar la copa y a ponerse de pie.

—Debería retirarme.

—¿Está seguro? —le preguntó ella, pasándose un mechón de pelo por detrás de la oreja.

—Sí —insistió él—. Gracias por la cena y por la conversación.

Ella también se levantó.

—No hay de qué.

—Buenas noches, Celeste.

—Que descanse, *monsieur*.

Una vez solo, en su dormitorio, la pena y la soledad de Bruno crecieron por momentos. A pesar del riesgo que había corrido al conversar con ella de unos temas que más adelante podría lamentar haberle revelado, se arrepentía de no haberse quedado con ella. Por una parte, se sentía culpable por haber dicho cosas que no le había contado a Anna en sus cartas. «Me resulta fácil hablar con Celeste porque no temo que me rechace a causa de mi papel en la Unidad de Desinfección», intentaba racionalizar. El vino que había tomado exacerbaba su necesidad de alivio, de consuelo. Sin poder conciliar el sueño, encendió una vela y se sentó en una silla. Pero pasaban los minutos y su desasosiego no dejaba de crecer.

Llamaron a la puerta.

—Pase —dijo, poniéndose de pie.

Celeste, con un montón de ropa doblada, entró en el dormitorio.

—He visto luz por debajo de la puerta. Espero no molestarlo.

—No, en absoluto.

Ella extendió los brazos.

—Le he limpiado el lodo del uniforme.

—*Danke.* —Se acercó a ella y recogió la ropa. Sus dedos se rozaron un instante antes de alejarse. Él sintió un cosquilleo en la piel.

Celeste lo miró. La luz de la vela parpadeó en sus ojos verdes. A él volvió a acelerársele el pulso.

—¿Quiere algo más? —le preguntó ella con voz suave.

Él negó con la cabeza.

—Si me necesita, estaré en mi cuarto. —Se volteó y se fue, mirándolo antes de cerrar la puerta. Los peldaños de madera crujían a su paso, en su ascenso hasta el ático, donde se encontraba su habitación.

Bruno dejó la ropa sobre la cama. La mente y el corazón le iban a toda velocidad. «¿Cómo podré mirar a Anna a la cara? Pero en el frente puedo morir en cualquier momento, por fuego de artillería o un ataque de gas de los Aliados». Consumido por el sufrimiento y el temor, anhelaba consuelo, fueran cuales fuesen las consecuencias. Sin pensarlo más, tomó la vela y salió del dormitorio. El corazón le latía con fuerza mientras subía la escalera. En el descansillo, la encontró esperándolo.

Celeste le quitó la vela y la dejó en un tocador. Se volteó hacia él y, lentamente, se desabotonó la blusa.

La respiración de Bruno se aceleró.

La luz de la vela se reflejaba en su piel de porcelana. Ella, con delicadeza, le agarró una mano y se la acercó a su pecho. Bruno sintió los latidos de su corazón bajo las costillas. Un perfume sutil a lilas le impregnó la nariz. La atrajo hacia sí y cerró los ojos en el momento en el que los labios de Celeste se acercaban a los suyos.

Capítulo 17

Anna, con la esperanza de poder ver a Max, miró a través de la puerta del cobertizo, algo entreabierta. En el circuito de obstáculos cubierto de nieve, cada uno de los instructores estaba emparejado con un veterano y este, a su vez, con un pastor alemán, mientras Fleck supervisaba el adiestramiento. A Max, a quien en ese momento una perra conducía por encima de una barrera de troncos, le habían asignado a Waldemar.

Suspiró.

—Ojalá lo hubieran puesto con cualquier otro —susurró para sus adentros.

Nia, sentada a su lado, irguió las orejas.

Tras una semana de instrucción, a todos los veteranos de guerra ciegos, salvo a Max, ya les habían asignado un perro guía permanente. A ella le parecía que la causa no era la falta de empeño por parte de Max, dado que él practicaba con Nia antes y después de la escuela, lo cual lo había ayudado a mejorar sus aptitudes en el manejo de los animales. Fuera como fuera, Fleck todavía no estaba convencido de que Max hubiera creado un vínculo con ningún pastor alemán. Para el supervisor, era fundamental que el animal y quien lo llevaba desarrollaran una confianza mutua, que era la base de una vida juntos una vez que abandonaran Oldemburgo. Así pues, Fleck hacía que las perras y los instructores fueran turnándose con Max con vistas a encontrar el emparejamiento adecuado.

Pero hacía tres días, el número de perros guía disponibles se había reducido considerablemente a causa de un brote de tos de las perreras, una traqueobronquitis infecciosa. Todos los pastores alemanes que dormían en el cobertizo por las noches se contagiaron, y fueron puestos inmediatamente en cuarentena en un refugio de la Asociación de Perros Sanitarios. Por suerte, lo más probable era que todos se recuperaran por completo, y ninguna de las perras que pernoctaban con los adiestradores se puso enferma. Aun así, eso implicaba que solo quedaban dos perras viables para Max: Gunda, que estaba al cuidado de Waldemar, y Elfriede, a la que cuidaba Fleck en su casa. Los últimos días, Fleck tocaba con frecuencia un silbato que llevaba metido en el bolsillo para indicarle a Anna que era hora de cambiarle el animal a Max, pero el supervisor aún no había decidido qué perra era la más adecuada para él.

—¡Anna! —la llamó Emmi desde el fondo del cobertizo—. Necesito ayuda.

Ella se volteó y corrió hacia la puerta trasera, donde encontró a su amiga arrodillada junto a Elfriede, un pastor alemán negra y plateada que estaba tendida de costado. Tenía la pata trasera izquierda cubierta de sangre.

—¡Dios mío! —exclamó, ahogando un grito.

Nia se acercó galopando hasta ellas.

Emmi le levantó la pata a Elfriede y apareció una uña gravemente herida.

—La estaba metiendo en el cobertizo y, no sé cómo, una uña se le ha quedado encajada entre unas planchas de madera.

Anna se volteó hacia el portón abierto, donde unos adiestradores habían instalado unos tablones para facilitar el acceso al edificio por encima de la nieve acumulada.

—Voy a mirar en el botiquín —dijo.

Salió corriendo y regresó al momento con vendas, antiséptico y un cuenco de agua.

Emmi sumergió la pata del animal en el recipiente, y la sangre se arremolinó en el agua.

—¿La tiene muy mal? —le preguntó Anna, arrodillándose.

—Tiene la uña totalmente descarnada —respondió Emmi examinando el tejido ensangrentado.

La perra temblaba.

—Te pondrás bien, preciosa —le dijo Anna acariciándole la cabeza.

Emmi, con mucha delicadeza, le limpió la pata y aplicó presión con un paño. Una vez que dejó de sangrar tanto, aplicó el antiséptico a la herida.

La perra se estremeció y empezó a gimotear.

Nia se acercó más a ella y le lamió la cara, como una madre que cuidara de su cachorrillo.

Elfriede se relajó de inmediato y agitó la cola.

—Eres una buena enfermera, Nia —la alabó Anna.

Nia abrió la boca, jadeó y, al hacerlo, pareció que sonreía.

Emmi le vendó la pata a Elfriede y la ayudó a levantarse. La perra, tambaleante, se sostenía solo con tres patas, incapaz de apoyar el peso en la zarpa herida. Duró poco de pie y enseguida volvió a tumbarse de costado.

—Se pondrá bien en unos días.

—Sí —convino Emmi—, pero Fleck se va a enfadar conmigo.

—Ha sido un accidente. Además, Fleck siempre está enfadado por algo. Él es así.

—Pero él cuida de Elfriede en su casa. Ha llegado a mostrarse bastante protector con ella. —Contempló a la perra—. Podría despedirme.

—No lo hará —insistió Anna—. Cuidas de manera extraordinaria a los pastores alemanes, y sabes tanto como cualquier veterinario. De no haber sido por tu insistencia en que los adiestradores se llevaran a las perras a sus casas por las noches en lugar de hacerlas dormir en un establo común del cobertizo, es bastante posible que todos hubieran contraído la traqueobronquitis.

—*Danke* —dijo Emmi—. Pero eso no cambia el hecho de que Gunda siga siendo la única perra sana que le queda a Max.

«Gunda trabaja con Waldemar, por lo que Max va a tener que entrenar todos los días con él». Anna se pasó la mano por el cuello.

—Todo saldrá bien.

Emmi asintió.

En ese momento, Fleck hizo sonar el silbato.

Anna se quedó helada.

—Ya se lo cuento yo —dijo Emmi.

—*Nein.* —Anna descolgó el arnés del gancho de la pared—. Yo tengo que ir hasta allí de todos modos. Le diré que estábamos las dos paseando a Elfriede y que se ha lesionado la pata. No puede permitirse despedirnos a las dos.

Emmi abrió mucho los ojos.

—Creía que habías dicho que no tenía nada de qué preocuparme.

—Y así es —la tranquilizó Anna, que esperaba estar en lo cierto. Se acercó a Elfriede y le acarició el lomo—. ¿Crees que puedes caminar hasta fuera para que Herr Fleck te vea la pata?

La perra hizo esfuerzos por ponerse de pie. Aulló y volvió a tumbarse sobre la barriga.

—No te preocupes, bonita —dijo Anna.

Nia se acercó a Elfriede y miró a Anna. Ladeó la cabeza y mantuvo el contacto visual con ella.

Los engranajes de la mente de Anna giraban a toda velocidad.

El pitido del silbato de Fleck rasgó el aire.

—¡Fräulein Zeller!

A Anna se le aceleró el pulso. «Protégete el corazón». Las palabras de su padre resonaron en su mente. Sin pensarlo dos veces, le puso el arnés a Nia.

—¿Qué estás haciendo? —le preguntó Emmi.

Anna fijó el arnés.

—Fleck necesita otro perro, y yo se lo voy a proporcionar.

—Pero es que a él no le parece que Nia esté físicamente preparada para entrenar.

—Lo peor que puede pasar es que la devuelva al cobertizo —sostuvo Anna, que confiaba en que no se le notara la inquietud.

Emmi inspiró hondo.

—Está bien, pero no voy a permitir que salgas sola.

—Como quieras. —Anna se puso los guantes y le dio una palmadita a Nia—. ¿Estás lista, chica?

Nia agitó la cola.

Al salir del cobertizo, el aire gélido golpeó a Anna en la cara. Se agarró con fuerza al asa del arnés, tratando de ignorar el nerviosismo que crecía en su pecho. Mientras se acercaba a Fleck y a

Waldemar, que estaban de espaldas a ella, pudo oír la animada conversación que mantenían.

—A Gunda no le cae demasiado bien Max —decía Waldemar en ese momento.

Fleck se cruzó de brazos.

—¿Y eso por qué?

—Con todo el respeto, señor, no creo que Max sea capaz de establecer un vínculo afectivo con ningún pastor alemán.

A Anna le hirvió la sangre. Aminoró la marcha y se fijó en su huésped, que hacía una pausa junto a otros veteranos e instructores, reunidos en corrillo bajo unos abedules.

Fleck se retorció el bigote.

—¿Y qué recomienda usted?

Waldemar miró a Max y bajó la voz.

—Envíelo a su casa. Hay otros veteranos ciegos que se merecen más contar con un perro guía.

«Oh, no».

A Anna se le secó la boca.

Fleck hizo una pausa y hundió el tacón de una bota en la nieve.

—Vamos a darle una oportunidad más con Elfriede.

—Herr Fleck —intervino Anna entonces, interrumpiéndolos.

El supervisor se volteó y frunció el ceño.

—¿Dónde está Elfriede?

—Se le ha atorado una uña entre los tablones colocados en la puerta trasera del cobertizo —explicó ella.

—Y le ha quedado completamente levantada, señor —añadió Emmi, dando un paso al frente.

—Cuando los nervios quedan expuestos, les resulta bastante doloroso. Pasarán varios días hasta que pueda volver a entrenar caminando sobre hielo y nieve —dijo Anna.

—Maldita sea —refunfuñó Fleck, y miró a Nia—. ¿Y por qué ha traído a esta?

Anna tragó saliva.

—Me ha parecido que necesitaría a otra perra.

Fleck encendió un cigarro. Dio una fumada y expulsó el humo por la nariz.

Anna, que intentaba mantener la confianza en sí misma, acarició a Nia. Con el rabillo del ojo, vio que Max abandonaba el corrillo de hombres y avanzaba hacia ellos moviendo el bastón.

—Está bien —dijo Fleck.

A Anna le dio un vuelco el corazón.

Waldemar frunció el ceño.

—Pero si Nia es coja. No habrá pasado una hora de adiestramiento y ya estará renqueando.

—Disculpe, señor —intervino Max, uniéndose a la conversación—. Llevo un tiempo practicando con Nia por las noches, y me gustaría intentarlo con ella en el circuito de obstáculos.

Waldemar lo miró con desprecio.

Max se detuvo al llegar cerca de Fleck.

—Que cojee un poco no me molesta. Yo también soy algo lento. A veces me falta el aire. —Se acercó el bastón al pecho—. Es por el gas, ya sabe.

—Claro —dijo Fleck. Le dio otra fumada al cigarro y miró a Waldemar—. Dele una oportunidad a Nia.

—Señor —respondió Waldemar—, yo, igual que los otros instructores, he pasado poco tiempo con Nia, que además no ha recibido el adiestramiento adecuado. Prefiero entrenar con Gunda.

—Pero si acaba de decirme que con Gunda las cosas no funcionaban —replicó Fleck con la impaciencia asomando a su voz.

Waldemar se sonrojó.

—Herr Fleck —intervino Max—. Anna ha estado instruyéndonos a mí y a Nia con las mismas técnicas que usan los adiestradores. Con su permiso, me gustaría trabajar con ella en el circuito.

Anna abrió mucho los ojos.

Fleck la miró fijamente.

—¿Es eso cierto?

—Sí —admitió Anna—. Mientras me ocupo de mis obligaciones, a menudo tengo la ocasión de observar a los instructores. Tan solo he puesto en práctica sus técnicas con Max y...

—No me extraña que lo haga tan mal —interrumpió Waldemar—. Ella no es adiestradora. Es una enfermera de segunda incapaz de mantener su puesto en el hospital.

Anna notó que se ponía muy colorada, y tuvo que hacer un gran esfuerzo por morderse la lengua.

Fleck tiró la ceniza del cigarro.

—Anna, lleve a Max y a Nia al circuito.

Ella dio un respingo.

—Señor —dijo Waldemar.

Fleck lo miró.

—Y usted túrnese con los demás instructores para que tengan más tiempo de descanso.

—Pero...

—Es una orden —zanjó el supervisor.

Waldemar se metió las manos en los bolsillos del abrigo y se alejó.

Anna respiró hondo.

—*Danke.*

—Guárdese su gratitud, Fräulein Zeller —replicó Fleck secamente—. Esto es solo algo temporal, hasta que Elfriede o algún otro pastor alemán se recupere. Si su rendimiento no responde a lo que espero de ella, no dudaré en sacarla del circuito. ¿Entendido?

—Por supuesto, señor.

Fleck tiró el cigarro al suelo antes de regresar al trabajo.

—¿Qué estás esperando? —le susurró Emmi con la mirada radiante—. Sal ahí fuera.

Max alargó el brazo.

—¿Vamos?

Nia agitó la cola.

Anna le acercó la mano al arnés. Con Nia entre los dos, emprendieron el camino hasta el circuito. Los ojos de todos los instructores se posaron en ellos. Ella se sentía como una figurante a la que hubieran pedido en el último momento que interpretara el papel protagonista de una ópera. El corazón le latía desbocado y resonaba en sus oídos. Se agarró con fuerza al asa del arnés para disimular que estaba temblando.

—No se preocupe —dijo Max como si percibiera su nerviosismo—. Lo hará muy bien.

—¿Por qué está tan seguro?

—Porque he practicado con todos los adiestradores y con todos los pastores alemanes de esta escuela. —Le dio un codazo—. Si le soy sincero, Nia y usted son el mejor dúo del lugar.

Anna acababa de recibir una inyección de confianza.

Durante las dos horas siguientes, los instructores practicaron con los veteranos y los animales. Anna pasaba por alto las miradas de desprecio de Waldemar y se concentraba en ayudar a Max y a Nia. Le daba miedo que Fleck se pusiera a bramar órdenes sobre acciones con las que ella no estaba familiarizada, pero le alivió descubrir que las conocía casi todas. Y en el caso de los ejercicios que no había tenido ocasión de observar, como el de maniobrar sobre una serie de barreras de troncos recién instaladas, Max la ayudó describiéndole lo que había practicado con los otros instructores. Por la tarde, Nia dejó de apoyarse en la pata derecha y, poco después, empezó a cojear. Las ojeadas de Fleck se hicieron más frecuentes. Los temores de Anna aumentaban por momentos, y rezaba por que Nia tuviera la energía suficiente para continuar y no las expulsaran. Pasaban las horas, y los tres seguían practicando en el circuito, hasta que Fleck consultó la hora e hizo sonar el silbato para dar por concluida la jornada.

Max le acarició el lomo a Nia.

—Bien hecho.

La perra levantó la barbilla y lo miró.

Anna inspiró hondo y soltó el aire, que el frío convirtió en vaho. Le pasó la mano por las orejas a Nia.

—¡Lo has conseguido!

El paseo de regreso a casa desde la escuela les llevó más tiempo del habitual. Nia iba más despacio que otras veces, porque la lesión de la pata se había agravado tras tantas horas expuesta a la tierra helada. Pero su cojera no parecía mermar su alegría, y se pasó todo el trayecto agitando la cola. A Anna le habría gustado unirse a Emmi para ver cómo se encontraban las perras enfermas que se recuperaban en el refugio para perros sanitarios, pero su amiga insistió en ir sola.

—Me queda de paso —dijo Emmi—. Esta noche me encargo yo.

—¿Estás segura? —preguntó Anna.

Emmi asintió.

—Vayan a casa a entrar en calor. Los tres se han pasado casi todo el día trabajando al aire libre. Además, tendrás muchas ganas de explicarle a Norbie que hoy te han dado la oportunidad de entrenar.

—Eso es verdad —admitió Anna—. Pero es algo temporal. Fleck nos apartará a Nia y a mí del circuito en cuanto los otros pastores alemanes se recuperen.

—Es posible —concedió Emmi—. Pero, aunque me encanta trabajar contigo, doy por hecho que Nia y tú seguirán en el circuito de adiestramiento.

—Intentaré no decepcionarte.

Emmi sonrió.

—En todo caso, cuento con verlos a las siete en punto. Tu nuevo papel no te libra de cortar comida y recoger excrementos.

Anna ahogó una risita.

—Max —dijo Emmi—. Por favor, llévese a casa a su instructora y a su perra guía.

—Así lo haré. —Max le dio una palmadita a Nia en el costado.

Emmi dio media vuelta y se alejó.

—Adelante —le ordenó Max a la perra.

Ella se puso en marcha y lo ayudó a esquivar un montículo de nieve.

Anna miró a Max. La escarcha le cubría la gorra.

—Gracias por defenderme hoy. De no haberme dado su apoyo, Fleck no nos habría permitido trabajar con usted.

—De nada —dijo él—. Pero no lo he hecho por lástima.

—¿Ha sido por Waldemar?

—No, aunque ha sido un alivio no tener que trabajar con él. Es una instructora tan buena como los demás, o mejor, y es mucho más fácil entrenar con usted. —Dio un golpecito al suelo con el bastón—. Y Nia y usted se merecen esta oportunidad.

—Suena como mi padre.

—Me lo tomaré como un cumplido, siempre y cuando no se refiera a su manera de cantar.

Ella sonrió, y notó las mejillas entumecidas de frío.

—Trabajar con Nia, la mejor perra de Alemania, es lo que hace que parezca buena.

Él dio un tirón al asa del arnés.

—*Halt*.

Nia se detuvo, levantó la pata delantera derecha y empezó a jadear.

—¿Por qué nos detenemos? —preguntó Anna.

Él se volteó hacia ella.

—No valora lo suficiente sus propios logros. Nia es una perra guía increíble, pero usted tiene un don, Anna.

Ella lo miró.

El resplandor de la farola de gas parpadeaba sobre la barba incipiente de su rostro.

—Esta tarde, en el circuito de obstáculos —prosiguió—, no dejaba de pensar en el bien que usted y la escuela hacen a los soldados que hemos quedado ciegos en el campo de batalla. No solo nos emparejan con un pastor alemán para que tengamos compañía e independencia, también nos devuelven la vida y nos dan esperanza.

A Anna se le anegaron los ojos de lágrimas.

—Yo noto que usted quiere ser instructora. Siento su pasión por los perros guía cada vez que trabaja conmigo y con Nia. Y creo que Emmi tiene razón: debe luchar por seguir siéndolo.

—La decisión no es mía, es de Fleck.

—Eso es cierto —concedió él—. Pero incluso si Fleck decide retirarle la condición de sustituta, no debe rendirse nunca ni renunciar a su sueño.

Anna se secó los ojos con la manga. «Max ha perdido tantas cosas... Y aun así me da ánimos a mí para que persiga mis sueños».

—Anna, ¿me permite tutearla? —le preguntó Max.

Ella se ruborizó.

—Sí, por supuesto —dijo.

—¿Qué te parece si hacemos un pacto? —le preguntó él extendiéndole la mano enguantada—. Yo haré todo lo posible por graduarme en la escuela de perros guía y usted... y tú haz todo lo que esté en tu mano por seguir siendo instructora.

—Trato hecho —concluyó, y le estrechó la mano.

Nia levantó el hocico, y se puso a mirarlos a los dos, alternativamente.

Anna le soltó la mano a Max y la acarició.

—Tú también participas en este pacto, Nia. Espero que le demuestres a Fleck que eres digna de convertirte en perra guía.

—«Y algún día te asignarán a Max», pensó.

Al llegar a casa, Anna, a pesar de estar helada, exhausta y hambrienta, se moría de ganas de contarle a su padre lo que había ocurrido en el trabajo ese día. Entraron en el taller de Norbie, a oscuras salvo por un resplandor que provenía de una rendija en la puerta trasera.

—¡Padre! —lo llamó ella.

—¡Aquí fuera! —respondió él con voz amortiguada.

Anna abrió la puerta trasera. En el jardín, que más bien era un pequeño patio cubierto de nieve circundado por paredes de ladrillo, Norbie estaba en el suelo, arrodillado y con las manos en el suelo. A su lado había una linterna, una pala grande y una más pequeña. Tenía hielo en la barba.

—¿Qué estás haciendo? —le preguntó Anna.

—Desenterrar comida.

Norbie intentó ponerse de pie y torció el gesto de dolor.

Anna se acercó corriendo y lo ayudó a levantarse.

Nia y Max entraron en ese momento en el jardín.

—¿Por qué? —le preguntó Anna, sacudiéndole la nieve de la ropa.

Norbie miró a Anna con los ojos llenos de tristeza.

—Hoy he ido a buscar los alimentos racionados y me han dicho que no les quedaba nada.

«Dios mío».

—¿Y hasta cuándo?

—No lo saben —respondió Norbie—. Volveré a intentarlo mañana. Pero hasta entonces, solo hay dos nabos para comer. —Miró entonces una hilera de tallos con hojas, parcialmente cubiertos de nieve—. Estaba guardando los poros de invierno para separarlos y replantarlos en primavera, pero he decidido arrancarlos para que los comamos. La tierra está congelada. He tardado más de una hora en recolectar un par de tristes plantas.

Anna le cubrió las manos con las suyas.

—Estás tiritando, y tienes la barba helada. Entremos ahora mismo.

—Aún voy a tardar un poco más —insistió él—. Casi no tenemos ni para una sopa aguada.

—Ya sigo yo —intervino Max dando un paso al frente. Se quitó los guantes, metió la mano en el bolsillo y le entregó a Anna algo pequeño envuelto en papel de periódico.

Ella lo desenvolvió por una esquina y vio que se trataba de un pedazo de pan y una salchicha. Se le encogió el corazón.

—No puedes seguir ofreciéndonos tu comida.

—El ejército me da más de lo que necesito. —Se volteó hacia Norbie—. El tiempo que pasé en las trincheras me convirtió en un buen excavador. ¿Cuántos poros más necesita?

—Gracias, hijo. —Norbie le dio una palmadita en el hombro—. Unos pocos más bastarán.

Llevó a Max hasta una hilera de poros, le entregó las herramientas de jardín y entró en la casa. Anna permaneció unos instantes sin moverse, contemplando a Max agacharse en el suelo helado con la pala en la mano. Ese invierno estaba siendo particularmente frío, como si la madre naturaleza estuviera esparciendo su ira en respuesta a la guerra que asolaba el planeta. Un escalofrío le recorrió la espalda. «¿Y si mañana no hubiera alimentos en la tienda del racionamiento, o pasado mañana?» Los bulbos aletargados de aquellos poros, en su minúsculo huerto urbano, no bastarían para compensar la falta de alimentos racionados. Las ganas de contarle a su padre lo que le había ocurrido ese día se desvanecieron, y las sustituyó el temor a no tener comida suficiente para sobrevivir al invierno.

—Mete a Nia —le pidió Max, cavando en el suelo helado—. Ya subiré yo solo las escaleras.

—Está bien. —Anna agarró a la perra por el arnés y la condujo al interior.

En la cocina se lo quitó y la envolvió en una manta. Intentó examinarle las patas, pero Nia, juguetona, dio vueltas dentro de la manta, como si estuviera secándose tras un baño. Ya segura de que la lesión de la pata no le causaba demasiado sufrimiento, Anna encendió el fuego y calentó agua para que Norbie hundiera en ella los dedos entumecidos, y después hirvió más agua para preparar una sopa. Cortó los poros congelados y los nabos y los echó en la olla. Media hora más tarde, Max entró en la cocina con otro manojo de poros, que ella también cortó a dados y añadió a la sopa. No cenaron hasta pasadas las nueve de la noche, hora a la que normalmente ya se preparaban para acostarse. Sobre la mesa estaban los cuencos de sopa y un plato con la salchicha y el pan que Max había reservado.

—Está buena —dijo Norbie al probar la sopa.

—Le faltan papas y crema de leche —objetó Anna.

Max probó una cucharada.

—A mí me gusta. Tienes que ser muy buena cocinera para obtener una sopa sabrosa con unos poros aletargados.

Anna valoraba su esfuerzo por alabar sus dotes culinarias, pero no podía dejar de pensar en la creciente escasez de alimentos a la que se enfrentaban a causa del bloqueo naval británico y en los rumores de que muchos alemanes morirían de hambre antes de que llegara la primavera. «La desnutrición se ha convertido en un arma más». Una mezcla de hambre y miedo le roía el estómago.

—¿Ya se lo has contado a Norbie? —le preguntó Max.

—No —respondió ella con la vista fija en la sopa.

—¿Contarme qué?

—No es nada —dijo Anna—. Puede esperar a mañana.

—Hoy Anna y Nia han entrenado conmigo —le explicó Max.

Norbie esbozó una sonrisa.

—¡Qué buena noticia! —Se acercó a su hija y la abrazó—. Estoy muy orgulloso de ti.

La angustia de Anna se disipó al momento.

—¿Por qué no querías decírmelo? —le preguntó Norbie.

—Tengo miedo de que nos quedemos sin la comida racionada —admitió—. ¿Y si no termina el bloqueo británico?

—Todo termina antes o después, incluso los bloqueos británicos —contestó su padre—. Si la comida del racionamiento sigue siendo escasa, ya encontraré la manera de conseguir más, aunque tenga que intercambiar todos y cada uno de mis relojes para sobrevivir al invierno. —Le dio una palmadita en la mano—. Y ahora cuéntame todo lo que ha pasado hoy.

«Siempre sabes cómo hacer tolerables las cosas más terribles», pensó Anna. Tomó una cucharada de sopa, amarga y sosa a la vez, y durante los minutos siguientes le contó a su padre que Fleck les había permitido a Nia y a ella entrenar con Max provisionalmente, hasta que los pastores alemanes se curasen y volvieran a estar disponibles.

Norbie estaba exultante.

—Esto exige una celebración.

Se puso de pie, abrió la vitrina de la cristalería y la vajilla y sacó de ella unas copas de cristal.

—¿Qué estás haciendo? —le preguntó Anna.

—Voy a servirles una copa y a proponer un brindis.

Anna frunció el ceño.

—Pero si no tenemos vino...

—¿Tú te acuerdas de cómo sabe el vino?

Ella asintió, perpleja.

—*Gut.* —Norbie les llenó las copas con agua de una jarra de barro—. Por Anna, Max y Nia —brindó, alzando la suya—. Y por su éxito en los entrenamientos.

Anna hizo chocar su copa con las otras y dio un sorbo de agua.

—¡Ah! —exclamó Norbie—. ¡Qué Riesling tan bueno!

—Sí —coincidió Max—. Es dulce y afrutado. ¿De qué año es?

Anna sonrió.

Norbie hizo como que examinaba una etiqueta en la jarra de agua.

—De 1913.

—Buen año —opinó Max.

—Y ahora vamos a tomar un poco de *sauerbraten* con *spätzle* —prosiguió Norbie. Cortó la salchicha pequeña y arrugada con un cuchillo de pelar y depositó los pedazos en los platos, acompañados de una porción diminuta de pan negro.

Max olisqueó su comida.

—Huele delicioso.

Norbie le dio un bocado a la salchicha reseca.

—Está bien, sí, pero no está tan tierno como el *sauerbraten* de mi esposa, Helga. Su receta requiere que la carne se marine durante

180

siete días con una mezcla secreta de su familia, que lleva vino, hierbas y especias.

A la mente de Anna regresó fugazmente un recuerdo infantil de su madre sirviendo té de mentira a sus muñecas.

Max mordisqueó el pan.

—Y estos *spätzle* se deshacen en la boca, aunque no me resultan tan sabrosos como los que preparaba mi madre. Su receta llevaba siempre nuez moscada, cultivada en una isla secreta, y huevos de avestruces alimentadas a mano.

Norbie no pudo evitar reírse.

—Así me gusta.

«Están creando una cena imaginaria para que nos sintamos mejor». Anna hizo esfuerzos por reprimir las lágrimas, y se tomó otra cucharada de sopa.

Con algo de ayuda de su padre, se sumó al juego infantil de la comida imaginaria. A medida que avanzaba la cena, los tres intentaban superar a los otros con el uso de palabras exquisitas y recetas descabelladas. Y así Anna fue olvidándose de la guerra, del bloqueo naval británico, de la amenaza de una hambruna. La cena se había acabado hacía rato, pero ellos seguían a la mesa, conversando animadamente, como una familia después de un día de fiesta. La escasa cantidad de comida no le había servido de mucho a Anna para aplacar el vacío del estómago, pero su padre y Max le habían llenado el corazón de esperanza.

Capítulo 18

Anna, impaciente por leer la carta que había recibido de Bruno, terminó las tareas de la noche y se encerró en su dormitorio. Aunque estaba agotada —se había pasado casi todo el día trabajando al aire libre—, el corazón le latía con fuerza cuando abrió el sobre.

> *Queridísima Anna:*
> *Son muchas las cosas que necesito contarte, mi cielo. Pero me guardaré casi todas mis palabras para cuando te vea. El ejército me ha concedido un permiso en enero, y en cuestión de días sabré las fechas exactas.*

«¡Gracias a Dios!» Inspiró hondo para calmar el temblor de las manos.

> *Espero que, al recibo de esta carta, te encuentres bien. Me llegan rumores de que el bloqueo de la Marina británica está causando una grave escasez en numerosas ciudades alemanas. Rezo por que no sea el caso de Oldemburgo. ¿Te alimentas lo suficiente?*

La mente de Anna regresó a los cuencos de sopa aguada de nabo y poro que llevaban dos días comiendo. A excepción de las raciones que le correspondían a Max como veterano de guerra y que él había insistido en compartir, solo habían consumido sopa y café de corteza.

> *Los combates y las muertes han empezado a hacer mella en mí. No te lo cuento para que te alarmes, sino para desahogarme. Muchas*

veces me recuerdo a mí mismo que la guerra nos obliga a hacer cosas impensables. Aun así, esas afirmaciones me sirven de poco para aplacar la culpabilidad que anida dentro de mi pecho. Estoy lleno de preocupación por mis actos en esta guerra, y espero que algún día puedas perdonarme.

«Por supuesto», susurró ella, con el corazón roto al pensar en su sufrimiento. Como enfermera, había sido testigo de las mutilaciones que causaban los combates en el frente. Pero no podía imaginar siquiera lo que debía de ser que el ejército te obligase a luchar, y mucho menos a matar a otro ser humano. Le habría gustado poder hacer algo para calmar su angustia, y deseaba que el baño de sangre en Europa llegara a su fin.

Anhelo abrazarte y olvidar el pasado. Confío en que las cosas entre nosotros vuelvan a ser como fueron. Te escribiré con los particulares de mi llegada. Quizá puedas tomarte unos días libres en el trabajo mientras yo esté de permiso.

Afectuosamente,

Bruno

Una mezcla de emoción y melancolía se apoderó de ella. Le entusiasmaba la idea de que Bruno fuera a venir en breve, pero sus palabras, llenas de remordimiento, le habían llegado al alma. «Está sufriendo. Encontraré la manera de ayudarlo cuando esté aquí. Pero Fleck no me permitirá librar del trabajo mientras siga alojando y entrenando a Max».

Los últimos dos días habían sido difíciles para Anna. Los demás instructores apenas le habían dirigido la palabra, como si no les pareciera bien que una mujer, y menos una sin formación militar, se hubiera ganado el derecho de adiestrar a perros. Con el rabillo del ojo veía a menudo a Waldemar dedicarle miradas asesinas desde los márgenes del circuito de obstáculos. Fleck, además, había criticado muchas de sus técnicas de adiestramiento, sobre todo su forma de enseñar el trabajo del hombro derecho, es decir, la capacidad de Nia de dejar un espacio amplio para Max a su derecha al pasar junto a objetos fijos como señales o bancos.

—¡Su trabajo con el hombro derecho es lamentable, Fräulein Zeller! —le gritaba Fleck—. ¡Debe asegurarse de que el perro proteja a quien lo lleva de la cabeza a los pies!

Anna, muy nerviosa, había cambiado algunas pautas con Nia. Todos los días, Max la animaba con palabras amables que ella apreciaba enormemente. Pero encontrarse en el circuito de obstáculos era muy distinto a verlo desde la barrera, y allí era donde afloraban sus fallos y la evidencia de que tenía mucho que aprender para llegar a ser una instructora competente. Aunque le preocupaba que Fleck se replanteara su decisión de permitirle entrenar temporalmente, y que Nia acabara expulsada del circuito cuando las otras perras se curasen, se negaba a rendirse en su intento de convertirse en adiestradora de perros guía.

Desde el salón le llegó el sonido de una tecla solitaria de piano. Enderezó la espalda y escuchó atentamente. El tono se perdía, y la misma nota volvía a sonar. Movida por la curiosidad, guardó la carta de Bruno en un cajón y bajó la escalera.

Max, de pie delante del piano, al que había retirado el panel frontal, dejando al descubierto las cuerdas y las clavijas, pulsaba una tecla. En la habitación reverberaba un tono sostenido.

—Creo que está un poco alta —dijo Norbie, que se encontraba de pie junto a Max.

—Pues a mí me parece que está baja —opinó Max.

Nia, tumbada en el centro de la sala, agitó la cola, golpeándola contra el suelo.

—¿Estás seguro? —preguntó Norbie.

—Sí.

—Está baja, sin duda —intervino Anna acercándose a ellos.

—Ah, Anna. Max va a afinarnos el piano de tu madre.

—Es muy amable de su parte —dijo ella.

—No tenemos llave de afinar —comentó Max—, pero con esta llave inglesa de la caja de herramientas de Norbie creo que lo conseguiré.

—¿Cómo está Bruno? —le preguntó su padre.

—Va a venir de permiso —le contó ella, sin saber bien si debía revelarle los detalles de sus zozobras emocionales.

—Magnífico —se alegró Norbie—. ¿Cuándo llega?

—El próximo mes. Aún no sabe la fecha exacta.

—Qué buena noticia —coincidió Max—. Me alegro por ti.

La mente de Anna regresó por un momento a la carta de Bruno, llena de arrepentimiento. «Tras soportar los avatares de la guerra, le preocupa que las cosas no vuelvan a ser como antes entre nosotros». Ahuyentó sus pensamientos y se acercó a Max.

—¿Puedo ayudarte con el piano?

—Sí, claro. Avanzaré más deprisa si alguien toca las teclas mientras yo ajusto las clavijas.

—Eso también puedo hacerlo yo —soltó Norbie.

Anna jugueteaba con una manga del suéter.

—Creo que Max necesita a alguien que conozca las notas del teclado —dijo Anna.

—Y que supiera tocar algunos acordes también ayudaría —apuntó Max.

—Vaya —dijo Norbie, con un dejo de decepción en la voz—. Anna sabe solfeo, así que supongo que está algo más dotada que yo para el trabajo. Pero si necesitan una opinión más para saber si una tecla está afinada o desafinada, me encontrarán trabajando en el taller.

Le acarició la barriga a Nia, que dio vueltas sobre la espalda y agitó la cola, y se dirigió a la planta baja.

—¿Qué quieres que haga? —le preguntó Anna.

Max, con un gesto, le pidió que se sentara en el banco del piano.

—Puedes empezar tocando el do central y mantener la tecla pulsada para que yo localice el martillo.

Anna se sentó y pulsó la tecla. Un tono desafinado y vibrante inundó el aire.

Él metió la mano en el interior del instrumento hasta que localizó el martillo que estaba presionado. Siguió el recorrido de la cuerda hasta la clavija de afinación y, con ayuda de la llave, la giró en el sentido de las agujas del reloj. El tono de la nota se afinó.

—¿No te resulta difícil afinar un piano sin diapasón? —le preguntó Anna.

—Lo cierto es que no —respondió Max—. Pero voy a tener que fiarme de tu oído para las octavas superiores.

Ella volvió a pulsar la tecla.

—Espero hacerlo bien.

—Lo harás. Cantas con muy buena entonación. Seguro que no tendrás problemas para dirigir mis ajustes.

Anna sonrió. Se fijó en aquel entramado de cables metálicos.

—¿Cuántas cuerdas tiene?

—Lo normal es que en un piano de ochenta y ocho teclas haya doscientas treinta cuerdas.

—¡Madre mía! —exclamó ella—. Supongo que nunca había prestado demasiada atención al número de cuerdas ocultas en el interior de un piano. ¿Cuánto se tarda en afinarlo?

—Un par de horas —calculó él—. Aunque, con mi ceguera, podría necesitar algo más de tiempo.

—Tienes suerte de que haya venido yo a sustituir a mi padre —comentó Anna—. No es consciente de que carece de oído musical, y podrían pasar la noche entera discutiendo si una nota está afinada o no.

A Max se le escapó la risa.

—No me importa. Norbie es muy divertido.

—Sí, lo es —reconoció ella, agradecida por el padre que tenía, así como por las amables palabras de Max.

—Re central —le pidió.

Anna pulsó la tecla.

Max localizó el martillo y la cuerda, y reguló la clavija correspondiente.

—¿Todas las cuerdas están desafinadas?

—Casi todas. A causa de la humedad, tienden a bajar de tono en invierno y a subir en verano.

Pasó la mano por el interior del piano y se detuvo. Los dedos habían llegado a un emblema metálico del fabricante, que sobresalía un poco.

—¿Ocurre algo?

—Es un Blüthner —le explicó él—. Ya me parecía que podía serlo, por la claridad y la calidez del sonido. —Pasó un dedo por la corona y el nombre en relieve del emblema: Julius

Blüthner—. Mi padre fabricaba pianos para Blüther en Leipzig.

Anna abrió mucho los ojos.

—¿Es posible que fabricara este?

—Sí —admitió él—. ¿Cuántos años tiene?

—No estoy segura. Creo que mi madre lo compró hará unos treinta años.

—En esa época él trabajaba en Blüthner, pero había otros fabricantes de pianos, no estaba solo él. —Se pasó la mano por la barbilla—. Me gusta pensar que pudo fabricarlo él.

Anna lo miró. Su expresión había cambiado, era más sombría. Él siempre le preguntaba cosas sobre su madre, pero ella se había interesado poco por su familia. Sintió una opresión en el pecho.

—Ha sido insensible por mi parte no preguntarte por tus padres. Lo siento.

—No tiene importancia.

—¿Me considerarías indiscreta si te preguntara qué les ocurrió?

—No.

Anna dio una palmadita al espacio libre que quedaba en el banco del piano.

Nia, que seguía tumbada bocarriba para que alguien le rascara la barriga, observó a Anna con la cabeza ladeada.

Max se sentó a su lado e inspiró hondo.

—Mis padres, Katarina y Franz, eran de Viena, pero se trasladaron a Leipzig cuando él inició su carrera como fabricante de pianos. Estaban de vacaciones, celebrando su aniversario de boda en Kotor, una localidad costera de Montenegro, cuando se declaró la guerra.

Anna entrelazó las manos.

—En vez de abandonar Kotor, se ofrecieron voluntarios para ayudar a los refugiados de Bosnia y Herzegovina que también regresaban a casa de sus vacaciones. Semanas después, en agosto de 1914, embarcaron en el buque de pasajeros austrohúngaro *Baron Gautsch*. —Hizo una pausa y se pasó la mano por el pelo—. En su travesía desde Kotor, el buque alcanzó un campo de minas tendidas por la Marina austrohúngara.

A ella se le heló la sangre.

—Ciento veintisiete pasajeros y miembros de la tripulación fallecieron en el hundimiento del barco, entre ellos mis padres.

—Dios mío... —murmuró ella.

Max tragó saliva.

—Los cuerpos sin vida de mis padres nunca se recuperaron.

Anna sintió un pinchazo en el corazón. Le puso la mano en el brazo.

—Lo lamento muchísimo.

Él asintió.

Ella retiró la mano y la apoyó en el regazo.

—Eran unos padres maravillosos —prosiguió Max—. Mi madre era profesora de canto, y en ocasiones actuaba en la Ópera de Leipzig. Mi padre tocaba el piano, claro está. Nuestra casa estaba llena de risas y canciones.

—Por lo que cuentas, debían de ser unas personas encantadoras —opinó Anna.

Max esbozó una sonrisa.

—Mis primeros recuerdos son de mi padre enseñándome a tocar escalas mientras mi madre cantaba con su preciosa voz de mezzosoprano.

—Ahora entiendo por qué querías ser pianista y compositor —comentó Anna.

Max asintió.

—Mis padres apoyaban mis aspiraciones musicales, pero nunca me obligaron a practicar. Yo tocaba el piano porque me encantaba. Y después de mi primer recital infantil, supe que deseaba convertirme en pianista profesional.

—¿Qué ocurrió en ese concierto?

—Que la gente me aplaudió. —Alzó los ojos al cielo, como si estuviera reproduciendo los recuerdos en su mente—. Sentí una satisfacción inmensa al proporcionar alegría a los demás.

Anna sonrió.

—Practicaba todos los días, y a medida que mejoraban mis aptitudes, mi madre empezó a decirme que estaba destinado a tocar en la Sala Dorada del de Viena. ¿Has estado allí alguna vez?

—No —respondió Anna—. ¿Cómo es?

—La acústica es perfecta —le explicó Max—. Es una de las mejores salas de conciertos del mundo. Y de una belleza increíble, con techos altísimos decorados con oro. —Volteó la cabeza hacia ella—. Tienes que ir algún día.

—Lo haré —dijo, preguntándose si el Imperio alemán de después de la guerra le ofrecería la ocasión de darse tales lujos.

—Con el tiempo acabé estudiando piano en el Real Conservatorio de Música de Leipzig. Rodeado de tutores de gran talento, mis aptitudes se desarrollaron. Comencé a soñar con llegar a tocar algún día en el Musikverein de Viena, tal como mi madre había anticipado. Y, a medida que desarrollaba mis dotes artísticas, me inicié en la composición de conciertos para piano. —Hizo girar la llave inglesa en la mano—. Pero la guerra lo cambió todo.

Anna respiró hondo.

—Quizá puedas volver a tocar.

Él negó con la cabeza.

—Lo entenderás cuando tenga que afinar las cuerdas más agudas. —Se levantó del banco—. Creo que deberíamos ponernos manos a la obra de nuevo. No quiero que pases toda la noche despierta.

—No me importa —dijo ella.

Él introdujo las manos dentro del piano.

—Mañana no dirás lo mismo, cuando Nia te dé golpecitos para que no te quedes dormida en el circuito de obstáculos.

Nia agitó la cola.

Durante los treinta minutos siguientes, Anna se dedicó a pulsar las teclas y Max a ajustar las clavijas. Como no tenían las pinzas de insonorizar que se necesitaban para las teclas con múltiples cuerdas, Max utilizó una postal vieja para aislar las cuerdas. Tecla a tecla, cuerda a cuerda, fueron afinando el piano. A medida que ascendían por el teclado, Anna veía que Max debía hacer cada vez más esfuerzos para oír los sonidos.

—Las notas me llegan cada vez más débiles y borrosas —dijo él.

Anna pulsaba las teclas con más fuerza.

Max empezó a pegar la oreja a la tapa del piano para captar el tono, pero afinadas unas cuantas más, negó con la cabeza.

—A partir de ahora, tendrás que dirigirme tú.

A Anna se le cayó el alma a los pies.

—De acuerdo.

Fiándose de ella, Max acabó de afinar las notas más agudas del registro. Y cuando se puso a trabajar en la mitad más grave del teclado, que sí oía perfectamente, recuperó el ánimo.

—Ahora me han venido a la mente los comentarios de Fleck sobre tu trabajo con el hombro derecho —dijo Max mientras apretaba una cuerda.

Ella se enderezó.

—¿Y bien?

—En mi opinión, tu trabajo del hombro derecho es excelente. Nia no me ha hecho chocar ni una sola vez contra un poste, un árbol, un carro, una puerta ni ningún otro objeto fijo.

Anna se pasó el pelo por detrás de la oreja y pulsó otra tecla.

Nia, que había alzado la cabeza al oír su nombre, se levantó y se sentó junto a Max, que le pasó la mano por el pelaje.

—Creo que Fleck está siendo duro contigo para demostrar a los demás que no se toma a la ligera la decisión de permitirte entrenar.

—No lo sé —dijo ella, revolviéndose un poco en el banco—. Me queda mucho por aprender.

—Como a todo el mundo —insistió Max—. Fleck y sus hombres son novatos en el adiestramiento de pastores alemanes como perros guía. Antes de poner la escuela, trabajaban con perros sanitarios, y ninguno de ellos había tratado con veteranos discapacitados.

Anna sintió que sus palabras le devolvían la confianza.

—No lo había visto de ese modo.

—Lo estás haciendo estupendamente. Sigue así, y Fleck acabará por darse cuenta de que eres la mejor instructora de la escuela. —Se volteó hacia Anna—. Y que Nia y tú son irreemplazables.

Nia jadeó y agitó la cola.

—Gracias. —Reprimió las lágrimas que le anegaban los ojos—. Tú también lo estás haciendo bien. Seguro que Fleck te asignará un perro de manera permanente, y espero que sea Nia.

—Yo también. —Le acarició las orejas a la perra—. Pero...

—¿Qué?

—Norbie y tú la quieren mucho, y está muy unida a los dos. No soporto la idea de llevármela de tu casa.

«Se enfrenta a la posibilidad de un futuro solitario, pero piensa en todos antes que en sí mismo».

—Nada nos alegraría tanto como que Nia estuviera contigo.

Max asintió poco convencido.

—Eso sí, espero que nos envíes cartas para mantenernos al corriente de las andanzas de Nia. Y que sepas que cuando Norbie y yo empecemos a echarla de menos, algo que ocurrirá a menudo, iremos a visitarte a Leipzig.

Max sonrió.

—Me parece del todo justo.

Terminaron de afinar las cuerdas restantes. Max volvió a colocar la tapa del piano y se sentó en el banco, a su lado. Posó las manos sobre las teclas y tocó algunas escalas y varios acordes.

—¿Qué te parece? —le preguntó.

—Suena precioso. Mi madre se habría sentido orgullosa de tocar un piano tan bien afinado.

—Me alegro.

—Ojalá hubiera seguido tocando yo. Apenas recuerdo los acordes, y no digamos una canción entera. —Lo miró—. Parece un desperdicio, dejarlo ahí en silencio, sin que nadie lo toque.

Él permaneció inmóvil, con los dedos apoyados en las teclas.

Anna esperaba que su comentario lo llevara a intentar tocar algún acorde más, alguna melodía en las teclas bajas de la clave.

Pero lo que hizo Max fue levantarse del banco.

—Creo que debería descansar un poco —dijo.

—Sí —convino ella, aunque decepcionada—. Gracias de nuevo por afinar el piano.

—De nada.

Max acarició a Nia y se dirigió a las escaleras.

—¿No quieres que te lleve la perra?

—Puedo subir solo —respondió—. Además, seguro que más tarde se colará en mi cuarto.

Anna ahogó una risita.

Nia movió la cola, barriendo el suelo con ella.

—Buenas noches —se despidió Max.

Anna, con pocas ganas de alejarse del instrumento, abrazó a la perra y le acarició el pelaje. «Tiene que ser espantoso para él afinar un instrumento que ya no puede tocar. Pero lo ha hecho por nosotros, y en honor a mi madre». Notaba el pecho como una calabaza hueca y rasgada, y la entristeció verlo marchar, pues le habría gustado saber muchas más cosas sobre él. «Conversar con él es muy fácil, y me hace sentir que me merezco ser adiestradora de perros guía».

Le dio un beso en la cabeza a Nia y le susurró:

—Ojalá este piano tuviera mil cuerdas que afinar.

Capítulo 19

Max, en la calle cubierta de nieve, con los bolsillos llenos de un surtido de relojes reparados por Norbie, le daba unas palmaditas a Nia en el lomo con la mano enguantada.

—¿Estás en condiciones de hacer unas cuantas paradas más?

—¿Estás hablando con Nia o conmigo? —le preguntó Anna, de pie a su lado.

—Con las dos —respondió, y su aliento, al contacto con el aire gélido, se convirtió en vaho.

—Por mí no hay problema. —Soltó el bolso, que contenía relojes pequeños de diversos tipos, así como cuatro betabeles y dos nabos, y le examinó la pata a la perra—. Ella no ha cojeado mucho, y parece tener bien las almohadillas.

—Me alegro —dijo Max, aliviado—. Quizá podrías guiarme hasta las casas con los jardines más grandes.

—Todo recto —le informó Anna.

—¡Adelante! —ordenó Max, sujetando el arnés con fuerza.

Nia se puso en marcha.

Los días anteriores, Max había trabajado con Anna y Nia bajo la estrecha supervisión de Fleck en el recinto de la escuela. Max se esforzaba todo lo que podía por mejorar, no solo por él, sino para demostrarle a Fleck que Anna y Nia merecían participar en el curso de adiestramiento. «Elfriede y las perras con tos de perrera se recuperarán pronto, y Fleck tiene que ver que Nia y Anna lo están haciendo magníficamente». Sus técnicas en el manejo de perros mejoraban día a día, y su vínculo con Nia era cada vez más estrecho. En ocasiones, no le costaba el menor esfuerzo que lo guiara, como si el animal pudiera captar sus pensamientos antes de que él le diera instrucciones verbales. Esa tarde, estaba ansioso por seguir trabajando con las dos en el circuito de obstáculos, pero Fleck los había sorprendido a todos asignando las horas que quedaban a entrenar en la ciudad.

Cada uno de los grupos, formado por un instructor, un veterano y un pastor alemán, se distribuyeron por Oldemburgo. Algunos se acercaron a los parques que quedaban cerca del palacio, y otros se dirigieron a la estación ferroviaria o al mercado. Pero cuando Anna le preguntó adónde deseaba ir primero, él la sorprendió con su respuesta: «A casa».

A causa de la creciente escasez de alimentos racionados, Norbie se había pasado gran parte del tiempo intentando intercambiar sus relojes por comida. No había tenido mucho éxito los dos días anteriores, pues solo había logrado cambiar el reloj de bolsillo de bronce por media barra de pan mohoso. Con tan poco que comer, Max había desenterrado más poros del huerto para preparar sopa. Lamentaba estar comiendo la poca comida que tenían, y más aún no contar con medios para aportar nada, más allá de los almuerzos que le proporcionaba el ejército. Así que cuando Fleck les concedió la tarde libre para ir a donde quisieran, convenció a Anna de que debían ofrecerle ayuda a Norbie y salir a hacer negocios con sus relojes. Mientras Norbie se guarecía del frío y trasteaba en su taller, Max, Anna y Nia recorrían las calles más transitadas de Oldemburgo. Llamaron a numerosas puertas y casi todas sus solicitudes fracasaron, pero lograron vender un reloj de plata de mujer a cambio de unos pocos betabeles y unos nabos.

—Quizá deberíamos acercarnos a la estación de tren —sugirió Anna—. No he visto a ningún otro instructor, y me preocupa que podamos meternos en un lío.

—No nos meteremos en ningún lío —la tranquilizó Max—. Estamos entrenando. Solo que, mientras practicamos nuestros ejercicios, llevamos encima algunos de los relojes de Norbie para intercambiarlos por comida.

—Mi padre valora mucho tu ayuda, y yo también —le aclaró Anna—. Pero ¿y si nos atrapa Fleck? Pensará que hemos abandonado el entrenamiento.

—No habrá problema —insistió él—. Piensa en lo contento que se pondrá tu padre cuando regresemos a casa con comida.

—Tienes razón —admitió Anna—. Pero ya hemos conseguido más que él en dos días.

—Es por mis dotes de vendedor —bromeó Max, tirándole del abrigo.

Anna soltó una carcajada.

—¿Estás seguro de eso?

«Cómo me alegra oírte reír».

—Quizá Nia sea la mejor vendedora ambulante. Sin ella, dudo que la gente aceptara la idea de desprenderse de sus alimentos, por mucho que les ofreciéramos un lingote de oro.

—Es irresistible —convino Anna, acariciándole la cabeza a Nia, que agitó la cola.

—Pongámonos en marcha.

—Está bien. Pero no mucho más rato. Se está poniendo el sol y pronto anochecerá.

Llamaron a las puertas de algunas casas más, sin éxito. O bien los residentes no habían vuelto del trabajo, o bien se negaban a abrir la puerta. Tras subir por la escalera de acceso a una gran casa adosada, Anna llamó al timbre mecánico. Se oyeron pasos que se acercaban en el interior de la casa, y Max y Nia se apresuraron a unirse a ella. Se abrió una rendija en la puerta.

—¿En qué puedo servirlos? —se oyó una voz de mujer mayor.

Max se quitó la gorra.

—*Hallo*, soy Max, y esta es Anna. Soy consciente de que el racionamiento es escaso, pero queríamos preguntarle si estaría en disposición de entregarnos algo de comida a cambio de un reloj de pulsera o de sobremesa.

—No —respondió la señora.

—Son piezas exquisitas —intervino Anna—. Han sido reparadas por mi padre, Norbie Zeller.

—Que es el mejor relojero de toda Alemania —añadió Max, recordando las anécdotas de sus logros—. Ha trabajado con los relojes más preciados de la ciudad, entre ellos el de las torres del Palacio de Oldemburgo y la iglesia de San Lamberto.

La mujer permaneció unos instantes en silencio, observando a través de la rendija.

—¿Estudia usted en esa escuela de perros?

—Sí —contestó Anna por él—. Max es veterano de guerra y recibe instrucción, y Nia es una perra guía.

Entonces la mujer abrió la puerta y se cubrió mejor los hombros con el chal negro de lana.

—Es un pastor alemán precioso. ¿Podría acariciarla?

—Por supuesto —respondió Max, a pesar de que, teóricamente, no podían dejar que nadie tocara a los animales cuando estaba trabajando.

Con mano temblorosa, la señora acarició el pelaje de Nia.

—Qué perra tan magnífica. Yo tuve una como ella de pequeña. Se llamaba Herta. Me acompañaba todos los días hasta la escuela.

Nia alzó la vista hacia la mujer.

—Herta... Qué nombre tan bonito —comentó Anna.

—Perdón... —dijo la mujer mientras acariciaba a Nia—. ¿Qué han dicho que vendían?

—Relojes —le aclaró Anna, extrayendo del bolso una pieza para repisa de chimenea.

Max, por su parte, se sacó del tabardo un reloj de bolsillo y alargó la mano.

—Lo cierto es que no necesito relojes —dijo ella.

Max se hundió de hombros.

—Pero son preciosos, y creo que tengo suficiente comida para pasar el invierno. ¿Podrían cambiarme el reloj de sobremesa por un par de tarros de encurtidos?

—Claro —respondió Anna.

La mujer entró en casa y regresó con dos tarros de betabeles encurtidos, que le entregó a Anna. Esta le dio el reloj.

—Es usted muy amable —dijo Anna.

La señora asintió y miró a Max.

—Que tenga usted mucha suerte, joven.

—*Danke.* —Max alargó el brazo. Notó que la mujer le estrechaba la mano y se la soltaba.

La mujer entró en su casa y cerró la puerta.

Max agarró con fuerza el arnés de Nia y bajó los peldaños que los separaban de la acera. Aunque se sentía agradecido por la comida que les había dado la señora, la indignación se apoderaba de él por momentos. Detestaba la caridad, aunque técnicamente lo suyo fuera trueque. «Algún día, cuando regrese a casa, a Leipzig, encontraré la manera de mantenerme a mí mismo, sea lo que sea lo que tenga que hacer».

Anna se acercó a Max y examinaron uno de los tarros de betabeles encurtidos.

—Qué contenta estoy de que hayamos venido. Norbie se sentirá...

—¿Qué ocurre? —le preguntó él.

—Se supone que debería estar trabajando, Fräulein Zeller —dijo una voz ronca, masculina.

Era Waldemar. A Max se le aceleró el pulso.

—Yo... —Anna se guardó el tarro en el bolso.

—Es que estamos trabajando —intervino Max.

Waldemar agarró con fuerza el arnés de su perra, Gunda.

—¿Cómo van a estar trabajando cuando se dedican a pedir comida?

«Maldita sea». Los engranajes de la mente de Max giraban a toda velocidad.

—Eso ha sido idea mía. Yo he insistido en que intercambiáramos algunos artículos mientras practicábamos maniobras con la perra guía. Anna y su padre se han quedado sin alimentos racionados, y yo intentaba ayudarlos.

—Eso no importa —sostuvo Waldemar—. Han violado las directrices de Fleck, y han traicionado su confianza. En lugar de entrenar, se han pasado la tarde yendo de puerta en puerta, mendigando.

«Ha estado siguiéndonos». Max se notaba cada vez más colorado.

Anna tragó saliva.

—Puedo explicárselo...

—Explíqueselo a Fleck. —Waldemar se atusó el bigote entrecano—. Espero que la despida cuando llegue al trabajo mañana.

Anna se cruzó de brazos.

Max dio un paso al frente.

—Todo ha sido idea mía.

Waldemar esbozó una sonrisita.

—Si estuviese en su lugar, Max, haría el equipaje esta misma noche. —Y, dicho esto, dio media vuelta y se alejó con su perra.

—¡Dios mío! —exclamó Anna con la respiración entrecortada.

—Lo siento. Ha sido culpa mía.

—No, no es así. Yo estaba de acuerdo.

Nia le dio un golpecito en la pierna con el hocico.

—Seguramente está yendo a ver a Fleck —dijo Anna—. Lo más probable es que a mí me despidan y a ti te expulsen de la escuela.

—No. —Max se acercó más a ella—. Fleck no hará tal cosa.

—¿Cómo lo sabes?

—Waldemar solo quiere crear problemas. No le gusta tener menos responsabilidad en la clase, y creo que ha perdido gran parte de su credibilidad. Fleck no te despedirá.

—¿Estás seguro? —le preguntó Anna.

—Sí —le mintió él con la esperanza de aliviar algo su preocupación—. Hablaré con él y lo aclararé todo.

—Quizá estaría bien localizar la casa de Fleck y hablar con él esta misma noche —sugirió Anna.

—¿Sabes dónde vive?

—No.

—En ese caso, hablaremos con él mañana por la mañana. —Alargó el brazo y encontró su hombro—. Entretanto, no quiero que te preocupes por estas cosas.

—De acuerdo.

Max retiró la mano, agarró con fuerza el arnés de Nia y le ordenó:

—Adelante.

Notó el tirón y la perra se puso en marcha. El crujido de las botas sobre la nieve le llenaba los oídos, y los relojes tintineaban en sus bolsillos. Habló poco mientras atravesaban las calles adoquinadas en dirección a casa: sus pensamientos se concentraban en hallar la manera de convencer a Fleck de que no debía amonestar a Anna. «Si la culpa es de alguien, es mía».

Una vez en su dormitorio, Max se sentó en la cama con un libro de poesía en braille titulado *Phantasus*, de Arno Holz. Lo abrió y, al hacerlo, le llegó el olor dulzón e intenso de la tinta y el papel, y pasó los dedos por las líneas de puntos en relieve. Pero la imaginación desbordante de Holz le sirvió de poco para ahuyentar sus temores. Al persuadir a Anna de que combinasen entrenamiento con trueque para conseguir algo de comida, podía haber arruinado la oportunidad de que ella siguiera trabajando con él y con Nia. En su empeño en obtener alimentos para Anna y su padre, que tan amablemente lo habían acogido en su casa y le habían dado de comer, no se había parado a pensar en que Waldemar podría verlos intercambiando relojes por comida e informar a Fleck de que no estaban entrenando. Max creía que los demás instructores lo habrían comprendido. No se arrepentía de haber ayudado a Anna, pero sí de no haberlo hecho fuera de las horas de formación. Y el futuro de Anna, además del suyo, dependía de su capacidad para convencer a Fleck de que debía creer su palabra y no la de Waldemar.

Norbie se mostró encantado cuando llegaron a casa con los tarros de betabeles encurtidos y las verduras, y dado que Anna no dijo nada, él tampoco quiso aguarle la fiesta hablándole de su encuentro con Waldemar. Añadiendo algo de betabel a su dieta de nabos y sopa de poro, podrían alimentarse unos días más, siempre y cuando redujeran las raciones. Si todo iba bien, en poco tiempo el racionamiento de la ciudad recuperaría cierta normalidad. Pero en el fondo Max temía que la disponibilidad de alimentos empeorara con el avance del invierno.

Los pasos de Nia se acercaron por el pasillo, y poco después la puerta entornada chirrió y se abrió del todo. Unas uñas repicaron en el suelo de madera, y Max recibió un empujoncito en el codo.

Max dejó el libro a un lado.

—*Hallo*, Nia.

Nia jadeó.

Max se sentó en el suelo y apoyó la espalda en la cama. Se dio una palmada en el muslo y la perra se acomodó en su regazo. Habría preferido que Nia se tumbara en la cama con él, pero el protocolo de Fleck no permitía que los perros guía hicieran uso de los muebles mientras entrenaban. Y teniendo en cuenta que ya había incumplido suficientes reglas en un día, pensó que era mejor acatar las órdenes.

—Si al final te llevo a casa conmigo —le dijo, rascándole la cabeza entre las orejas—, te daré permiso para dormir en la cama y echarte la siesta en el sofá.

Nia agitó la cola.

—¿Te gusta la idea?

Los golpes de la cola contra el suelo se intensificaron.

Le acarició el costado. «Si vives conmigo, tendrás todas las comodidades de un hogar. Pero antes debo convencer a Fleck de que somos dignos el uno del otro».

El cariño que sentía por Nia había crecido exponencialmente desde su llegada a Oldemburgo, y el abatimiento que antes se lo tragaba como un barco que se hundiera en el mar había ido remitiendo poco a poco. Aunque todavía le dolía el rechazo de Wilhelmina, sentía, quizá por primera vez desde que aquel médico le había informado de que ya no volvería a ver, que la vida merecía la pena. Y por muy difícil que le resultara encontrar la manera de construir su propia vida, le parecía que con Nia a su lado tendría la fuerza necesaria para seguir adelante.

—Eres una perrita extraordinaria, Nia. —Le revolvió las orejas—. ¿Cómo has llegado a ser tan buena y tan lista?

Ella, juguetona, se tumbó bocarriba y empezó a retorcerse.

—¿Te lo ha enseñado Anna? —Se calló un momento, le apoyó una mano en la barriga y bajó la voz—. Le he puesto las cosas difíciles.

Nia arqueó las cejas.

—Tengo que hallar la forma de aclarar las cosas con Fleck, por el bien de Anna. —Le pasó los dedos por el pelo—. ¿Qué puedo decirle?

Nia, con gran delicadeza, le puso una pata en el brazo.

«Es como si supieras lo que pienso y lo que siento. Ojalá supiera yo lo que piensas tú».

Nia se removió, pero no hizo el menor gesto de abandonar su regazo.

Él le acarició la barbilla, y la perra le lamió la mano.

Max sonrió.

—Ya se me ocurrirá algo.

Desde el salón le llegaron unas notas de piano.

Nia cambió de postura y se levantó.

Alguien tocó más teclas, creando un acorde simple. «Anna», pensó Max poniéndose de pie. Permaneció inmóvil unos instantes, planteándose si debía seguir leyendo o ir junto a ella. Pero al recordar que esa tarde se había equivocado totalmente, y decidido a que no se acostara preocupada por su trabajo, se sacudió un poco la ropa y se volteó hacia Nia, que estaba jadeando de nuevo.

—¿Qué te parece si vamos con ella?

Al momento, Nia salió del dormitorio y bajó corriendo la escalera.

Prescindiendo del bastón, fue pasando la mano por las paredes y la barandilla y llegó al salón. Los tablones de madera del suelo crujieron bajo su peso, y los acordes del piano cesaron.

—Creía que ya te habías acostado.

—No —dijo Anna sentada al piano—. Todavía es algo pronto para dormir.

—¿Norbie está en el taller?

—Sí —respondió ella acariciando a Nia—. Está reparando más relojes para poder intercambiarlos por comida.

A Max se le encogió el corazón.

—Supongo que mi aporreo del piano te distrae y no puedes leer.

—En absoluto —la tranquilizó él—. ¿Te importa si me quedo un rato?

—No, para nada.

Él alargó un brazo en busca del sofá.

—¿Podrías sentarte conmigo? Tengo dudas sobre los acordes.

Max se volvió en dirección a su voz y se sentó a su lado, en el banco. Apoyó las manos en el regazo.

—Es que he olvidado algunos —prosiguió ella, tocando uno en do mayor de las octavas más bajas.

—¿Cuáles te gustaría aprender?

—Todos —respondió ella.

—¿Para llegar a tocar piezas enteras?

—Quizá, algún día. —Volvió a tocar el acorde—. Hasta entonces, me gustaría oír cómo suena el piano de mi madre mientras siga bien afinado.

—Está bien —dijo Max—. Intenta un re mayor: re, fa sostenido, la.

Anna localizó las teclas y, valiéndose del pulgar, el corazón y el meñique, tocó el acorde.

—Muy bien. ¿Y si ahora pruebas mi bemol mayor: mi bemol, sol, si bemol?

Anna tocó el acorde.

—Tienes un don.

Anna reprimió la risa.

—Me limito a presionar las teclas que me dices.

—Tal vez, pero sabes encontrarlas. —Hizo una pausa, pasándose las manos por las rodillas—. Siento lo que ha ocurrido hoy.

—No tiene importancia.

—¿Te preocupa Fleck?

—En realidad no. Además, ha merecido la pena asegurarse de que a mi padre no le falte la comida.

—Yo me encargo de arreglar las cosas con Fleck —dijo Max, que esperaba haber disimulado la falta de confianza que asomaba a su voz.

—Lo haremos los dos. —Volvió a tocar el acorde.

La mente de Max se movía a toda velocidad en busca de algún tema de conversación que no tuviera que ver con Fleck.

—¿Qué clase de música le gusta a Bruno?

Los dedos de Anna se resbalaron del teclado.

—¿Le gusta la música clásica o prefiere las canciones populares, como Norbie?

—No lo sé —respondió ella con voz vacilante.

—Vaya... —A Max le dio la sensación de que había ido a tratar un tema delicado.

—Es solo que... —Anna respiró hondo—. Nuestro noviazgo fue breve, y con la guerra y un permiso de apenas dos semanas al año no hemos tenido la ocasión de pasar mucho tiempo escuchando música.

—Lo entiendo —dijo Max—. Ya la tendrán cuando acabe la guerra.

—Sí —convino ella con voz dulce.

—¿Cómo se conocieron?

—Cuando yo trabajaba en el hospital, le curé el brazo fracturado.

—Y él quedó fascinado contigo.

—Supongo —dijo Anna—. Se quedó en Oldemburgo durante su convalecencia. Fuimos conociéndonos mejor e intimamos más.

—Háblame de él.

—Bruno es muy tierno —le explicó Anna—. Me escribía poemas mientras se recuperaba de las heridas. Por eso iniciamos el noviazgo.

Max sonrió.

—Un poeta.

—Bueno, no exactamente. —Se quedó callada y pasó un dedo por una tecla—. Lleva bastante tiempo sin escribir un solo poema.

—El frente nos quita temporalmente las ganas, la inspiración —señaló Max con la esperanza de levantarle la moral—. Estoy seguro de que, cuando acabe la guerra, te dedicará un montón de poemas y cartas de amor.

—*Danke*, Max.

—¿Y qué otras cosas te atrajeron de Bruno?

Ella inspiró hondo.

—Lo siento —se disculpó él—. ¿Me meto donde no me llaman?

—No, no, en absoluto. Estaba pensando, nada más. Bruno tiene muchas cualidades que a mí me encantaría tener.

—¿Como cuáles?

—Confianza, competencia, inteligencia...

—Discrepo —la interrumpió Max—. Tú también tienes esas cualidades.

«Eres la persona más brillante y valiente que conozco», pensó.

203

—Es muy amable de tu parte que digas eso, pero no me conociste cuando trabajaba de enfermera. Me costaba medir las dosis exactas de los medicamentos, y tenía fama de ser la que peor ponía las inyecciones de todo el hospital. Una vez, no atiné a clavarle la aguja a un hombre en el brazo y le inyecté morfina al colchón.

Max no pudo evitar reírse.

—Creo que has encontrado tu vocación adiestrando perros.

Ella se alisó la falda con las dos manos.

—Supongo que de Bruno me atraían rasgos que no veía en mí misma. Además, se crio en un entorno muy distinto al mío. Su familia es dueña de una fábrica en Fráncfort, y él planea dirigirla algún día.

«Si la familia de Bruno es rica e influyente, ¿por qué no se las ha arreglado para hacerle llegar comida?» Un atisbo de resentimiento despertó en el fuero interno de Max, pero lo ahuyentó enseguida.

—Imagino que te irás de Oldemburgo —dijo.

—Algún día.

Max no sabía cómo se sentiría Anna al tener que renunciar a su sueño de convertirse en adiestradora de perros, pero le pareció demasiado entrometido de su parte preguntárselo.

—La familia de Bruno debe de sentirse muy orgullosa del trabajo que estás llevando a cabo. Y seguro que les alegra mucho que vayas a instalarte en Fráncfort.

—Aún no los conozco —confesó ella con un dejo de decepción en la voz.

Max tragó saliva. Tenía la sensación de haber entrado en terreno pantanoso.

—Bruno quiere presentarme a sus padres en persona.

—Te adorarán —la tranquilizó él.

—¿Lo crees de veras? —preguntó ella.

—Lo sé.

Ella sonrió y entrelazó las manos.

Él notó que Anna se revolvía un poco en el banco. «Ya le he preguntado bastante sobre su vida personal».

—Probemos ahora un acorde algo más difícil. La bemol menor: la bemol, do bemol (si), mi bemol.

Anna tocó el acorde, pero pulsó una tecla que no era. Un sonido discordante inundó la sala.

—Lo siento.

—¿Puedo? —le preguntó él, señalándole la mano.

—Sí.

Acercó la mano al teclado y, con delicadeza, le colocó los dedos sobre las teclas correctas.

—Así.

Anna tocó el acorde.

—Perfecto.

—¿Podrías intentar tocar algo para mí?

Una profunda incomodidad se apoderó de él de pronto.

—*Nein*.

—¿Por qué?

—No oigo las notas más agudas —le explicó una vez más—. Ya has visto lo que ha ocurrido cuando afinábamos el piano.

—Por supuesto —admitió ella—. Pero lo he estado pensando mucho. ¿Recuerdas nuestra cena, la de la sopa de nabo, cuando mi padre y tú fingieron beber un buen vino y comer platos deliciosos para animarme?

—Sí.

—Mientras ustedes dos jugaban, en mi mente resucitaron recuerdos del gusto del Riesling. Y descubrí que podía recordar cómo sabía el *sauerbraten*, y además con gran precisión, pues regresaban a mí los sabores de la carne marinada con coñac y pasas. —Se volteó hacia él—. ¿Tú no recordaste aquellos sabores también?

—La verdad es que sí —admitió él cruzándose de brazos—. Pero lo de mis limitaciones de oído es distinto.

—Discrepo —insistió ella—. Si nuestro cerebro es capaz de recordar los sabores, no hay razón por la que no pueda recordar los sonidos. Creo que puedes construir una memoria de tono para tocar el piano.

—No es tan fácil —dijo Max—. Los registros agudos son un vacío silencioso para mí.

—Pero no para mí. Ni para un público.

Max respiró hondo, tratando de aliviar el peso que le oprimía el pecho.

Anna, con delicadeza, le apoyó una mano en el brazo.

Él notó que la tensión se reducía al momento.

—Me contaste que te proporcionaba una satisfacción inmensa brindar a los demás la alegría de la música —prosiguió ella—. Que por eso te hiciste pianista.

Max asintió.

—Por favor —le pidió ella con voz dulce.

Nia se acercó a Max y se frotó contra su pierna.

—¿Tú eres cómplice de esto? —le preguntó él.

La perra meneó la cola.

Max se volteó hacia Anna.

—No piensas rendirte con este tema, ¿verdad?

Ella le apartó la mano del brazo.

—*Nein*.

—Está bien —claudicó él al fin, suspirando.

Se acercó más a ella para quedar más centrado frente al teclado. Se sumergió en sus recuerdos, reprodujo en un instante algunos recitales en su mente. Valoró tocar distintos adagios que, aunque hacían alguna incursión en las octavas más altas, no se centraban en ellas. Tras pensarlo un poco, se decidió por el segundo movimiento del *Concierto n.º 3 en re menor* de Johann Sebastian Bach. Colocó las manos sobre el teclado, inspiró hondo y pulsó una sola tecla de re, despacio, repitiendo la nota como si del lento latido de un corazón se tratara. Las notas solitarias progresaban hasta convertirse en una díada, un acorde de dos notas, y en un acorde menor. A medida que los acordes iban sucediéndose, la melodía que interpretaba con la mano derecha se volvía delicada y melancólica. A su mente regresaban imágenes de sus padres en la primera fila de la sala de conciertos de Leipzig. Se imaginó a sí mismo antes de la guerra, un joven fuerte y sano lleno de esperanzas y aspiraciones. El tema ascendía hasta alcanzar tonos que sus oídos dañados no podían oír, y tuvo que resistir el impulso de detenerse. Se le aceleraba el pulso mientras intentaba invocar los sonidos que le faltaban. Pero poco a poco empezó a fabricar las notas ausentes en su mente. El concierto llegó a un crescendo y la vibración del piano se le metió en las manos, en la sangre, en los huesos. Instantes después la pieza se encaminaba a su fin y volvía a sonar lenta y suave. Terminó con los dedos apoyados en las teclas mientras las notas se disipaban en el aire antes de desaparecer.

Los aplausos de Norbie rasgaron el aire.

—¡Bravo!

Max apartó las manos del piano.

—Magnífico, hijo —dijo Norbie—. Desde el taller he oído que tocabas y he subido. Espero que no te moleste.

—En absoluto —lo tranquilizó él, y se volteó hacia Anna—: ¿Qué te ha parecido?

Anna, con los ojos anegados en lágrimas, se apoyó en él.

—Ha sido lo más hermoso que he oído en mi vida.

Capítulo 20

En su habitación de la casa de huéspedes para oficiales, Bruno se puso el uniforme, que Celeste le había limpiado y planchado. Gracias al neceser que le había proporcionado el ejército pudo afeitarse, recortarse el espeso bigote y peinarse. Metió sus enseres personales en la maleta de piel y salió al descansillo. Mientras bajaba la gran escalinata de la mansión burguesa, se apoderó de él una creciente inquietud. En lugar de ir al almacén de munición, donde durante los días anteriores había supervisado la adquisición y el envío de proyectiles de gas fosgeno, ese día iba a regresar al campo de batalla. Había recibido órdenes de Haber de aumentar el volumen de bombas tóxicas que en el frente, mientras esperaban la llegada de la nueva arma química a base de mostaza sulfurada que, según su superior, cambiaría el curso de la guerra.

—Te he preparado algo de comer y te lo he envuelto para que te lo lleves —le informó Celeste, alzando la vista desde el vestíbulo.

Bruno sintió una punzada de culpabilidad en el estómago. Bajó los peldaños que le faltaban y se acercó a ella mientras las pisadas de sus botas militares resonaban en el suelo de madera de roble francés.

—Salchichas y frutos secos —añadió, ofreciéndole un paquete envuelto en papel de embalar.

—*Danke*. —Bruno aceptó la comida y se la guardó en el equipaje. Se detuvo y la miró a los ojos color esmeralda. A su mente regresaron visiones fugaces de la noche que acababan de compartir—. Me gustaría que existiera una manera mejor de dejar las cosas entre nosotros.

—No te preocupes, no pasa nada —lo tranquilizó ella—. Nos hemos consolado mutuamente. Nada más.

«Ha sido algo más. Tú me has dado afecto y has aliviado mi dolor».

—No sé cuándo volveré.

—Hasta que nos veamos de nuevo, te tendré en mis oraciones. —Celeste, con gran dulzura, le acercó la mano a la mejilla y se la acarició.

Bruno sintió un cosquilleo en la piel.

—Cuídate —le dijo ella en voz baja.

Él le agarró la mano, se la retiró de la mejilla y le besó la palma.

—Adiós, Celeste.

—*Adieu*. —Celeste se retiró y desapareció en el salón.

Bruno, con un torbellino de emociones en su interior, abandonó la casa y se encaminó hacia la estación de tren. Había llegado a Lille en un estado de gran vulnerabilidad, y Celeste le había brindado auxilio cuando más lo necesitaba. Detestaba serle infiel a Anna, y había confiado en que su aventura se limitara a una sola velada de pasión. Pero durante su estancia en Lille, todas las noches había sucumbido al deseo de hallar solaz en sus abrazos, en su afecto. No era raro que los soldados, sobre todo en Lille, donde proliferaban los burdeles y las calles dedicadas a la prostitución, buscaran la compañía de una mujer. Él había intentado relativizar su situación pensando que sus momentos de debilidad quedarían olvidados al terminar la guerra. «Pero ¿cómo podré mirar a Anna a los ojos y no avergonzarme por lo que he hecho? ¿Cómo se sentiría si supiera lo que he compartido con Celeste?»

Durante gran parte de su vida, Bruno había sentido un gran desprecio por la conducta promiscua de sus padres. Su madre pasaba demasiado tiempo sola en el chalet familiar de Suiza, y Bruno estaba casi seguro de que su padre tenía una amante, o más de una. Le asqueaba la posibilidad de estar reproduciendo la conducta de su padre, como si hubiera heredado un rasgo de carácter que le impedía ser fiel.

A pesar de estar enfadado consigo mismo por sus actos, no culpaba a Celeste por su aventura. Como él, ella también se sentía sola, también sufría. Y al haber sido la querida de un oficial alemán caído en combate, temía que su familia de París la rechazara por colaborar con Alemania. «Está haciendo lo que tiene que hacer para sobrevivir», había pensado aquella noche, mientras ella dormía con la cabeza apoyada en su pecho y su aliento, en oleadas, le acariciaba la piel. Celeste no le pedía nada salvo su afecto, lo mismo que le pedía él. A Bruno le parecía que no eran más que dos personas que aliviaban su dolor psicológico, causado por la guerra, mediante aquellos actos de intimidad.

A veinte kilómetros de Lille, Bruno llegó a un depósito de munición situado tras las líneas de reserva del frente. A lo lejos atronaban los cañones de las artillerías alemana y aliada. Un conocido olor a pólvora le impregnó las fosas nasales y se le revolvió el estómago. Sus pensamientos sobre Celeste y Anna quedaron atrás y fueron sustituidos por su lealtad a la patria. Se presentó en su puesto y a continuación se fue a inspeccionar el depósito, donde tuvo conocimiento de que un gran envío de bombas de fosgeno y proyectiles de mortero que él había ordenado que salieran de Lille no habían sido utilizados.

Bruno, profundamente enfadado, se acercó al búnker de oficiales y localizó al de rango superior, el comandante Brandt.

—Señor —le dijo, llevándose la mano a la visera de la gorra—, soy el *oberleutnant* Wahler, responsable del traslado de las bombas de fosgeno a esta sección del frente. ¿Puedo preguntarle por qué no se han usado?

El comandante, un hombre flaco, de mediana edad, con los ojos hinchados e inyectados en sangre, dio un trago de una petaca.

—Kainz, el general de artillería, ha ordenado que disparemos solo proyectiles de alto poder explosivo.

Bruno notaba que se sonrojaba.

—Yo estoy aquí para ejecutar las órdenes de Fritz Haber, jefe del Departamento de Química del Ministerio de la Guerra, a fin de que se incremente el índice de lanzamiento de bombas de fosgeno.

El comandante negó con la cabeza.

—Yo estoy a las órdenes de Kainz, y seguiremos disparando proyectiles de alto poder explosivo hasta que me informe de lo contrario.

—Es posible que el general Kainz todavía no tenga conocimiento de los planes del Imperio alemán —prosiguió Bruno—. ¿Le importaría ponerse en contacto con él, o prefiere que hable yo mismo con el general?

—Se trasladó a primera línea del frente para tener una mejor visión de la penetración del fuego de mortero en las trincheras aliadas, y quedó ahí atrapado cuando los franceses iniciaron sus bombardeos sostenidos. —El comandante dio otro trago del contenido de la petaca—. De eso hace veinticuatro horas. Probablemente se encuentra metido en un refugio, esperando a que cesen los bombardeos.

«Maldita sea».

—¿Y podría hacerle llegar un mensaje al general Kainz?

—*Nein* —replicó el comandante—. No pienso poner en peligro la vida de un mensajero durante un bombardeo. Tendrá que esperar a que cese el fuego.

«Pero eso será cuando los Aliados lancen su ataque. Los ataques llegan siempre tras los bombardeos sostenidos». Se le agarrotaron los músculos del pecho.

—En ese caso, le haré llegar yo mismo la petición al general Kainz.

—Es usted un inconsciente —masculló el mayor—. Para ir hasta las líneas de apoyo deberá exponerse a fuertes bombardeos.

Las palabras del comandante impactaron en Bruno. Pero el peso de sus pecados combinado con su esperanza de que las armas químicas de Haber sirvieran para poner fin a la guerra lo llevaron a acercarse a una mesa en la que había desplegado un plano de las trincheras.

—Señor, con el debido respeto, voy a contactar con el general. Y le agradecería que me mostrara la zona de la línea en la que es más probable que se halle refugiado.

El comandante hizo una pausa y dio otro trago. Se acercó a Bruno y aproximó el índice al mapa.

—Aquí.

Bruno lo estudió, memorizando la ubicación.

—Localizarlo será fácil, pero llegar hasta allí todo un infierno. —El comandante inspiró hondo y soltó el aire.

A Bruno le llegó el olor a aguardiente.

—Gracias, señor.

—Buena suerte, Wahler.

Bruno hizo el saludo militar y salió de allí.

Pertrechado solo con una pistola y un tabardo, emprendió el camino hacia la línea del frente. Se oía desde allí el fragor de las explosiones, que era como un rugido continuo de truenos. A lo lejos, las salpicaduras de tierra se elevaban hacia el cielo encapotado. En sus prisas por salir se olvidó de tomar un respirador, y confió en que el bombardeo enemigo no incluyera un ataque con gases tóxicos.

Al llegar a la línea de reserva, fue recibido por una lluvia de bombas enemigas. Una gran parte de la trinchera había sido arrasada, y solo quedaban montículos de polvo, rocas y cuerpos mutilados. «Dios mío...» Se metió como pudo en una cavidad, abierta en un costado de la trinchera, y trató de respirar hondo. Se armó de valor y salió de la zanja. Corrió como pudo, porque las botas se le hundían en el lodo, hasta llegar a la trinchera de la línea de apoyo. La proximidad y la intensidad de las explosiones había aumentado. El corazón le latía con fuerza, y la onda expansiva de una bomba lo lanzó al suelo. Aturdido, siguió avanzando a gatas hasta llegar a un refugio. Bajo el resplandor parpadeante de una *hindenburglicht*, varios soldados ayudaron a Bruno a ponerse en pie y comprobaron que no estuviera herido.

—Qué suerte has tenido, cabrón —le dijo un soldado de rostro demacrado, señalándole el desgarro visible en su tabardo, a la altura del dobladillo—. Casi te alcanza la esquirla de una bomba.

Bruno pasó por alto el comentario y tomó una cantimplora que colgaba de una litera.

—¿A cuánto está la trinchera que me llevará a la línea del frente? —preguntó.

—A cincuenta metros —respondió el soldado.

Bruno bebió agua con ansia.

En ese momento, una explosión hizo temblar la tierra. Fragmentos de piedras y de tierra se colaron por entre los tablones del techo de madera del refugio. A continuación se oyeron los gritos de un hombre. Bruno se volteó a mirar. En un rincón había un soldado de no más de dieciocho años, aún imberbe, tiritando y retorciéndose en el suelo como si acabara de tener un ataque epiléptico.

—Es Henri —le explicó el soldado de rostro demacrado—. Se ha vuelto loco.

«Es histeria —pensó Bruno—. Los cañonazos le han hecho perder el juicio».

Entonces estalló otra bomba que sacudió todo el refugio. El joven soldado comenzó a chillar y a arquear la espalda, como si hubiera recibido una descarga eléctrica.

—Intenta envolverlo en mantas —le sugirió Bruno a su interlocutor—. Y ponle tapones en los oídos. —Se dio la vuelta y se dirigió a la salida.

—¿Estás seguro de que quieres salir ahí fuera? —le preguntó otro de los soldados.

—No —respondió él—. Pero debo encontrar al general Kainz.

Sin darse tiempo a perder el coraje, Bruno abandonó corriendo el refugio y se abrió paso entre el lodo. De refugio en refugio, avanzaba por la serpenteante trinchera. Al llegar a un cruce, pisó el torso de un soldado caído que tenía la boca abierta y los intestinos esparcidos por el lodo, y siguió adelante. Enterró el miedo y obligó a sus piernas a moverse más deprisa. Al cabo de unos minutos, alcanzó la primera línea y el bombardeo cesó.

Se apoyó en la pared de la trinchera y respiró hondo, intentando aplacar el ardor que le quemaba los pulmones. De los refugios empezaron a salir soldados alemanes armados con rifles y bayonetas. Todos se agazaparon pegados a los peldaños de la trinchera que habían dispuesto para subirse y disparar. Algunos rezaban, otros se sacaban los objetos personales de los bolsillos. Un soldado, con manos temblorosas y problemas para fijar la bayoneta al fusil, se inclinó hacia delante y vomitó en el suelo. Los pitidos de los silbatos, seguidos del rugido de las ametralladoras, rasgaban el aire. Los oficiales, blandiendo sus pistolas, ordenaron atacar. Los soldados abandonaron las trincheras y se adentraron en el campo de batalla, pero muchos de ellos, abatidos o mutilados por el huracán de balas, volvieron a caer en ellas.

«Que Dios los ampare». Bruno se abría paso, tambaleante, entre los muertos y los heridos, así como entre los soldados que aguardaban su turno para subir y lanzarse sobre la tierra de nadie.

—¿Dónde se encuentra el refugio del general Kainz? —le gritó Bruno a un grupo de soldados.

Uno de ellos se lo señaló.

—¡A cien metros!

Bruno, decidido a hablar con el general, siguió avanzando como pudo. Pero cuando ya distinguía la ubicación del refugio, desde el interior de la trinchera atronaron gritos y disparos. Se le heló la sangre. Se volteó y vio a unos soldados franceses, ataviados con sus uniformes de color azul celeste y pertrechados con rifles, aparecer en un recodo de la trinchera. «¡Han pasado!»

El corazón le latía con fuerza. Sin pensárselo dos veces, sacó la pistola de la cartuchera y vació el cargador, abatiendo a dos soldados. Las balas silbaban muy cerca de su cara. Se volteó y corrió todo lo que pudo al tiempo que intentaba cargar el arma, pero se topó con decenas de soldados que saltaban desde el campo de batalla para caer en la trinchera. En cuestión de segundos, la línea alemana se vio superada. Sin escapatoria, se alejó por un lateral y, a gatas, avanzó hacia las líneas alemanas. Una lluvia de balas desgarraba el aire a escasos centímetros de su cuerpo. Se pegó contra la tierra y siguió avanzando.

Metro a metro, gateaba y se abría paso entre el lodo, la metralla y los cadáveres. Las balas resplandecían por encima de su cabeza. «No llegaré nunca a la trinchera de apoyo... ¡Está demasiado lejos!» Cuando había gateado ya cuarenta metros, sus manos encontraron un vacío en la tierra y cayó a un cráter de grandes dimensiones formado por una bomba. El fondo estaba lleno de agua helada que le llegaba a la rodilla. El tabardo empapado le pesaba como un manto de plomo y aun así consiguió ponerse de pie. Se metió las manos en los bolsillos y luego las hundió en el agua, pero no pudo encontrar la pistola. Cuando empezaba a trepar para salir del hueco, las ametralladoras alemanas comenzaron a disparar ráfagas y más ráfagas desde las trincheras de apoyo.

El enjambre de balas rasgaba el aire por encima de su cabeza. Al darse cuenta de que sus probabilidades de esquivar tanto el fuego enemigo como el fuego amigo eran remotas, se agazapó en un costado del cráter y aguardó a que el combate perdiera intensidad.

Un soldado francés, armado con un rifle, se lanzó al agujero.

Bruno, con la adrenalina por las nubes, se incorporó al instante.

El francés lo miró fijamente a los ojos y se abalanzó sobre él con su bayoneta.

Bruno lo esquivó y notó que el filo le arañaba el costado. Cayó al agua. Cuando el francés, dándose la vuelta, se puso de pie, Bruno salió del hueco y lo agarró por la espalda. Sujetándole el rifle con las dos manos, venció al francés, que era de menor estatura y más joven que él. Le apretó el cuello con el cañón del rifle y le hundió la cabeza bajo el agua. El francés agitaba las piernas. Le salían burbujas de la nariz y la boca.

Bruno se notaba el pulso en los oídos. Pero, a medida que el cuerpo del hombre se debilitaba, vaciló y dejó de ejercer presión en el cuello.

El francés levantó la cabeza por encima del agua. Tosía y le faltaba el aliento.

—Te voy a hacer prisionero —le dijo Bruno—, pero si me causas algún problema, te mataré.

El francés aspiraba bocanadas de aire.

—¿Lo entiendes?

El francés asintió.

Bruno exhaló despacio y levantó el rifle.

El francés se abalanzó sobre él y le hundió los dientes en la mano con fuerza. El dolor le recorrió todo el brazo. Cuando su enemigo intentó arrebatarle la bayoneta, él le comprimió la tráquea con el arma con todas sus fuerzas y lo hundió bajo el agua.

El francés agitaba manos y pies. Pero con el paso de los segundos su energía se evaporó y su cuerpo, finalmente, quedó inmóvil.

Bruno, con las piernas temblorosas, se echó a un lado del hoyo y se desplomó. Se colocó el rifle entre las piernas y se apretó con fuerza la mano para detener la hemorragia. Centró su atención en el borde del cráter, esperando la aparición de más soldados enemigos, o el cese de las ráfagas de ametralladora, o un contraataque alemán. Pero hasta mucho después del anochecer no ocurrió nada.

Aunque había matado a cientos, si no a miles de soldados aliados como miembro de la Unidad de Desinfección, hasta ese momento no había sentido de verdad las consecuencias de sus actos. Acabar con la vida de un hombre con sus propias manos lo había conmocionado. Los forcejeos de aquel soldado al ahogarse se reproducían una y otra vez en su mente. Se preguntó si tendría esposa e hijos, y se sintió aún peor. Unos cohetes franceses lanzaban balizas con paracaídas incorporados. El agua del cráter se iluminó y le mostró el cuerpo sumergido del francés, que se difuminaba a medida que la baliza descendía flotando hasta el suelo. Bruno, muerto de frío y destrozado, enterró la cabeza entre las rodillas y deseó que todo terminara.

Al amanecer, un contraataque alemán recuperó la primera línea de la trinchera que los Aliados habían tomado. Una avanzadilla formada por tres soldados localizó a Bruno en el cráter. Lo encontraron débil y tembloroso y lo ayudaron a ponerse en pie. Le ofrecieron unos sorbos de café tibio de un termo. Mientras lo ayudaban a salir del agujero, él se mostró vacilante.

—Un momento —dijo.

Se dio la vuelta y se metió de nuevo en el agua helada. Palpó el interior del abrigo del soldado francés, cuyo cuerpo daba ya señales de rigor mortis, y recuperó una billetera. Dentro de un separador de piel empapado había su identificación, *Soldat 1ère – Jules Bonnet*, así como un retrato de familia desgastado, en el que aparecía junto a una mujer que parecía ser su esposa y que sostenía en brazos a un bebé con un trajecito de encaje y un gorrito. Le temblaron las manos. «Que Dios me perdone». Se metió la billetera del soldado en un bolsillo y salió de aquel hueco prometiéndose en silencio que, cuando acabara la guerra, haría algo por la familia de aquel hombre.

Capítulo 21

Una ráfaga de viento invernal azotó las mejillas de Anna cuando salió por la puerta del taller de Norbie. Entornó los ojos para protegérselos de la nieve que se arremolinaba en la calle y se volteó hacia Max.

—Hoy el camino a la escuela no va a ser fácil —dijo—. La nieve cae copiosamente y ya se han acumulado varios centímetros en el suelo.

—Lo conseguiremos. —Max se envolvió bien el cuello con la bufanda, metiéndose los extremos por dentro del abrigo de lana, y le dio unas palmaditas a Nia en el costado—. ¿Estás lista, bonita?

Nia se sacudió de arriba abajo, como si acabara de darse un baño, y se irguió con la barbilla muy levantada.

Max agarró el asa del arnés de la perra.

—Adelante.

Nia se puso en marcha. Las patas se le hundían en la nieve.

Anna cerró la puerta con llave. Se detuvo a contemplar a Nia, que guiaba a Max por la calle oscura, pues aún no había amanecido. «Es posible que este sea nuestro último día de entrenamiento juntos. Fleck va a despedirme o, en el mejor de los casos, a degradarme». Sintió un nudo en el estómago. Había ensayado varias veces la explicación que le daría para justificar que estuvieran intercambiando comida cuando se suponía que deberían estar entrenando, pero seguramente no importaría. Fleck era muy estricto con el cumplimiento de las normas, con la puntualidad y con la precisión técnica de los instructores. Albergaba pocas esperanzas de que se mostrara comprensivo o sintiera lástima ante su escasez extrema de alimentos. En todo caso, quería creer que, como máximo, lograría convencer a Fleck de que había sido ella, y no Max, la que le había fallado.

Aunque había dormido poco, su insomnio no se había debido al temor a perder el trabajo. Había pasado gran parte de la noche despierta en la cama, enterrada bajo capas y más capas de mantas para mantener el calor, pensando en lo bien que Max había tocado el piano. Solo había interpretado una pieza, pero la resonancia angelical de las cuerdas regresaba una y otra vez a su mente. Se alegraba inmensamente de que Max pudiera estar a punto de recuperar su aspiración de interpretar música. Aunque sus días como adiestradora de perros hubieran terminado, todo había merecido la pena si pensaba que Nia y ella habían jugado un pequeño papel en el recorrido de Max para volver a ser pianista. «Con la ayuda de Nia, Max vivirá una vida independiente haciendo lo que más le gusta hacer».

A pocas calles de casa, se encontraron con Emmi, que llevaba la cara envuelta en una bufanda de lana gruesa de la que apenas asomaban los ojos.

—En días como estos me alegro de estar dentro limpiando la perrera y no jugando en el circuito de obstáculos —bromeó.

—Sí —convino Anna. «Después de hablar con Fleck, es posible que yo también regrese al cobertizo contigo, o que tenga que buscarme otro empleo».

—Buenos días, Emmi —la saludó Max.

Ella se bajó un poco la bufanda para descubrirse la cara.

—Hola, Max.

—¿Cómo está Ewald? —le preguntó él mirando al frente.

—Eres muy amable por interesarte —dijo ella—. Ayer recibí una carta suya. Está animado y espera poder volver de permiso en verano.

—Qué maravilla —dijo Max.

Emmi miró a Anna.

—¿Noticias de Bruno?

A Anna se le agarrotaron los hombros.

—No.

—Seguro que pronto sabrás de él.

218

Anna asintió, abriéndose paso en la nieve virgen con las botas. Por el este, el horizonte resplandecía tras las nubes cenicientas.

Emmi, como intentando cambiar de tema, le sacudió la nieve del abrigo a Max. Se volteó hacia su amiga y sonrió.

—Estás desatendiendo tus obligaciones, Anna. Max se está convirtiendo en un muñeco de nieve.

Anna bajó la cabeza.

La sonrisa de Emmi se esfumó al momento.

—¿Qué sucede?

—He metido a Anna en un buen lío —se anticipó Max.

—No es cierto —discrepó Anna.

Emmi frunció el ceño.

Anna inspiró hondo y el aire frío se le clavó en las fosas nasales. Entrelazó el brazo con el de su amiga. En el trayecto a la escuela, Max y ella fueron contándole que el día anterior habían trocado algunos relojes de Norbie por comida, y le revelaron su encuentro inesperado con Waldemar.

—¡No me digas! —exclamó Emmi—. ¿Waldemar estuvo toda la tarde siguiéndolos?

—Creo que sí —aventuró Anna—. Y estoy segura de que ha informado a Fleck. Seguramente me relevará de mis tareas cuando llegue a la escuela.

—No te despedirá —intervino Max—. Voy a hablar con él. Seguro que se muestra razonable con la situación.

—Sí —coincidió Emmi—. Conseguirás ablandarlo, como siempre, ya lo verás.

—Espero que tengas razón —dijo Anna sin detenerse—. Pero si las cosas no salen bien, es posible que tenga que hablar con el doctor Stalling para que me permita reincorporarme en el hospital.

Emmi le dio un codazo a Max y, acto seguido, recogió del suelo un puñado de nieve. Lo compactó con las manos enguantadas y lo lanzó, alcanzando la parte trasera del gorro de punto de su amiga.

Un pedazo de nieve fue a caer por dentro del cuello del abrigo de Anna y le heló la piel. Ella se volteó, resbalando sobre el hielo.

—¿Por qué has hecho eso?

—Te preocupas demasiado —respondió Emmi.

Anna, casi en un acto reflejo, tomó otro puñado de nieve y se lo tiró. Pero su amiga se agachó y fue a darle a Max en la cara. Max puso una rodilla en el suelo y bajó la cabeza.

—¡Ay, no! —Anna se acercó corriendo a él y le puso una mano en el hombro.

Max se incorporó riéndose y le lanzó una gran bola de nieve en la cabeza.

—¡Tramposo!

A Emmi se le escapó una risita, y al momento recibió el impacto de otra bola de nieve en el hombro.

En cuestión de segundos, como un grupito de colegiales durante una excursión de invierno, los tres se habían enzarzado en una guerra de bolas de nieve que les empapaban los abrigos. Max, con la ayuda de Nia, que lo colocaba en línea con Anna y Emmi, acertó varios tiros. Los temores de Anna se esfumaron bajo la lluvia de bolas y, al menos por unos instantes, se olvidó de Fleck, del hambre y de la guerra.

Max lanzó otra bola que fue a caer muy cerca de los pies de Anna.

—¡Vamos, Max! ¿No das para más?

Max le hizo un gesto y respiró hondo para recobrar el aliento.

Anna soltó la bola de nieve que tenía en la mano y se acercó a él.

—¿Estás bien?

Max asintió.

—No estoy muy en forma para guerras de nieve.

—Si el invierno sigue como hasta ahora —intervino Emmi, levantando las manos para atrapar al vuelo los copos que caían—, te ejercitarás mucho con Anna y conmigo.

Entonces oyeron a sus espaldas el sonido amortiguado de unos cascos de caballo y el chirrido de un carro que se aproximaba. Anna se volteó. A través de la nieve que caía, vio aparecer el vehículo tirado por un solo animal de carga. En el pescante, sujetando las riendas, iba Fleck. Sentada a su lado viajaba su perra, Elfriede. «Es temprano». Se sacudió la nieve del abrigo y después se lo limpió a Max, tratando de ocultar las pruebas de la guerra en la que acababan de enzarzarse.

Fleck tiró de las riendas y el carro se detuvo.

—Suban —les ordenó.

Anna tragó saliva.

—¿Todos?

—Sí.

Max se quitó los guantes, le desabrochó el arnés a Nia y la perra saltó a la caja del carro y caminó por ella hasta llegar junto a Elfriede, a la que saludó olisqueándola.

Anna, Max y Emmi también se subieron.

Fleck agitó las riendas y el carro se puso en marcha.

Anna esperaba que su jefe dijera algo, pero él se limitaba a conducir mientras el caballo avanzaba hacia la escuela. «Acabemos con esto de una vez», pensó, contemplando la espalda del abrigo de Fleck, salpicado de nieve. Se preguntó si debía sacarle el tema a Fleck ella misma, pero no quería que Emmi se viera involuntariamente metida en su fuego cruzado. Y teniendo en cuenta el silencio de Max, se dijo que él también debía de estar pensando lo mismo. Así pues, se echó hacia atrás y dejó que los copos helados le acariciaran la cara hasta que llegaron a la escuela.

Una vez allí se bajaron del carro. El caballo resopló, y su aliento convirtió en vaho el aire helado.

Anna le hizo un gesto a Emmi para que entrara en el cobertizo. Su amiga asintió y se metió dentro.

Fleck le ató una correa a Elfriede, que ya no daba muestras de cojear con la pata de la uña lastimada.

—Elfriede parece estar mucho mejor —comentó Anna, impaciente por romper el silencio.

Fleck golpeó la gorra contra el abrigo para sacudir la nieve y se la puso. Miró a Anna a los ojos.

—Me gustaría hablar un momento con usted y con Max... Dentro.

—Sí, señor —dijo ella.

Anna, Max y Nia entraron en el cobertizo, donde Emmi ya preparaba el fuego en la estufa de hierro colado. Emmi miró a Anna y, sin hablar, articuló con los labios un «Va a ir todo bien».

Anna asintió casi imperceptiblemente.

Cuando Fleck entornó la puerta, las bisagras oxidadas chirriaron.

Anna se estremeció.

—Fräulein Zeller —dijo Fleck mirándola a los ojos—, supongo que es consciente de que Waldemar vino a verme para expresarme su inquietud sobre usted y Max.

Ella entrelazó las manos enguantadas.

—Sí, señor.

—Herr Fleck —intervino Max dando un paso al frente—. Fue todo culpa mía. Le insistí a Anna que me permitiera intercambiar relojes por comida mientras entrenábamos.

—Ya tendrá ocasión de expresarse, Max —lo interrumpió Fleck—. Antes quiero oír a Fräulein Zeller.

Max se quitó los guantes y se los guardó en los bolsillos del abrigo.

—Por supuesto, señor.

—Apenas nos queda comida en casa, señor —se justificó Anna—. No sé si tendremos suficiente hasta que se restablezca el sistema de racionamiento en Oldemburgo. Mi padre, Norbie, ha tenido poco éxito hasta ahora trocando sus piezas por comida. —Sintió que se le revolvía el estómago. Respiró hondo, preparándose para lo que estaba a punto de decir—. Pensé que, si me acompañaban Max y Nia, la gente se mostraría..., cómo decirlo..., más comprensiva ante nuestra necesidad.

Emmi abrió mucho los ojos y, sin querer, dejó caer al suelo un montón de leña.

—Lo siento —se disculpó.

Fleck se cruzó de brazos.

—Eso no es cierto —saltó Max—. Anna está intentando atribuirse la culpa para que no me expulsen a mí del curso. Fui yo, no Anna, quien insistió en que fuéramos a intercambiar los relojes por comida. —Con el pulgar y el índice frotaba la suave asa de piel del arnés de Nia como si fuera un amuleto—. Anna y su padre pasan mucha hambre, y aun así comparten lo poco que tienen conmigo mientras me alojo en su casa. No es justo. Yo recibo sustento del ejército, y ellos en cambio no reciben nada. Quería ayudarlos.

«Max...» La imagen del veterano desenterrando poros helados del huerto se instaló en su mente.

Fleck suspiró.

—Es admirable de su parte querer ayudar a Fräulein Zeller y a su padre, pero Waldemar tiene razón. No deberían haber desempeñado tareas personales mientras se entrenaban en la ciudad. Cuando doy una orden, espero que se cumpla. Ha tenido mucha suerte al ser escogido para participar en este curso. Son incontables los veteranos ciegos que podrían sustituirlo a usted y que no tendrían el menor problema para acatar mis instrucciones.

Max apoyó delicadamente la mano en la cabeza de Nia, y la perra se acercó más a él.

A Anna le dio un vuelco el corazón.

—Por favor, Herr Fleck, no permita que Max se vaya. Merece estar aquí.

Fleck la miró y señaló el barril de comida de los pastores alemanes.

—Si necesitaba alimento, ¿por qué no tomó nabos?

—Yo... —balbuceó Anna, pues la pregunta la había tomado por sorpresa—. Yo nunca me llevaría la comida de los perros. Apenas tienen qué comer, y necesitan estar fuertes para entrenar.

Fleck se atusó el bigote, y se le suavizaron un poco las líneas del rostro.

—¿Cuánta comida les queda en casa?

—¿Señor?

—Dígame exactamente qué les queda para comer —insistió Fleck.

—Sin contar unos poros que tenemos plantados en el jardín, nos quedan unos pocos betabeles y unos nabos, que nos durarán unos pocos días.

—Sígame —le ordenó. Miró entonces a Emmi, que escuchaba la conversación junto a la estufa—. Y usted también, Frau Bauer.

Emmi echó un puñado de ramitas en la estufa y se unió a los demás, agrupados en torno al barril de nabos.

Fleck fue a buscar una bolsa de arpillera que colgaba de un gancho.

—Frau Bauer, ¿cuántos días le faltan para quedarse sin comida?

—Tres —respondió ella.

Fleck llenó la bolsa de nabos y se la entregó a Max.

—Llévela a mi carro y guárdela bajo el pescante. Después del trabajo pueden repartírsela.

—Gracias, señor —dijo Max. Agarró el arnés de Nia y la perra lo condujo al exterior del cobertizo.

—Pero, señor, ¿qué comerán los animales?

—Todavía faltan unos días para que los pastores alemanes con tos de las perreras regresen al cobertizo. Entretanto, solicitaré más nabos a través de la Asociación de Perros Sanitarios. —Fleck sacudió la cabeza, asqueado—. El ejército y las unidades de apoyo consiguen alimentos, mientras los ciudadanos alemanes se mueren de hambre.

Anna hacía esfuerzos por reprimir las lágrimas.

—No sé cómo podré pagárselo.

—Puede empezar por acatar mis órdenes —replicó él con severidad—. Y no permita jamás que un veterano incumpla mis protocolos.

—Así lo haré, señor. —Entrelazó las manos para impedir que siguieran temblando—. ¿Eso significa que no nos expulsa?

—Hoy no. —Fleck se encaminó hacia la puerta.

Una mezcla de alivio y curiosidad surgió en el interior de Anna.

—Señor, ¿puedo preguntarle cómo sabía que no había tomado nabos del barril?

Él se detuvo, se sacó un cigarro del bolsillo y lo encendió.

—Realizo frecuentes inventarios de nuestros suministros. Sé con exactitud cuántas paladas de comida troceada salen de un saco de nabos. —Le dio una fumada al cigarro y expulsó el humo por la nariz—. Si hubiera robado comida, me habría dado cuenta.

«Deberán darles exactamente una palada rasa». La voz de Fleck resonó en la mente de Anna.

—Y, para que quede claro, si Max o usted cometen otro error de juicio, los expulsaré de esta escuela.

—Sí, señor.

Fleck se alejó entre el sonido sordo de las pisadas de sus botas militares sobre el suelo helado.

Anna se secó las lágrimas con la manga del abrigo.

Emmi se acercó a ella y le pasó el brazo por encima del hombro.

—Me cuesta creer que nos haya regalado comida —dijo.

—A mí también.

Emmi la acarició.

—Será mejor que nos pongamos a trabajar.

Anna y Emmi se dedicaron a sus tareas matutinas hasta que los instructores llegaron y se unieron a los veteranos y a sus pastores alemanes. Mientras algunos de ellos, pertrechados con palas, despejaban los caminos del circuito de obstáculos, Anna se acercó a Max y a Nia, que le dio un golpecito en la pierna con el hocico.

—¿Cómo ha ido con Fleck? —le preguntó Max.

—No nos ha expulsado a ninguno de los dos, al menos hoy.

—*Gut* —dijo Max—. ¿Has visto a Waldemar?

—Fleck está hablando con él junto al cobertizo, y Waldemar no parece muy contento.

Max asintió.

—Valoro tu empeño en protegerme —comenzó Max—. Pero, de ahora en adelante, te sugiero que no exageres la verdad con Fleck.

Anna agarró el arnés de Nia, y la perra, entre los dos, agitó la cola.

—Tú lo has arriesgado todo por ayudarme.

Max puso una mano enguantada sobre la de Anna.

—Para eso están los amigos, ¿no?

«Amigos», pensó Anna.

—Sí.

Fleck hizo sonar el silbato para indicar que el grupo debía formar filas junto al circuito.

Max le soltó la mano y se agarró al arnés.

Esa mañana se dedicaron a recorrer los caminos de entrenamiento con giros y obstáculos artificiales. La nieve caía con más fuerza y la temperatura descendía mucho, pero Fleck no les dio permiso para descansar. Por el contrario, les exigió más, como si se aprovechara de las espantosas condiciones atmosféricas para curtir a los veteranos y a los pastores alemanes en vista del difícil futuro que les aguardaba. Por la tarde, la pata mala de Nia se resintió y empezó a cojear un poco. Anna esperaba que Fleck la sustituyera por Elfriede, ahora que ya tenía la uña curada, pero el supervisor permitió que Nia permaneciera en el circuito. Y durante el resto del día, el trío formado por Max, Anna y Nia siguió entrenando con los otros grupos, mientras Waldemar, con un gesto de profundo desprecio, se mantenía en los laterales.

Capítulo 22

Anna, Max y Nia entraron en el taller de Norbie en el momento en que se ponía en marcha un estrépito de carillones, timbres y campanas. Tiritando de frío, Anna y Max se desabrocharon los abrigos y se soltaron las bufandas, mientras Nia se acercaba al banco de trabajo para saludar a Norbie.

—Llegaron temprano —dijo él acariciándole las orejas a la perra.

Tenía delante un reloj de repisa de chimenea. Con la tapa trasera abierta, quedaban a la vista los engranajes interiores. La variedad de sofisticadas herramientas que manejaba Norbie le confería un aspecto de cirujano practicando una intervención.

—Hace un frío espantoso —comentó Anna frotándose las manos—. A Fleck le ha parecido que si seguíamos fuera sufriríamos congelación, así que nos ha dado el resto de la tarde libre.

El tañido de las campanas cesó, y por debajo de él asomó un coro más discreto de tictacs.

—Es la segunda vez en esta semana que acorta el entrenamiento —observó Norbie.

—Sí —dijo Anna—. Fleck dice que si sigue haciendo tanto frío se verá obligado a posponer la graduación de los veteranos.

Max volteó la cabeza en dirección a Norbie.

—¿Qué te parecería tener que aguantarme una o dos semanas más?

—Me parecería estupendo —respondió Norbie—. Pero voy a tener que empezar a cobrarle el alojamiento.

Anna abrió mucho los ojos.

—Padre...

—No pasa nada —intervino Max—. No tengo gran cosa, pero estaré encantado de dárselo.

Norbie esbozó una sonrisa de oreja a oreja.

—¿Aceptaría pagarme el alquiler con unos conciertos de piano vespertinos?

Max sonrió.

—Creo que podría aceptarlo, sí.

Nia agitó la cola y golpeó con ella el banco de trabajo.

Anna se acercó a su padre, le apretó la mano y le dio las gracias en un susurro.

Los días siguientes, Max se dedicó a tocar el piano por las noches, interpretando conmovedoras piezas de Frédéric Chopin, Johannes Brahms, Wolfgang Amadeus Mozart, Claude Debussy, Antonio Vivaldi, Ludwig van Beethoven, Joseph Haydn y Richard Wagner. Tocaba de memoria todas aquellas composiciones, creando tonos mentales para las notas agudas que quedaban fuera de su rango de audición. Aquella sala, con un público de tres incluyendo a Nia, que se tumbaba a sus pies, se transformaba entonces en un auditorio en miniatura. Y Anna valoraba mucho que su padre animara a Max a seguir tocando. «Pronto —pensaba— retomará su sueño de convertirse en pianista profesional».

Un reloj de pared dio la hora.

—Condenado disco del péndulo... —musitó Norbie—. Ese reloj siempre va mal. Luego lo revisaré. Suban a entrar en calor. Les prepararé café para que se les pase el frío.

En la planta superior, se congregaron en la cocina, donde Norbie preparó un cazo de sucedáneo de café. Max cubrió a Nia, que se retorcía bocarriba como si estuviera rascándose la espalda, con una manta de abrigo. Norbie sirvió tres tazas de aquella infusión humeante y, en el momento en que Anna daba el primer sorbo, le informó de que esa mañana le había llegado carta de Bruno.

—Está en tu cuarto.

A Anna se le aceleró el pulso. Dejó la taza en la mesa.

—Ve a leer la carta —le sugirió Max—. Norbie y yo prepararemos la cena. ¿Te parece, Norbie?

—Por supuesto. —Norbie miró a su hija—. Llévate el café al dormitorio para que no se te enfríe. Frío sabe a alquitrán.

Ella asintió y se fue a su habitación, donde encontró la carta apoyada en la almohada. Dejó la taza en la mesilla, se quitó las botas y se sentó en la cama. Abrió el sobre y desdobló la carta.

> *Queridísima Anna:*
>
> *¿Cómo estás, cariño mío? Hoy me han llegado más rumores sobre la escasez creciente de alimentos en el país. ¿Recibes suficientes papas, bastante pan? Espero que los envíos con suministros estén llegando a Oldemburgo. Si no es así, buscaré la manera de hacerte llegar comida.*

Anna se apoyó en la cabecera de la cama y se cubrió las piernas con varias capas de mantas. Le parecía que hacía siglos que no probaba el pan negro, y eso sin hablar de las papas fritas. Llevaban muchos días alimentándose de nabos, gracias a la generosidad de Fleck, y de los pocos poros que Max había arrancado del huerto. Se preguntó si la familia de Bruno, en Fráncfort, a la que estaba impaciente por conocer, estaría pasando por las mismas dificultades para obtener alimentos.

> *Mi intención es llegar a Oldemburgo con el tren de la tarde del 23 de enero para iniciar mi permiso militar. Estar alejado de ti ha sido muy duro, mucho más que cualquier otra cosa que haya tenido que soportar, exceptuando los combates y las muertes en el frente. Me muero de ganas de estar contigo, amor mío. Ojalá consigas también tú unos días libres en el trabajo coincidiendo con mi estancia en la ciudad. Dile a tu supervisor que los perros pueden adiestrarse ellos solos durante unas semanas. Quizá podríamos ir a Fráncfort para conocer el lugar en el que iniciaremos nuestra vida en común después de la guerra.*

Anna arrugó el papel entre los dedos. A pesar de sus ganas de visitar Fráncfort y de conocer a su familia, no podía abandonar a Max y a Nia, ni sus responsabilidades en la escuela de perros guía. «No puedo irme. Ahora no. Tal vez nunca pueda». Inspiró hondo, acallando esa idea de su mente.

Respondiendo a tu pregunta de si me gusta la música, la respuesta es que sí. No tengo un estilo ni un compositor favoritos, pero las marchas militares alemanas me resultan bastante vigorizantes. Cuando acabe la guerra, asistiremos a todos los conciertos que quieras. Aunque reconozco que tengo curiosidad. ¿Qué te ha llevado a formularme esa pregunta?

A su mente regresó el recuerdo fugaz de su conversación con Max. «Me dio vergüenza no saber qué clase de música le gustaba a Bruno. Al menos ahora ya sé que le gustan las marchas».

Las imágenes espantosas de los actos que he cometido por nuestra patria se me aparecen en sueños. ¿Tú crees que todos los pecados pueden perdonarse? Rezo por la absolución, tanto la de Dios como la tuya. Lamento poner punto final a esta carta en un tono tan sombrío. Te prometo que dejaré atrás mis inquietudes cuando llegue a Oldemburgo, y que entre nosotros todo irá bien.
Afectuosamente,

Bruno

«Pobre Bruno». Anna, con el pecho dolorido, dobló la carta y la metió en el sobre. «Ojalá pudiera hacer algo para aliviar su dolor». Entrelazó las manos y, en silencio, rezó por él, y después se acurrucó bajo las mantas como una niña buscando consuelo, hasta que un olor cada vez más intenso a nabo asado la empujó a volver a la cocina.

—Anna —dijo Norbie—. He pensado que podríamos cenar temprano. Así dispondremos de más tiempo para escuchar a Max tocar el piano.

—Me parece estupendo —convino ella, intentando detener la preocupación que sentía por Bruno.

Miró a Max, que estaba de pie delante de la cocina y le daba la vuelta a lo que parecía una tortita en un sartén de hierro caliente.

—¿Qué estás preparando?

—*Latkes* de nabo —dijo Max—. He tenido ayuda: Norbie ha rallado el nabo y el poro. No sé cómo sabrán sin huevo, especias ni aceite en el que freírlos, pero he pensado que al menos así comerías algo distinto. —Le dio la vuelta a los últimos *latkes* localizándolos con un dedo y ayudándose de una espátula—. ¿Cómo está Bruno?

Anna suspiró.

—Está sano y salvo, pero bajo de moral —le contó, decidiendo no entrar en detalles.

Max se volteó hacia ella.

—Le irá bien.

—Protégete el corazón —intervino Norbie, abrazándola—. Tengo fe en que Bruno regresará sano y salvo de la guerra.

«Necesitaba este abrazo».

Anna se apartó.

—Va a venir de permiso la última semana de enero.

—Qué buena noticia —comentó Norbie—. Max, si la fecha de tu graduación se retrasa, tendrás ocasión de encontrarte con él.

—Eso espero —dijo él—. Tengo ganas de conocerlo.

Anna se sentó a la mesa con un leve sentimiento de desasosiego mientras Max y Norbie, que habían insistido en que descansara, servían la cena. Ella dejó de lado sus preocupaciones mientras Norbie bendecía la mesa y rezaba por que hubiera alimentos en abundancia, por que terminara la guerra y por que Bruno regresara a casa sano y salvo.

—Espero que no te moleste que le haya preparado un *latke* a Nia —tanteó Max dejando un platito en el suelo—. Me ha parecido que estaría bien, teniendo en cuenta que casi todas nuestras comidas proceden en realidad del suministro dedicado a los pastores alemanes.

—En absoluto —sonrió Anna.

La perra olisqueó el *latke* y se lo tragó de un bocado.

Max le acarició el lomo.

—Espero que a todos nos guste tanto como a Nia.

Anna probó un poco.

—Está buenísimo.

Norbie cortó un pedazo con el tenedor.

—Eres un cocinero de primera, Max.

El veterano sonrió.

Siguieron comiendo mientras Norbie contaba historias sobre Anna y su difunta esposa, que relataba con gran ternura y entusiasmo. «Su amor por ella no ha menguado nunca», pensó Anna al tiempo que recogía las últimas migajas del plato.

Aunque sintió algo de vergüenza al oír la variación de un relato según la cual Norbie afirmaba que ella se había ganado el derecho de interpretar el papel protagonista de una obra de teatro escolar, cuando en verdad solamente le habían permitido recitar unas pocas frases, lo cierto era que le encantaba oír hablar a su padre del pasado y, sobre todo, constatar una vez más la pasión con la que hablaba de su familia, pasión que parecía no tener fin.

Después de cenar, Anna y Max lavaron y secaron los platos y a continuación los tres se trasladaron a la sala de estar. Durante casi dos horas, Max tocó diversas piezas al piano. A Anna no le cabía duda de que Max había hallado la manera de recrear en su mente los tonos que no oía. Sus dedos se deslizaban por el teclado e inundaban de música la habitación. La inquietud de Anna por Bruno, por la guerra y por el hambre se esfumó y, durante ese rato, se perdió en un mar tranquilo de canciones. Cuando Max interpretó el *Preludio en mi menor* de Frédéric Chopin, la emoción la embargó y los ojos se le llenaron de lágrimas.

—¡Bravo! —lo ovacionó Norbie poniéndose de pie cuando terminó la pieza. Aplaudía con ganas—. ¡Haz una reverencia, Max!

Nia le dio un empujón a Max con el hocico.

Max, ruborizado, inclinó levemente la cabeza.

—Ha sido divino —dijo Anna, secándose los ojos.

—*Danke*. Me alegro de que te haya gustado.

—Estás llorando —comentó Norbie al verla.

—Tú también —contraatacó ella, señalándole las mejillas empapadas de lágrimas.

Norbie se secó la cara.

—Ah, sí, es cierto. —Se acercó a Max y le apoyó una mano en el hombro—. Hijo mío, has hecho de mí un llorón.

—Lo siento —se disculpó Max—. En todo caso, conozco otra pieza que quizá les alegre un poco el ánimo. —Se sentó, apoyó las manos en las teclas y tocó la canción infantil favorita de Norbie.

—¡*Hänschen klein*! —exclamó Norbie, sonriente. No tardó en ponerse a patear el suelo y cantar, desafinando mucho, los versos de la melodía.

Anna se cubrió la boca con la mano intentando contener la risa. Miró a Max. «Qué tierno de tu parte tocar esa canción para mi padre».

Al terminar, Norbie le dio las gracias a Max por su actuación y les deseó las buenas noches a los dos. Tarareando la melodía de *Hänschen klein*, subió la escalera y se metió en su dormitorio.

Anna se acercó a Max, que seguía sentado al piano.

—Le has alegrado la noche tocando esa canción.

—¿Cuál? —preguntó él—. ¿El *Preludio de mi menor* o *Hänschen klein*?

A Anna se le escapó la risa. «Qué bueno es reír».

Max se volteó hacia ella.

—¿Estás cansada?

—No —mintió ella.

Él se echó a un lado en el banco y le dio una palmadita.

Ella se sentó y apoyó las manos en el regazo.

—Gracias por animarme a tocar —dijo.

—De nada. Estoy segura de que habrías encontrado la manera de volver a tu arte de un modo u otro.

—No lo sé —dijo Max—. Estaba hundido en una ciénaga mental y tú me ayudaste a imaginar las notas que no oía.

Anna guardó silencio y pulsó una tecla.

—Eres el pianista de más talento que he conocido en mi vida.

—Eres muy amable. —Le dio un golpecito con la rodilla—. ¿Sería descortés por mi parte preguntarte a cuántos conciertos de piano has asistido?

—No a muchos —admitió ella—. Pero he escuchado muchas grabaciones de pianistas profesionales en el gramófono de mi padre, y eres el mejor de todos con diferencia.

—Me halagas. —Max inspiró hondo, apoyó los dedos en el piano de nuevo y empezó a tocar.

La pieza, solemne, de tempo lento, se iniciaba con progresiones suaves de acordes. Anna se sosegó de inmediato y cerró los ojos.

—Es precioso —susurró—. No me suena. ¿Chopin?

—Benesch.

Anna se volteó hacia él.

—¿Es tuya?

Max asintió. Tocó unos acordes más y se detuvo.

—¿Cuándo la compusiste?

—Todavía no está terminada. Es una melodía que oigo en mi mente cuando... —Hizo una pausa—. Cuando Nia, tú y yo estamos juntos en el circuito de entrenamiento.

Anna sonrió.

—Vuelve a tocarla.

Max interpretó la introducción a la pieza.

—¿Te gusta?

—Me encanta.

Anna se levantó del banco.

—¿Adónde vas? —preguntó Max.

—A buscar algo con lo que escribir.

—¿Por qué?

—Porque los compositores deben dejar registro de su obra. —Se fue rápidamente a su dormitorio y salió al momento con lápiz y papel.

—No hace falta —dijo él cuando Anna regresó a su lado.

—Sí hace falta —insistió ella. Se apoyó el cuaderno en el regazo y dibujó las líneas de un pentagrama—. Voy a intentar conseguir papel de pentagramas como Dios manda, pero entretanto nos los haremos nosotros mismos. Vas a tener que ir despacio. Yo sé solfeo, pero nunca he anotado nada en papel.

—No piensas rendirte, ¿verdad?

—*Nein.* —Hizo girar el lápiz entre los dedos—. ¿Cuántos movimientos va a tener la pieza?

—Normalmente, los conciertos para piano se componen de tres movimientos —le explicó él—. Pero yo pensaba que en este caso sería una suite con cinco movimientos individuales.

—¿Y cuál es el título?

—No tiene —dijo, revolviéndose un poco en el banco.

—Tienes que llamarla de alguna manera —insistió ella—. ¿En qué estabas pensando cuando te vino a la mente la música?

Él se rascó un poco la barba incipiente.

—En la luz. Imaginaba que la oscuridad dejaba paso a una luz gloriosa, cálida.

—¿La *Suite de la luz*?

—Sí.

—La *Suite de la luz* es un título precioso —opinó ella.

—La pieza que he empezado a tocar era el primer movimiento. El preludio.

«El preludio a la luz», pensó ella.

—¿Y la tonalidad?

—Do sostenido menor.

Anna anotó algo en lo alto del papel.

Suite de la luz
1. Preludio a la luz en do sostenido menor

Durante más de una hora, alternando las claves de sol y de fa, Anna fue anotando las notas que le dictaba Max. Redondas. Blancas. Barras de compás. Ligaduras. Crescendos y diminuendos. Al llegar a la parte inferior del papel, se detuvo a descansar los dedos, que habían comenzado a dolerle de tanto apretar el lápiz.

—Gracias por ser tan paciente conmigo —dijo Anna, frotándose la mano.

—¿Y si seguimos mañana?

—Pero si solo hemos anotado unos pocos compases.

—Tenemos tiempo de sobra para terminar antes de que me vaya.

«Ojalá no vivieras tan lejos», pensó.

Max se puso de pie y alargó el brazo.

Ella lo agarró de la mano para permitirle que la ayudara a levantarse del banco, pero enseguida sus dedos se separaron.

—Nia, salgamos un momento a la calle antes de acostarnos.

La perra se incorporó bostezando con la lengua fuera.

—Estás cansada —dijo él, arrodillándose y acariciándole la cabeza. Se detuvo y se volteó hacia Anna—. ¿Puedo preguntarte algo personal?

«Tiene que ver con Bruno», pensó Anna.

—Por supuesto —respondió, algo vacilante.

—¿Cómo eres físicamente?

—Vaya... —balbuceó ella, sorprendida.

—Sé cómo es Nia porque la cepillo mucho, y además Norbie me ha descrito al detalle los tonos del pelaje, carbón y caramelo. —Se incorporó y apoyó la mano en la cabeza del animal—. Conozco el timbre de tu voz, el olor de tu ropa, el sonido de tus pasos. Me he ido formando una imagen de ti en la mente, y quería saber si era acertada.

—Bueno... —empezó ella, retorciendo un hilo suelto del suéter.

—Lo siento —la interrumpió él—. Ha sido indiscreto por mi parte preguntártelo.

—No importa. Solo estaba pensando en cómo describirme. —Dio un paso al frente y acarició a Nia, que meneó la cola arrastrándola por el suelo—. Llevo el pelo largo hasta los hombros, y es rubio. —«Cuando está limpio».—. Y tengo los ojos azules.

—Nariz, pómulos, orejas —le pidió él.

—Sí, lo tengo todo.

Max soltó una carcajada.

—Esperaba que fueras algo más específica.

—Aquí están. —Sin pensarlo dos veces, le agarró la mano y se la acercó a la mejilla.

Con gran delicadeza, respetuosamente, Max fue pasando las yemas de los dedos por su rostro.

Ella se quedó sin aliento.

—Tienes un hoyuelo en la mejilla.

—Mi madre también lo tenía —dijo Anna—. Era muy guapa.

Él bajó las manos.

—Tú también lo eres.

Anna sonrió. Los engranajes de su mente iban a toda velocidad en busca de una respuesta.

—¿Soy como habías imaginado?

Max asintió. Alargando la mano, dio con el collar de Nia.

—¿Quieres que te acompañe a sacar a la perra? —le preguntó Anna.

—No, gracias. —Se acercó con Nia hasta la escalera y permaneció en silencio un instante—. Lo he pasado muy bien esta noche, Anna.

—Yo también —dijo ella—. Buenas noches.

Max y Nia desaparecieron escaleras abajo. La puerta del jardín chirrió al abrirse y un momento después se cerró.

Anna se metió en su dormitorio y se cubrió con otra capa de ropa. La temperatura exterior había descendido mucho, a juzgar por el espeso manto de escarcha que cubría la ventana. Apagó la lámpara, se metió en la cama y se enterró bajo mantas y más mantas. Al poco, el sonido de unas patas y el arrastrar de unas botas le llegó desde el pasillo y se perdió en el dormitorio de Max. «Echo de menos tener a Nia en mi cuarto, pero me alegro de que Max y ella hayan creado ese vínculo».

Una vez sola, su mente regresó a la carta de Bruno, y el desaliento se apoderó de ella una vez más. Rezaba por que encontrara la paz, y decidió hacer todo lo que estuviera en su mano por ayudarlo cuando llegara a la ciudad. «Todo irá bien cuando estemos juntos», se decía, intentando convencerse a sí misma. Necesitada de consuelo, dirigió sus pensamientos a la composición de Max, a aquella melodía que se repetía una y otra vez en su mente. Pero al poco ya solo podía pensar en el cosquilleo que había sentido en la piel cuando los dedos de Max le exploraban el rostro.

Capítulo 23

Max, guiado por Nia y acompañado por Anna y Emmi, sorteaba como podía la ventisca camino de la escuela. Agarraba con fuerza el asa del arnés de la perra y notaba el vaivén de su cuerpo, que se abría paso entre la nieve. Sus conversaciones se oían amortiguadas a causa de las ráfagas de viento que los obligaban a cubrirse las caras con las bufandas.

Cuando llegaron, se metieron enseguida en el cobertizo tiritando de frío.

—Seguro que hoy Fleck limitará el horario del entrenamiento —comentó Emmi mientras cerraba la puerta.

Anna pateó el suelo para quitarse la nieve y el hielo de las botas y se aflojó la bufanda.

—Sí. Yo ni me siento los dedos de los pies. No creo que quiera arriesgarse a que a nadie se le congelen los pies.

«Yo también lo espero —pensó Max, acercándose despacio a la estufa de hierro forjado—. Cuanto más se retrasa la fecha de graduación, más tiempo tengo para estar con Anna».

Alargó los brazos y, tras localizar la estufa, se arrodilló y empezó a meter en ella ramas y hojas de periódicos viejos. Ni las mejillas cortadas de frío ni el hambre atroz que le retorcía el estómago (llevaba días comiendo raciones escasísimas de nabo) conseguían robarle la alegría. Se había pasado casi toda la noche, y parte de la mañana, en el camino a la escuela, pensando en Anna. En menos de tres semanas había pasado de ser un veterano de guerra, cegado en acto de servicio, casi sin ganas de vivir, a convertirse en un hombre lleno de sueños y esperanzas. Y le parecía que todo era gracias a ella.

Habían sido su perseverancia y su compasión las que habían salvado a Nia, que ahora lo estaba salvando a él. Con ella a su lado, se liberaría de las cadenas de la dependencia. Le parecía que, con un perro, podía atreverse a casi cualquier cosa, incluso a viajar en tren y manejarse por calles y ciudades desconocidas. Si antes se veía confinado a un departamento, al radio limitado de unas pocas calles, ahora sentía que su horizonte se ampliaba a toda Alemania, quizá incluso a toda Europa, siempre y cuando no hubiera guerra, y suponiendo que algún día ganara lo bastante como para poder viajar. Aunque la labor de guía de Nia resultaba imprescindible para sus aspiraciones de independencia, para él lo más importante era el cariño y la compañía que le brindaba. Valoraba muchísimo el tiempo que pasaban juntos en casa, los momentos en los que se echaba a sus pies o se acurrucaba a su lado en el sofá, las ocasiones en las que le daba un lametón en la mejilla. Él, a cambio, le cepillaba el pelo, le rascaba la barriga y no se cansaba de decirle lo buena y lo lista que era. Se habían convertido en íntimos, y esperaba que Fleck, con el tiempo, pasara por alto el problema de su pata delantera y le permitiera llevársela a casa con él.

Le estaba muy agradecido a Anna. Ella le había proporcionado mucho más que unas clases en el manejo de los perros y la posibilidad de que Nia se convirtiera en su guía. Su padre y ella lo habían acogido en su casa y lo habían tratado como a un miembro más de la familia. Se habían puesto en su lugar al saber de sus heridas de guerra, de la muerte de sus padres, de su compromiso matrimonial roto, y a la vez Anna no le había permitido hundirse en la miseria. Día tras día, tiraba de él para que siguiera adelante, y el dolor de su corazón había ido transformándose gradualmente en esperanza. A pesar de su escepticismo inicial, el apoyo constante de Anna, que lo había animado a imaginar las notas agudas que ya no oía, había dado sus resultados y le había hecho recobrar la pasión por tocar el piano. Y también le había hecho recordar cuál era la razón profunda por la que actuaba como músico: hacer felices a los demás y ofrecerles una evasión ante las adversidades de la vida. «No importa que yo no oiga las notas agudas —pensaba mientras tocaba el

Claro de luna de Claude Debussy—. Lo que importa es lo que siente el público cuando escucha la pieza». Su afecto por Anna había crecido hasta convertirse en algo que quizá fuera más allá de la amistad. En todo caso, sabía que nunca podría llegar a nada más con ella.

La puerta se abrió con un chirrido y el viento se coló en el interior del cobertizo.

«Es Fleck», pensó Max.

—¿Han terminado con sus tareas? —preguntó una voz ronca.

«Waldemar». Max metió más leña en la estufa. «Llega temprano».

—Casi —contestó Anna sin dejar de barrer uno de los cubículos—. ¿Dónde está Herr Fleck?

—Lo han convocado a una reunión con el doctor Stalling y los directores de la Asociación de Perros Sanitarios. —Waldemar hinchó el pecho—. Me ha puesto al mando hoy.

La indignación se apoderó de Max.

—¿Y le ha informado Fleck de cuánto tiempo quiere que trabajemos hoy en estas condiciones? —le preguntó Anna.

—*Nein* —respondió Waldemar—. Pero sí me ha pedido que organice ejercicios en el interior. Termine sus tareas y salga. Van a entrenar en la ciudad.

Max cerró la portezuela de la estufa y se levantó.

—Frau Bauer —prosiguió Waldemar—. Fleck quiere que cuando acabe sus tareas aquí se desplace hasta el refugio de perros sanitarios y examine a los pastores alemanes enfermos de tos de las perreras. —Miró a Anna—. Su idea es volver a ponerlos a trabajar por turnos con los veteranos, lo que significa que seguramente usted y su perra coja regresen al establo.

Max apretó los puños.

Waldemar dio media vuelta y se marchó, dejando la puerta abierta.

El viento helado se coló en el cobertizo, y Emmi corrió hacia la puerta para cerrarla.

Max localizó a Anna por el sonido de su escoba.

—Si es solo un día, podremos soportar a Waldemar. Te tiene envidia y no te va a dejar tranquila. Si Fleck tuviera intención de sustituir a Nia y a ti, podría haberlo hecho con su propia perra, Elfriede.

—Supongo que tienes razón —admitió Anna.

—Ya pueden irse —intervino Emmi—. Yo terminaré el trabajo aquí dentro y después me iré al refugio.

—¿Estás segura? —le preguntó Anna.

—Sí. Me alegra que trabajen bajo resguardo.

—Sí, y tú también estarás más protegida en el refugio.

Max, Anna y Nia salieron y encontraron a Waldemar, con el cuello del abrigo levantado para protegerse del viento, sentado en su carro en compañía de su perra, Gunda. Cuando Anna ya estaba cerca de la caja, el hombre se volteó y dijo:

—Pero ¿qué te has creído?

—Pensaba que nos iba a llevar hasta la ciudad —respondió ella.

—Pues se equivocaba —soltó él.

«Ha esperado aquí expresamente para poder prohibirnos que nos subiéramos en su carro». Max apretó mucho la mandíbula. Se adelantó un poco más y pasó la mano enguantada por el lateral del carro, volteándo la cara en dirección a la voz de Waldemar.

—Entiendo que no esté dispuesto a brindar ayuda a alguien como yo en su carro, pero lleve a Anna hasta la ciudad. Hace un frío atroz. Me encontraré con ella allí. Nia y yo conocemos el camino.

—No —reiteró Waldemar—. El paseo les servirá a los dos para practicar, algo que necesitan desesperadamente.

—¿Podría hablar un momento con usted a solas? —le solicitó Max.

—No te preocupes, Max —intervino Anna dando un paso al frente—. Vámonos.

Waldemar sacudió las riendas. El caballo relinchó, se puso en movimiento y tiró del carro.

—Pónganse en marcha o llegarán tarde.

—¿Dónde nos encontramos? —le preguntó Anna alzando la voz.

—¡Delante de San Lamberto! —gritó Waldemar.

El carro se alejó carretera abajo y desapareció tras la nieve y la penumbra del alba.

241

—Menudo cabrón —masculló Max.

Nia, como si percibiera el sentimiento de humillación que invadía a Max, se le arrimó mucho a la pierna.

—Gracias por intentar ayudarme —dijo Anna.

—No me gusta cómo te trata.

—Y yo detesto sus prejuicios contigo. Pero por el momento no podemos hacer nada. —Se levantó la bufanda y le dio un empujoncito—. Vamos.

Max sujetó con fuerza el arnés de Nia.

—Adelante.

La perra se puso en marcha y lo guio entre la nieve.

El viento azotaba la cara de Max.

—Quizá otro entrenador sí quiera llevarnos.

—Este es el único camino que conduce a la escuela —le aclaró Anna—. Waldemar ha llegado temprano, como Fleck. Lo ha planeado a la perfección para poder pedir a los entrenadores y demás veteranos que den media vuelta cuando vengan, de ese modo ninguno coincidirá con nosotros.

«Maldita sea». Max bajó la cabeza y se puso en marcha.

En un día normal, el trayecto a pie entre la escuela y la ciudad era de treinta y cinco minutos. Pero con la nieve y el viento en contra que les azotaba el cuerpo, tardaron casi cincuenta en llegar al centro de Oldemburgo.

—Waldemar está esperando frente a la catedral —informó Anna castañeteando los dientes—. Dentro se estará calentito. Es una iglesia magnífica, y te gustará subir a los balcones por la escalera.

—Suena bien —dijo Max, y siguió avanzando hasta que Nia le indicó que debía detenerse.

—Llegan tarde —soltó Waldemar nada más verlos.

—¿Los demás ya están dentro? —preguntó Anna, ignorando su comentario.

—Sí. Pero ustedes trabajarán en la estación de tren.

—¿Por qué? —quiso saber Max.

—No me ha parecido adecuado que un judío entrene en un templo de culto luterano, por lo que he organizado un plan alternativo para usted.

La ira corría por las venas de Max.

—Podría habernos informado antes de salir de la escuela. —Dio un paso en dirección a Waldemar y notó que Anna lo agarraba del brazo.

—¿A qué hora debemos terminar el entrenamiento en la estación de tren? —preguntó ella.

—Cuando se ponga el sol —respondió Waldemar—. Entretanto, yo me iré acercando a ver cómo van.

—Vamos, Max —dijo Anna—. Es todo recto.

Él reprimió la angustia y le ordenó a Nia que se pusiera en marcha de nuevo. Cuando Waldemar ya no podía oírlos, dijo:

—Debería haber razonado con él para que nos dejara unirnos a los demás.

—No habría servido de nada —objetó ella—. Tú le caes mal porque eres judío y yo le caigo mal porque soy mujer y porque interfiero en su trabajo.

—Quizá debería hablar con Fleck —insistió Max.

—Dudo que a Fleck, o al pastor de la iglesia, ya puestos, les parezca bien que te prohíban entrenar en la catedral por profesar la fe que profesas. Pero debemos escoger bien las batallas que libramos, Max. No quiero que te arriesgues a no graduarte por haber desobedecido las órdenes de Waldemar cuando él, hoy, ejerce de supervisor sustituto. —Le pasó la mano por la manga del abrigo—. Como tú mismo has dicho antes, será solo un día.

—Sí, pero hace demasiado frío para que Nia y tú lo pasen en la estación de tren.

—Al menos estaremos resguardados el viento —comentó ella—. Hoy cumpliremos las órdenes, y pronto te irás de Oldemburgo con Nia.

A Max le vino a la mente un recuerdo de su paso por el ejército. Independientemente de su nivel de educación y del grado de instrucción militar que había recibido, le asignaron un rango bajo por ser judío. Ahora, Anna se esforzaba en tener éxito en un mundo que estaba dominado por los hombres. «Los dos luchamos por que nos vean como iguales».

Agarró con más fuerza el arnés y continuó avanzando bajo la nevada.

Al llegar a la estación ferroviaria, se pusieron a trabajar enseguida. Aunque la estructura les proporcionaba refugio contra el viento y la nieve, las temperaturas seguían siendo gélidas. Para proteger la pata aún débil de Nia, descansaban de vez en cuando en un banco de madera, donde colocaban a la perra sobre sus regazos y le calentaban las patas con las manos.

Dado que ese día Max no había recibido su ración de comida diaria, que suponía que debía de estar en San Lamberto, Anna insistió en compartir con él la suya, que se componía de uno de los *latkes* de nabo que habían sobrado la noche anterior y que Norbie le había envuelto para que se lo llevara. A pesar del cansancio y del hambre, los dos siguieron esforzándose con el entrenamiento, practicando los giros a izquierda y derecha y la evitación de obstáculos. A Nia se le daban muy bien los ejercicios de acompañamiento —cuando, por ejemplo, le ordenaba «encuentra un asiento»—, y aún mejor los ejercicios de desobediencia, en los que demostraba gran inteligencia negándose a obedecer las órdenes de Max si estas implicaban ponerlo en peligro de caerse a las vías desde un andén. Waldemar acudió en un par de ocasiones a comprobar si estaban trabajando y, ya de paso, a soltar sus comentarios despectivos sobre su falta de técnica.

Pero, en esas ocasiones, el desprecio de Waldemar ya no alteraba a Max de la misma manera. Entrenar a solas con Anna había resultado ser una bendición, porque así podía pasar más tiempo con ella y con Nia.

Después de entrenar, llegaron a casa y la encontraron vacía y a oscuras. Anna, que todavía no se había quitado el abrigo, encendió un quinqué y lo dejó sobre la mesa de la cocina.

—Hoy Norbie tenía que hacer unos recados y llegará tarde a casa. —Se quitó los guantes de piel y se sopló en los dedos para calentárselos un poco—. Estábamos guardando nuestra pequeña reserva de carbón para cuando el invierno estuviera más avanzado, pero creo que vamos a necesitarlo esta noche. ¿Te importaría encender un fuego en la *kachelofen*?

—No, claro que no —dijo Max, quitándole el arnés a Nia. La acarició con fuerza, despeinándola un poco, y después fue palpando la pared de la sala hasta que encontró la estufa forrada de baldosas de cerámica. Sacó unos pedazos de carbón de un cubo de hojalata y los depositó en el interior de la estufa, bajo una capa de ramitas finas dispuestas como un pequeño lecho de madera. Añadió algo de papel y lo encendió con una caja de cerillos que encontró en el cubo. «Me encanta esta libertad para hacer las cosas yo solo. A diferencia de Wilhelmina, Anna y Norbie no se inquietan por si incendio toda la casa sin querer».

—Estoy hirviendo agua en la cocina —le informó Anna entrando en la sala—. Te prepararé una jofaina.

—Gracias. Pero lávate tú primero. Antes te castañeteaban los dientes de frío; el agua caliente te ayudará a entrar en calor.

—¿Estás seguro?

—Sí —insistió Max. Se dio unas palmadas en las rodillas y Nia se montó encima de él de un salto—. Yo no paso frío gracias a esta perrita.

Anna sonrió.

—De acuerdo.

Mientras Max esperaba a que la estufa de baldosas comenzara a irradiar calor, se quedó acurrucado en el sofá, con Nia, sin quitarse el abrigo. Respiró hondo varias veces, tratando de librarse del peso que le oprimía el pecho. «El aire invernal me aprieta los pulmones y me los cierra».

—¿Y tú cómo te encuentras? —le preguntó a Nia, acariciándole enérgicamente las orejas.

La perra empezó a jadear.

Él le acarició con delicadeza la pata derecha delantera.

—¿Tienes bien la patita?

Nia echó hacia atrás la cabeza y le dio un lametón húmedo en la barbilla.

Max soltó una risotada.

—Supongo que eso es que sí.

Veinte minutos después, Anna entró en la sala y se acercó a él.

—¿Estás listo para que te llene la jofaina de agua caliente?

Max asintió. Se levantó, se desabotonó el abrigo y se quitó la gorra.

—¿Cuándo te cortaron el pelo por última vez?

Max se pasó la mano por la cabeza.

—No lo recuerdo.

—Ven a la cocina —le ordenó ella—. Te cortaré el pelo.

—No hace falta —dijo él.

—Norbie no va nunca al barbero. Yo le corto el cabello y le arreglo la barba, y nunca se ha quejado de los resultados, y eso que una vez estuve a punto de dejarlo sin lóbulo en una oreja.

Max, nervioso, se retorció el puño de una manga del abrigo.

Anna soltó una risita.

«Está bromeando».

—De acuerdo.

Unos minutos después, Max estaba echado hacia atrás en el fregadero de la cocina mientras Anna le empapaba el pelo con agua tibia. Con una pastilla de jabón de sosa, que emitía un olor característico a amoniaco, se lo enjabonó. El roce de los dedos de Anna sobre su cuero cabelludo le provocaba un cosquilleo que empezaba en la nuca y descendía por la columna vertebral. Y el pulso se le aceleraba por momentos.

—¿Te está entrando jabón en los ojos?

—No.

Le aclaró el pelo y se lo secó suavemente con una toalla, y después lo sentó en una silla con aquel paño sobre los hombros y la espalda.

Con unas tijeras y un peine, se dispuso a recortarle el flequillo. Al respirar, su aliento tan cercano le acariciaba la cara. Max se estremeció.

—¿Cuánto tiempo llevas cortándole el pelo a Norbie? —le preguntó, intentando distraer su mente.

Anna seguía cortándole mechones de pelo.

—Desde que era adolescente. Cometió el error de comentarme que mi madre le cortaba el pelo. Yo me ofrecí a hacerlo también, y él aceptó.

—No me extraña —dijo Max revolviéndose un poco en el asiento.

—Ahora no te muevas.

Notó el frío acero de las tijeras en la frente, y a continuación el chasquido que indicaba que le repasaba el flequillo y los lados.

Durante veinte minutos, Anna se dedicó a peinarlo y a cortarle los cabellos, mientras Nia, sentada en un rincón, agitaba la cola, golpeando con ella la pared, cada vez que alguno de los dos decía algo. Cuando empezaba a recortarle el pelo de la nuca, oyeron los pasos de Norbie en la escalera.

—*Hallo* —los saludó, entrando en la cocina y dejando una bolsa sobre la encimera.

Max se puso colorado.

—*Hallo*, Norbie.

—Si yo fuera tú, no me movería lo más mínimo. Una vez me quedé amodorrado mientras esta me cortaba el pelo y casi me quedo sin oreja.

—De eso hace mucho tiempo —se justificó Anna—. Y eres un exagerado. Fue un cortecito de nada que apenas sangró.

—Creía que lo de la oreja de Norbie era broma —comentó Max.

—No —admitió Anna entre risas—. La verdad es que nunca se me han dado bien los objetos afilados, especialmente las agujas hipodérmicas que inyectaba cuando trabajaba de enfermera. —Le quitó la toalla y le sacudió los restos de pelo de la nuca.

Max sonrió y se pasó la mano por sus cabellos limpios y bien recortados.

—Me siento mucho mejor, *danke*.

—De nada. —Anna se volteó hacia Norbie—. ¿Quieres que te lo corte a ti también, aprovechando que tengo las tijeras en la mano?

—Esta noche no —respondió él—. Quiero enseñarles varias cosas. Ha llegado a Oldemburgo un pequeño cargamento de alimentos, y me he pasado tres horas esperando en la fila del racionamiento. —Sacó de la bolsa media hogaza de pan y la dejó sobre la mesa.

Anna ahogó un gritito y se cubrió la boca con la mano.

—¿Qué es? —quiso saber Max.

—Pan negro —le aclaró ella.

—Y un huevo —prosiguió Norbie, que procedió a sacarse con extremo cuidado un huevo marrón del bolsillo del abrigo—. Hoy los *latkes* de nabo estarán todavía más deliciosos, hijo mío.

Max sintió que lo atravesaba una oleada de alivio. «Anna y Norbie tendrán comida unos días más».

—Resulta que intercambiar relojes es mucho más fácil si uno no va buscando comida. —Norbie siguió rebuscando en la bolsa y le entregó unas hojas de papel a su hija—. Le he cambiado al dueño de una tienda de música un reloj de pulsera viejo por estos papeles de pentagramas en blanco. Espero que sean como los querías.

—Son perfectos —respondió Anna examinándolos.

A la mente de Max regresó el recuerdo de Anna anotando su composición para piano en un pedazo de papel.

—Le conté lo de tu pieza musical —dijo Anna—. Espero que no te importe.

—No, en absoluto.

Anna echó un vistazo a la bolsa y sonrió.

—Y esto es para ti, Max. Extiende las manos.

Max recibió lo que en un primer momento le pareció una palmatoria muy ornamentada, hasta que pudo estudiarla mejor con las dos manos. Se trataba de un candelabro de nueve brazos.

—¿Una menorá?

—Sí —confirmó Norbie—. A Anna le parece que quizá quieras celebrar la Janucá, de modo que he ido a visitar a un viejo amigo que es el rabino de la sinagoga de Oldemburgo. Según el calendario judío, hoy toca encender la primera vela.

—Qué considerado y qué generoso de su parte —le agradeció Max—. ¿Cómo podré pagárselo?

—Nia y tú podrían acompañarme al bosque a buscar un abeto para Navidad y ayudarme a traerlo a casa —le respondió Norbie—. Y tú puedes seguir tocando el piano. Esta casa no sonaba tan bonita desde que mi esposa, Helga, estaba viva.

Max asintió.

—Es un honor poder tocar el piano de Helga.

Norbie inspiró hondo y, conmovido, soltó el aire despacio. Se sorbió los mocos y se secó los ojos con un pañuelo.

«Al cabo de tantos años, todavía le duele el corazón». Max se preguntó cuánto tiempo tardaría en curarse su corazón por la muerte de sus padres, y si alguna vez conocería ese cariño ilimitado, incondicional, que sus padres se habían tenido.

Ahuyentó sus pensamientos y dijo:

—Esta noche cocino yo. Insisto.

Después de cenar *latkes* de nabo, esta vez rebozados con huevo y migas de pan negro, se trasladaron a la sala de estar. Por primera vez en varios días, no les dolía la barriga de hambre. Anna colocó dos velas a medio usar en la menorá, que dejó en una mesa, junto a la ventana. Max encendió la del centro, conocida como *shamash*. Dijo una oración para sus adentros y usó la *shamash* para encender la vela del lado derecho. Max, con energías renovadas gracias a la comida y, mucho más aún, al cariño de Norbie y de Anna, se sentó al piano y se pasó las dos horas siguientes tocando conciertos y suites, así como varias canciones populares, entre ellas *O Tannenbaum*, que Norbie cantó hasta que se cansó y se fue a dormir.

Cuando se quedó a solas con Anna, le hizo sitio a su lado en el banco, donde permanecieron pierna con pierna. Debajo, Nia dormitaba acurrucada a sus pies. Con la mente y el corazón concentrados en Anna, Max empezó a tocar el preludio de su *Suite de la luz* para piano, en la que habían trabajado la noche anterior. Compás tras compás y tras muchas repeticiones, Anna fue anotando la composición en el pentagrama. El proceso resultaba tedioso y lento. Pero a ella parecía no importarle, y a Nia tampoco, a juzgar por los movimientos de cola que de vez en cuando les dedicaba desde debajo del banco.

Cuando las velas de la menorá estaban casi consumidas, Anna apoyó la cabeza en el hombro de Max y bostezó.

Max paró de tocar y dejó las manos apoyadas en las teclas del piano.

—¿Cansada?

—Un poco.

—Deberías acostarte.

—Todavía no —dijo ella en voz baja—. Me preguntaba si sabes cómo sonará el segundo movimiento de la suite.

—Creo que sí —le respondió él aspirando el perfume de sus cabellos—. ¿Te gustaría oírlo?

—Me encantaría.

Nia agitó la cola, golpeando con ella el suelo.

Max pensó en todos esos momentos pasados con Anna y Nia. «Me siento vivo», pensó. Inspirándose en el torbellino de emociones que se arremolinaban en su interior, colocó las dos manos sobre las teclas y empezó a tocar.

Capítulo 24

En el frente, a veinte kilómetros de Lille, Bruno supervisaba un inventario de proyectiles de artillería con gas fosgeno, que se distinguían por la cruz verde que llevaban pintada y que se amontonaban como pilas de leña. A cincuenta metros de allí los cañones del ejército alemán disparaban, una y otra vez, generando unas ondas expansivas que resonaban en su cuerpo y le impregnaban la nariz del olor acre de una pólvora propulsora que no generaba humo. Tras la línea de artillería se extendía un inmenso vertedero formado por miles de casquillos de munición usados. Mientras contaba el armamento y anotaba las cantidades con un lápiz en un portapapeles, cada vez le cabían menos dudas de que había conseguido influir en el general Kainz para que aumentara el uso de fosgeno. «Una de cada tres bombas disparadas sobre el enemigo incorpora gas venenoso», pensó Bruno mientras garabateaba cifras de existencias en el papel. «Haber estará satisfecho».

Kainz no se encontraba en un refugio del frente durante el bombardeo aliado, tal como el comandante Brandt había hecho creer a Bruno. En realidad se hallaba en un búnker de la línea de reserva planificando un ataque ofensivo con un grupo de oficiales. El comandante estaba borracho y mal informado, sí, pero Bruno no lo culpaba de nada y, de hecho, solo se echaba la culpa a sí mismo. Había sido ingenuo e inconsciente de su parte pensar que podría alcanzar la línea del frente bajo ese intenso fuego aliado. En lo que duró su descabellada misión para ponerse en contacto con el general, Bruno había llevado en el bolsillo del abrigo la billetera del soldado francés caído, el aliado al que él mismo había ahogado en aquel cráter lleno de agua formado por el impacto de una bomba. La identificación del joven, así como el retrato de familia manchado de agua, constituía un recordatorio constante de su pecado, así como de la promesa que se había hecho a sí mismo de hacer algo por la esposa y el hijo de ese hombre cuando terminara la guerra. «Si no hubiera intentado llegar al frente durante el bombardeo, es posible que ese soldado aún estuviera vivo hoy, al otro lado de la tierra de nadie», se decía muchas veces. Pero si ese joven aliado estuviera vivo, seguramente habría más soldados alemanes muertos. A Bruno le parecía curioso estar obsesionado por el hecho de haber ahogado a un hombre en un acto de defensa propia cuando había matado a centenares de hombres, o mejor dicho a miles, dada su pertenencia a la Unidad de Desinfección y su participación en el programa de armas químicas del Ejército Imperial Alemán. En un intento de racionalizar sus acciones, Bruno repetía para sus adentros, como un mantra, la frase de Fritz Haber: «La muerte es muerte, independientemente de cómo se inflija». Pero la afirmación le servía de muy poco para quitarse la culpa de encima, y en realidad lo que hacía era erosionar su negativa a aceptar que él, Haber y el Imperio alemán eran los que habían contravenido el Convenio de La Haya, por el que se prohibía el uso de armas químicas. Y, al hacerlo, habían abierto la caja de Pandora.

Las fuerzas aliadas no solo habían tomado represalias y habían desarrollado su propio armamento químico, sino que, además, habían empezado a dominar su uso. Se calculaba que franceses y británicos producían ya miles de toneladas de cloro y fosgeno. Y Bruno había sido testigo de la devastación causada por el poder aliado cuando, hacía apenas dos días, le habían ordenado que examinara una zona de la línea del frente en la que las tropas de infantería habían sufrido una importantísima pérdida de vidas. Allí se había reunido con un inexperto oficial de infantería, el *hauptmann* Fischer, que temía que el enemigo hubiera recurrido a un arma química aún más avanzada. La preocupación del *hauptmann* se basaba en que todos los hombres sin excepción habían muerto antes de poder ponerse los respiradores.

Aquella sección de la trinchera, de cuarenta metros de longitud, estaba plagada de cadáveres a la espera de que los enterraran en una fosa común. Se trataba de hombres muy jóvenes, nuevos reclutas, a juzgar por sus rostros imberbes y el estado impecable de sus uniformes. «Eran casi niños», pensó Bruno, fijándose en un soldado rubio que había muerto con la boca torcida y la piel ennegrecida. Le comunicó al oficial de infantería que se había tratado de gas cloro. A diferencia del *hauptmann*, no era la primera vez que Bruno veía que los Aliados recurrían a esa táctica. En los primeros ataques, solían usar bombas con gases lacrimógenos o nubes de humo inofensivas, y horas después lanzaban un segundo ataque con el mortal gas cloro, pues de ese modo sorprendían a los soldados alemanes, que, confiados, se habían quitado sus máscaras antigás. Bruno, horrorizado por aquella inmensa pérdida de vidas que hubiera podido evitarse, instruyó al oficial en tácticas aliadas y, como pudo, salió de aquella trinchera cubierta de cadáveres.

A causa del creciente número de bajas de los oficiales más curtidos en el campo de batalla, la instrucción de los soldados alemanes se había deteriorado en los años posteriores al inicio de la guerra, lo que había dejado a muchas unidades mal preparadas para el combate. Además, los suministros de alimentos del ejército, en otro tiempo abundantes, habían menguado considerablemente, aunque los oficiales de rango superior y los responsables de operaciones especiales, como la de Bruno en su unidad de armamento químico, seguían teniendo acceso a raciones mejores. Los soldados rasos de primera línea habían pasado de comer un pan consistente acompañado de salchichas condimentadas a alimentarse de nabos hervidos, estofado de nabos y cabezas de zanahoria sucias. Y con el hambre de los soldados llegaba la fatiga, a la que no tardaba en seguir una apreciable bajada de la moral. Bruno había visto a jóvenes de ojos radiantes llegar al frente dispuestos a luchar por su patria. Pero, tras un año conociendo de cerca la muerte y el terror, aquellos mismos jóvenes, si no habían muerto ni habían quedado mutilados, habían envejecido siglos, y las miradas de sus ojos oscuros parecían huecas.

Cuando Bruno estaba a punto de terminar las anotaciones de su inventario de proyectiles, se le acercó corriendo un mensajero con las botas y la casaca manchadas de lodo.

—¿*Oberleutnant* Wahler? —le preguntó con la respiración entrecortada que se convertía en vaho en contacto con el aire frío.

—Sí.

—Esto es para usted, señor. —Le entregó una hoja doblada, lo saludó y desapareció.

Bruno desdobló la nota.

Por la presente se convoca al Oberleutnant Bruno Wahler a una reunión con Fritz Haber, director del Departamento de Química del Ministerio de la Guerra, que tendrá lugar a las 14:00 horas del 14 de enero de 1917. Lugar: Casa de huéspedes para oficiales de Lille.

Bruno se rascó la barbilla. Una reunión con Haber convocada con tan poca antelación no auguraba nada bueno. Consultó la hora y se dio cuenta de que, para llegar a tiempo, debía salir inmediatamente. Se dirigió a toda prisa a su refugio, donde, sobre su litera, encontró una carta de Anna dirigida a él. La metió, junto con algunos objetos personales, en una pequeña maleta de piel y se acercó a un hospital de campaña, donde consiguió sitio en una ambulancia a punto de partir hacia Lille. Se sentó en la parte trasera, sobre el suelo, entre las dos torres de literas en las que viajaban cuatro soldados heridos, el más grave de ellos un hombre con una pierna amputada de la que, a través del muñón vendado, brotaba pus. Un repugnante olor a gangrena le impregnó las fosas nasales. Para abstraerse un poco, sacó de la maleta la carta de Anna y empezó a leerla.

Querido Bruno:
Rezo por que estés a salvo y por que al recibo de esta carta te halles bien de salud y de ánimos. Qué considerado de tu parte interesarte por los suministros de comida en Oldemburgo. Hace meses que no se encuentran papas, y los envíos de provisiones son muy irregulares en el mejor de los casos. Con todo, Norbie ha conseguido algo de pan esta misma semana. Mi supervisor nos ha

proporcionado algunos nabos que en principio eran para alimen-
tar a los perros guía. Le agradezco mucho su generosidad, pero me
preocupa que, al dárnoslos a nosotros, los pastores alemanes va-
yan a pasar hambre.

«Eres un alma bondadosa, Anna —pensó Bruno—. Pero espero que no antepongas el bienestar de un perro al tuyo propio».

Estoy impaciente por verte, Bruno. Tacho en un calendario
los días que faltan para tu llegada. Me parece que hace siglos des-
de la última vez que estuvimos juntos. Sé que soy tonta por preo-
cuparme, pero a veces me pregunto si me verás igual. Estoy algo
flaca y trabajo demasiado, pero espero que me veas como me veías
antes.

«Por supuesto que sí». La ambulancia pasó por encima de un
bache, y Bruno rebotó en el suelo de la ambulancia. Trató de
mantener el equilibrio separando las piernas, y prosiguió con la
lectura.

Lo lamento mucho, pero no voy a poder tomarme tiempo libre en
el trabajo mientras estés aquí. Norbie y yo estamos alojando en casa
a un veterano ciego que se llama Max, y en la escuela de perros guía
me necesitan. La graduación de la promoción de veteranos se ha re-
trasado a causa del frío, y me encuentro en plenos entrenamientos
con Max y su pastor alemán, Nia. Pero quiero que sepas que estoy
impaciente por ir a Fráncfort a conocer a tu familia. Espero que en-
tiendas mi situación y que les transmitas lo triste que estoy por no
poder desplazarme en este momento. Imagino que tú sí querrás es-
tar junto a ellos durante tu permiso.

«No, no voy a ir a ver a mis padres —pensó Bruno—. Ni siquiera les he escrito para informarlos del permiso».

Me encanta saber que te gusta la música. Te lo preguntaba por-
que Max es un pianista extraordinario. Toca para Norbie y para mí
por las noches, y está trabajando en una composición que yo le

ayudo a transcribir en el pentagrama. Max y Nia te caerán bien. A
él le he hablado de ti y tiene muchas ganas de conocerte.

—*Wasser* —balbuceó un soldado levantando las manos temblorosas y envueltas en vendajes de emergencia—. *Wasser.*
Bruno encontró una cantimplora en uno de los botiquines, le vertió un poco de agua en la boca y retomó la lectura de la carta.

Me parte el corazón saber lo mal que te sientes al tener que combatir. El frente es un lugar espantoso, y yo rezo todos los días por que esta matanza sin sentido llegue a su fin. Tú estás haciendo lo que te obligan a hacer. Entiendo que no tienes elección en este asunto, y espero que tú también lo veas así. Y, en respuesta a la pregunta que me planteabas en tu última carta, mi respuesta es que sí: sí creo que todos los pecados pueden perdonarse.
Tu prometida,

Anna

«Es posible que la exculpación de mis crímenes no sea posible», pensó Bruno.
Los gemidos y los gritos de dolor crecían a medida que las condiciones de la carretera empeoraban y los heridos, en sus literas, no conseguían permanecer quietos. Él hacía esfuerzos por ahuyentar la angustia e ignorar el dolor y el sufrimiento que resonaban en el interior del vehículo. El resto del trayecto lo pasó con los ojos cerrados y la cabeza hundida entre las rodillas.
A pesar de su empeño en ser puntual, llegó a Lille con más de una hora de retraso, pues la ambulancia quedó atrapada en el lodo en dos ocasiones.
Al llegar a la casa de huéspedes de los oficiales, Bruno, lleno de aprensión, subió los peldaños de la entrada y llamó a la puerta. Al cabo de unos segundos oyó unos pasos delicados en el interior, y alguien abrió.
—Bruno —lo saludó Celeste, recibiéndolo con dos besos en las mejillas—. Haber ya está en la sala.
Él permaneció unos instantes en silencio, mirándola a los ojos.

—¿Cómo estás?

Ella sonrió.

—Estoy bien. ¿Y tú?

—Bien también —mintió.

—Me alegro de verte —dijo ella.

—Y yo.

Celeste se fijó en la maleta de mano.

—¿Te quedas?

—No lo sé —respondió él—. He traído algunas cosas por si Haber requiere mi presencia en Lille.

—Lo dejaré en tu dormitorio. —Le recogió el abrigo y la maleta de piel y, al hacerlo, le rozó la mano con los dedos.

A la mente de Bruno regresaron las imágenes de sus cuerpos desnudos, y el sentimiento de culpa le encogió el estómago. Se quitó la gorra y se la apoyó en el pecho.

—Me habría gustado decirte algo más cuando me fui. Me siento mal por haber dejado las cosas así entre nosotros la última vez.

Celeste colocó la maleta delante de ella, como si quisiera crear una barrera entre los dos.

—Podemos hablar más tarde. Haber te está esperando.

Bruno asintió. Se dirigió al salón, donde encontró a su superior sentado a una mesa, con un periódico abierto y una botella de vino a medio beber.

Al oírlo entrar, Haber bajó el periódico y frunció el ceño.

—Llega tarde.

—Lo siento, señor. He venido en cuanto he recibido su mensaje.

—Está hecho un desastre —observó el oficial, fijándose en sus botas cubiertas de lodo.

—Me ha traído una ambulancia que se ha quedado atascada en el lodo. El conductor me ha pedido ayuda para sacarla y para descargar y volver a cargar a los soldados heridos.

—Cuento con que delegue en otros las tareas menores —replicó Haber—. Tiene cuestiones más importantes de las que ocuparse.

—Sí, señor —dijo Bruno.

Haber señaló una silla.

Bruno se sentó.

Haber se colocó bien los lentes quevedos y observó a Bruno.

—Esperaba que pudiéramos tomarnos un vino mientras conversábamos, pero ya es demasiado tarde. Mi tren sale en breve.

—Quizá podamos tomar una copa juntos en otra ocasión, señor.

Haber le dio un trago a la suya y asintió.

—Señor, ¿cómo avanza el proyecto de arma de mostaza sulfurada? —le preguntó Bruno con la esperanza de cambiar de tema.

Haber suavizó el gesto.

—Bien. El agente que esperábamos que provocara diversos tipos de quemaduras químicas, así como sangrados y llagas en el aparato respiratorio, está resultando mucho más potente de lo que habíamos anticipado.

Bruno notó una especie de ardor en la boca del estómago. Tragó saliva.

—Eso son buenas noticias —dijo.

—Quiero que se ocupe de implementar su uso en el mes de julio.

—Será un privilegio.

Haber esbozó una sonrisa fugaz.

—¿Ha escogido ya un punto en el que usar el gas mostaza? —preguntó Bruno.

Haber juntó las manos por las yemas de los dedos.

—Ypres.

«En el mismo sitio en el que lanzamos el primer ataque con gas». El recuerdo de la nube verde de cloro flotando sobre tierra de nadie y asfixiando a centenares de hombres a su paso regresó a la mente de Bruno. Se agarró a los brazos de la silla haciendo esfuerzos por disimular la repugnancia.

—Seguro que lo ha pensado mucho antes de decidir la ubicación. No tengo duda de que el nuevo agente químico será un éxito, y le agradezco que me mantenga informado.

—No hay de qué, Bruno, pero no es por eso por lo que lo he convocado.

Él se echó hacia delante.

—No me pasa por alto que ha estado comportándose de manera temeraria —dijo Haber.

A Bruno se le agarrotaron los hombros.

—¿Es cierto que intentó llegar a la primera línea en pleno bombardeo enemigo?

Bruno se revolvió un poco en su asiento. «Lo sabe».

—Es correcto, señor. Estuve intentando contactar con el general Kainz, de artillería, a fin de convencerlo de que usara las bombas de gas y no solo los explosivos convencionales. Pero resultó que el general no se hallaba en el refugio de primera línea, donde me habían indicado que lo encontraría.

—¿Acaso desea morir? —soltó Haber.

—No, señor.

—Pues no lo parece. Si quiere vivir, actúe en consecuencia.

—Sí, señor.

Haber agitó el vino en la copa.

—Lo necesito vivo. Ha de ser usted quien lance mi nuevo armamento, un armamento que infundirá miedo en el enemigo y llevará a nuestro imperio a la victoria.

Bruno asintió.

—Le queda mucho por vivir, Bruno. Su padre se está convirtiendo en un hombre inmensamente rico gracias a sus contratos de suministros con el Ejército Imperial Alemán. Cuando acabe la guerra, ocupará usted un cargo de prestigio en la Wahler Farbwerke y vivirá una vida de lujo.

«A menos que nos condenen a pena de muerte por crímenes de guerra», pensó Bruno.

—Quiero que se quede en Lille para supervisar la distribución de bombas de fosgeno hasta que empiece el permiso —explicó Haber—. Descanse en Alemania. Cuando vuelva al frente, tendrá la mente y el cuerpo renovados para ejecutar el siguiente paso de la guerra química alemana.

—Estaré listo, señor —dijo Bruno.

—*Gut*. —Haber apuró la copa y miró fijamente a Bruno—. Por curiosidad, ¿consiguió influir en el general para que usara el gas?

—Sí —respondió él—. La ratio de proyectiles de gas respecto de las bombas convencionales es ahora de una de cada tres.

Haber se puso de pie y le puso una mano en el hombro.

—Bien hecho.

—*Danke* —dijo Bruno haciendo esfuerzos por contener la repugnancia que le provocaba el tacto de su superior.

Haber recogió el abrigo que había colgado en el respaldo de la silla y salió de la sala.

Bruno, aliviado, inspiró hondo y soltó el aire lentamente. Levantó la copa limpia que estaba en la mesa y la llenó de vino blanco. Se lo bebió de un trago, sin apreciar apenas su sabor intenso y afrutado, y volvió a servirse. Pasó varios minutos bebiéndose el vino de Haber, esperando a que el alcohol adormeciera su dolor.

Celeste entró en el salón con una taza humeante.

—¿Te molesto?

—No —respondió Bruno sin levantarse de la silla.

—Es té. —Le puso la taza delante—. Tal vez te haga sentir mejor que el vino.

Él enderezó la espalda y la miró.

—*Danke*.

—¿Te quedas?

—Sí.

—Me alegro. —Se pasó unos mechones de pelo suelto por detrás de las orejas—. ¿Quieres que te prepare algo de comer?

—Quizá más tarde. —Quiso levantar la taza, pero le temblaba tanto la mano que se derramó el té en la guerrera. La dejó sobre la mesa y se frotó la ropa—. Lo siento. Tengo los nervios alterados.

—No pasa nada. —Con una de las servilletas de la mesa y con gran cuidado, Celeste le secó la ropa.

Él la miró a los ojos.

Ella se detuvo y le apoyó la mano en el pecho.

Bruno agarró la servilleta, pero, en vez de quedársela, sus dedos gravitaron hacia los de ella. Se le aceleró el pulso.

Sin levantarse de la silla, acercó las manos a las caderas de ella, y desde allí fue arrastrando las palmas hasta la zona baja de su espalda. Atrayéndola hacia sí, apoyó la mejilla en su pecho.

—Aquí estás a salvo —le susurró Celeste.

Él aspiró muy hondo para captar el perfume a lilas. Oyó los latidos de su corazón, que le revoloteaban en el oído. Ella, con delicadeza, le pasó los dedos por los cabellos de la nuca.

Bruno la abrazó y sintió que sus cuerpos se acoplaban. «No puedo hacerlo», intentaba convencerse a sí mismo. Pero su mente y su corazón, cansados, destrozados, deseaban desesperadamente recibir consuelo, fueran cuales fuesen las consecuencias. «Después de la guerra cambiaré», se dijo a sí mismo. Se puso de pie y pasó las manos por el vestido de Celeste. Sus labios se encontraron, y el dolor que sentía se esfumó.

Era la séptima mañana de Bruno en la casa de huéspedes. Se dio la vuelta en la cama y fue al encuentro del calor del cuerpo de Celeste. Al resplandor apagado del alba que se colaba por un resquicio de las cortinas, contempló su pecho, que subía y bajaba al ritmo de su respiración. A diferencia de los días anteriores, en los que había trabajado en el arsenal para regresar por las tardes y estar con Celeste, esa mañana marcaba el fin del tiempo que pasarían juntos. En pocas horas, partiría para disfrutar de su permiso de dos semanas en Oldemburgo, Alemania. Curiosamente, se sentía culpable, pero a la vez tenía la sensación de estar en deuda. El tiempo que había compartido con Celeste había calmado el nerviosismo que lo atenazaba y lo había ayudado a olvidar, aunque solo fuera de forma temporal, los actos perversos que había perpetrado en nombre de Haber y del Ejército Imperial Alemán. Habían dormido todas las noches en su dormitorio. Pero a Bruno le parecía que su intimidad iba mucho más allá del placer físico, pues eran las conversaciones las que los habían mantenido despiertos hasta altas horas de la madrugada. Habían hablado del pasado y de cómo les gustaría que fuera su vida después de la guerra, aunque los dos sabían que seguirían caminos divergentes. Y todas las noches, a la luz de las velas, Celeste le leía *Alcoholes*, un libro de poemas de Guillaume Apollinaire. Al principio, ella se los traducía al alemán, pero él prefería que se los recitara en francés para perderse en la cadencia y el timbre de su voz. Había llegado a sentirse muy unido a Celeste.

Era amable, comprensiva y muy guapa. A Bruno le parecía que lo que compartían era algo más que compañía, pero algo menos que devoción.

Bruno le acarició el hombro desnudo con el pulgar.

Ella se revolvió un poco y abrió los ojos.

—Buenos días —susurró.

—¿Cómo has dormido? —le preguntó él.

—Bien. —Se pegó a él y apoyó la cabeza en su pecho.

Él le dio un beso en el pelo.

—Me gustaría preguntarte algo antes de que te vayas.

—Claro.

—¿La quieres?

Él inspiró hondo.

—Sí.

Celeste le pasó un dedo por el pecho, como resiguiendo el dibujo de las costillas.

—¿Te acordarás de mí?

Él se sentó en la cama y la miró a los ojos.

—Siempre.

Se abrazaron, y sus frentes se tocaron. Celeste le besó la mejilla y se levantó de la cama.

—Ven conmigo —le dijo ella mientras se vestía—. Te prepararé el desayuno antes de que te vayas a la estación.

Bruno asintió.

Ella se puso los zapatos, salió del dormitorio y cerró la puerta.

Bruno salió de la cama. Se vistió enseguida, metió sus cosas en la maleta de piel y bajó deprisa, para poder pasar algo más de tiempo con ella. Entró en la cocina y al momento le llegó el chisporroteo de carne asándose en el sartén de hierro. Y un olor a tocino frito.

—Huele muy bien —le dijo, acercándose a ella.

Ella se volteó y se tocó la barriga con la mano.

—¿Estás bien?

Celeste estaba muy pálida. Se llevó la mano a la boca y corrió hasta el fregadero, donde vomitó.

—¿Te ayudo en algo?

—Déjame —dijo ella—. Se me pasará enseguida.

Ignorándola, le puso la mano en la espalda, y notó que se le agarrotaban los músculos con la siguiente arcada.

Celeste respiró hondo varias veces y su cuerpo se relajó. Con los ojos rojos, se incorporó y lo miró fijamente.

Bruno fue a buscar un paño y se lo ofreció.

Ella se secó la boca.

Bruno tragó saliva.

—¿Cuánto tiempo llevas encontrándote mal?

Celeste estaba temblando.

—Los últimos tres días.

Él le agarró las manos.

—¿Estás...?

Las lágrimas asomaron a los ojos de Celeste.

—Creo que estoy embarazada.

Capítulo 25

Anna, acompañada de Max y Nia, estaba ya en el andén cuando el tren de la tarde apareció, traqueteante, en la estación de Oldemburgo. Se le aceleró el pulso al oír que las ruedas chirriaban sobre los raíles de acero. Aunque estaba emocionada por volver a ver a Bruno, en su interior sentía un ligero desasosiego. «Hace mucho tiempo que no estamos juntos. Espero que las cosas sigan igual entre los dos». En un intento de ahuyentar sus preocupaciones, se quitó los guantes de piel y acarició a Nia. La perra la miró y empezó a jadear. Su aliento inundó de vaho el aire frío.

—Qué buena eres, Nia —dijo Anna.

Ella agitó la cola.

—¿Lo ves? —le preguntó Max cuando el tren se detuvo entre silbidos.

Anna, a través de las ventanillas del vagón que tenían delante, se fijó en los pasajeros que aún seguían sentados.

—Todavía no.

Las puertas se abrieron y los pasajeros, mezcla de civiles y soldados, descendieron al andén.

Anna se puso de puntillas, pero la cantidad de gente, cada vez mayor, le impedía ver nada. Dejó a Max y a Nia y se abrió paso por entre la multitud, como un salmón nadando a contracorriente antes de desovar. Pero transcurridos unos minutos, los pasajeros ya habían abandonado la estación y el andén estaba vacío, salvo por Anna, Max y Nia.

Anna se notaba los hombros agarrotados.

—No está aquí —le comentó a Max.

—Adelante —le ordenó él a Nia. Se pusieron en marcha en dirección a ella, y él comenzó a dar golpecitos en el suelo con el bastón—. *Halt.*

Nia se detuvo.

—Seguro que está bien —la tranquilizó él—. Es habitual que los trenes se retrasen, y más en las rutas que vienen del frente.

—Sí —dijo Anna poco convencida.

—¿Estás bien?

—Estoy decepcionada —respondió Anna, que optó por no compartir con él el desasosiego que había sentido ante la idea del reencuentro con Bruno. «Me estoy volviendo loca. Estamos prometidos y yo debería sentir una alegría inmensa por encontrarme con él».

—Lo siento —dijo Max, separando el codo del cuerpo—. Vámonos. Ya lo celebraremos mañana, cuando Bruno esté en casa.

—Gracias. —Anna lo agarró del brazo, y los tres juntos salieron de la estación.

Anna había dedicado las noches anteriores a preparar la casa para la llegada de Bruno. Había cepillado los suelos, limpiado las ventanas y lavado las sábanas. Para darle un poco de calor a la cocina, había puesto flores secas, que llevaban desde el verano anterior colgadas de un gancho en el taller de su padre, en un jarrón de cerámica que había colocado en la mesa. Aunque la vez anterior, cuando Bruno la cortejaba, se había alojado en una casa de huéspedes de la ciudad, ahora Norbie había insistido en que se quedara con ellos. Su idea era que el prometido de su hija ocupara su dormitorio y él dormir en el taller.

—Ya dormirás con él la noche de bodas —había declarado Norbie, montando una cama plegable junto a su mesa de trabajo.

Anna admiraba y valoraba la buena educación de su padre, y más teniendo en cuenta que debía de suponer que ellos dos ya habían intimado, dado el tiempo que ella había pasado en la casa de huéspedes durante su último permiso militar.

Anna siempre había pensado que llegaría virgen al matrimonio, pero las cosas habían cambiado cuando conoció a Bruno. Era un joven encantador, atento, y la había hecho sentir cómoda. Finalmente, había aceptado su invitación y se había reunido con él en su dormitorio de la casa de huéspedes, donde Bruno había compartido con ella sus temores de regresar a los combates y su anhelo de apoyo físico, de intimidad. A ella se le ablandó el corazón. Como enfermera, había oído muchas historias de soldados que pedían a sus novias o prometidas mantener relaciones sexuales. La guerra había ejercido una inmensa presión sobre los hombres del frente, así como sobre las mujeres, que hacían lo que podían por sobrevivir en casa, y a Anna le parecía que las pautas sexuales tradicionales empezaban a perder vigencia. Aun así, había declinado amablemente la propuesta de Bruno alegando que debían esperar a estar casados. Pero con el paso de los días, y cada vez más próxima la fecha de su regreso al frente, acabó por aceptar su invitación. «Estamos prometidos, vamos a casarnos —se justificó a sí misma antes de meterse en su cama—. Quiero que vivamos la experiencia de estar juntos por si le ocurriera algo horrible en la guerra». Para Anna, aquella primera relación sexual fue rara, y más dolorosa que agradable. «Lo que he hecho ya no puede deshacerse», pensó, acurrucada a su lado. Aunque no lamentaba su decisión, esperaba que la próxima vez que estuvieran juntos fuera en su noche de bodas.

Aunque los cambios que planteó Norbie ante la visita de Bruno no eran ideales, Anna supuso que Bruno los aceptaría. De todos modos, dadas sus obligaciones en la escuela de perros guía, a Anna le aliviaba saber que no tendría que sacrificar parte del tiempo que pasaba con Max y Nia para estar con Bruno. Le parecía muy importante mantenerse concentrada en sus responsabilidades como instructora, y más ahora, pues Fleck ya contaba con otros pastores alemanes que podían sustituir a Nia. La semana anterior, las perras que habían contraído la traqueobronquitis ya se habían reincorporado al grupo gracias a las hierbas medicinales de Emmi, que habían reducido su tos y acelerado su recuperación. Anna se alegraba de volver a ver a las perras, sanas y contentas, a pesar de que eso significaba que Nia y ella podían ser reemplazadas en cualquier momento por otro instructor y otro pastor alemán. Pero, para su asombro, Fleck siguió permitiéndoles trabajar con Max a las dos. Aunque no se había comprometido a asignarle a Nia de manera permanente,

Anna creía que los dos seguirían juntos siempre y cuando ella no estropeara mucho las cosas. Hora tras hora, día tras día, continuaba entrenándolos en evitación de obstáculos, trabajo con tráfico, manejo de caminos de campo sin asfaltar, cruces y control del espacio, para asegurar que Nia le dejara hueco suficiente a Max teniendo en cuenta su altura y su anchura. Anna seguía las indicaciones de Fleck para conseguir la ejecución precisa, y estaba más decidida que nunca a que Max pudiera graduarse y llevarse consigo a la perra.

Con todo, el mal tiempo de ese invierno había dificultado los entrenamientos, y el frío seguía siendo anómalo. Casi siempre se hallaban bajo cero, y las aceras estaban cubiertas de grandes montículos de nieve y hielo, lo que hacía que caminar por ellas resultara peligroso para los veteranos de guerra y sus pastores alemanes. Así pues, Fleck había modificado el programa para que pudieran trabajar parte del tiempo resguardados, en el ayuntamiento de la ciudad y en la iglesia de San Lamberto. A diferencia de Waldemar, que no le había permitido a Max entrar en un lugar de culto luterano, Fleck no le había puesto la menor objeción por ser judío. A Anna le encantaba la idea de que él pudiera explorar aquel templo con apariencia de castillo, aspirar el olor de las maderas antiguas y oír los ecos de las voces, que reverberaban en el vasto espacio. Y Max pareció sentirse especialmente orgulloso cuando Nia y él lograron subir al altísimo campanario y apoyar las manos en el gigantesco mecanismo que Norbie mantenía en funcionamiento, aunque para ello hubieran tenido que detenerse en diversas ocasiones para recobrar el aliento.

A pesar de que las cosas iban bien en la escuela de perros guía, no podía decirse lo mismo del suministro de alimentos en Oldemburgo. Los envíos de raciones de comida, que consistían sobre todo en nabos y pan negro mezclado con aserrín eran, en el mejor de los casos, infrecuentes. Los ciudadanos de Oldemburgo se veían fatigados, ojerosos y demacrados. Según se rumoreaba, había gente, sobre todo entre las personas de más edad y los niños pequeños, que moría de hambre. Y según sabía Emmi, por su relación con una de las enfermeras del hospital (que hablaba de pacientes, esqueléticos de tanto comer caldos aguados y nabos, que morían en sus camas), aquellos rumores tenían fundamento. Las escasísimas raciones que recibían no bastaban para asegurarles una nutrición mínima. De no haber sido porque Max compartía con ellos los almuerzos que le asignaba el ejército, y porque Fleck les había proporcionado otro saco de nabos, Anna no habría conservado las fuerzas para seguir entrenando.

Anna, Max y Nia llegaron de la estación de trenes cuando el sol ya se había puesto hacía un buen rato. Helados, hambrientos, entraron enseguida en la cocina, donde Norbie ya preparaba la cena.

—Bruno no iba en el tren —le informó Anna, quitándose el abrigo.

—Lo siento. —Norbie apartó el sartén del fuego y le dio un abrazo—. Esos trenes son tan fiables como mi viejo reloj de péndulo. —La apretó con fuerza—. Llegará mañana por la mañana.

—Sí —dijo ella, agradecida por la inyección de confianza.

Su padre la soltó y esbozó una sonrisa.

—He preparado tortitas de nabo. Le guardaremos una a Bruno.

—*Danke* —dijo ella.

Cenaron juntos y, como cada noche, al terminar pasaron al salón. Max tocó el piano, alternando piezas clásicas con otras populares, hasta que Norbie se cansó y se retiró. Entonces, Anna fue por hojas pentagramadas y un lápiz y se sentó junto a Max al piano.

—Ha sido un día duro —le comentó él, apoyando las manos en el teclado—. Mejor que hoy nos saltemos las anotaciones. Así mañana estarás más descansada para entrenar y para encontrarte con Bruno.

—No —se opuso Anna, arrellanándose más en el banco—. Debemos terminar de anotar tu composición.

—No hay prisa.

—Pero es que yo prefiero seguir trabajando —insistió. «Si me acuesto ahora, no haré más que preocuparme por Bruno. Me sentiré mejor aquí, contigo».—. Ahora bien, si tú estás demasiado cansado para tocar, no dudes en ir a descansar.

—Yo estoy bien —dijo él—. He estado ensayando mentalmente el siguiente movimiento de la *Suite de la luz*. ¿Quieres oírlo?

—Me encantaría —respondió ella—. Tu música me resulta cautivadora; consigue que me olvide de la guerra.

—Entonces tocaré hasta el amanecer, o hasta que se firme algún tratado de paz, lo que prefieras.

Anna sonrió.

Él colocó los dedos sobre las teclas y empezó a tocar. El movimiento se iniciaba con una serie de progresiones de acordes muy bellas pero tristes. Un mal presagio cruzó la mente de Anna. Cerró los ojos e imaginó un frágil barquito de papel flotando en el inmenso mar. Con la mano derecha, Max añadió una melodía delicada a los acordes. Sus dedos danzaban sobre las teclas y la música se volvió más intensa. Durante varios minutos, Anna escuchó la pieza, que Max interpretaba sin esfuerzo aparente, como si la hubiera ensayado durante años. Entonces la música cesó y siguieron unos segundos de silencio, antes de que Nia agitara la cola, golpeándola contra el suelo.

—¿Qué te parece? —le preguntó él en voz baja.

Anna suspiró y abrió los ojos.

—Es magnífico.

—¿Lo piensas de veras?

—Sí.

—Quiero introducir algunos cambios —le explicó él—. Pero lo que has oído es básicamente la música que llevo unos días destilando en mi cerebro.

—Yo no cambiaría nada. —Partes de la pieza resonaban en su mente—. Al principio me he sentido sola y triste, pero a medida que el movimiento avanzaba he empezado a sentir esperanza, como si hubiera una razón para luchar, a pesar de lo turbulento de los tiempos.

Max se llevó una mano a la barbilla, como si estuviera analizando su reacción a la pieza.

—Sí... —reiteró Anna—. He sentido esperanza.

—Me alegro.

Max apoyó las manos en las piernas y se volteó hacia Anna.

—¿Y qué es lo que esperas?

Ella inspiró hondo, sopesando la pregunta.

—Que termine la guerra. Que haya abundancia para los alemanes. Que Bruno esté bien. —Anna se retorció un poco la manga—. Y que Nia sea tu guía.

—Esas cosas están muy bien, pero todas son esperanzas que albergas para los demás. ¿Cuáles son tus esperanzas para ti misma?

—Bien, para empezar, espero que Fleck siga permitiéndome entrenar.

—Te lo permitirá —le aseguró Max—. No consentirá que la mejor entrenadora de Alemania deje la escuela.

Ella sonrió.

—¿Qué otras esperanzas tienes?

En ese instante cruzó su mente el recuerdo de Norbie y de su madre agarrados de la mano.

—Vivir algún día el mismo tipo de relación sentimental que tuvieron mis padres... Llena de risas y de afecto.

Max esbozó una sonrisa.

—¿Te gustaría tener hijos?

—Sí —respondió ella—. Dos.

—Lo tienes muy calculado.

Anna soltó una carcajada.

—Supongo que sí. Como soy hija única, siempre he querido tener un hermano.

—Yo también —dijo él—. Bruno y tú tendrán una buena vida.

Ella asintió, a pesar de la ligera aprensión que sentía en la boca del estómago.

—¿Cuáles son tus esperanzas?

—Que adiestres a tantos perros guía que todos los ciegos de Alemania puedan tener uno.

—Haré lo que pueda. —Le dio un codazo—. Pero me refería a algo que desees para ti.

Max tomó aire.

—Nada más.

—Tiene que haber algo que desees —dijo Anna.

Max se volteó hacia ella.

—Mis deseos ya se han cumplido... Me has ayudado a recuperar la pasión por tocar el piano, y me has dado a Nia.

—Es muy considerado de tu parte decir eso —contestó Anna—. ¿Y no te gustaría tener a una persona con la que compartir la vida?

Él negó con la cabeza.

—Sé que es algo pronto para que te lo plantees ahora, después de lo que te ha ocurrido con Wilhelmina, pero tienes todo el futuro por delante.

—Antes esperaba que fuera así, pero ahora ya no sé si esa será una opción en mi caso.

—Sigue siéndolo —insistió ella—. Eres un hombre amable y bien parecido, y un pianista brillante. Algún día actuarás en el Musikverein de Viena, y habrá montones de mujeres interesadas en captar tu atención. Dispondrás de muchas oportunidades para encontrar a la persona adecuada.

Max pasaba los dedos una y otra vez por uno de los botones de su camisa.

—Te estás ruborizando —le comentó Anna al fijarse en que tenía las mejillas ligeramente coloradas.

—Eso parece —dijo Max. Estiró los brazos y volvió a posar las manos sobre las teclas—. ¿Qué te parece si seguimos anotando un poco más antes de que me canse y me quede dormido?

—Está bien —convino Anna, algo decepcionada al comprobar que la conversación que mantenían acababa de pronto.

Durante horas, Max tocó mientras Anna anotaba en el papel pentagramado. Como habían hecho en el movimiento anterior, avanzaban paso a paso, repitiendo cada compás una y otra vez hasta que estaban seguros de tenerlo todo bien anotado. Enfrascados en la tarea de pasar la pieza al papel, siguieron trabajando hasta que, desde el taller de Norbie, les llegó el estrépito de las campanillas de todos los relojes.

Anna contó los toques mentalmente.

—Son las doce de la noche.

Max se puso de pie y le alargó la mano.

—Es hora de que te acuestes.

Anna se la agarró y se levantó. Él la retiró, y ella dejó las páginas con las anotaciones en el compartimento del banco.

—Ven, Nia —dijo Max—. Voy a sacarte a la calle.

La perra se levantó y se desperezó, arqueando el lomo.

—Buenas noches, Anna —se despidió Max sujetando con fuerza el arnés—. Que duermas bien.

Anna apagó el quinqué y el salón quedó a oscuras. Mientras palpaba la pared para orientarse, oyó un gran estruendo que le dijo que Max estaba rodando escaleras abajo. «¡Oh, no!» El pulso se le aceleró.

Nia empezó a ladrar.

A Anna se le había helado la sangre, pero salió corriendo hacia la escalera.

—¡Max!

Escrutó la negrura del taller de Norbie y aguardó su respuesta, pero solo le llegó el lloriqueo de Nia.

Capítulo 26

Anna bajó corriendo la escalera del taller, a oscuras.

—¡Max! —gritó, arrodillándose y alargando los brazos. Notó en la mano el lametón de Nia, y gracias a ella pudo localizar a Max, que se encontraba tendido en el suelo, bocabajo.

«Dios mío». El corazón estaba a punto de salírsele del pecho.

—Max, ¿me oyes?

Nia lloriqueaba.

Le pasó las manos por la columna vertebral con gran cuidado en busca de heridas, e hizo lo mismo con la nuca y la cabeza.

—Max —repitió ella con voz temblorosa.

Él gruñó.

—¿Puedes hablar?

—Sí —balbució Max.

Nia agitó la cola varias veces, golpeando a Anna en las piernas.

Ella notó que Max hacía el intento de incorporarse.

—Espera. ¿Estás herido?

—La boca me sabe a cobre —respondió él—. Puede que me esté sangrando la nariz.

—¿Te duele algo más?

—*Nein*.

«Gracias a Dios».

—Vamos a descansar un momento. —Anna lo ayudó a incorporarse en el suelo, y a continuación se sentó detrás de él con las piernas separadas—. Apóyate en mí.

Max recostó la espalda en su pecho. Con esfuerzo, se sacó un pañuelo del bolsillo y se secó la nariz.

—Estoy bien. Solo me sangra la nariz.

Anna inspiró hondo y soltó el aire, aliviada. Lo rodeó con sus brazos y sintió el vaivén de su diafragma al respirar.

—Podrías haberte roto el cuello. —Las lágrimas se agolpaban en sus ojos.

—Pero no me lo he roto.

Nia se acurrucó a sus pies, como si sintiera la necesidad de protegerlos.

—¿Qué ha ocurrido? —le preguntó Anna, apoyándole una mejilla en el hombro.

—Cuando bajaba la escalera, me he mareado un poco. Debo de haberme saltado un peldaño y he tropezado.

—¿Te habías mareado antes?

—No.

—¿Cuánto has comido hoy?

—Lo suficiente.

—¿Comes algo de lo que te da el ejército para almorzar?

—Un poco.

A Anna le dio un vuelco el corazón.

—No puedes regalarnos siempre toda tu comida. Entrenas todo el día, y te hace falta todo lo que te asignan para mantener las fuerzas.

—Tú también necesitas alimentarte más —replicó Max.

—Pero yo soy más menuda que tú.

—Sí, pero Norbie y tú deben alimentarse de algo más que de nabos y de algún que otro pedazo de pan negro —insistió él—. Vamos en el mismo barco, ¿te acuerdas?

Ella quería seguir discutiendo con él, pero en lugar de hacerlo lo abrazó con más fuerza.

—Casi me matas del susto.

—Lo siento. —Le cubrió una mano con la palma de la suya.

Anna acercó más la cara.

Por encima de ellos se oyó el crujido de unos tablones de madera, y por la escalera apareció una luz.

—¡Anna! ¡Max! —Norbie, con el abrigo puesto sobre la pijama, bajaba con una vela en la mano, cuya mecha cubría con la otra para impedir que se apagara—. He oído un ruido. ¿Están bien?

Anna sintió que Max retiraba la mano.

—Sí —respondió Max—. He tropezado y me he caído por la escalera.

Se puso de pie con cuidado y ayudó a Anna a levantarse. La luz de la vela parpadeaba en su cara.

Anna le quitó el pañuelo y le limpió un resto de sangre de la nariz.

—No parece que te la hayas roto.

—*Danke* —dijo Max recuperando el pañuelo. Se volteó hacia Norbie—. Siento haberlo despertado.

—No te preocupes, hijo —contestó él apoyándole una mano en el hombro—. ¿Seguro que estás bien?

Max asintió. Alargó la mano para localizar a Nia y le acarició la cabeza.

—Tú no has tenido la culpa, Nia. Lo has hecho muy bien ayudándome a encontrar la barandilla. El descuidado he sido yo.

Nia arrimó el hocico a su pierna.

—Tendré que sacarte ya, ¿no te parece? —añadió, rascándole las orejas.

—Voy contigo —propuso Anna.

Max negó con la cabeza.

—Te agradezco el ofrecimiento, pero no tardaré en vivir solo. Seguramente tropezaré y me equivocaré muchas veces en el futuro, así que lo mejor será que Nia y yo aprendamos a enfrentarnos a esas cosas juntos.

—Está bien —accedió Anna, y fue consciente de que le dolía oír aquella verdad.

—Gracias por tu ayuda, Anna —dijo Max—. Y, Norbie, te agradezco que hayas bajado a ver cómo estaba.

—No hay de qué.

Una ráfaga de aire helado hizo estremecer a Anna. El corazón le decía que debía esperar a que Max regresara del jardín y subiera la escalera, pero su cerebro entendía que Max tenía razón: era mejor dejar que se recuperara del accidente por su cuenta. A regañadientes, subió los dos tramos de escalera detrás de Norbie, y al llegar al rellano se desearon las buenas noches por segunda vez y cada uno se metió en su dormitorio.

Anna se cambió de ropa, se puso un suéter de lana encima de todo para no pasar frío y se metió en la cama bajo varias mantas. A los pocos minutos oyó el arrastrar de unas botas y el repicar de patas en el pasillo, seguidos del crujido de una puerta al abrirse. «Gracias a Dios». Con la adrenalina circulando aún por sus venas, recitó dos oraciones: una por Bruno y otra por Max.

Pero mucho después de acostarse seguía despierta y revivía mentalmente la caída de Max y el miedo, a que estuviera herido o algo peor, que había atenazado su corazón.

Pasaron tres días, pero Bruno seguía sin llegar a Oldemburgo, y Anna no había recibido ninguna carta, ningún telegrama que le informara de su paradero. Tanto su padre como Max le habían asegurado que los desplazamientos de los soldados desde el frente solían acumular retrasos, y que Bruno acabaría llegando tarde o temprano, pero con el paso del tiempo su preocupación aumentaba. Para distraerse, se sumergía en el adiestramiento de perros guía y por las noches se quedaba despierta hasta tarde, hasta que se le cerraban los ojos, transcribiendo la composición musical de Max. Además de trabajar duro, Anna velaba por que Max se alimentara lo suficiente e impedir así más episodios de fatiga. Dado que él se mantenía firme en su decisión de compartir las raciones diarias que recibía del ejército con ella y con Norbie, Anna recurría a artimañas para alterar las cantidades. En las comidas, le daba a él la tortita de nabo más grande o le servía una cucharada más de sopa de poro. Pero en una ocasión insistió en ayudarla a llevar los platos de comida hasta la mesa y descubrió, al examinar con los dedos las rebanadas de pan negro, que a él le servía la porción mayor. Después de eso, había decidido cortar la rebanada de Max el doble de gruesa que las suyas y comprimirla luego con la mano para que tuviera el mismo grosor que las otras. De ese modo, su pan parecía igual pero era el doble de denso. «Así se alimentará un poco más, aunque es cierto que el pan contiene pulpa de madera».

Su empeño en combatir el cansancio de Max proporcionándole más comida había dado sus frutos. Los últimos días, a pesar de la dureza de los entrenamientos en el circuito de obstáculos y de los largos recorridos por las calles empedradas, expuesto al frío, no había vuelto a marearse, aunque en ocasiones debía detenerse unos instantes a recobrar el aliento. «Es por el gas, ya sabes», le comentaba a menudo a Anna mientras se paraba a respirar hondo. No era raro que los veteranos de guerra tuvieran otras dolencias además de la ceguera. De hecho, muchos de los que asistían al curso padecían otros males: uno caminaba tambaleándose a causa de la metralla que tenía metida en una pierna, y otro debía entrenar desde el otro lado de su perro guía por un daño nervioso en el brazo izquierdo. A Anna le desanimaba pensar que los veteranos, incluso habiendo recobrado su autonomía gracias a un perro guía, tendrían que seguir luchando contra enfermedades mucho después del fin de la guerra.

Al poner fin a un tedioso día de entrenamiento, Anna, Max y Nia se dirigieron a la estación a esperar la llegada del tren de la tarde. Y, como los días anteriores, los pasajeros abandonaron los vagones, mezclándose en los andenes y el vestíbulo, y se alejaron dejándolos solos a los tres.

Anna sentía una punzada en el estómago.

—Me preocupa que le haya ocurrido algo malo.

—Está bien, seguro —dijo Max acercándose más a ella, guiado por Nia.

—¿Cómo lo sabes?

Max permaneció en silencio unos instantes, como si estuviera escogiendo cuidadosamente las palabras.

—Nuestro ejército es muy eficiente a la hora de notificar a las familias los acontecimientos desgraciados. Los padres de Bruno ya te habrían informado si le hubiera ocurrido algo.

Anna soltó un profundo suspiro.

—Además, es frecuente que cambien las fechas de los permisos con poca antelación. Seguramente te habrá escrito una carta para comunicarte cuándo viene.

—Eso espero —dijo ella, y entrelazó el brazo con el suyo.

—Vamos.

Salieron de la estación y regresaron caminando a casa. Al llegar frente a la puerta del taller de Norbie, patearon el suelo para quitarse la nieve de las botas y entraron. Anna cerró la puerta y se volteó para subir la escalera, pero le llegó el olor de algo muy sabroso y se quedó petrificada.

A Nia se le dilataron las fosas nasales y levantó el hocico hacia el techo.

—¡Madre mía! —exclamó Anna—. ¿Qué es ese olor tan delicioso?

Max olisqueó y esbozó una sonrisa.

—Norbie está friendo salchichas.

«¡Qué bien! ¡Han llegado alimentos a la ciudad!» Imaginó que unos barcos de suministros de países extranjeros habían cruzado el canal desafiando el bloqueo británico. Se le llenaron los ojos de lágrimas. Ahuyentó sus pensamientos y corrió escaleras arriba hasta llegar a la cocina, donde, en efecto, Norbie estaba cocinando en un sartén una salchicha con cebolla.

—¡Has conseguido carne! —dijo—. ¿De dónde la has sacado?

Norbie, con una cuchara de madera en la mano, se acercó a ella y le sonrió.

—La ha traído Bruno.

Anna abrió mucho los ojos.

—*Hallo*, Anna —dijo una voz grave.

Ella se quedó sin aliento. Se volteó y lo vio, vestido con uniforme militar, de pie en el salón. Empezó a temblar.

—¡Bruno!

Él la levantó en volandas y la abrazó.

Anna lo apretó con fuerza y sintió un cosquilleo en el cuello cuando le rozó su bigote.

Entonces Bruno la besó y le secó unas lágrimas que le caían por las mejillas.

—Gracias a Dios que estás en casa —le dijo, poniéndole las manos en la pechera de la guerrera.

—Me retrasaron el permiso un par de días —le explicó él—. Y no tenía manera de contactar contigo. Espero que mi ausencia no te haya causado preocupación.

Anna sorbió por la nariz.

—Ahora ya estás aquí, y eso es lo único que cuenta.

Max y Nia entraron en ese momento en la cocina.

Anna retiró las manos del pecho de Bruno.

—Este es Max.

—Encantado de conocerlo —dijo Max alargando la mano.

Bruno se fijó en los ojos fijos, neutros, del veterano y se la estrechó.

—Lo mismo digo.

—Y esta es Nia —le explicó Anna, acariciándole el pelo a la perra—. Es una perra guía y, si todo va bien, se irá con Max cuando termine la instrucción.

—Seguro que sí —intervino Norbie.

Bruno se acercó al animal algo vacilante.

—No pasa nada —lo tranquilizó ella—. Puedes acariciarla.

Bruno le dio una palmadita en la cabeza y se metió las manos en los bolsillos.

—Anna es una entrenadora extraordinaria —comentó Max—. Es la mejor de todo el grupo.

Ella sonrió.

—Bruno —comentó Norbie—. Tienes que acercarte a la escuela de perros guía a observar. Quedarás impresionado.

—No me cabe duda. —Bruno permaneció en silencio unos instantes, se alejó de Nia y señaló los fogones—. He traído salchichas y cebollas de una casa de huéspedes de Francia. Es todo lo que he podido conseguir antes de venir.

—Son toda una bendición —dijo Anna—. *Danke.*

Norbie sirvió en los platos unas rodajas de salchicha acompañadas de la cebolla caramelizada y se sentaron a la mesa: Max al lado de Norbie y Anna al lado de Bruno. Norbie bendijo la mesa y agradeció que Bruno hubiera llegado sano y salvo y les hubiera traído comida.

Anna le dio un bocado a la salchicha y la masticó despacio, degustando su sabor intenso. No recordaba exactamente cuándo había sido la última vez que habían comido carne. Desechó aquellos pensamientos y se centró en Bruno. Se lo veía ojeroso y tenía canas en las sienes. «Ahora comerás y dormirás bien, y te olvidarás de la guerra».

—Esta salchicha está deliciosa, Bruno —dijo Norbie.

—Sí —coincidió Max—. Es muy generoso de su parte compartir su comida con nosotros.

Bruno asintió y pinchó una rodaja de salchicha con el tenedor.

La mente de Anna era un torbellino de cosas que deseaba preguntar, pero no quería abrumar a Bruno con un interrogatorio. Su experiencia como enfermera le había enseñado que los soldados solían tardar un poco en aclimatarse a la vida lejos de las trincheras. Y teniendo en cuenta que el recién llegado mantenía la vista fija en el plato, dedujo que iba a necesitar tiempo para adaptarse a estar en casa. «Ya nos contará lo que quiera cuando esté listo».

—Bruno —dijo Norbie—. Si hubieras visto a Nia cuando Anna la trajo a casa...

Bruno alzó la vista del plato.

—La habían adiestrado para que fuera una perra sanitaria, pero se lesionó las patas en el frente. —Norbie miró a Nia, que seguía acurrucada en el suelo, y bajó la voz, como quien protege a una niña de ciertas palabras—. Estaba flaquísima y no andaba. Estuvieron a punto de sacrificarla. Anna la salvó y ahora es perra guía.

—Eso no es del todo cierto —intervino Anna—. Y, además, Emmi me ayudó.

—Nia tuvo mucha suerte de encontrarte, Anna —corroboró Max.

Bruno dejó el tenedor en el plato y le agarró con fuerza la mano a Anna.

—Yo también la tuve.

—Gracias —dijo Anna. Notó que Bruno le apretaba los dedos y que luego apartaba la mano. Quiso cambiar de tema, porque no le gustaba hablar de sí misma—. Max es un pianista brillante.

—Sí —convino Norbie, y alzó la vista como si mirara hacia el cielo—. A Helga le habría encantado oírlo interpretar.

—¿A Helga? —preguntó Bruno, pinchando una tira de cebolla.

«No se acuerda del nombre de mi madre». A Anna se le cayó el alma a los pies.

—Era mi esposa —le aclaró Norbie.

Bruno miró a Norbie.

—Le pido que me disculpe. Me acuerdo de anécdotas de ella que me contaron Anna y usted. Sé que era una mujer encantadora. Estoy cansado y mi cerebro no está a pleno rendimiento.

—No tiene importancia —dijo Norbie.

Bruno se volteó hacia Anna.

—Lo siento.

La conversación derivó hacia otros asuntos y terminaron de comer. Los cuatro decidieron reservar parte de sus salchichas para disponer de algo más de comida a lo largo de la semana. Aunque Anna se ofreció a retirar la mesa, Max y Norbie insistieron en fregar y secar los platos para que Bruno y ella pudieran pasar algo de tiempo a solas en la sala.

—¿Cómo te fue en el viaje? —le preguntó Anna sentándose a su lado en el sofá y alisándose la falda.

—*Gut*. —La observó—. Estás muy guapa.

—Gracias —dijo ella, aún dolida por que no hubiera recordado el nombre de su madre. «Tengo que dejarlo pasar».—. ¿Vas a ir a Fráncfort a ver a tus padres?

—No, mi plan es pasar contigo todo mi permiso.

—Espero que no se disgusten conmigo por monopolizar todo tu tiempo.

—No se disgustarán.

Ella lo miró.

—Se me hace raro no poder conocerlos.

—Es algo temporal —insistió él—. Después de la guerra, cuando vivas en Fráncfort, los verás a menudo, puede que más de lo que te gustaría.

«¿Cómo voy a dejar la escuela, cuando son tantos los veteranos de guerra que necesitan la asistencia de un perro guía?» Apartó ese pensamiento y dijo:

—Supongo que mi padre ya te ha invitado a que te quedes en casa, con nosotros.

—Sí, lo ha hecho y he aceptado. Pero tal vez dentro de unos días podría alquilar una habitación en una casa de huéspedes, como en mi última visita. Así podremos pasar algún rato solos.

Anna movió los dedos de los pies, atrapados en las botas, en un intento de quitarse de encima las sensaciones encontradas que crecían en su pecho.

—Te he echado de menos —dijo él.

—Yo también. Y quiero que pasemos tiempo juntos. —A Anna se le aceleró el pulso—. Pero no puedo dejar de asistir al trabajo, y tengo que atender a Max y a Nia. Me he comprometido con ellos y con la escuela de perros guía.

Bruno se pasó la mano por la barba.

—¿Estás enfadado conmigo?

—No —dijo él, agarrándola de la mano y mirándola a los ojos—. Quiero que las cosas sean como eran antes.

—Yo también.

«Pero ¿y si no lo son?»

Bruno le acarició la mano y se detuvo al llegar al dedo anular sin anillo.

—De haber sabido que llegabas hoy, me habría puesto el anillo de compromiso —se justificó ella—. Normalmente lo guardo en un joyero cuando trabajo, pero lo llevaré mientras tú estés aquí.

Bruno asintió y miró hacia la cocina, de donde salía el sonido de una conversación.

—Tenemos que ponernos al día de tantas cosas... Sería agradable disponer de algo de intimidad.

—Podemos crearla aquí, en el salón —sugirió ella.

—Lo haremos —convino él—. Pero en caso de que podamos escaparnos algún rato, aunque sean solo unas horas, reservaré una habitación para tenerla disponible.

Anna empezó a retorcer un hilo suelto de la manga. Asintió.

En ese momento, Norbie y Max, guiado por Nia, entraron en la habitación, pero no se sentaron.

—Hemos querido asomar la cabeza para desearles buenas noches antes de irnos a la cama —dijo Norbie.

Anna se enderezó.

—Pero si es temprano...

—La cena de hoy nos ha dado sueño —se excusó él, frotándose la barriga—. ¿No es cierto, Max?

—Sí —convino este.

—Pero hoy no has tocado el piano —insistió Anna—. Y además tenemos que terminar de transcribir tu composición.

—Mañana —mantuvo Max—. Esta noche Bruno y tú tienen que recuperar el tiempo perdido.

—Gracias —intervino Bruno.

—De nada. Pero ¿podría hacerme un favor?

—Por supuesto.

—Quiero que duerma usted en mi habitación, no en la de Norbie.

Norbie se volteó hacia él.

—Pero es que ya lo he organizado para dormir en el camastro de mi taller.

—Insisto. —Max le dio unas palmaditas en el lomo a Nia, que seguía de pie a su lado—. Además, de ese modo me será más fácil sacarla al jardín a hacer sus necesidades.

—¿Estás seguro? —reiteró Norbie.

Max asintió con la cabeza.

—Te lo agradezco. La verdad es que mi espalda ya no es lo que era.

La gratitud invadió el pecho de Anna. «Qué amable de su parte pensar en mi padre».

—¿A usted le parece bien así, Bruno? —le preguntó Max.

—Sí —respondió él.

Instantes después, cuando Norbie y Max ya se habían retirado, Anna y Bruno se sentaron juntos en el sofá. Para ponerlo al día de sus novedades, ella le habló del doctor Stalling, de Emmi, de Fleck, así como de las dificultades que Max y ella estaban encontrando con Waldemar, incluida su negativa a dejar que entrenaran en el interior de la iglesia.

—En tus cartas no mencionabas que Max era judío.

Anna se revolvió ligeramente en el sofá.

—No me pareció que te importara.

—Y no me importa —dijo él—. Solo me sorprende un poco que no se haya alojado con una familia judía. Incluso en el frente contamos con religiosos castrenses diferenciados: los *feldrabbiners*, rabinos de campo, sirven a los soldados judíos.

—Todos los veteranos ciegos se alojan con entrenadores, y ninguno es judío. —Se cruzó de brazos—. Para mí es un honor que Max viva con nosotros.

—Me alegro de que haya sido un buen huésped.

A Anna se le agarrotaron los músculos.

—Podría hablarle de Waldemar a tu supervisor, si quieres.

—Preferiría que no lo hicieras —le dijo ella—. Creo que podría ponernos las cosas más difíciles a Max y a mí. Fleck no avala la conducta de Waldemar, pero lo tolera porque hay pocos entrenadores y parece que en breve llegarán grupos más numerosos de veteranos de guerra que han perdido la vista en acto de servicio. Te agradezco el ofrecimiento, pero por el momento creo que podremos arreglárnoslas solos con él.

—Como quieras. —Se acercó más a ella y con una pierna le rozó la rodilla.

Ella respiró hondo y le señaló el gramófono.

—¿Te gustaría escuchar algo de música?

—Solo si tú quieres.

—Yo sí quiero —dijo ella, con la esperanza de que la música aliviara la incomodidad que percibía en el ambiente.

Bruno se levantó, se acercó al aparato y empezó a repasar los discos. Tras escoger uno, lo depositó sobre el plato y bajó la aguja. Tras unos chasquidos, el aire se inundó del estrépito de instrumentos de viento y tambores. Unos compases después, a la percusión se unió la banda de metales compuesta por trompetas, bombardinos y tubas.

—Tenemos bastantes discos —dijo Anna—. Entre ellos varias suites de piano que quizá te gusten.

Bruno se sentó y rodeó a Anna con un brazo.

—No he reconocido los nombres de las canciones. Solo los de estas marchas militares.

La pregunta que le había hecho Max regresó a su mente como un destello. «¿Qué clase de música le gusta a Bruno?»

—¿He escogido mal? —le preguntó él.

—No, no —dijo ella, que no quería decepcionarlo.

Bruno la atrajo hacia sí.

—Creo que deberíamos ir más despacio —dijo ella.

—Claro. —Le acarició la mejilla con el pulgar y volvió a apoyar la espalda en el sofá.

Anna reposó la cabeza en su hombro. «Es irracional que esté tan a la defensiva. Mañana me sentiré mejor». Pero cuanto más tiempo pasaba sentada junto a Bruno, escuchando los ritmos marciales de aquellos instrumentos de viento, más anhelaba estar con Max al piano, más añoraba tener a Nia a sus pies, agitando la cola.

Capítulo 27

Max, haciendo esfuerzos por concentrarse, pasó por encima de una serie de troncos en el circuito de obstáculos, guiado por Nia. Anna lo seguía de cerca mientras Fleck, que garabateaba notas en su cuaderno, estaba sentado en un taburete, cerca del cobertizo. Durante gran parte de la mañana Anna había permanecido en silencio, más allá de dar las instrucciones pertinentes. Incluso durante el trayecto hasta la escuela había hablado poco con Max y con Emmi, a la que había informado brevemente de la llegada de Bruno a Oldemburgo la noche anterior. «Algo le preocupa —pensó Max mientras movía el bastón al encuentro de un tronco caído—. Cuando tenga ganas de hablar, estaré aquí para escucharla».

Centrado como estaba en Anna, Max cometió varios errores durante el día, y estuvo a punto de caerse al llegar a una acera simulada hecha con ladrillos, lo que le valió un sermón de Fleck sobre la necesidad de estar atento durante las sesiones de entrenamiento. Por suerte Nia lo guiaba de manera impecable, más allá de la leve cojera de su pata lesionada, porque de otro modo habría cometido aún más errores. En un primer momento pensó que a medida que avanzara la jornada Anna iría recuperando las ganas de hablar, y que si Bruno aparecía por las instalaciones para observar la actividad, tal como le había sugerido Norbie, ella se animaría. Pero, que él supiera, Bruno no había acudido. Y con el paso de las horas, el aislamiento de Anna, lejos de disminuir, aumentaba.

Max, incapaz de contener la preocupación, se volteó hacia ella.

—¿Quieres que hablemos de lo que te preocupa? —le preguntó.

Anna miró en dirección a los demás grupos y constató que nadie podía oírlos.

—No me preocupa nada.

—Estás muy callada —insistió él.

—Estoy cansada, eso es todo.

Max siguió caminando con Nia.

—¿Cómo fue la noche con Bruno?

—Bien.

Max esperó a que dijera algo más, pero solo oyó el crujido de la nieve bajo sus botas. Mientras él se preguntaba si debía intentarlo de nuevo, ella aceleró el paso y se puso a su lado.

—Bueno, si te soy sincera, nuestra conversación me resultó algo incómoda a ratos.

—Vaya, lo siento.

—Parecía distraído, y solo le interesaba que pudiéramos pasar algún rato a solas, lo que no es posible teniendo en cuenta que yo trabajo. Algunas de las cosas que le había escrito en mis cartas las había olvidado, y me dolió que no se acordara de... —Inspiró hondo—. No importa.

«De tu madre», pensó él.

—¿De Helga?

—Sí —admitió Anna en voz baja.

—Debe de haber sido duro para ti.

—Pues sí.

A Max le vino a la mente el tono de voz algo lúgubre de Bruno. Al oírlo, le había recordado el de muchos soldados ausentes con los que se había encontrado en Ypres y que estaban a punto de romperse por culpa de la guerra. No sabía si Anna o Norbie se habrían percatado también, o si su experiencia en los combates, así como el hecho de haber desarrollado más el oído a causa de la ceguera, era lo que le había hecho darse cuenta de cuál era el estado mental de Bruno.

—Hace falta algo de tiempo para adaptarse al llegar del frente —le comentó él—. Seguro que ya lo sabes por tu trabajo en el hospital, pero las cosas se viven distintas de cerca.

—Es verdad. —Anna caminó junto a él y Nia para sortear un montón de nieve.

—Un soldado está en el frente, luchando por salvar la vida, y dos días después, tras un año viendo la muerte muy de cerca, en unas condiciones espantosas, regresa a casa y está sentado a la mesa de una cocina. Para un soldado, ese cambio de entorno es impactante. Estás aturdido, con las emociones adormecidas, como si te hubieran inyectado anestesia en el cerebro.

—Parece que hablas por experiencia propia —dijo ella.

—Es que es así. Y también sé que las cosas pueden mejorar con el tiempo.

—Eso espero.

—Ya lo verás —le aseguró él—. Creo que a las personas que tienen un buen corazón les pasan cosas buenas. Y el tuyo, Anna, es de oro.

—Eres muy amable. —Anna sujetó el arnés de Nia y, al hacerlo, su mano quedó junto a la de Max—. Hablando de cosas buenas, ha sido todo un detalle de tu parte dormir en el camastro del taller y dejarle tu habitación a Norbie.

—Ha sido un placer.

—¿Los tictacs de los relojes y las campanillas no te han mantenido despierto toda la noche?

—No —respondió él—. Pero las marchas militares aún resuenan en mi cabeza.

—Lo siento mucho.

Él le dio un golpecito en el brazo.

—Era broma.

—Vaya... —Se le escapó una risita—. Esta noche insistiré en que pongamos algo más relajante.

—No me importa —dijo Max aminorando el paso—. Que una persona tenga un gusto musical distinto no es nada malo. A mí me gusta oír a Norbie cantar *Hänschen klein...* y cuanto más desafinado mejor.

Anna miró a Max y sonrió.

—A mis amigos del frente les encantaban las marchas militares. —Regresó a su mente una imagen suya tocando el piano mientras sus camaradas cantaban y bebían aguardiente—. Uno de ellos, Otto, me recomendó una vez que me limitara a tocar marchas, porque así la gente pagaría por escucharme.

Anna se acercó más a él, y Max aspiró hondo para captar su olor.

—Sin duda sabes hacer sentir mejor a una mujer —dijo ella—. Voy a echarte de menos cuando te vayas.

Él sintió un dolor en el pecho.

—Yo también te echaré de menos. —«No te imaginas cuánto».

Anna apartó la mano del arnés, y el espacio entre los dos volvió a crecer.

Max, haciendo esfuerzos por contener sus sentimientos, le dio una palmadita a Nia y aceleró el paso. Dieron dos vueltas más al circuito de obstáculos. Pero en ningún momento dejó de pensar en lo afortunado que era Bruno por tener a Anna a su lado.

—Oh, no —dijo Anna.

—¿Qué ocurre?

—Viene Waldemar.

—¿Dónde está Fleck?

Anna echó un vistazo por todo el circuito.

—No lo sé.

El crujido de la nieve bajo unas botas fue en aumento. Él sintió un escalofrío. Agarró con más fuerza el arnés y dijo:

—*Halt.*

Nia se detuvo y empezó a jadear.

—Fleck quiere verlos a los dos —masculló Waldemar.

—¿Con qué motivo? —preguntó Max.

—Seguramente tendrá que ver con su pobre rendimiento. Lleva todo el día anotando cosas sobre ustedes en su cuaderno.

Max notó que se sonrojaba de ira. Por temor a que una réplica suya pudiera perjudicar a Anna, sujetó con fuerza el arnés de Nia y se mordió la lengua.

—¿Dónde está Fleck? —preguntó ella.

—En el cobertizo. —Waldemar se rascó el bigotillo ralo y entrecano y se concentró en Max—. Siempre he sabido que Fleck acabaría entrando en razón y lo expulsaría del curso. Lo que me sorprende es que haya tardado tanto.

Y, dicho esto, dio media vuelta y se alejó.

—No le hagas caso —lo tranquilizó Anna—. Solo pretende molestarte.

—Pues lo está consiguiendo. —Max acarició el lomo de Nia—. Venga, vamos a ver qué quiere Fleck.

Una vez en el interior del cobertizo, Nia lo condujo a la zona de la estufa de leña. Al sentir que el calor empezaba a calentarle la cara, le ordenó a la perra que se sentara.

—Herr Fleck —dijo Anna—. Creo que deseaba hablar con nosotros.

—Sí. —Fleck extrajo un cigarro del bolsillo y lo encendió. Dio una fumada profunda y soltó el humo.

A Max se le impregnó la nariz del olor a tabaco quemado, y tuvo que reprimir las ganas de toser.

—Frau Bauer —llamó Fleck.

—Sí, señor —respondió Emmi mientras cuidaba de un pastor alemán en un cubículo cercano.

—Por favor, saque a pasear a ese perro —le ordenó él.

«Quiere hablar con nosotros a solas». A Max se le formó un nudo en la boca del estómago al oír que Emmi y el animal abandonaban el cobertizo.

—He estado pensando bastante en el asunto de las asignaciones de pastores alemanes —dijo Fleck—. Y he decidido hacer un cambio.

El miedo se apoderó de Max. Apoyó una mano enguantada en la cabeza de Nia.

—Con el debido respeto, señor. Yo no deseo contar con ningún otro pastor alemán. Prefiero regresar solo a Leipzig que cambiar a Nia por...

—Max —lo interrumpió Fleck—. Aún no he terminado.

Max asintió.

Fleck dio otra fumada al cigarro.

—Como decía, he decidido hacer un cambio. A pesar de su falta de concentración de esta mañana, voy a asignarle a Nia de manera permanente.

Anna abrió mucho los ojos.

Max se quedó petrificado, preguntándose si había interpretado correctamente las palabras del supervisor.

—Usted ha trabajado con casi todos los pastores alemanes, si no con todos —prosiguió Fleck—. Y no veo necesario emparejarlo con ningún otro, dado que parece evidente que Nia y usted han creado un fuerte vínculo.

Max tragó saliva.

—¿Está diciendo que ya es mía?

—Sí, siempre y cuando complete el resto de la instrucción.

—*Dankeschön*, señor —dijo él, desbordado de gratitud.

Anna se arrodilló delante de la perra.

—¿Lo has oído, bonita? Te vas a casa con Max.

Nia agitó la cola.

—Max —añadió Fleck—. Confío en que su concentración mejore mañana.

—Así será, señor.

—*Gut*. —Fleck se volteó hacia Anna—. Llévelos a los dos a entrenar a la ciudad el resto de la tarde, y que Frau Bauer los acompañe. Indíquele que debe dirigirse al refugio para perros. Al parecer algunos de ellos necesitan cuidados en las patas. Y, si quiere, hágale saber que el supervisor del centro quedó bastante impresionado con su manera de atender a los animales afectados de tos de las perreras. Me confió que prefería que a partir de ahora fuera ella la que se ocupara de sus perros y no el veterinario que tenían antes, llegado desde el frente.

—Por supuesto, señor —dijo Anna—. Sin duda se lo transmitiré.

Fleck bajó la cabeza a modo de saludo y salió del cobertizo, dejándolos solos.

Anna abrazó a Max.

—¡Enhorabuena! Estoy muy contenta por ti.

Él le devolvió el abrazo.

—Sin ti no habría ocurrido.

Siguieron así, abrazados, sin separarse, un buen rato.

Él sintió el calor de su aliento en el cuello. El corazón le latía cada vez más deprisa. Nia metió el hocico entre los dos, y entonces sí, notó que ella se separaba. Recobrando la compostura, sonrió y dijo:

—¿Volvemos al trabajo?

—Será un placer —contestó ella.

Fueron a buscar a Emmi y se dirigieron a la ciudad, dejando a los demás grupos haciendo sus ejercicios en el circuito de obstáculos.

Una vez en el exterior de la escuela, Anna transmitió a su amiga los halagos de Fleck en relación con sus cuidados a los pastores alemanes con tos de las perreras.

—¿De veras ha dicho eso? —preguntó Emmi, radiante.

—Doy fe —corroboró Max.

—Ya te lo decía yo —señaló Anna—. Eres tan buena como cualquier veterinario.

—Gracias —dijo Emmi—. No todos los días recibo elogios por mi trabajo. Pienso aceptar todos los que Fleck quiera dedicarme, aunque prefiera no hacerlo él personalmente.

—Te los mereces —opinó Max.

—Y traigo más noticias —prosiguió Anna—. Fleck le ha asignado Nia a Max de manera permanente.

—¡Dios mío! —exclamó Emmi—. Eso es maravilloso.

—Aunque todavía debemos aprobar el resto del entrenamiento —intervino Max, temeroso de que un exceso de confianza les llevara a la decepción.

—No me cabe la menor duda de que te graduarás —lo tranquilizó Emmi—. Pronto podrás llevarte a Nia a casa contigo.

En ese momento, Max sintió una inmensa gratitud por ellas, una sensación profunda de estar en deuda.

—De no haber sido por ustedes dos, Nia y yo no estaríamos juntos. Les doy las gracias por todo lo que han hecho por mí.

—No hay de qué, Max —dijo Emmi.

Anna parpadeó varias veces, como si quisiera reprimir las lágrimas.

Mientras Max recolocaba la mano en el arnés de la perra, oyó los pasos de alguien que se acercaba.

—¿Es él? —preguntó Emmi.

—Sí —confirmó Anna, adelantándose.

—¿Quién? —quiso saber Max.

—Bruno —le informó Emmi.

La alegría de Max se esfumó de golpe.

—Has venido a vernos —dijo Anna, acercándose a su prometido.

Bruno asintió.

—Pensaba observarlos desde lejos, claro. No es mi intención ponerlos nerviosos, ni que desvíen su atención del supervisor.

«Muy considerado de su parte que haya venido a apoyar a Anna», pensó Max.

—Vamos a pasar el resto del día entrenando en la ciudad —le informó ella.

—Pues me alegro de haberlos encontrado de camino. —Bruno se metió las manos en los bolsillos—. Pareces sorprendida de verme.

—No —dijo ella—. Me alegro de que hayas venido.

—*Gut*.

Anna señaló a su amiga.

—¿Te acuerdas de Emmi?

—Sí —respondió él, mirándola—. Usted trabajaba en el hospital con Anna.

Emmi asintió.

—Bienvenido a casa.

«No está bien que esté celoso —se dijo Max, algo avergonzado de sí mismo—. Parece preocuparse por Anna. Y yo quiero lo mejor para ella». Apartó esos pensamientos de su mente.

—Bruno —dijo—, ¿quiere acompañarnos a Nia y a mí a la ciudad? Así verá todo lo que Anna nos ha enseñado a hacer.

—Claro. Vaya usted delante —respondió Bruno.

Max le dio la orden a Nia, que se puso en marcha.

El resto de la tarde, Anna, Max y la perra entrenaron en las aceras y los cruces de Oldemburgo. Anna y él hablaban poco con Bruno, que los seguía a diez o doce pasos de distancia, como esforzándose por no interrumpir su sesión de entrenamiento.

Pero la presencia de Bruno impedía una conversación fluida entre Anna y Max. En lugar de dedicarse a charlar, como solían hacer cuando trabajaban lejos de Fleck y los demás, Anna volvía a mostrarse callada, salvo para comentar algún aspecto del entrenamiento. Así, el gran día de Max, la jornada en la que había sabido que iba a quedarse con Nia, acabó teniendo un sabor agridulce.

Al regresar a casa encontraron a Norbie trabajando en un reloj de péndulo en su taller, y Anna le contó que Max iba a poder quedarse con Nia para siempre.

Norbie dejó a un lado sus herramientas y abrazó a Max.

—Muy bien hecho, muchacho.

—Gracias —dijo Max.

Norbie se sentó y se arrodilló delante de Nia.

—¡Y también estoy muy orgulloso de ti!

Nia le lamió la nariz.

Norbie soltó una risotada y se secó la cara.

Después de cenar nabos troceados con rodajas de la salchicha que habían guardado la víspera, todos se trasladaron al salón. Max se sentó al piano, Anna y Bruno se instalaron en el sofá, y Norbie en una silla. El veterano tocó varias canciones populares, que Norbie cantó desafinando bastante y con demasiado vibrato. Mientras Max interpretaba, no dejaba de preguntarse si a Bruno le ocurriría lo mismo que a Anna y a él, que sentían cierta debilidad por la voz de Norbie, mala pero encantadora. No tuvo que esperar mucho: la respuesta llegó después de la tercera pieza.

—Max —intervino Bruno—. Quizá estaría bien oír algo distinto. ¿Conoce alguna marcha militar?

El veterano sintió el impulso de tocar de nuevo el *Hänschen klein*, pero lo reprimió y esbozó una sonrisa.

—Max es un pianista clásico —le explicó Anna a Bruno—. Quizá debería escoger él mismo una pieza que quiera interpretar.

—No me importa —dijo él, agradecido ante el intento de Anna de ahorrarle tener que oír más música militar. Apoyó las manos en el piano y tocó una de las marchas que tanto gustaban a sus camaradas.

Al terminar la pieza, se volteó en el banco en dirección a ellos.

—Muy bien —lo felicitó Bruno.

—Gracias —contestó él, mirando en dirección al sonido de su voz.

—Me recuerda a las canciones de las tabernas que abundan cerca del frente —indicó Bruno.

—¿Dónde está destinado? —quiso saber Max.

—En Lille, Francia —respondió Bruno—. Pero por mi posición debo desplazarme por todo el frente occidental. —Bruno miró a Anna, que seguía sentada a su lado—. Por desgracia, mis cambios frecuentes de ubicación generan retrasos en los envíos de las cartas que intercambiamos Anna y yo.

Ella se cruzó de brazos.

—Por Anna he sabido que es usted *oberleutnant* —comentó Max—. ¿De infantería? ¿Caballería? ¿Artillería?

—Al inicio de la guerra, estuve con un regimiento de pioneros de infantería, pero ahora pertenezco a artillería.

—¡Quién lo diría! —dijo Max, que pensó que no era habitual que un soldado, por mucho que fuera oficial, pasara de una división de infantería a otra de artillería—. ¿En qué regimiento de pioneros estuvo usted?

Bruno se revolvió un poco en el sofá.

—En el 36.

«Regimiento 36 de Pioneros». Max puso en marcha los engranajes de su cerebro, esforzándose por recordar de qué le sonaba el número.

—Creo que ya hemos hablado bastante de la guerra —intervino Anna.

—Estoy de acuerdo —dijo Norbie—. Propongo que conversemos de algo alegre, como por ejemplo de nuestro futuro y de lo magníficas que serán nuestras vidas cuando la guerra llegue a su fin. —Sonrió y se dio unas palmaditas en la barriga—. Cuando terminen los combates y la comida sea abundante, pienso comer *sauerbraten* y *spätzle* hasta que no me quepa la ropa.

Anna ahogó una risita.

«Me encanta oírla reír», pensó Max.

—¿Y tú, Max? —preguntó Norbie—. ¿Qué vas a hacer cuando se firme el tratado de paz?

Él extendió la mano hacia el suelo. Nia se acercó a él, y él le acarició la cabeza.

—Viviré en Leipzig con Nia, le consentiré todos los caprichos y le rascaré la barriga.

—Así me gusta, Max —dijo Norbie—. ¿Y qué más?

—Encontraré trabajo de pianista.

—Y como compositor —añadió Anna—. Serás un pianista famoso e iremos a verte tocar en la Sala Dorada del Musikverein de Viena.

Max sonrió.

—¿Y tú, Bruno? —preguntó Norbie.

—Anna y yo nos casaremos —respondió Bruno—. Y yo trabajaré en la empresa de manufacturas de mi familia, en Fráncfort, donde adquiriremos una casa grande y... —Hizo una pausa y se rascó la barba—. Tendremos muchos hijos.

Max sintió una punzada de dolor en el pecho.

Anna miró a Bruno y bajó la cabeza.

—¿Cómo va el negocio familiar? —se interesó Norbie—. En momentos de incertidumbre, seguro que tu padre habrá tenido problemas para mantenerla a flote en tu ausencia.

—Todo lo contrario —explicó Bruno—. Mi padre ha conseguido contratos para suministros militares que le han permitido mantener la actividad. Le aseguro, Norbie, que la posición económica de su hija será desahogada.

—¿Qué negocio tiene su familia? —preguntó Max.

—La Wahler Farbwerke —respondió Bruno—. Una empresa de tintes.

«¿Y qué tendrá que ver el ejército con los tintes?» A Max le picaba la curiosidad.

—¿Puedo pre...?

—Max —lo interrumpió Anna—. Me encantaría que Norbie y Bruno oyeran los movimientos de la *Suite de la luz* que ya has terminado. ¿Te importaría interpretarlos para nosotros?

—En absoluto. Pero tú todavía no has compartido con nosotros tus aspiraciones —dijo Max.

—No hace falta.

—Sí hace falta —insistió Norbie—. Tienes que contarnos algo

que esperes que te ocurra cuando acabe la guerra, por insignificante que sea.

Anna miró a Nia.

—Me gustaría seguir adiestrando perros.

Norbie esbozó una sonrisa de oreja a oreja.

—El doctor Stalling tiene grandes planes para ampliar la escuela de adiestramiento —prosiguió Anna—. Quizá algún día abran una en Fráncfort.

—Eso sería bueno para los veteranos —opinó Bruno—. Pero cuando nos casemos no te hará falta trabajar.

Max apretó mucho la mandíbula. «Eso es decisión suya».

—Cierto —dijo Anna—. Aun así, podría optar por seguir entrenando después de la guerra, si me surge la ocasión.

Bruno enderezó la espalda.

—Muy bien, si es lo que quieres.

Ella se alisó la falda con las dos manos.

—Max, ¿nos harías el honor de interpretar tu pieza?

—Por supuesto —accedió Max, muy orgulloso de que Anna se hubiera mantenido firme.

Se volteó hacia el piano, colocó las manos sobre el teclado y empezó a tocar.

En un primer momento, se le hizo raro interpretar una música que le había inspirado Anna ahora que ella estaba sentada junto a su prometido. Pero, a medida que avanzaba con la pieza, las emociones que había sentido mientras estaba con ella le henchían el corazón. En lugar de poner fin a la pieza tocando el movimiento más reciente que Anna le había ayudado a transcribir, lo hizo con el siguiente, el que llevaba un tiempo ensayando mentalmente. Y, al terminar, lo sobresaltaron los aplausos de Norbie.

—¡Bravo! —exclamó, sin dejar de dar palmas—. ¡Bravo!

Max se ladeó un poco en el banco y bajó la cabeza.

—Ha sido sublime —lo felicitó Anna—. ¿Es el siguiente movimiento de la suite?

—Sí —corroboró él.

Anna se levantó del sofá y se acercó a él.

—Ponte de pie.

—¿Por qué? —le preguntó Max, obedeciendo.

Anna levantó el asiento del banco para sacar la partitura del compartimento de almacenaje.

—Transcribamos este movimiento ahora que todavía lo tienes fresco en la mente.

—Ya lo haremos en otro momento. Se está haciendo tarde, y tú querrás pasar más tiempo con Bruno.

—Bruno —dijo Anna volteándose hacia él—, ¿podrías darme una hora para trabajar en la partitura con Max?

Bruno se rascó la barba y asintió.

—Ven conmigo —intervino Norbie, poniéndole una mano en el hombro—. Te enseñaré unos relojes antiguos que estoy restaurando, y uno de péndulo que se niega a dar las horas cuando corresponde.

Cuando se quedó a solas con Anna, Max volvió a tocar el nuevo movimiento de la *Suite de la luz*, compás por compás, y ella empezó a anotarlo todo en las hojas pentagramadas. Solo cuando ya había transcurrido casi una hora Max se dio cuenta de que sus ratos con Anna estaban a punto de llegar a su fin. «Dios, cómo voy a echarte de menos». Retiró las manos el teclado y las apoyó en los muslos.

—Todavía nos quedan dos minutos —dijo Anna.

«Ojalá fueran cien años». Max inspiró hondo y notó que le costaba un poco respirar a causa de la exposición constante al aire frío.

—¿Puedo compartir contigo unas ideas que tengo?

—Por supuesto.

—Me alegro de que le hayas transmitido a Bruno tu intención de seguir entrenando a perros guía. Pero cuando la guerra haya terminado, cuando te cases y vivas en Fráncfort, seguramente te resultará difícil, quizá incluso imposible, continuar con tu sueño. Tú posees un don, Anna. Devuelves la vida a veteranos de guerra ciegos a través de los perros guía. Y sería una lástima que los planes que Bruno pueda tener para su vida te impidieran seguir adelante con tu verdadero propósito.

—No será así —dijo Anna—. Pero tengo un compromiso con Bruno que, tarde o temprano, implicará que me traslade a otro lugar. La posibilidad de ser entrenadora entonces dependerá de que se abra una nueva escuela en Fráncfort. —Golpeó suavemente el borde del piano con una uña—. No sé qué otra cosa decirte.

—No tienes por qué decirme nada —replicó Max—. Solo quiero que sepas que yo creo en ti. Si alguien es capaz de abrir un camino para adiestrar a perros guía, aunque sea fuera de Oldemburgo, esa eres tú.

—*Danke* —dijo ella.

Max se puso en pie. Nia se levantó del suelo y se colocó a su lado.

—Quédate —le pidió Anna—. Todavía nos queda un poco de tiempo.

—Será mejor que lo pases con Bruno —dijo él—. Disfruta del resto de la noche.

—Buenas noches —se despidió ella en voz baja.

Max agarró con fuerza el arnés de Nia, y juntos bajaron la escalera hasta el taller, donde informó a Norbie y Bruno de que Anna y él habían terminado de transcribir la composición. Después sacó a Nia al jardín a hacer sus necesidades y se metió en el camastro. Oyó la música del gramófono de la sala y de pronto lo invadió una gran inquietud. «Anna y Bruno están juntos». Se hizo a un lado y le dio varias palmadas al colchón.

Nia se subió al camastro de un salto y se acurrucó junto a él.

—A partir de ahora somos compañeros, preciosa —le dijo, pasándole una mano por el lomo—. Cuando no estemos trabajando, te voy a malcriar todo lo que quiera.

Nia echó la cabeza hacia atrás y le lamió la cara.

Con la mente poblada de recuerdos de Anna, Max hacía esfuerzos por dormir. Esperaba que Bruno fuera siempre amable con ella y la apoyara, y que nada impidiera hacer realidad sus aspiraciones. Recordaba una y otra vez la conversación que habían mantenido aquella misma noche, sobre todo algunos comentarios de Bruno que lo habían inquietado. «Ese Regimiento 36 me suena de algo, quizá se trate de una unidad especial. ¿Por qué iban a transferir a un oficial de infantería a artillería?

¿Por qué el ejército tiene tanta necesidad de tintes? Tal vez sea para teñir los uniformes...» Hacía esfuerzos por ahuyentar aquella nueva fuente de inquietud. Pero cuando hacía ya tiempo que la música del gramófono había cesado, él seguía despierto, escuchando el tictac de los relojes. Y, por el bien de Anna, rezaba por que las reservas que sentía hacia Bruno fueran infundadas.

Capítulo 28

Bruno, arrodillado en el jardín, se esforzaba por arrancar algún poro del huerto mientras aguardaba a que Anna regresara del trabajo. Apartaba como podía la tierra helada con una pala de mano, y al hacerlo sentía pinchazos de dolor en los huesos y las articulaciones. Pretendía añadir algo de alimento a la escasa dieta de Anna y su padre, que consistía casi exclusivamente en nabos. Y le pareció que si se dedicaba a apartar la tierra dura se distraería de la culpa maligna que consumía su alma. Pero no había sido así: su aislado acto de penitencia no hizo sino exacerbar su tormento.

Esa mañana, camino de casa tras acudir a la escuela para ver entrenar a Anna, había visto a tres niños que no tendrían más de doce años colarse en un granero y salir corriendo con unos manojos de colinabos en las manos. En lugar de intentar detenerlos, los había observado —sucios, demacrados, con los ojos hundidos— y había visto que devoraban aquellas raíces mientras se alejaban por el campo cubierto de nieve. A pesar de todas las atrocidades de las que había sido testigo en el frente, le impactó profundamente la condición lamentable en la que se encontraban aquellos muchachos. Aunque le habían llegado rumores sobre la desnutrición de los civiles, no había visto de primera mano a la hambruna diaria que padecía Alemania. Bruno creía que la escasez de alimentos no se debía tan solo al bloqueo aliado. El ejército había requisado casi todos los caballos, y había alistado a la mayoría de los campesinos. Además, los fertilizantes agrícolas escaseaban porque el nitrógeno se usaba para producir explosivos. «Debería haber prestado más atención a las cartas de

Anna, en las que me hablaba de un racionamiento cada vez más severo. Podría haber traído más comida desde Lille». Pero, alterado como estaba por tener que despedirse de Celeste, no se le había ocurrido meter más comida en su maleta de piel.

A diferencia de lo que había hecho creer a Anna, su viaje desde el frente no se había retrasado. Los dos primeros días de su permiso militar los había pasado con Celeste. Al saber que estaba embarazada, se había negado a dejarla sola, a pesar de que ella lo había animado a hacerlo.

«No es tu problema», le había dicho ella, acurrucada a su lado en la cama.

Pero a él también le incumbía, y lo que crecía en su seno era el bebé de los dos. Más que como amantes, hablaron como amigos de las opciones de aquel embarazo, de sus propias opciones. Al cabo de dos días, durante los que apenas salieron de su habitación, decidieron que Celeste tendría el bebé y que Bruno se responsabilizaría de los dos. Y Bruno insistió en que Celeste se trasladara a Alemania, en el caso de que el Imperio alemán perdiera la guerra, para que de ese modo pudiera cuidar de ella y del niño en alguna localidad cercana a Fráncfort y a ella no la repudiaran por ser la madre de un «cabeza cuadrada». En todo caso, Celeste se había mostrado reacia a abandonar Francia, a pesar de los riesgos y la vergüenza que pudiera recaer sobre su hijo ilegítimo.

Bruno detestaba las aventuras extramatrimoniales de su padre, y ahora él también tenía una amante. «Estoy reproduciendo los pecados de mi padre», pensaba mientras consolaba a Celeste. Antes de la guerra, se había marcado el propósito de llevar una vida distinta a la de aquel, y esperaba poder comprometerse de por vida con una mujer. Enamorarse de Anna no había hecho sino reforzar su convicción. Sin embargo, los años de matanzas lo habían destrozado y, en aquel estado de gran fragilidad, había buscado aliviar su dolor en la calidez de Celeste. Dentro de pocos meses los dos tendrían un hijo producto de la guerra. Y debería asumir las consecuencias de su infidelidad durante el resto de su vida.

En realidad, a Bruno le parecía que había puesto en peligro mucho más que su fidelidad a Anna. Desde que había aceptado como un inconsciente ser reclutado por Fritz Haber para formar parte de la unidad de armamento químico, había perpetrado actos indescriptibles. Miles de personas habían muerto de manera atroz, o habían quedado lisiadas por efecto de los gases tóxicos. Bruno creía que, si existía el infierno, ese sería su destino. Y, entretanto, viviría en aquel purgatorio de secretos y mentiras. Para protegerse a sí mismo y a la mujer que amaba, el pasado y el presente tendrían que mantenerse compartimentados: su vida con Anna, sus cuidados a Celeste y su bebé, las atrocidades que había cometido en el frente, el papel de su familia en el programa de armas químicas del ejército alemán... Si Anna descubriera alguna vez alguno de esos aspectos de su vida, seguro que la perdería para siempre.

Cuando Bruno estaba arrancando de la tierra un poro helado, la puerta trasera chirrió y se abrió.

—Aquí estás —dijo Anna entrando en el jardín.

Él metió el poro en un cubo de hojalata, se levantó y la abrazó.

—¿Cómo ha ido el trabajo?

—Bien —respondió ella, soltándose—. Gracias por desenterrar los poros.

Él asintió.

—No quedan muchos. Veré qué puedo hacer para conseguir algo de comida.

—Ya nos arreglaremos. Vamos dentro y te pre... —Se fijó en sus nudillos ensangrentados—. Tus manos.

—He olvidado los guantes dentro de la casa —se justificó él.

Ella le sostuvo los dedos con delicadeza y examinó los cortes.

—Estás temblando.

—Tengo frío —dijo él, tratando de disimular que tenía los nervios a flor de piel.

—Ven conmigo y te curaré las heridas.

Él la siguió hasta su dormitorio, en el que Max había dormido antes de instalarse en el camastro del taller. Anna acercó una palangana con agua y jabón y la dejó sobre el aguamanil.

—Mójatelas bien —le ordenó ella.

Bruno hundió las manos, entumecidas de frío, en la palangana.

Anna le lavó los cortes con jabón, y el agua se volvió roja. Cuando el entumecimiento comenzó a remitir, Bruno sintió hormigueos y pinchazos en los dedos. La miró.

—Eres preciosa —le dijo.

—Estoy flaca y desaliñada.

—A mí no me lo parece.

—*Danke* —susurró ella sin apartar la vista de sus manos.

Se oyó una música que venía de la sala.

—Hoy empieza a tocar antes que otras veces —comentó Bruno.

—Norbie a veces lo convence para que toque alguna pieza antes de la cena.

Bruno asintió.

—Quizá podríamos ir a dar un paseo.

—Me gustaría, pero llevo todo el día entrenando y tengo las piernas agotadas.

A él se le agarrotaron los hombros.

—No hemos tenido mucho tiempo juntos.

—Pero lo tendremos. Esta noche, cuando termine de transcribir la suite de Max, nos sentaremos solos en la sala y escucharemos música.

Bruno volvió a hundir las manos en el agua.

—Pasas mucho tiempo con él.

—Claro —dijo ella—. Soy su entrenadora y se aloja en nuestra casa. Pasamos casi todo el día juntos.

—¿Cuánto tiempo va a quedarse?

Ella sacó una toalla del aguamanil.

—Unas semanas más, por lo menos. La graduación se ha retrasado por culpa del mal tiempo, y Fleck no nos ha comunicado la nueva fecha.

Un atisbo de resentimiento ardió en su interior.

—Esperaba que pudiéramos pasar más tiempo a solas.

—Y así será —insistió ella, aunque con voz vacilante.

—¿Cuándo?

Anna le ofreció la toalla.

—Podemos quedarnos despiertos hasta tarde cuando los demás ya se hayan acostado.

—Esperaré con muchas ganas el momento —dijo él secándose las manos.

Anna volvió a fijarse en sus heridas.

—Han parado de sangrar. Creo que no te harán falta vendas.

Bruno dejó la toalla a un lado, bajó las manos y pasó una de ellas por el bulto de una llave que guardaba en el bolsillo de los pantalones. Sentía el revoloteo de unas mariposas en el estómago.

—Hoy me he acercado a la casa de huéspedes y he reservado una habitación para los dos.

Anna lo miró.

—No sé si es buena idea que me ausente de casa.

Él se acercó más a ella y le acarició la mejilla.

—Te he echado de menos.

—Yo también, pero... —Bajó la mirada.

Bruno dio un paso más en dirección a ella.

—Sé que te sientes en la obligación de quedarte aquí por Max. Pero quizá para él sea bueno pasar más tiempo solo. Pronto se irá con su perra.

—No es tan fácil —replicó ella.

—Puede serlo. —Con un dedo le levantó la barbilla.

Sus ojos se encontraron.

A Bruno se le aceleró el pulso. Se inclinó hacia ella y acercó los labios a su boca.

Desde el salón llegó en ese momento la voz de Norbie, que cantaba acompañado por el piano.

Anna retrocedió.

—Deberíamos ir con ellos.

—Espera. —Le puso las manos en los hombros—. Sé que las cosas están un poco extrañas entre nosotros. Pero tú sabes que mi afecto por ti no ha cambiado.

Anna inspiró hondo.

—Lo sé.

—La guerra ha sido muy dura para ti, y a mí me han pasado factura los combates en el frente. Pero si estamos más tiempo juntos, acortaremos la distancia que nos separa. —Le acarició los hombros con los pulgares—. ¿Te acuerdas de lo felices que éramos cuando nos conocimos?

Anna asintió.

Bruno rebuscó en su mente.

—Te escribía poemas para convencerte de que pasaras tiempo conmigo.

—Sí —dijo ella, y sonrió fugazmente—. La verdad es que no rimaban mucho.

—Eran horribles, y supuse que si me permitías cortejarte sería por lástima. —Se acercó más a ella hasta que sus frentes se tocaron—. Haré lo que haga falta para que las cosas vuelvan a ser como antes.

—Tengo tantas cosas de las que hablar contigo... —susurró ella.

—Yo también.

—¡Anna! ¡Bruno! —los llamó Norbie—. ¡Vengan con nosotros!

Anna tragó saliva.

—Deberíamos bajar.

Bruno se enderezó y notó que el espacio entre los dos se agrandaba.

—Mañana, ven a verme a la casa de huéspedes cuando salgas de la escuela.

—No sé si podré.

Él la miró a los ojos.

—Solo será un rato. Te lo prometo.

—¡Anna! —insistió Norbie.

—Tengo que irme.

—Por favor...

—Está bien —claudicó al fin, separándose de él. Y, recogiendo la palangana, salió del dormitorio.

Bruno se sentó en la cama y se tocó las manos arañadas con la toalla. «Todo saldrá bien».

Instantes después, los compases al piano de una canción popular resonaron por toda la casa y enseguida Anna y Norbie empezaron a cantar. Animado por la promesa de Anna de reunirse con él en la casa de huéspedes, se puso de pie, se alisó las arrugas del uniforme y bajó a reunirse con ellos.

Bruno, a pesar de la insistencia de Norbie para que cantara con ellos junto al piano, prefirió sentarse en el sofá. Le sorprendía que el padre de Anna, que había perdido mucho peso desde la última vez que lo había visto, tuviera energía para seguir cantando. Pero no tardó en comprender que en realidad lo que intentaba era mantener alta la moral de su hija. «Cuanto peor canta él, más sonríe ella... y Norbie lo sabe». No podía pensar en sus padres comportándose con tanta generosidad con él, ni siquiera cuando era pequeño.

Después de cantar varias canciones, Norbie le dio una palmadita a Max en la espalda.

—Lo has hecho estupendamente, muchacho. Cuando tocas, me pasaría horas cantando. Pero creo que ya debo ir a preparar la cena.

—Siempre es un placer. —Max se levantó del banco—. Lo ayudo en la cocina.

—Descansa —le sugirió Norbie—. Llevas todo el día entrenando, y desde que te encargas de la cena me siento un holgazán. —Se volteó hacia Bruno—. ¿Quieres ayudarme tú con la cena?

—La verdad es que no soy buen cocinero —replicó él, lamentando al momento que nadie le hubiera enseñado a cocinar.

—Lo único que tienes que hacer es cortar los nabos y los poros en daditos —le aclaró Norbie.

—Pero si tienes las manos llenas de arañazos —intervino Anna.

—Es verdad. Se me había olvidado. —Bruno se miró los cortes y la sangre seca de los nudillos, y luego a Norbie—. ¿Le parece bien que lo deje para otro día?

—Por supuesto. —Norbie contempló las manos de Bruno—. Vaya... La próxima vez usa mis guantes de jardinería; están en un estante, junto a la puerta trasera.

—Lo haré.

—Ya te ayudo yo —dijo Anna, y siguió a Norbie hasta la cocina, dejando a Bruno con Max y Nia.

El veterano, que seguía sentado en el banco del piano, bajó la mano y le dio unas palmaditas a la perra en el lomo.

—¿Cuánto tiempo lleva tocando? —le preguntó Bruno.

Max se volteó hacia él.

—Desde que era niño.

—Lo hace muy bien.

—Gracias —dijo Max—. Me enseñó mi padre, que trabajaba en una fábrica de pianos.

—¿Y a qué se dedica ahora?

Max le acarició las orejas a Nia.

—Está muerto. Mis padres fallecieron al inicio de la guerra.

—Lo siento mucho.

Max asintió.

—¿Los suyos viven en Fráncfort?

—Sí —confirmó Bruno.

—Deben de estar impacientes por conocer a Anna.

Bruno se agitó un poco en el asiento.

—Así es.

—Hábleme de ellos —le pidió Max.

—No hay gran cosa que contar. —«Apenas nos escribimos».—. Mi padre dedica su vida a la empresa y mi madre viaja mucho, o al menos lo hacía antes de la guerra. No son..., no sé cómo expresarlo..., tan cariñosos como Norbie.

Max asintió, con la cabeza volteada hacia Bruno.

—Hay poca gente en el mundo como Norbie. Apoya muchísimo a Anna, y puso mucho empeño en salvar a Nia. —Le dio otra palmadita a animal en el costado.

Nia agitó la cola y se acercó más a él.

—¿Y a qué se dedicará en el negocio de su familia? —quiso saber Max.

—Investigación y producción. Y con el tiempo dirigiré el negocio con mi medio hermano, Julius. Aunque él es mucho mayor que yo, así que supongo que algún día la empresa será mía.

—Parece que Anna y usted podrán vivir una vida cómoda —dijo Max.

—Creo que sí.

—Nos comentó el otro día que su padre ha conseguido contratos militares.

—Así es.

—Siento curiosidad... —prosiguió Max—. ¿Qué tiene que ver el ejército con la tinta y los tintes?

La imagen de una nube de gas cloro suspendida sobre la

tierra de nadie cruzó la mente de Bruno. Ahuyentó aquellos pensamientos.

—Muchas cosas.

—¿Como cuáles?

Bruno cruzó los brazos.

—El teñido de uniformes. La tinta que se usa para escribir. Le sorprendería saber cuántas cosas, desde pinturas hasta tejidos, necesitan colorantes.

—Entiendo —dijo Max, al parecer satisfecho con la explicación.

Bruno quiso levantarse y dirigirse a la cocina, pero temió que Anna le preguntara por qué había dejado solo a Max tan deprisa.

—Pero ya está bien de hablar de mí. Cuénteme cosas sobre la composición en la que está trabajando con Anna.

—Acerque una silla —le sugirió Max.

Bruno fue a buscar una silla auxiliar y la instaló junto al asiento del veterano, encarada hacia el piano.

Max se puso de pie, sacó la partitura de debajo del banco y le alargó el borrador a Bruno.

Bruno estudió el papel, cubierto de líneas y de símbolos.

—No sé solfeo.

—No importa —dijo Max, sentándose de nuevo—. Yo lo ayudaré a seguirla. Fíjese en la esquina superior izquierda de la primera página. Yo tocaré el primer compás. Siga como si estuviera leyendo un libro.

Max lo tocó y se detuvo.

—Interesante —comentó Bruno—. Me ha parecido ver en la página cómo el sonido de sus teclas subía y bajaba.

—Exacto —corroboró Max—. Yo toco un compás, y Anna apunta las notas en el papel. Se trata de un proceso largo y complicado, pero ya casi hemos terminado de transcribir la pieza.

Bruno dejó el manuscrito sobre el instrumento y se fijó en los ojos lechosos del veterano.

—¿Le molestaría contarme cómo quedó ciego?

—No —respondió Max—. Fue a causa del gas cloro.

«Malditos Aliados», pensó Bruno.

—¿Todavía se usa el gas tóxico en el frente? —quiso saber Max.

—*Ja* —respondió Bruno tragando saliva—. ¿Dónde lo hirieron?

—En Ypres —le informó Max—. ¿Sabe dónde está?

—Sí —dijo Bruno, recordando su primera misión—. En una ocasión me destinaron allí. En todo caso, seguramente fue antes de que llegara usted.

—¡Quién lo diría! —se sorprendió Max—. ¿Cuándo fue eso?

—En primavera de 1915.

Max inspiró hondo y soltó el aire despacio. Se frotó las sienes y acarició a Nia, que seguía sentada a su lado.

—Y dígame, Max, ¿el gas que lo dejó ciego era de los británicos o de los franceses?

Max se volteó hacia él.

—De ninguno de los dos.

Bruno frunció el ceño.

—¿De los canadienses?

—Era gas alemán.

A Bruno se le secó la boca al momento.

—¿Cómo?

—Yo me encontraba en la trinchera de primera línea —relató Max sin perder la calma, como si hubiera reproducido la escena mentalmente muchas veces—. Mi unidad fue informada de que la artillería alemana iba a lanzar un bombardeo de cuarenta y ocho horas. Mientras los hombres de mi unidad se ocultaban en un refugio, yo decidí caminar por la trinchera para respirar un poco de aire puro antes del inicio del ataque.

Bruno se agarró con fuerza a la silla.

—Estaba regresando al refugio cuando comenzó el bombardeo, y los franceses contraatacaron y no me dio tiempo de resguardarme. —Max alzó la cabeza al cielo, como si buscara en él los recuerdos—. En las semanas anteriores al bombardeo, una unidad especial había instalado varios miles de cilindros metálicos por toda la trinchera. Salvo por el extremo superior, quedaban totalmente hundidos en la base de aquellas trincheras. Fijadas a las válvulas de los cilindros había unas mangueras de goma que subían por las paredes de las trincheras y se extendían hacia las líneas enemigas.

«Dios mío..». A Bruno se le había estancado el aire en los pulmones.

—En ningún momento nos informaron de la finalidad de los cilindros —prosiguió Max—. Uno de mis amigos, Jakob, aventuró en broma que aquellos recipientes contenían fármacos para matar piojos. Pero descubrimos lo que había en su interior cuando un proyectil de la artillería francesa estalló cerca de nuestro refugio y reventó uno de los cilindros. —Max se pasó una mano por el pelo—. Mis amigos intentaron escapar del refugio, pero se vieron envueltos en un vapor verde amarillento. Cayeron al suelo, echando espuma por la boca hasta morir asfixiados. Yo fui el único superviviente de mi unidad. Escapé, con los pulmones calcinados y las córneas quemadas, trepando como pude por la pared de la trinchera.

—Lo siento —dijo Bruno.

—*Danke*.

Bruno sentía un dolor en el pecho.

—¿Cuándo ocurrió?

—En primavera de 1915 —respondió Max—. El 20 de abril, para ser exactos.

El miedo corrió por las venas de Bruno.

—Parece que usted y yo coincidimos en Ypres —comentó Max.

—Eso parece, sí —admitió Bruno.

—En el Regimiento 36 de Pioneros, ¿cierto?

—Así es.

—¿Y a qué se dedicaba su regimiento en Ypres?

Bruno empezaba a sentir náuseas.

—Construíamos búnkeres.

Max asintió.

Nia se levantó y apoyó la cabeza en el regazo de Max.

A Bruno le temblaban las manos.

Max tenía la cara vuelta hacia él.

—¿Ha oído hablar alguna vez de algo llamado Unidad de Desinfección?

A Bruno se le heló la sangre.

—No. ¿Qué es?

—Es el nombre que daban a la unidad encargada de instalar aquellos cilindros. Siento curiosidad por si usted sabía algo de ella.

—Es la primera vez que oigo ese nombre. —Bruno, impaciente por poner fin a aquella conversación, se levantó de la silla—. Voy a la cocina a ver si Anna o Norbie necesitan algo.

—Por supuesto —dijo Max.

Al darse la vuelta para dirigirse a la puerta, Bruno quedó petrificado al ver a Anna parada a la entrada del salón, con las manos entrelazadas.

—Anna, no te he oído entrar.

—La cena está lista —informó.

«¿Cuánto tiempo lleva ahí?», pensó.

—Ya vamos.

—De acuerdo. —Anna salió de la sala y regresó a la cocina.

A Bruno le retumbaba el corazón en los oídos, pero se dirigió a la cocina y fue a sentarse a la mesa, junto a Ana. Hablaron poco durante la cena, a excepción de Norbie, que intentaba llenar el silencio con anécdotas entrañables de su difunta esposa, Helga. «Lo siento, por favor, perdóneme —pensaba Bruno, mirando de reojo los ojos opacos de Max—. Pero de no haber sido por aquella bomba francesa —se convencía a sí mismo—, Max no habría quedado ciego. Y si no hubiera resultado herido, quizá habría muerto en combate». Hacía esfuerzos por mantener el tenedor firme en la mano a pesar de los temblores cada vez que se llevaba a la boca una hamburguesa de nabo con virutas de poro. Esperaba con todas sus fuerzas haber convencido a Max de que la misión de su regimiento en Ypres no había tenido nada que ver con el gas venenoso ni con la Unidad de Desinfección.

Después de cenar, Anna se unió a Max al piano para transcribir su composición musical, y Bruno se disculpó y salió a dar un paseo para respirar aire puro. En su recorrido por las calles empedradas y gélidas, las piernas le pesaban tanto que era como si las tuviera llenas de arena. En su mente se reproducían una y otra vez las imágenes de los cadáveres gaseados, con la boca torcida y la piel amoratada. A cuarenta metros de la casa, no pudo seguir reprimiendo las arcadas y vomitó sobre la nieve.

Capítulo 29

Anna, cada vez más inquieta, caminaba por uno de los andenes de la estación ferroviaria en compañía de Max y de Nia. Fleck les había ordenado que fueran a entrenar a la ciudad, y pensó que Max se mostraría más comunicativo con el paso de las horas. Pero cuanto más trabajaban, menos hablaba. Ya la noche anterior había interrumpido su trabajo al piano con la excusa del cansancio. No era raro que se sintieran fatigados, teniendo en cuenta que entrenaban muchas horas expuestos al frío y que casi siempre tenían hambre. Sin embargo, su silencio, sumado al comportamiento reticente de Bruno, que se había acostado temprano en lugar de quedarse con ella en el salón, parecía tener su origen en la conversación de la que ella había escuchado una parte antes de la cena del día anterior.

—¿Podrías contarme por qué estás tan callado? —le preguntó ella al fin mientras caminaban con Nia entre los dos.

Max dio unos golpecitos en el suelo con el bastón.

—Estoy algo cansado, y con este aire tan frío me duelen los pulmones.

Nia miró hacia atrás, pero siguió andando.

Anna no sabía si Max y Bruno se habrían dicho algo que los hubiera disgustado. La mente le iba a toda velocidad intentando rearmar las piezas de la conversación que con su presencia había interrumpido.

—¿De qué hablaban Bruno y tú anoche?

—De la guerra —respondió él—. Y de cómo me quedé ciego.

—Seguro que no te resultó fácil hablar de eso —aventuró Anna.

Max asintió.

—¿Y conversaron sobre algo más?

—Sobre la empresa de su familia.

Anna esperó a que añadiera algo, pero Max continuó avanzando y golpeando el suelo con el bastón. El corazón le latía con fuerza.

—Cuando entré, oí que decías algo sobre la Unidad de Desinfección.

Max aminoró el paso.

—¿Qué es? —quiso saber ella.

Él volteó la cabeza en dirección a Anna y tiró del arnés.

—*Halt*.

Nia se detuvo.

—¿Seguro que quieres hablar de esto? —le preguntó.

—Sí.

Él se pasó la mano enguantada por la cara.

—Busca un asiento —le ordenó a Nia.

La perra recorrió el andén con la mirada y se dirigió hacia un banco de madera.

Anna se sentó junto a Max, que sostenía el bastón con las dos manos, y Nia se acurrucó a los pies de los dos.

—Llevo tiempo pensando en cómo abordar este tema contigo —dijo Max con los ojos opacos clavados al frente—. ¿Qué quieres saber?

—Todo.

—Será desagradable —le advirtió él—. Y no será lo que quieres oír.

Anna notó que se le formaba un nudo en el estómago.

—No me importa.

—De acuerdo. —Se volteó hacia ella—. Pero, por favor, quiero que sepas que lo que te voy a decir te lo digo con pesar, y que solo quiero lo mejor para ti.

—Por supuesto.

Durante varios minutos, Max le habló de su conversación con Bruno, incluida la explicación sobre su ceguera, causada por la ruptura del cilindro de gas cloro, uno de los miles instalados en las trincheras por una patrulla especial conocida como Unidad de Desinfección. También le contó que Bruno y él coincidieron en el frente, cerca de Ypres, Bélgica, la víspera del día en que el ejército alemán usó el gas cloro, algo que contravenía el Convenio de La Haya, que prohibía el uso de armas químicas.

—Dios mío —susurró Anna, bajando la cabeza y enterrándola en las manos enguantadas.

—Era algo que me rondaba por la cabeza —prosiguió él—. Y no sabía cómo hablar contigo de ello.

—¿Hay algo más? —preguntó Anna, levantando la cabeza de las manos.

—Me temo que sí. ¿Quieres esperar un poco antes de que siga?

—No, por favor, termina de contármelo —respondió ella, temerosa de lo que estaba a punto de oír.

—Hace unos días, Bruno comentó que al inicio de la guerra había formado parte del Regimiento 36 de Pioneros.

—Sí —dijo ella, mirándolo—. Pero ¿eso qué tiene que ver?

—Desde que lo dijo, he estado estrujándome el cerebro, intentando recordar de qué me sonaba ese regimiento. Y anoche, mientras conversaba con Bruno, caí en la cuenta de que yo lo conocía por otro nombre. —Se volteó hacia ella—. También lo llamaban Unidad de Desinfección.

Anna sintió como si acabaran de propinarle un puñetazo en la barriga.

—Debes de estar equivocado.

—Es posible, pero...

—Si le hubieran ordenado llevar a cabo actos inhumanos, Bruno me lo habría contado —lo interrumpió ella. El corazón le latía cada vez más deprisa—. ¿Tú se lo preguntaste?

—Sí.

—¿Y qué te respondió?

—Me dijo que su regimiento estaba a cargo de la construcción de búnkeres.

Anna miró a Max, que mantenía los ojos fijos al frente. Sintió un escalofrío.

—Pero tú no le crees, ¿verdad?

—Es posible que su unidad se dedicara a construir búnkeres. Existen numerosas unidades que construyen de todo, desde carreteras hasta trincheras. Pero Bruno dijo algunas cosas para las que me cuesta encontrar sentido.

Un sentimiento creciente de irritación crecía en el interior de Anna. Reprimió el impulso de levantarse y salir de allí.

—Dime qué es lo que te perturba.

—En primer lugar —dijo Max—, Bruno empezó la guerra en infantería, pero ahora está destinado a artillería.

—¿Y eso qué tiene de malo? —preguntó ella—. Supongo que en el ejército se dan a menudo cambios de funciones, y más en el frente.

—Las funciones cambian con frecuencia, sí, pero los soldados, así como los oficiales, suelen permanecer en la misma división. —Se pasó el bastón de una mano enguantada a la otra—. Al principio, el gas tóxico salía de unos cilindros instalados por unidades de infantería en la primera línea del frente. Pero actualmente casi todo el gas sale de proyectiles de artillería.

Anna se abrazó a sí misma. Le dolía la cabeza.

—¿Qué otra cosa te inquieta?

—El negocio familiar de Bruno es una fábrica de tintes, y él ha comentado que durante la guerra han cerrado contratos con el ejército.

—Supongo que también le preguntaste a Bruno sobre eso —dijo ella.

Max asintió.

—Me respondió que eran contratos para teñir uniformes y otros suministros militares.

Anna lo miró con la cabeza ligeramente ladeada.

—Y tú no te lo crees, ¿verdad?

—Tengo dudas sobre su relato.

—Él no mentiría nunca —replicó ella alzando la voz.

Nia se levantó y le dio un golpecito con el hocico.

—No pasa nada, bonita —la tranquilizó ella, acariciándola en un costado.

—Me asquea estar hablando de esto —prosiguió Max—. Entiendo cómo se sienten los soldados cuando nuestro ejército los obliga a matar. No tienen elección, y yo tampoco la tuve cuando estuve en el frente. Pero las consecuencias para alguien destinado a la guerra química serían mucho peores que para un soldado raso. Se sentirían horrorizados y avergonzados por sus actos, que podrían constituir un crimen de guerra, teniendo en cuenta que el gas tóxico viola los tratados del Convenio de La Haya. Por otra parte, si alguien se negara a obedecer una orden, sufriría consecuencias graves, entre ellas la posibilidad de ser ejecutado. Pero me temo que la implicación de Bruno podría ser bastante más que la mera obediencia de unas órdenes.

—Eso es absurdo —sostuvo Anna.

—Espero que lo sea. —Max hizo una pausa y respiró hondo varias veces—. ¿Tú sabes cómo se fabrican la tinta y los tintes?

—No.

—Yo tampoco —admitió él—. Pero sé que, para fabricarlos, hacen falta productos químicos. Igual que para fabricar gases tóxicos.

En la mente de Anna aparecieron fugazmente imágenes de los pacientes gaseados del hospital, con los ojos vendados y dificultades para respirar. Se notaba la boca cada vez más seca.

—¿Bruno fue a la universidad?

—Sí.

—¿Qué estudios cursó?

—Química. —A Anna le temblaba todo el cuerpo—. Pero es que para la fabricación de tintes hacen falta conocimientos científicos. Bruno no haría voluntariamente nada que implicara el uso de armas químicas, y si su familia fabricara gases tóxicos me lo habría dicho.

—Basándome en mi experiencia en el frente —replicó entonces Max—, tengo mis dudas sobre las historias que cuenta. Me temo que Bruno y su familia podrían estar más implicados de lo que parece.

Anna estaba aturdida.

—No... No puedo seguir oyendo estas cosas.

Max alargó la mano, como si quisiera consolarla.

Ella se levantó y se alejó de él.

—¡Esto es una locura!

—Lo siento —dijo Max—. Deseo fervientemente que mis dudas carezcan de fundamento.

—¡Para, por favor! —le suplicó Anna con lágrimas en los ojos.

Max asintió y apoyó una mano en Nia.

—Si no quieres seguir aquí conmigo, lo entenderé perfectamente. Vete si quieres. Nia y yo podemos volver a casa solos.

Una mezcla de pánico y negación se había apoderado de ella. Se giró, resbaló al pisar una placa de hielo y se cayó. Sintió un dolor agudo en las manos y las rodillas.

Max se levantó al momento del banco.

—¡Déjame! —le gritó Anna.

Max se detuvo, pero Nia se acercó a ella lloriqueando.

—Estoy bien, bonita —la tranquilizó ella abrazándola. Sus lágrimas le mojaron el pelaje.

Anna se puso de pie y se fue, negándose a mirar atrás.

Pasó gran parte de la tarde caminando junto al río Hunte, que fluía hacia el norte de Oldemburgo, porque creía que allí no se encontraría con Fleck ni con ningún otro grupo de adiestramiento. Al cabo de bastante rato se le cansaron las piernas y fue a sentarse en la orilla helada.

Apoyó la cabeza en las rodillas.

«Esto no puede estar ocurriendo! Tiene que haber una explicación convincente para todo. Bruno nunca mentiría, y si él o su familia estuvieran implicados en la guerra química me lo habría dicho». Rezaba por que las dudas de Max sobre Bruno resultaran ser falsas. Pero había llegado a confiar en él, y sus palabras la habían perturbado profundamente.

Sentía la necesidad imperiosa de regresar a casa y comentarlo con Norbie. Pero lo más probable era que Bruno estuviera allí, dada la hora que era, y no quería exponer a su padre a acusaciones que, aunque fueran infundadas, pudieran manchar lo que pensaba de su futuro esposo. Así pues, decidió que hablaría a solas con Bruno durante el encuentro que él había planificado en la casa de huéspedes. Se quitó los guantes, se desabrochó el cuello del abrigo y agarró con fuerza el medallón de su madre, con forma de corazón. «Protégete el corazón». Repitió mentalmente, una y otra vez, la frase de su padre, pero no consiguió aliviar el dolor que le oprimía el pecho.

Poco antes de la puesta de sol, llegó a la casa de huéspedes de tres plantas, con fachada de ladrillo, situada a tres calles del hospital en el que había trabajado de enfermera. El corazón le latía con fuerza, retumbaba en sus costillas. Ignoró la agitación que sentía y franqueó la puerta principal, tras la que se encontró con una señora de mediana edad, demacrada, con cabellos grises que asomaban bajo un pañuelo.

—Vengo a ver a Bruno Wahler —dijo Anna, hundiendo las manos en los bolsillos del abrigo.

Con un dedo torcido, la mujer le señaló la escalera.

—Tercera planta. La última habitación a la izquierda.

—*Danke*.

A medida que subía la escalera, sentía que le faltaba el resuello. Se detuvo en el descansillo de la tercera planta y, al respirar hondo varias veces, le llegó un olor rancio a tabaco. Se acercó a la puerta y un escalofrío le recorrió todo el cuerpo. «Es un malentendido. Todo irá bien». Llamó con los nudillos. Oyó pasos que se acercaban en el interior de la habitación, y la puerta se abrió.

—Anna —dijo Bruno rodeándola con los brazos—. Me alegra mucho que hayas venido.

—Te lo prometí —contestó ella, y sintió que le flaqueaban las piernas.

Él la soltó, cerró la puerta y la ayudó a quitarse el abrigo.

La habitación era casi idéntica a la de la segunda planta, la que Bruno había alquilado cuando la cortejaba. En ella había una cama individual con cabecera y pie de latón, una manta de lana gris, una única silla de madera y un lavamanos, sobre el que una vela encendida emitía un resplandor que teñía de ámbar toda la estancia.

—He podido conseguir algo de pan negro esta tarde —le comentó él, señalando una bolsa de papel que había sobre el aguamanil—. He pensado que podríamos llevarlo a casa esta noche para compartirlo, a menos que quieras comer un poco ahora mismo.

Ella negó con la cabeza.

Bruno se le acercó.

—Estás pálida. ¿Te encuentras bien?

—No.

—Siéntate, por favor. —La agarró de la mano y la condujo a la cama—. Te traeré agua.

—Ahora no —dijo ella, retirando la mano. Apoyó la espalda a los pies de la cama—. Tenemos que hablar.

—¿Qué ocurre?

Anna sintió unas náuseas en el estómago que le subían hasta la garganta.

—Oí tu conversación con Max anoche.

—Vaya —dijo él—. ¿Qué oíste?

Ella tragó saliva.

—Háblame de la Unidad de Desinfección.

Bruno frunció el ceño unos instantes, y después suavizó el gesto.

—Ah, eso. —Intentó abrazarla de nuevo, pero ella lo apartó.

—Déjame, por favor —dijo Anna, colocando las dos manos delante de ella.

—Está bien. —Bruno bajó los brazos y la miró.

—Cuéntame —insistió ella.

—Yo no sé nada sobre la Unidad de Desinfección, más allá de lo que Max me dijo anoche —afirmó Bruno con voz sosegada—. Según él se trata de una unidad especial que instaló tubos de gas venenoso en su trinchera.

—¿Habías oído hablar de eso antes?

—No —aseguró él—. Max parece culpar a esa unidad de su ceguera, a pesar de que fue una bomba francesa la que destrozó el cilindro del gas y causó el accidente. —Se pasó una mano por el pelo—. A partir de lo que me preguntaba, creo que ha llegado a la conclusión de que yo tuve algo que ver con la instalación de los conductos de gas en su trinchera.

—¿Y por qué habría de pensar eso? —le preguntó Anna.

—Quizá porque mi llegada a Ypres coincidió con el momento en el que resultó herido, y él, equivocadamente, relaciona mi regimiento con la Unidad de Desinfección.

—Pero tu regimiento se dedicaba a otras cosas en Ypres, ¿no es cierto?

—Sí —dijo él—. Yo dirigía una unidad que construía búnkeres. Pero poco después me destinaron a un puesto de artillería.

Anna inspiró hondo y soltó el aire despacio.

—Sus insinuaciones me alteraron —añadió—. Por eso salí a dar un paseo. Y el rato que pasé solo me ayudó a darme cuenta de que tal vez las intenciones de Max vayan más allá de buscar un culpable a su ceguera.

Anna se cruzó de brazos.

—¿A qué te refieres?

—Creo que siente algo por ti.

Anna se enderezó de pronto.

—Estás equivocado.

—¿Estás segura? —repuso Bruno—. Pasan mucho tiempo juntos.

Le vino a la mente una imagen de los dos en el piano, de ella apoyando la cabeza en su hombro. El corazón empezó a latirle con más fuerza.

—No quiero ni imaginarme el miedo que debe de sentir Max al enfrentarse a la idea de vivir solo, con la única compañía de un perro. —Unió las palmas de las manos—. ¿Cuánto tiempo lleva en casa con ustedes?

—Algo más de cinco semanas —respondió ella.

—Yo tardé mucho menos en enamorarme de ti. —Se arrimó más a ella—. Creo que siente algo por ti y le da miedo quedarse solo. Esas dos cosas pueden haberlo llevado a crearse una imagen falsa de mí en su cabeza. Y la está usando para separarnos.

—Max no siente nada por mí —reiteró ella—. Y además no haría nada expresamente para hacernos daño a ninguno de los dos.

—¿Cómo lo sabes?

Anna tomó aire mientras se esforzaba por encontrar una réplica.

—Me gustaría habértelo contado anoche, pero pensé que podría afectarte. —La miró a los ojos—. No me extrañaría que ya hubiera empezado a contarte cosas para sembrar dudas sobre mí.

Anna bajó la cabeza.

—Oh, no —dijo Bruno con tristeza en la voz—. Ya te ha comentado algo, ¿verdad?

—Sí —susurró ella.

—Lo siento mucho, Anna. Debería haber hablado antes contigo. —Con delicadeza, le apoyó una mano en el hombro—. No estoy enfadado, ni le guardo rencor a Max. Simplemente, te ha tomado cariño. Está herido por dentro, y es muy posible que le dé miedo quedarse solo.

Anna hacía esfuerzos por asimilar las palabras de Bruno.

—Cuando lleguemos a casa —zanjó Bruno—, hablaré con Max y lo arreglaré.

—¿Lo harás?

—Por supuesto —dijo él—. ¿Así te sentirás mejor?

Anna asintió.

—*Gut.*

Le acarició la mejilla con el pulgar.

En un acto reflejo a esa caricia, Anna se llevó la mano al cuello y agarró la cadena del medallón de su madre. «Protégete el corazón».

—¿Puedo preguntarte algo?

—Lo que quieras —dijo él.

Anna respiró hondo.

—¿Por qué el ejército desperdiciaría los conocimientos de un químico ordenándole construir búnkeres?

Bruno permaneció unos instantes en silencio, observándola.

—Nuestro ejército no da demasiado valor a la educación cuando se trata de asignar puestos a los soldados.

Ella lo miró fijamente a los ojos, escrutándolo, tratando de hallar el menor atisbo de falsedad. Pero no lo encontró. Aun así, un dolor en lo más hondo de sus entrañas la empujaba a tener la certeza absoluta, aunque para ello tuviera que engañarlo.

—¿Quieres saber algo más? —le preguntó él.

—Sí —respondió Anna, armándose de valor—. ¿Cuándo pensabas contarme que la empresa de tu familia le suministra gas tóxico al ejército?

Bruno dio un paso atrás, como si acabaran de pincharlo con un palo.

—¿Qué te ha contado?

—No me mientas —insistió Anna con indignación fingida.

—¡Max se ha vuelto loco!

—¿Cuánto tiempo más creías que ibas a poder mantenérmelo en secreto?

Bruno ladeó la cabeza.

—No hay ningún secreto.

—En ese caso, le escribiré a tu padre —amagó ella—. O quizá iré a visitarlo a Fráncfort para preguntarle por qué su hijo se niega a contarle a su prometida la verdad sobre los negocios de su familia.

—Anna...

—¡Basta ya de mentiras! —exclamó ella—. ¡Yo ya sé que la Wahler Farbwerke fabrica gas tóxico!

Bruno apretó mucho las mandíbulas.

—Si pretendes que lo nuestro tenga algún futuro, tienes que contarme exactamente qué implicación has tenido y qué piensas hacer al respecto. —Anna cerró los puños con fuerza, clavándose las uñas.

Él permaneció en silencio, se pasó la mano por la cara y bajó la mirada.

—No tuve elección.

«Dios mío, no, por favor».

—Fritz Haber, jefe del Departamento de Química del Ministerio de la Guerra, reclutó a un grupo de químicos, entre ellos a mí, para crear una unidad especial. —Fatigado, soltó el aire despacio—. Yo no sabía para qué era. Pensé que tal vez querrían que desarrollásemos explosivos más avanzados. Pero resultó que se trataba de desplegar armamento químico. No podía renunciar ni cambiar de destino. Y a través de Haber descubrí que mi padre había firmado contratos con el ejército para proporcionar gas cloro, un derivado de la fabricación de tinta y tintes.

«Esto no puede estar pasando». Anna arrastró los pies hasta la silla y se dejó caer sobre ella. Tenía los ojos llenos de lágrimas.

—No pasa un día entero sin que lamente lo que estoy haciendo —prosiguió él.

—¿Por qué me has mentido? —le preguntó ella entre sollozos.

—No quería hacerte daño, y me daba miedo perderte. —Se arrodilló a sus pies y le cubrió las rodillas con las manos—. Las cosas serán distintas cuando termine la guerra. Todo se olvidará. La empresa volverá a fabricar tintes. Nuestros días estarán llenos de felicidad y prosperidad. Te lo prometo.

Anna tenía las mejillas empapadas de lágrimas.

—Estás cometiendo atrocidades.

—Es la guerra —se justificó él—. Los británicos y los franceses están usando los mismos gases.

—¡Eso no importa! —exclamó ella—. Es un crimen de guerra. Has matado y has mutilado a seres humanos con veneno.

Bruno se la quedó mirando. Con una voz exenta de toda emoción, sentenció:

—La muerte es muerte, independientemente de cómo se inflija.

Anna se estremeció. Sintió un dolor agudo en la boca del estómago y tuvo ganas de vomitar.

—Madre mía, ¿qué te ha pasado?

Bruno abrió la boca, pero no dijo nada. Sus manos, aún apoyadas en las rodillas de Anna, temblaban con fuerza.

Ella se puso de pie y lo apartó.

A Bruno se le anegaron los ojos de lágrimas. Bajó la cabeza y lloró.

Con manos temblorosas, Anna se quitó el anillo de compromiso y lo dejó a sus pies. Se puso el abrigo y abandonó la casa de huéspedes. Hundida, con el corazón destrozado, se desplomó en la acera y lloró.

Capítulo 30

Anna entró en el taller de Norbie y se sentó en un banco de trabajo lleno de engranajes y muelles pertenecientes a un reloj de péndulo desmontado. Desde que había puesto punto final a su compromiso con Bruno habían pasado unos días, pero ella seguía igual de atormentada. Norbie y Max estaban arriba, y ella esperaba que pasar un rato a solas, rodeada del coro meditativo de tictacs, la ayudara a olvidarse de él, aunque fuera solo durante un rato.

Al regresar de la casa de huéspedes estaba destrozada. Habló con Norbie y le contó lo que había sucedido. Su padre se sorprendió mucho, y lloró con ella hasta que a ninguno de los dos le quedaron más lágrimas. Después se disculpó con Max por no haberle creído, pero él solo se mostró preocupado por su bienestar. No la presionó para que hablara, y Anna notó que su compañía la reconfortaba. Cuando ya no se le ocurría nada que decir, él, sencillamente, le agarraba la mano y se la apretaba un poco para tranquilizarla. Norbie y Max invitaron a Emmi a que pasara las noches en casa escuchando al veterano tocar el piano. A Anna no le cabía duda de que lo hacían para que su mejor amiga le sirviera de consuelo, y era cierto que agradecía verse rodeada de seres queridos, incluida Nia, que muchas veces se acurrucaba a su lado, en el sofá.

Tras la ruptura de su compromiso, Bruno no regresó a la casa. Transcurridos unos días, cuando a Anna le quedó claro que ya no volvería, guardó en un armario su maleta de piel, que contenía una muda de ropa y sus artículos de afeitado, con la idea de desprenderse de ella más adelante. No le sorprendió que no quisiera dar la cara después de confesarle su participación en la guerra química, sin embargo le dolió que no se molestara en escribirle una nota o un telegrama.

«Le horroriza y le avergüenza su conducta, sus mentiras —pensaba mientras le zurcía unos calcetines a su padre—. Y a mí también».

Se giró al oír unos pasos en la escalera.

—He preparado café para los dos —anunció Norbie entrando en el taller.

—Gracias.

Su padre dejó dos tazas humeantes en el banco de trabajo y se sentó en un taburete, a su lado.

Ella dio un sorbo.

—Está bueno —dijo, a pesar de que había perdido el apetito.

—Es una mezcla nueva que contiene esencia de bellota.

Anna asintió.

Norbie dio un trago al suyo.

—¿Cómo te sientes?

Anna pasó un dedo por el borde de la taza.

—Me siento dolida y traicionada, y decepcionada conmigo misma por no haber sabido más cosas sobre Bruno y los negocios de su familia.

—Lo siento —la consoló él—. Pero tú no tenías manera de saber nada. Bruno nunca te dejó entrar del todo en su vida, ni se ocupó de propiciar una relación entre su familia y tú. Si no te hubieras plantado frente a él con lo que Max te había contado, es posible que nunca hubiera sido sincero contigo. Tú eres una mujer inteligente, y estoy seguro de que algún día habrías descubierto a qué se dedicaba la empresa de tintes de su familia durante la guerra, pero podría haber sido después de que te hubieras casado con él, cuando ya estuvieras viviendo en Fráncfort.

Anna sentía un dolor en el pecho. Se preguntó fugazmente si Bruno tendría otros secretos. «Ya no importa. Él y yo ya no estamos juntos».

Su padre le apretó la mano.

—Sé que lo estás pasando mal. Pero el dolor podría haber sido mucho mayor si lo hubieras averiguado más adelante. —Le dio otro sorbo al café—. Me alegro de que Max haya estado aquí para arrojar luz sobre la verdad.

—Yo también —coincidió Anna.

Norbie le dio unas palmaditas en la mano y la miró.

—¿Y cómo se siente tu corazón?

—Roto.

—¿Roto por Bruno o roto por lo que los dos crearon juntos?

—¿Qué quieres decir? —le preguntó, confundida.

Norbie removió el café.

—¿Estás herida por las cosas espantosas que Bruno ha hecho o estás triste por el fin de tu relación con él? ¿O quizá por las dos cosas?

Anna se planteó aquellas preguntas. En su mente aparecieron imágenes de soldados heridos, con los ojos vendados, asfixiándose. Las lágrimas asomaron a sus ojos.

—Me duele el corazón por los miles de hombres que quedarán ciegos, mutilados, por los que han muerto por culpa del gas tóxico.

Norbie se sacó un pañuelo del bolsillo y se lo ofreció.

—A mí también.

Anna se secó los ojos.

—Lo cierto es que no me sorprende saber que te sientes así.

—¿Por qué lo dices?

—Me fijé en que te comportabas de otra manera con Bruno —le explicó él—. Comparándolo con su última visita, no te sentabas tan cerca de él en el sofá. Se abrazaban poco, se tomaban poco de la mano y tú casi nunca salías de casa para pasar ratos con él. Ponías excusas para quedarte conmigo y con Max.

Anna hundió los hombros.

—Todo esto te lo digo, claro está, para que te sientas mejor, porque soy tu padre. En todo caso, lo que presencié entre Bruno y tú me lleva a pensar que el dolor que sientes ahora por tu compromiso roto no será permanente.

Anna sostuvo la taza con fuerza.

—¿Lo crees de verdad?

Norbie asintió.

—Ya sé que mi dolor es distinto —dijo ella—. Pero ¿cómo fue para ti cuando perdiste a mamá?

—Devastador —respondió él—. Es la clase de dolor que, en realidad, nunca se va del todo. Incluso después de tantos años, sigo triste por haber perdido a Helga. No hay un solo día en el que no despierte pensando en ella. Es como si tuviera una astilla clavada en lo más profundo de mi corazón que no encuentra la salida.

Anna agarró con fuerza la mano de su padre, y él se la apretó.

—Sé que las cosas están difíciles. Pero creo que con el tiempo tu corazón sanará y aprenderás a sentir afecto de nuevo. Algún día conocerás el amor verdadero que yo tuve con tu madre.

Anna se levantó de su taburete y lo abrazó.

Norbie se zafó de su abrazo y se secó los ojos.

—Max está preparando la cena. ¿Y si subimos a reunirnos con él y con Nia en la cocina?

Ella asintió. Lo siguió escaleras arriba, agradecida por su empeño en aliviarle el dolor y devolverle la esperanza.

Los tres cenaron tortitas de nabo y café de bellota. Después, Norbie se encerró en su taller a reparar relojes y Anna se unió a Max en el salón, donde lo encontró sentado en el suelo, cepillando a Nia.

—¿Te ayudo? —le preguntó.

—Puedo solo —respondió Max—. Pero a Nia y a mí nos gustaría contar con tu compañía.

Anna también se sentó en el suelo, al otro lado de la perra, que movía la cola y golpeaba con ella el suelo cuando Max le pasaba el cepillo por el pelaje.

—Le encanta que la peinen —comentó Anna.

—Sí. —Max se interrumpió unos instantes, hasta que localizó su pata delantera—. Pero que le corten las uñas no le gusta tanto.

Nia se tendió bocarriba y levantó las patas.

Anna le rascó la barriga.

—Seguro que debe de tenerlas muy sensibles por el tiempo que pasó en las trincheras embarradas.

—Tienes razón, sí. —Volvió a pasarle el cepillo por el pelo. Ella lo miró.

—Valoro mucho que estés aquí apoyándome.

—Ojalá pudiera hacer algo más por ti.

—Has hecho más de lo que crees —dijo ella.

—Me alegro. —Cepilló un poco más a Nia—. Siento mucho todo lo que ha ocurrido.

—Lo sé. Yo también lo siento.

—¿Por qué?

Anna tragó saliva.

—Estar aquí conmigo debe de recordarte lo que hizo Bruno en Ypres, cómo perdiste la vista.

Max dejó el cepillo en el suelo y se volteó hacia ella.

—No culpo a Bruno de mi ceguera, ni le atribuyo responsabilidad a su familia. Aunque ellos no hubieran participado en el uso o la producción de gas cloro, el ejército hubiera encargado a otro oficial dirigir la instalación de los cilindros de gas en el frente. Y habría conseguido el agente tóxico de cualquier otro fabricante. A la larga no habría importado.

Anna apreció enormemente aquellas palabras, pero aun así el sentimiento de culpa seguía instalado en la boca de su estómago, aunque solo fuera por asociación.

—En cuanto a lo de estar aquí apoyándote —prosiguió—, no podría estar en un lugar mejor.

Anna parpadeó para reprimir las lágrimas. «Yo tampoco».

Él terminó de cepillar a Nia y fue a tirar el montón de pelo al cubo de la basura de la cocina. Regresó a la sala apoyando la mano en la pared para orientarse.

—¿Te gustaría que trabajemos en la transcripción de tu suite esta noche? —le preguntó ella.

—Solo si te gustaría a ti.

—A mí sí. Seguramente te graduarás en un par de semanas. ¿Crees que podrás acabarla antes de que te vayas?

—Diría que sí —respondió él con un dejo de melancolía en la voz.

Anna se sentó al piano, junto a Max. Con el papel pentagramado y un lápiz en la mano, siguió transcribiendo la pieza mientras Nia dormía debajo del banco. Compás a compás, se dedicaba a anotar las notas. Su mente, poco a poco, se alejaba de

Bruno, de su familia, de las atrocidades de la guerra. Una gran calma se extendía por todo su cuerpo y borraba la tristeza de su pecho. Trabajaron juntos durante horas en el borrador de la composición musical, y ella deseó que aquella suite para piano no terminara nunca.

Capítulo 31

Max, guiado por Nia, se sacudió la nieve de las botas y entró en el cobertizo de la escuela, donde Fleck había convocado una reunión con los instructores y los veteranos. Tras una mañana trabajando obstáculos con Nia —y sin Anna, que observaba desde un lateral, acompañada de los demás instructores—, tenía los pies entumecidos, y le dolían los pulmones a causa del aire frío. Se acercó a la estufa de leña, valiéndose del bastón para orientarse.

—*Halt!* —le ordenó Max a la perra, tirando un poco del arnés.

Nia se detuvo y se sentó cuando él se lo pidió.

Oía las conversaciones de los hombres, entre ellos Fleck y Waldemar, que comentaban la conveniencia de enviar a los veteranos a la ciudad a pasar la tarde. Se quitó los guantes de piel y extendió las manos hacia el calor que irradiaba la estufa. Un olor sutil a leña de álamo quemada le impregnaba las fosas nasales. Mientras se frotaba las manos, notó que alguien le tocaba suavemente el brazo. Anna.

—Lo has hecho muy bien en el circuito de obstáculos —le susurró, como si no quisiera que los demás lo oyeran.

—*Danke* —dijo él.

—Fleck ha comentado que Nia y tú son la pareja que mejor lo ha hecho.

Max le dio una palmada en la cabeza a su perra.

—Buen trabajo, Nia.

La perra alzó el hocico y meneó la cola.

—Y eso no es todo —prosiguió Anna, dándole un golpecito con el codo—. Waldemar estaba presente cuando Fleck ha

331

pronunciado el elogio. Daría lo que fuera por que hubieras visto la cara que ha puesto.

Max sonrió. Aunque demostrarle a Waldemar lo que Nia y él valían no era lo único que le procuraba satisfacción; el timbre de voz alegre de Anna lo ponía muy contento. «Estás recobrando el ánimo».

Hacía ya dos semanas que Bruno había abandonado Oldemburgo, y ella, gradualmente, había empezado a dejar atrás la pena. Aun destrozada por aquel cúmulo de espantosas circunstancias, había seguido adelante, día a día, entrenándolo a él y adiestrando a Nia. Y por las noches, a pesar del hambre y el cansancio, había insistido en que continuaran transcribiendo su suite para piano. A él le parecía que Anna era la persona más fuerte que había conocido en su vida, y aunque todavía le quedaba un largo trecho para recuperarse del todo, no había duda de que se hallaba en el buen camino para recuperar la felicidad en su vida.

—¡Atención! —gritó Fleck situándose en el centro del cobertizo.

Los presentes interrumpieron sus conversaciones. Los instructores y los veteranos, acompañados de sus perros guía, se congregaron en torno al supervisor.

Fleck se atusó el bigote y fue pasando la mirada por todos ellos, como para asegurarse de que no faltaba ninguno.

—Esta tarde, los veteranos entrenarán solos en la ciudad con sus animales. Sus instructores los acompañarán hasta el ayuntamiento. A partir de ahí, los veteranos y sus perras se trasladarán hasta un punto asignado que deberán explorar. Al término de la jornada, regresarán al ayuntamiento para reunirse con los instructores.

«Fleck nos aleja de los instructores y nos obliga a ser independientes», pensó Max. Aunque le entusiasmaba la idea de explorar la ciudad con Nia, también se sintió decepcionado al saber que Anna no lo acompañaría durante gran parte de la tarde.

El supervisor alzó su cuaderno y empezó a leer los nombres de los veteranos y a informarlos del punto asignado a cada uno de ellos. Al llegar al final de la lista, anunció:

—Max, el recinto hospitalario.

Anna se acercó a él.

—Has tenido suerte —le susurró—. Tiene un jardín muy grande en la parte trasera del edificio.

«Ojalá vinieras conmigo», pensó él.

Fleck se puso el cuaderno bajo el brazo y encendió un cigarro.

—Tengo otro anuncio que hacer —dijo, y dio una fumada profunda—. Ya he decidido la fecha de la graduación.

Max frunció el ceño.

—Será el 20 de febrero.

Max apoyó la mano en la cabeza de Nia. Una oleada de alegría lo invadió de pronto, pero al momento se fue como una marea en retirada. Solo le quedaba una semana para estar con Anna.

Fleck le dio otra fumada al cigarro.

—Retírense.

Max sujetó con fuerza el arnés de Nia y, en compañía de Anna, abandonaron el cobertizo. Los distintos grupos se dispersaron y empezaron a caminar en dirección a la ciudad, pero el crujido de unos pasos sobre la nieve hizo que Max se volteara y que Anna y él se detuvieran.

—Enhorabuena —dijo Emmi, acercándose a Max—. Me he enterado de las novedades.

—Gracias. Pero tengo que seguir haciéndolo bien estos siete días que faltan si quiero graduarme.

—Lo conseguirás —intervino Anna.

—¿Cómo está Ewald? —preguntó Max para cambiar de tema y no pensar que su tiempo con Anna tocaba a su fin.

—Está bien —respondió Emmi.

—Me da pena no poder conocerlo este verano cuando venga de permiso —comentó él.

—A mí también. Algún día, Ewald y yo iremos a verte tocar.

—En la Sala Dorada de Viena —añadió Anna.

—Eso estaría muy bien —convino Max—. Pero me conformaré con poder tocar en cualquier local que me acepte, y será un honor para mí que vengan a visitarme a Leipzig.

Emmi miró hacia atrás, temerosa de que Fleck se diera cuenta de que no estaban trabajando.

—Será mejor que me vaya. Tengo muchas tareas de las que ocuparme. —Se dio la vuelta y se fue.

Anna, Max y Nia se dirigieron hacia la ciudad a pie. La nieve que cubría la carretera crujía a su paso, y ellos andaban despacio para que la distancia que los separaba de los demás grupos aumentara y, de ese modo, poder contar con una mayor intimidad para hablar libremente.

—Norbie se pondrá muy contento cuando sepa que ya hay fecha para la graduación —comentó Anna.

—Sí. —«Nos queda muy poco tiempo juntos».

—¿Crees que podremos terminar la suite en una semana?

—Claro —dijo él—, siempre que estés dispuesta a trabajar hasta tarde.

—Por supuesto —respondió ella.

Siguieron caminando unos minutos en silencio. La noticia de su inminente partida dificultaba su conversación. Finalmente, fue Anna la que lo rompió.

—Llevo un tiempo preguntándomelo —dijo sin dejar de caminar con Nia a un lado—. ¿Te has planteado la posibilidad de quedarte en Oldemburgo?

A Max se le puso la piel de gallina.

—No, no lo había considerado.

—Como no tienes familia en Leipzig —prosiguió ella—, pensaba que quizá estuvieras abierto a un cambio.

El cerebro de Max funcionaba a toda velocidad mientras golpeaba el suelo con el bastón.

—Oldemburgo es un lugar agradable para vivir, sin guerra, claro. Y yo estaría aquí para transcribir tu música, siempre y cuando te parezca que lo hago bien, claro.

—Tu trabajo es impecable —la tranquilizó él.

—Además, aquí hay gente que se preocupa por ti.

A Max se le aceleraba el pulso por momentos.

—Está Norbie, está Emmi. —Anna tragó saliva—. Y yo.

A Max se le llenó el pecho de esperanza y gratitud. Anna le había atrapado el corazón, y anhelaba quedarse allí. Pero mucho

334

más que sus intereses personales, lo que él quería era lo mejor para ella. «Jamás me permitiría ser una carga para Anna». Sujetó el arnés con más fuerza.

—Yo también me preocupo por ti. Pero tú tienes que seguir trabajando, y lo más probable es que te pidan alojar a otro veterano durante el curso siguiente.

—Puedo ayudarte a encontrar un lugar donde vivir en la ciudad —insistió ella.

Max aminoró el paso y se volteó hacia ella. Sentía los hombros agarrotados.

—Por mucho que me guste estar aquí, creo que lo mejor será que intente vivir solo.

Ella acercó la mano al asa del arnés y la dejó junto a la suya.

—No te estoy pidiendo que lo decidas hoy. Pero, por favor, prométeme que te lo pensarás.

—Lo haré —concedió él, aunque sabía muy bien cuál sería su decisión.

Minutos después llegaron al ayuntamiento. Los grupos se separaron, y cada veterano, con su perro, se dirigió al punto asignado. Todos menos Max y Anna.

—¿Te acuerdas de cómo ir al hospital? —le preguntó ella.

—Conozco el camino a la zona en general —respondió Max, intentando apartar de la mente sus pensamientos sobre la invitación a quedarse que acababa de hacerle Anna—. Estoy seguro de que Nia y yo lo encontraremos.

—No dejes de explorar el jardín. Emmi y yo comíamos allí muchas veces. Ahora es invierno y no estará tan bonito, pero al menos podrás resguardarte un poco del viento.

—Está bien, iré. ¿Qué vas a hacer tú esta tarde?

—Volveré a casa a ver cómo está Norbie, y después me acercaré a buscar algo de comida.

Max se metió la mano en el bolsillo del abrigo y sacó una pequeña bolsa de papel.

—Por si no tienes suerte con el racionamiento, al menos podrás añadir esto a la cena de esta noche.

—Pero Max, no puedes seguir compartiendo tus almuerzos del ejército con nosotros.

Él mantenía la bolsa extendida.

—Tienes que alimentarte —insistió ella—. Cómetela tú en el jardín del hospital.

—No tengo hambre —le mintió—. Por favor, tómala.

Anna suspiró y, a regañadientes, aceptó la comida.

—Nos vemos aquí mismo más tarde —se despidió él.

Anna se metió la bolsa en el bolsillo de su abrigo.

—Buena suerte, Max.

Él asintió y agarró con fuerza el arnés.

—Adelante.

Nia se puso en marcha, y dejaron allí a Anna.

Le costó más encontrar el hospital de lo que en un principio había creído. Aunque había pasado por la zona con anterioridad, se equivocó de cruce y, después de caminar varias manzanas en la dirección equivocada, decidió preguntar cómo se iba a una mujer que apartaba nieve de la entrada de su casa. Pensó que Fleck ya contaba con que los veteranos tendrían problemas para llegar a sus destinos. «Cuando vuelva a casa, no podré apoyarme en Anna. Nia y yo estaremos solos para encontrar los sitios».

Pasó veinte minutos recorriendo calles adoquinadas que no conocía, cruces que no le sonaban de nada. En dos ocasiones tuvo que parar para recobrar el aliento y tomar notas mentales de la ruta. Finalmente llegó al hospital, y para confirmar que en efecto lo era, se lo preguntó a un hombre de voz ronca que fumaba un cigarro cerca de la puerta.

—Lo hemos conseguido, Nia —dijo Max, invadido por un sentimiento de orgullo.

La perra jadeó y agitó la cola.

Se dirigieron entonces a la parte trasera del edificio. Max golpeaba más deprisa el suelo con el bastón hasta que dio con el jardín, pues el camino serpenteante que llevaba hasta él estaba flanqueado a ambos lados por arbustos y parterres con plantas de flor, que en ese momento hibernaban. Aliviado al encontrar su destino, le dio la orden de detenerse a Nia. Aspiró hondo el aire frío de la tarde, que se le clavó en la garganta y lo hizo toser. Arrodillándose junto la perra, se quitó los guantes y le calentó la pata delantera derecha con las manos.

—Cojeabas un poco al andar.

Nia lo empujó con el hocico.

—¿Mejor?

Le lamió la nariz.

Él se rio, se levantó y volvió a ponerse los guantes.

—Está bien, bonita. Vamos a pasear un poco por el jardín.

Recorrieron el sendero, desierto de peatones y de personal hospitalario. La nieve compactada crujía al contacto de sus botas. El aire estaba salpicado del trino de unos pájaros posados en un árbol cercano. Max sintió que se le destensaban los hombros, y sus pensamientos regresaron a Anna.

Hacía dos meses, a su llegada a Oldemburgo, era un hombre roto, pero Anna le había devuelto la esperanza y las ganas de vivir. Ella lo había unido a Nia, su compañera, sus ojos, y lo había ayudado a resucitar su pasión por la música. En todos los sentidos, Anna lo había rescatado del infierno en el que se había sumido durante la guerra, y siempre le estaría agradecido por lo que había hecho.

Pero sus sentimientos hacia ella habían traspasado hacía mucho la frontera de la amistad. Le encantaba pasar tiempo con ella: los entrenamientos, los paseos con Nia y, sobre todo, sentarse a su lado al piano. Su voz era lo primero que deseaba oír por las mañanas, y lo último que le gustaba escuchar antes de acostarse. No sabía exactamente cuándo, pero se había enamorado de ella. Y aunque no estaba seguro, le parecía que ella también sentía algo por él. Había imaginado cómo sería rodearla con sus brazos y no soltarla nunca más. Pero era demasiado pronto para que él expresara sus emociones. «Necesita tiempo para sanar. Y quizá yo también».

Aunque las cosas habían cambiado ahora que Anna acababa de proponerle que se quedara a vivir en Oldemburgo. Solo tenía que aceptar su ofrecimiento. Pero en el fondo tenía reservas y estaba dividido ante aquella decisión. Su corazón ansiaba quedarse con ella. «Me he enamorado y creo que ella también siente algo por mí. Con el tiempo, podríamos tener alguna posibilidad». Pero su cerebro le dictaba otra cosa. «Soy ciego. Ella merece vivir la vida con un hombre físicamente capaz». Rezaba para tener la entereza de tomar la decisión que más conviniera a Anna.

Se detuvo junto a un árbol a descansar un poco, y entonces emprendió la segunda vuelta al jardín. Pero al llegar a una curva del camino, cuando golpeaba el suelo con el bastón, sintió que se mareaba.

—*Halt*.

Nia se detuvo.

Max se apoyó en el bastón. Se le aceleró la respiración, y el pulso le retumbaba en los oídos. Cayó de rodillas y bajó la cabeza. «Debería haber comido algo».

Nia le lamió la cara.

—Dame un minuto, bonita.

—¿Está bien? —oyó que le preguntaba una voz de mujer.

—Sí —respondió él, y se apoyó en el bastón para ponerse de pie. Pero tropezó.

La mujer se acercó corriendo a él y lo agarró del brazo.

—Soy enfermera. Entremos en el hospital.

—Estaré bien en un momento —insistió Max—. Solo necesito un rato para descansar.

—No —replicó ella—. Usted se viene conmigo.

La enfermera los condujo a los dos al interior del edificio y a él lo sentó en un banco del pasillo. Su nariz se impregnó de inmediato del olor a desinfectante, que le recordaba al hospital de campaña del frente. Un escalofrío recorrió su espalda.

—Voy a avisar a un médico —le comunicó.

—No hace falta. Enseguida me pondré bien.

—Quédese aquí —insistió ella, y se ausentó.

Max acarició a Nia.

—Lo siento. Si hubiera comido un poco, no nos habríamos metido en este lío.

Nia le lamió la mano.

Apoyó la espalda en la pared y descansó. Minutos después, oyó el repicar de unos pasos.

—¿Maximilian Benesch? —preguntó un hombre, que, por su voz, parecía mayor.

—Sí —respondió él, sorprendido al oír pronunciar su nombre completo.

—Soy el doctor Stalling —se presentó su interlocutor—. Hemos coincidido varias veces en el circuito de obstáculos.

Era el fundador de la escuela de perros guía.

—Sí, por supuesto. —Max se levantó y le tendió la mano.

Stalling se la estrechó.

—Me han informado de que ha tenido algún problema en el jardín.

—Me he mareado un poco —le aclaró Max—. Hoy no he comido.

—Ah... Creía que el ejército proporcionaba almuerzos a los veteranos en la escuela.

—Así es.

—¿Y por qué no se ha comido el suyo? —preguntó Stalling.

Max no dijo nada porque no sabía si, al hacerlo, podía causarle un problema a Anna. Pero por otra parte pretendía ser sincero, y más con el responsable de crear la escuela de perros guía.

—La familia con la que me alojo tiene muy poco que comer, y he optado por entregarle mi almuerzo diario.

—Maldito bloqueo naval —rumió Stalling meneando la cabeza—. Es muy generoso de su parte ofrecerle su comida a Anna.

«Lo sabe», pensó Max.

—De esta me acuerdo —dijo Stalling dándole una palmadita a Nia en la cabeza—. Es Nia, ¿verdad?

—Sí.

La perra lo miró y movió la cola, como si lo reconociera.

—Yo estaba en la escuela el día que llegó. Se encontraba en un estado lamentable. Fue Anna la que convenció a Fleck para que intentara salvarla.

Max sonrió.

—Y al parecer se ha convertido en la estrella de los perros guía.

—Es la mejor, señor.

—Bien, Maximilian —prosiguió Stalling—. Ya que está aquí, ¿qué le parece si se toma un caldo? No es gran cosa, pero le calentará el estómago. Dentro de un rato volveré a ver cómo se encuentra.

—No hace falta, señor. Ya estoy mucho mejor.

Stalling le apoyó una mano en el hombro.

—Venga. Lo acompaño mientras se toma el caldo, y le contaré una historia sobre lo que me llevó a inaugurar la escuela de perros guía. Creo que le gustará.

—De acuerdo —dijo Max.

Agarró con fuerza el arnés de Nia y, acompañados de Stalling, recorrieron el largo pasillo. Dejaron atrás a un médico castrense que empujaba una camilla en la que gemía un paciente. A Max se le aceleró el pulso. Le vino a la mente el recuerdo de sus ojos gaseados empapados en solución salina. Ahuyentó aquellos pensamientos y acarició a Nia. Esperaba que quedarse un rato en el hospital no le hiciera llegar tarde a su encuentro con Anna.

Capítulo 32

Bruno, en la ladera de una colina en la que habían instalado una batería de obuses, levantó los binoculares y escrutó el campo de batalla sumido en la oscuridad de la noche. Los Aliados lanzaron una bengala que iluminó una vasta zona de la tierra de nadie cubierta de cráteres de proyectiles, alambradas y cadáveres mutilados. El frente estaba en silencio, salvo por el repiqueteo esporádico de alguna ametralladora. Pero todo iba a cambiar en diez minutos, cuando la artillería alemana iniciara el bombardeo. Bajó los binoculares. Un sudor frío le cubría la frente. Sentía el pecho hueco, como si le hubieran arrancado el corazón y lo hubieran enterrado en Oldemburgo. Imaginó que un proyectil aliado estallaba cerca de él y que, en lugar de colocarse el respirador, se internaba en la nube amarillenta e inhalaba el gas tóxico.

Bruno, alterado y lleno de dolor, había abandonado Oldemburgo el día en que le había confesado sus mentiras a Anna. Era consciente de que todo había terminado, y no había nada que pudiera decir o hacer que pudiera exculparlo de los espantosos actos que había cometido. «Ya le he hecho un daño inmenso, y eso que todavía no sabe nada de Celeste», se dijo mientras se subía en el tren. Aunque creía que Anna nunca haría nada que atentara contra su integridad física, rezaba por que no experimentara el mismo grado de desesperación que había sufrido la esposa de Haber. Y le asqueaba pensar que, en su inútil intento de racionalizar el uso del gas venenoso, él mismo le hubiera repetido a la mujer que amaba el mantra de Haber: «La muerte es muerte, independientemente de cómo se inflija».

Su sueño de vivir el resto de su vida con Anna se había roto en pedazos. Y durante su viaje de regreso al frente, había reflexionado mucho sobre su relación, que casi en su totalidad se había construido en la distancia. Su breve cortejo, seguido de un compromiso impulsivo, se había mantenido gracias a cartas llenas de esperanzas y promesas. Él le había ocultado a qué se dedicaba la empresa familiar y cuál era su papel en la Unidad de Desinfección. Ahora veía que había sido un ingenuo al creer que podría ocultarle indefinidamente a Anna sus actos monstruosos, unos actos que quizá algún día lo llevarían a ser juzgado por crímenes de guerra.

Además, le había sido infiel, y pronto sería padre de un niño de la guerra. Desgarrado por la vergüenza, había intentado escribirle una carta a Anna, pero no le salían las palabras. Esperaba encontrar algún día el valor para explicarle que siempre lamentaría haberle causado tanto sufrimiento.

Bruno, desesperado por apartar de sí el sentimiento de culpa, deseaba poder atribuírsela a otra persona, o a otra cosa, culpar a algo externo de haber volcado la primera ficha de dominó que había desencadenado aquella cascada de desastres. La guerra y la exposición constante a la muerte le habían pasado factura, sin duda. Su padre había dispuesto que Haber lo reclutara en su unidad química especial, lo que en último término lo había llevado a gasear a miles de soldados. Le había vendido el alma a Haber a fin de que su padre lo viera como a su medio hermano Julius y le ofreciera un puesto en el negocio familiar. Ahora ya no quería tener nada que ver con la fábrica, ni siquiera si la producción de gas cloro para el ejército cesaba con el fin de la guerra. Había gente y circunstancias a las que Bruno podía culpar por la situación en la que se encontraba. Sin embargo, por sus pecados se culpaba solo a sí mismo.

Había pasado el resto de su permiso en Lille, con Celeste, aunque sin compartir cama. Él se había recluido en su habitación salvo para comer y para dar algún paseo con ella. Incapaz de cargar con el peso de más mentiras, le había contado todo lo que había ocurrido entre Anna y él. Además, le confesó que la empresa de su familia proveía de gas tóxico al ejército, y le habló del papel que tenía él en la guerra química, algo que a ella no le causó la menor sorpresa, dados sus vínculos con Fritz Haber, al que conocía bien por sus visitas a la casa de huéspedes. Aunque se mostró horrorizada por sus acciones, no lo rechazó. «A pesar de lo que he hecho, prefiere permanecer a mi lado porque soy el padre de su hijo, o porque teme que su familia la repudie por ser colaboradora». Pero eso a él no le importaba. Le parecía que Celeste era su única amiga, y además estaba embarazada. Aunque le resultaba imposible reparar todo el mal que había causado, estaba decidido a hacer las cosas bien en el caso de Celeste y el bebé que aún no había nacido. Por tanto, dedicó el tiempo libre que le quedaba a planificar el futuro de la madre y el hijo. Cuando le llegó la hora de regresar al frente, ya la había convencido para que al terminar la guerra se trasladara a Alemania con él. Celeste lo acompañó a la estación de tren, donde la despidió con un beso y le aseguró, a pesar del mal presentimiento que le atenazaba la boca del estómago, que su hijo y ellos vivirían una vida de bienestar económico y comodidades.

—Señor —dijo un soldado acercándose a Bruno.

Él se volteó.

El soldado consultó la hora.

—Dos minutos para el inicio del fuego, señor.

—Vaya a su puesto —le ordenó Bruno.

El soldado hizo el saludo militar y se arrastró por el lodazal para regresar a su posición junto al obús. En la retaguardia de la línea de artillería había montones de proyectiles, muchos de ellos marcados con una cruz verde.

«¿Qué cantidad de agentes tóxicos de mi padre vamos a lanzar esta noche?», se preguntó Bruno al contemplar el gran volumen de bombas.

En lugar de buscar refugio en su búnker, Bruno se abrió paso hasta un claro que quedaba unos veinte metros por detrás de un cañón. Pasaron los segundos y la batería de obuses disparó, lanzando proyectiles hacia las líneas enemigas. Le retumbaban los oídos. La tierra temblaba. Le ardían las fosas nasales con el olor acre de los explosivos. Veía a los soldados cargar bomba tras bomba en los cañones. La atmósfera se iluminaba con destellos que describían distintas parábolas y trayectorias. «Nuestros cañones están tan desgastados que ya no atinan con precisión nuestros blancos».

Bruno observaba el bombardeo y aguardaba, quizá esperaba, el contraataque enemigo. En efecto, las fuerzas aliadas no tardaron en tomar represalias. Y mientras a su alrededor se levantaban fuentes de tierra y hierro, él permaneció inmóvil en la colina, asegurándose de que uno de cada tres proyectiles cargados en los cañones contuviera gas tóxico.

Capítulo 33

Anna, con su mejor vestido de domingo bajo un abrigo de lana desgastado, entró en el cobertizo acompañando a Max y a Nia para asistir a la ceremonia de graduación. Los asistentes —instructores, veteranos y perros guía, así como miembros de la junta de la Asociación de Perros Sanitarios de la Cruz Roja— se habían congregado junto a la estufa de leña. Allí, a diferencia de lo que ocurría en otras ceremonias de graduación, no había ni diplomas, ni birretes, ni túnicas, ni familiares. La única persona externa invitada a la ceremonia era un fotógrafo que, en ese momento, estaba montando un fondo en un cubículo cubierto de paja.

Una mezcla de alegría y tristeza se agitaba en el interior de Anna, que se inclinó hacia Max.

—Lo has conseguido —le susurró.

Él volteó la cabeza hacia ella y sonrió.

—Y todo gracias a ti.

—Y a Nia —apostilló ella, acariciándole las orejas a la perra.

Los días anteriores, Anna había vuelto a sacar varias veces el tema de su permanencia en Oldemburgo, y en todas las ocasiones él había declinado la propuesta con el argumento de que quería intentar vivir solo. Anna admiraba su temple, así como su determinación para reconquistar su independencia. Pero, egoístamente, no quería que se fuera. «Siento algo muy profundo por Max, y no consigo imaginarme una vida sin él», pensaba mientras transcribía su suite para piano. Aunque habría deseado actuar de acuerdo con sus emociones, se había protegido el corazón, como si fuera el bulbo aletargado de una flor guardado en un invernadero para impedir que floreciera.

Habían pasado juntos aquellos últimos días, casi como lo habían hecho antes. Se despertaban temprano y bebían el sucedáneo de café con Norbie, entrenaban hasta el atardecer, cenaban nabo con algún extra obtenido de los almuerzos militares de Max, y al terminar se sentaban al piano para transcribir su composición. A pesar de sus horarios coincidentes, Anna había tenido pocas oportunidades de mantener conversaciones personales con él, salvo los ratos que pasaban juntos al piano. Gran parte de aquella semana, Fleck había ordenado a los veteranos que atravesaran solos la ciudad, guiados por sus animales, lo que daba a los entrenadores bastante tiempo libre. Y a Anna le resultaba descorazonador que sus últimos días en compañía de Max implicaran dar menos paseos con él y con Nia.

—Agrúpense —ordenó Fleck subiéndose a la tarima improvisada construida con cajas de madera amontonadas.

Emmi se unió a Max y Anna en el centro del cobertizo. Fleck, un exmilitar muy metódico que prefería las instrucciones concisas a las largas explicaciones, pronunció un discurso breve pero muy completo. Anunció los nombres de todos los veteranos y sus perros, les estrechó la mano uno por uno, y acto seguido cedió el sitio al doctor Stalling, encargado de pronunciar las palabras de despedida.

El médico miró a los asistentes y apoyó las manos en el atril.

—Gracias, veteranos, por su valiente empeño en proteger a nuestro país, a nuestras familias, a nuestros seres queridos.

Anna se fijó en Max, que orientaba los ojos opacos en dirección al estrado.

—Estoy en deuda con ustedes por los servicios que han prestado —prosiguió Stalling—. Es mucho lo que han sacrificado, y el pueblo alemán jamás olvidará su entrega para proteger a la patria del peligro enemigo.

Max bajó la cabeza, acarició a Nia entre las orejas, y el animal se arrimó más a él.

—Hoy es un día de renovación y resoluciones. Han culminado su instrucción con perros guía, y los felicito. Deben sentirse orgullosos de lo que han logrado. Y además de recuperar el control de sus vidas, estan abriendo camino para que muchos otros hombres que han perdido la vista en acto de servicio sigan sus pasos. —Se quitó los lentes y se frotó los ojos—. Deseo que sus pastores alemanes sean compañeros fieles y los faros que, con su luz, iluminen su camino. —Stalling se separó unos pasos del atril, y los congregados aplaudieron.

Anna se secó las lágrimas que asomaban a sus ojos.

—¿Estás bien? —le preguntó Max volteándose hacia ella.

—No podría ser más feliz —le respondió Anna con el corazón desgarrado.

El doctor Stalling bajó de la tarima y, abriéndose paso entre la multitud, se acercó a Max.

—*Hallo*, Max. Anna...

Nia levantó el hocico y miró fijamente a Stalling mientras agitaba la cola.

—Y hola a ti también, Nia —añadió Stalling dándole unas palmadas en la cabeza.

Estrechó con fuerza la mano de Max.

—Que tenga muy buena suerte.

—Gracias —dijo Max—. Anna nos ha transmitido a Nia y a mí las habilidades que necesitamos para valernos por nosotros mismos. Estoy seguro de que ya lo sabe, pero Fleck es muy afortunado por tenerla de instructora.

—Desde luego.

Anna esbozó una sonrisa forzada. No le había contado a Max que Fleck la había llamado el día anterior para informarle de que, ahora que Nia iba a irse, empezaría a turnarse con Emmi en el cuidado de las perras y sería la sustituta de otros instructores. En lugar de ser Waldemar el que se quedara en los márgenes del circuito, ahora sería ella. Y no se lo había dicho porque no quería aguarle la fiesta el día de su graduación. «Trabajaré duro para mejorar mi posición como instructora, y si no me sale bien, le informaré por carta».

—Me alegro de que las cosas te estén yendo bien, Anna —comentó Stalling, ajeno, al parecer, a su reciente cambio de destino—. Y Max, a usted y a Nia les deseo lo mejor en su viaje en común. Espero que nuestros caminos vuelvan a cruzarse algún día. —Dicho esto, se llevó los dedos a la visera de la gorra y se retiró.

Gradualmente, las conversaciones fueron decayendo y los asistentes al acto empezaron a abandonar el cobertizo. Anna se despidió de los demás instructores y, después, Max, Nia y ella se subieron en el carro de uno de ellos que se ofreció a llevarlos a la ciudad. Una vez en casa, los recibieron Norbie y Emmi, que habían preparado una comida de celebración consistente en café de bellota, nabo frito y rebanadas de pan negro untadas con una cucharada de pasta de ciruela que Norbie había conseguido a cambio de un reloj de mesa antiguo.

Pocas horas antes de que Max tomara el tren, se instalaron en el salón. Sobre el piano de pared reposaba la composición de Max ya terminada, la *Suite de la luz* que Anna había transcrito para él.

—No te olvides tu partitura —le advirtió Anna, recogiendo el montón de papeles—. ¿Quieres que te la guarde en tu maleta de piel?

—Sí, por supuesto, gracias —dijo Max, sentándose en el banco.

Mientras Anna metía su transcripción de la pieza en la maleta de Max, el olor de su ropa, recién lavada, le impregnó la nariz. «Se va de verdad». Sintió un dolor en el pecho.

—¿Nos harías el honor de interpretar la *Suite de la luz*? —le preguntó Norbie.

—Sí —respondió Max—. Pero que conste que el honor es mío. —Colocó las manos en el teclado y empezó a tocar.

Una profunda tristeza se apoderó de Anna. «Quizá nunca más volvamos a sentarnos juntos al piano». Por su mente pasaron fugazmente los recuerdos de sus momentos compartidos: la noche en que él le abrió su corazón y le contó que sus padres habían muerto en el hundimiento del *Baron Gautsch*; su comprensión cuando ella le confió que había perdido a su madre siendo niña; su empeño en afinar el piano de Helga para honrar su memoria; el día en que Max, asumiendo el riesgo de que lo expulsaran de la escuela, había convencido a Fleck para que la dejara entrenarlos a Nia y a él; la comida del ejército que les regalaba a Norbie y a ella para que no pasaran tanta hambre; su valentía al volver a tocar el piano, venciendo su incapacidad para oír las teclas más agudas; el cosquilleo de su piel cuando él, que quería saber qué aspecto tenía, había deslizado con gran delicadeza las yemas de los dedos por su rostro. Y el golpeteo rítmico de la cola de Nia cada vez que los oía hablar mientras transcribía su composición para piano. «Voy a echarlo muchísimo de menos».

Max tocó todos los movimientos de la *Suite de la luz* y, al terminar, apartó las manos del teclado y las apoyó en las rodillas.

—¡Bravo! —exclamó Norbie, con los ojos llenos de lágrimas.

Emmi aplaudió.

—Es preciosa.

Anna respiró hondo, haciendo esfuerzos por mantener la compostura.

—Me alegro de que les guste —dijo Max.

Norbie se secó las lágrimas, sacó un pañuelo y se sonó la nariz.

—Discúlpame por llorar, Max, pero es que tu pieza es divina y despierta mis emociones más íntimas.

—No era mi intención entristecerlo —contestó el—. Pero creo que conozco una canción que lo animará antes de mi partida. —Volvió a colocar las manos sobre el teclado y se puso a tocar.

«*Hänschen klein* —pensó Anna—. Qué amable de su parte tocar la canción popular favorita de Norbie antes de su partida».

Su padre sonrió y se unió a Max al piano. Se puso a cantar las estrofas e insistió mucho a Emmi y Anna para que lo acompañaran. Durante esos momentos, todos estuvieron alegres.

Max terminó la canción y se levantó.

—Me temo que ya va siendo hora de que me vaya.

Anna sintió una punzada en el pecho.

—Te acompañaré a pie hasta la estación.

Max asintió.

Norbie se acercó a Max y lo abrazó.

—Voy a echarte de menos, muchacho.

—Yo también —dijo él, antes de dar un paso atrás.

Entonces Norbie se arrodilló junto a Nia y le dio una palmadita en la cabeza.

—Asegúrate de que Max te dé caprichos y te rasque mucho la barriga.

La perra movió la cola a un lado y a otro.

Max sonrió y alargó el brazo en dirección a Emmi.

La enfermera se acercó a él y le dio un abrazo.

—Cuídate mucho, Max.

—Voy a estar en buenas manos con Nia —dijo él—. Tendré a Ewald en mis pensamientos y en mis oraciones. Y sigue adelante con el excelente trabajo de cuidar a los pastores alemanes: te necesitan, como van a necesitarte todos los veteranos que llegarán a Oldemburgo.

—Lo haré —dijo Emmi.

Anna fue a buscar el abrigo. Tuvo que hacer esfuerzos para ponerse los guantes, porque le temblaban mucho los dedos.

Max, resiguiendo la pared con una mano, encontró el perchero. Se puso el abrigo y la gorra y recogió la maleta de piel y el bastón.

—Vamos, Nia.

Nia se acercó a él y los siguió a los dos escaleras abajo.

Hablaron poco camino de la estación, porque había más gente en la calle de lo habitual. Anna iba detrás para que Max y Nia se concentraran en manejarse bien por las calles. Pero como estaba deseosa de hablar con él a solas, al llegar a la estación lo condujo hasta un banco vacío situado en un extremo.

Anna pasaba los dedos una y otra vez por un botón de su abrigo.

—Te he puesto algo de comida para ti y para Nia. La tienes dentro de la maleta, en una bolsa de papel.

—*Danke.*

—¿Te acuerdas del camino desde la estación de Leipzig hasta tu departamento?

—Creo que sí —respondió él—. Y si tengo algún problema, se lo preguntaré a alguien en la calle, y Nia me guiará.

A Anna se le agarrotaron los hombros.

—¿Tienes algún vecino en el edificio que pueda ayudarte?

Max, siguiendo la procedencia de su voz, se acercó más a ella.

—Estaré bien. No quiero que te preocupes por mí.

«Claro que me preocuparé por ti».

Se oyó a lo lejos el silbato de un tren.

A Anna se le cortó la respiración. Se arrodilló y miró a Nia a los ojos.

—Estoy muy orgullosa de ti. Has llegado muy lejos, preciosa. Tienes una misión muy especial por delante, y sé que vas a cuidar muy bien de Max. —Cerró los ojos para reprimir las lágrimas—. Pensaré en ti todos los días. Volveremos a vernos, te lo prometo.

Nia le dio un golpecito con el hocico.

Anna la besó en la cabeza y se puso de pie para quedar a la altura de Max.

—Te escribiré.

—Encontraré a alguien que me lea tus cartas —dijo él—. Y que te escriba de mi parte.

El silbato volvió a sonar, cada vez más cerca, cada vez más agudo. A Ana se le aceleró el pulso.

—Supongo que ya está.

Max se acercó a ella y la abrazó.

Ella lo atrajo hacia sí con fuerza. El corazón parecía a punto de partirle las costillas, como un pájaro que intentara liberarse de su jaula.

Max la soltó y recogió la maleta.

En las entrañas de Anna pesaba una decisión: «¿Le digo algo ahora o se lo escribo en una carta?».

Sin pensarlo dos veces, dio un paso al frente.

—Espera —dijo.

Max se detuvo.

—No te vayas, por favor.

Una profunda tristeza asomó al rostro de Max.

—Aún no es tarde para cambiar de opinión —insistió ella—. Quédate aquí... conmigo.

—No puedo.

Anna se aproximó más a él y le acercó la mano al pecho.

—Ya sé que quieres vivir solo, pero...

El tren entró en la estación y se detuvo entre chirridos.

—Debo irme.

—Pero... —Todo el cuerpo le temblaba—. Lo que intento decirte es que yo...

Las puertas de los vagones se abrieron y los pasajeros comenzaron a subirse en el convoy.

Max, como si percibiera su estado de gran alteración, dejó la maleta en el suelo y le apretó el brazo.

—Todo irá bien.

—No, no irá bien.

A Max empezó a temblarle la mandíbula.

Los ojos de Anna estaban anegados en lágrimas. Lo sujetó por las solapas del abrigo, haciendo acopio de valor para decirle lo que tenía que decirle.

—Me da miedo dejarte marchar y no volver a sentir nunca más... lo que siento cuando estamos juntos.

—Anna... —susurró él.

—Sé que quizá creas que es demasiado pronto para decir algo así, pero empecé a sentir algo por ti en cuanto llegaste. —Se arrimó más a él—. Y creo que tú podrías tenerme aprecio también.

Max le pasó la mano por el brazo y siguió subiendo hasta acariciarle la cara con ternura.

—Tú te mereces lo mejor, y yo quiero dártelo. Por eso debo irme.

A Anna se le cayó el alma a los pies.

—Tienes una vida maravillosa por delante —prosiguió él—. Algún día conocerás a alguien que te hará olvidar todo esto... La guerra, a Bruno... A mí.

—¡No! —sollozó ella.

Las lágrimas le resbalaban por la cara.

Se oyó el silbato que indicaba que el tren estaba a punto de partir.

Max se inclinó sobre ella y le besó la mejilla.

—Adiós, Anna. —Se separó de ella, se agarró del arnés de Nia, levantó la maleta y, guiado por la perra, se montó en su vagón.

Anna, con los ojos empañados por las lágrimas, lo vio sentarse junto a una ventanilla. El tren se puso en marcha y, despacio, se alejó de la estación, dejándola absolutamente sola en el andén vacío. Destrozada, con el corazón hecho pedazos, se desplomó en un banco y rompió a llorar.

CUARTA PARTE

MINUETO

Capítulo 34

Anna bombeó agua del pozo de la escuela para llenar un cubo y lo llevó hasta el cobertizo, donde lo vertió en un abrevadero para que bebiera un grupo de pastores alemanes sedientos. Los animales empezaron a menear las colas y a dar lametones al agua.

—Hoy han trabajado muy duro —dijo Anna, acariciándole el lomo a una perra.

—Y tú también —comentó Emmi mientras cortaba nabos en una tabla de carnicero para prepararles el pienso—. No te has sentado en todo el día.

Anna asintió y se oyó de nuevo a un grupo de instructores que, en el exterior del cobertizo, se fumaban sus cigarros durante una de las pausas. En su fuero interno estaba más que decidida: «Algún día convenceré a Fleck para que me permita volver a ser instructora de tiempo completo. Tarde o temprano se dará cuenta de que mi éxito con Nia no fue cuestión de suerte». Anna se secó el sudor de la frente y regresó al pozo por más agua. Estaba resuelta a hacer lo que hiciera falta, incluso dar un paso atrás en sus tareas, a fin de hacer realidad su sueño de entrenar perros guía. Con todo, había otro motivo por el que se había pasado el día sin parar de trabajar: su intención era distraerse del inmenso vacío que le había quedado en el corazón desde la partida de Max y de Nia.

Los últimos cinco meses habían sido difíciles para Anna. Nunca dejaba de pensar en él, de verlo mentalmente, y en su interior resonaban sin cesar los ecos de sus músicas. En un primer momento le pareció que el paso del tiempo atenuaría su dolor, pero no había hecho más que exacerbar sus deseos de estar con él. Tal como le había prometido, le escribía al menos una vez por semana, y él también le había escrito a ella, aunque sus cartas no eran tan frecuentes, como si pretendiera mostrarse amable y al mismo tiempo no quisiera que ella lo malinterpretara y creyera que su relación podía ir más allá. Dejando de lado la negativa de Max a corresponderla en sus sentimientos, lo cierto era que lo echaba muchísimo de menos. Lo había invitado a visitarlos, pero él había declinado con el argumento de que era mejor concederle a Nia más tiempo para que se aclimatase a la nueva ciudad.

Y, para complicarlo todo aún más, Fleck seguía negado a concederle un permiso durante al menos otros seis meses, lo que impedía que fuera ella la que ese verano se subiera en un tren y fuera a visitarlo a él. Podía pasar un año entero hasta que volviera a verlo, pensaba mientras llevaba a uno de los pastores alemanes junto a su adiestrador. «Quizá cambie de opinión y venga a verme».

Según las cartas que le había enviado, Nia lo guiaba muy bien por la ciudad de Leipzig, aunque aún les quedaban muchas calles por explorar. Cuando Max no estaba trabajando al piano o dedicándose a recados necesarios, como conseguir comida, salían a pasear por un parque arbolado que quedaba a unas calles de su edificio de departamentos. Además, le había informado de que la frágil pata delantera de Nia se inflamaba menos en los meses de verano. Aquello la había alegrado inmensamente. Las cartas de Max eran mucho más fácticas que emocionales. Aun así, a menudo concluía aquella correspondencia con alguna nota de humor o con alguna palabra de ánimo. «Por favor, hazle saber a Norbie que, en efecto, malcrío a Nia con chucherías y caricias en la barriga», le había escrito en una misiva reciente.

Mientras que Nia se adaptaba bien a su nueva vida, Max estaba encontrando dificultades para trabajar como pianista. Anna admiraba su determinación para buscar empleo, sin importarle que el gobierno considerase que la invalidez de los veteranos de guerra invidentes era del cien por ciento.

En cualquier caso, los empleos para músicos eran muy escasos, si es que había alguno, y Max dudaba que fuera a lograr pronto trabajo de ninguna clase. En sus cartas, no se lamentaba de estar sin empleo, pero ella imaginaba que se sentía decepcionado. A Anna le dolía que Max, al que consideraba un pianista y compositor brillante, tuviera que pasar meses enteros, si no años, buscando trabajo, luchando por conseguir una ocupación.

Pasaban las estaciones, pero el fin de la guerra no parecía próximo. De hecho, los combates se habían recrudecido desde que Estados Unidos le había declarado la guerra al Imperio alemán después de que uno de sus barcos de vapor fuera torpedeado por un submarino germano. Al poco tiempo, miles de soldados estadounidenses llegaron al frente para luchar contra unos alemanes exhaustos, que llevaban años combatiendo.

Los periódicos alemanes seguían publicando reportajes de tono optimista. Aun así, los rumores sobre una derrota y sobre la pérdida de un estilo de vida estaban cada vez más extendidos. La semana anterior, mientras hacía fila para obtener alimentos, oyó a una mujer contar que, después de la guerra, pensaba abandonar el país. Anna esperaba que las cosas no se pusieran tan feas como para que Norbie y ella se vieran obligados a salir de su amada patria.

Aunque la guerra empeoraba, los suministros de comida daban pequeñas muestras de mejora. Tras las cosechas de la primavera y el verano, habían empezado a añadir coles y setas a su dieta. Después de muchos meses subsistiendo a base de nabos, aquellos nuevos productos les resultaban algo fuertes e indigestos, pero Norbie y ella se sentían aliviados de poder saciar el hambre. No había informes oficiales del gobierno —o al menos no se habían hecho públicos— sobre la cantidad de personas fallecidas a causa de lo que la gente ya denominaba «el invierno de los nabos». Muchos especulaban que el hambre, combinada con unas temperaturas anormalmente bajas, se había cobrado miles de vidas. Y Anna creía que aquellos rumores eran ciertos, a juzgar por la gran cantidad de sepulcros nuevos —con poca hierba encima, y dos tonos más clara que la de los demás rectángulos de tierra— que proliferaban en el cementerio de Oldemburgo.

—Fräulein Zeller —dijo Waldemar, entrando en el cobertizo con un pastor alemán.

Anna dejó el cubo en el suelo y se acercó a él.

—Ocúpese de esta perra —masculló, lanzándole la correa—. Está infestada de garrapatas.

Anna se puso muy colorada. Lo había visto en más de una ocasión durante sus pausas para fumar, y no le había pasado por alto que permitía que el animal con el que trabajaba corriera libremente por entre los árboles.

—No tendría tantas garrapatas si usted le hubiera impedido hacer sus necesidades en el bosque.

—Le gustan los abetos —replicó Waldemar rascándose la barba—. En todo caso, si se las quita, al menos tendrá algo que hacer.

Anna apretó mucho los puños, clavándose las uñas en las palmas de las manos.

Waldemar sonrió, dio media vuelta y abandonó el cobertizo.

—No entiendo por qué Fleck mantiene en la escuela a Waldemar —comentó Emmi propinando un corte seco a uno de los nabos para partirlo por la mitad—. Debería haberte renovado a ti y haberlo expulsado a él.

—Yo también estoy decepcionada con la decisión de Fleck —dijo Anna—. Pero no puedo olvidar lo que hizo por nosotras. Los nabos que nos regaló nos sirvieron para pasar el invierno.

—Sí —convino Emmi suavizando el tono. Dejó el cuchillo y se acercó a Anna—. Ya te ayudo yo con la perra. Si lo hacemos las dos, acabaremos antes.

Anna y Emmi peinaron al pastor alemán y le quitaron seis garrapatas bien feas antes de devolvérselo a Waldemar. A continuación, terminaron las tareas que tenían encomendadas aquella tarde y regresaron a casa. Agotada, Anna entró en el taller y la recibió el olor de la col hervida. Encontró a Norbie en la cocina, removiendo una olla humeante.

—Hola —la saludó su padre mientras dejaba un sartén de hierro sobre la encimera para darle un abrazo—. ¿Cómo te ha ido en el día?

—Igual que siempre —respondió ella, soltándose.

—En poco tiempo, Fleck te asignará otro perro y otro veterano para que los instruyas —dijo Norbie, como si pudiera leerle el pensamiento—. Yo tengo fe en ti.

—Gracias. —«Siempre sabes qué decir para hacer que me sienta mejor».

Norbie señaló la encimera con un gesto de cabeza y se metió las manos en los bolsillos.

—Has recibido una carta.

A Anna le dio un vuelco el corazón y alargó la mano para recoger el sobre.

—No es de Max —dijo Norbie.

Ella se quedó inmóvil y se fijó en la letra del sobre. «Es de Bruno».

Sintió que se le cerraba la boca del estómago.

—No tienes por qué abrirla si no quieres —la tranquilizó su padre.

—Ya lo sé. —Se planteó la posibilidad de tirarla a la basura directamente, pero decidió abrirla, aun a riesgo de ahondar en viejas heridas—. Aunque me dé miedo leerla, creo que es lo mejor.

Norbie le apoyó la mano en el hombro.

—Si me necesitas, estaré en el taller.

—Preferiría que te quedaras aquí sentado conmigo mientras la leo —le pidió Anna.

—¿Estás segura?

Ella asintió, y los dos se sentaron a la mesa. Anna respiró hondo, tratando de aplacar su angustia. Rasgó el sobre con un dedo y extrajo la carta.

Queridísima Anna:

No existen palabras para expresar la tristeza que siento por haberte causado tanto daño. Me desprecio a mí mismo por lo que hice. No era mi intención mentirte ni confundirte. Ingenuamente esperaba y rezaba por que los actos indescriptibles que he cometido desaparecieran de algún modo cuando terminara la guerra. Pero ahora sé que mis pecados me perseguirán toda la vida, y que jamás me serán perdonados.

Anna se notaba la boca seca. Arrugó el papel entre los dedos.

Cuando nos conocimos, me impresionaron tu ternura, tu since-ridad y tu compasión. Vi una pureza única en ti, que no había visto en ninguna otra mujer. Envidiaba el cariño que demostrabas por tus amigos y tu familia, y que yo no había conocido nunca en mis propias relaciones. Deseaba desesperadamente formar parte de tu mundo, dejar atrás el mío.
Cuando empezó la guerra pensé que acabaría en cuestión de me-ses. Pero los meses se convirtieron en años, y con el paso de los días iba hundiéndome cada vez más en el abismo de los pecados.

Anna interrumpió la lectura, se frotó los ojos y siguió le-yendo.

Siento no haber tenido el valor de hablarte o escribirte antes. Y todo esto te lo digo ahora no para obtener tu comprensión ni tu per-dón. No pretendo que me perdones por mis malas acciones, ni lo quiero. Simplemente quería que supieras lo mucho que siento todo lo ocurrido, y que pasaré el resto de mis días intentando reparar lo que he hecho. Te deseo una vida de felicidad, y rezo por que el do-lor que te he causado se mitigue con el tiempo.
Enormemente arrepentido,

Bruno

Anna dobló la carta y volvió a guardarla en el sobre. Miró a su padre, que la observaba con gesto de preocupación.

—Es una carta de disculpa.

—¿Estás bien? —le preguntó él.

—Sí. Solo siento lástima por él, y espero que encuentre la re-dención.

Norbie asintió.

—Se me hace raro sentir esa indiferencia emocional por él —comentó Anna.

Norbie le dio una palmadita en la mano.

—Eso significa que empiezas a sanar y que sigues adelante con tu vida.

«Espero que tengas razón». Se fijó en la cazuela que hervía en el fuego.

—¿Quieres que te ayude?

—Ya está todo hecho —le dijo su padre—. Serviré la sopa en una hora, así que tienes tiempo de lavarte y descansar un poco.

Anna, que sabía que no querría volver a leer aquella carta nunca más, la tiró a la basura. En lugar de subir a lavarse, sintió el impulso de entrar en el salón y, sin pensarlo, fue a sentarse al piano. Se sintió invadida por una inmensa soledad. Pasó la mano por la parte del banco que quedaba vacío a su lado. «Dios mío, cómo me gustaría que Max estuviera aquí».

Capítulo 35

El primer sol de la mañana le calentaba la cara mientras llevaba a un pastor alemán hacia el circuito de obstáculos, donde los demás instructores practicaban ejercicios con los veteranos de guerra y sus perros guía. Al llegar a Fleck, Anna ordenó al perro que se detuviera.

—Gracias, Fräulein Zeller —le dijo el supervisor, sujetando el arnés de la perra.

Anna se fijó en Waldemar, que se encontraba en el circuito.

—Hoy va a hacer mucho calor, señor. Me ofrezco gustosamente a turnarme con los instructores para que puedan descansar algún rato.

—Quizá por la tarde —respondió Fleck sin apartar la vista del circuito—. Si la necesitamos, se lo haré saber.

—Sí, señor. —Anna se dio la vuelta y se fue. «Nunca me rendiré. Seguiré insistiendo hasta que me permita quedarme en el circuito como instructora».

En ese momento apareció un coche tirado por un solo caballo, conducido por un hombre que llevaba traje oscuro y sombrero Homburg. Al llegar al cobertizo se detuvo. Cuando se acercó más, Anna le vio la cara y comprobó que se trataba del doctor Stalling.

—*Hallo*, Anna —la saludó él bajándose del coche.

—Me alegro de verlo, señor —dijo ella.

Stalling se llevó la mano al sombrero.

—Lo mismo digo. Hacía mucho que no la veía.

«Eso es porque Fleck me hace estar casi siempre en el cobertizo», pensó Anna. Pero se mordió la lengua.

—Creo que la última vez que hablamos fue durante la ceremonia de graduación de la promoción de febrero.

—Sí, claro. Ahora me acuerdo. Acababa usted de entrenar a Max.

Anna asintió.

—¿Cómo está? —le preguntó Stalling.

—Bien. Mantenemos el contacto por carta. Nia y él se están adaptando a su casa de Leipzig.

—Perfecto. —Stalling se quitó el sombrero.

—Aun así, le está costando conseguir empleo. Es un pianista extraordinario, y no tiene muchas oportunidades de trabajar. Me preocupa que no pueda mostrar su talento hasta que termine la guerra.

Stalling frunció el ceño.

—¿Max no le comentó nada sobre un encuentro que tuvimos los dos en el hospital antes de que se fuera?

Anna dio un respingo.

—No.

—Creía que se lo habría contado —dijo él con tono de preocupación en la voz.

A Anna se le aceleró el pulso.

—¿Contarme el qué?

Stalling se mantuvo unos instantes en silencio, se sacó un pañuelo del bolsillo y se secó el sudor de la cara. Respiró profundamente.

—En el Reich alemán, que un médico revele informaciones privadas de los pacientes se considera un delito que puede merecer penas de multa y hasta de prisión.

«Dios mío». A Anna se le secó la boca. Se llevó la mano a la barriga.

—Lamento no poder hablar de todo con usted —prosiguió él—. Pero por mi conversación con Max, más allá de nuestra relación privada médico-paciente, deduje que le tenía a usted mucho cariño. Y no creo que esté incumpliendo mi juramento médico si le recomiendo que vaya a visitarlo.

—¿Qué le ocurre a Max? —le preguntó ella con voz temblorosa.

—Me gustaría poder contarle más cosas —se limitó a responder Stalling.

Anna se sentía impotente. Los engranajes de su mente se movían a toda velocidad, y su corazón latía desbocado.

—No voy a tener permiso en el trabajo hasta final de año.

Stalling negó con la cabeza.

—Para eso falta demasiado tiempo.

A Anna se le heló la sangre.

—Hablaré con Fleck —anunció él— y le insistiré en que le permita tomarse un permiso antes.

—Gracias, doctor. ¿Cuándo cree usted que debería irme?

—Lo antes posible.

El temor se apoderó de ella. Entrelazó las manos para que dejaran de temblarle.

—Cuídese, Anna. —Stalling se puso el sombrero y se dirigió al campo.

Anna, haciendo esfuerzos por controlar el torbellino de emociones que se arremolinaba en su interior, lo vio atravesar el campo y acercarse a Fleck. «Debe de ser algo grave si quiere que vaya enseguida. ¡Esto no puede estar ocurriendo!» Mientras los dos hombres hablaban de su destino, rezó en silencio por que Max estuviera bien y por que Fleck le permitiera adelantar su permiso.

Pero solo la mitad de sus oraciones fueron atendidas cuando Fleck la llamó aparte y le dijo:

—Le concedo un permiso, Fräulein Zeller. Puede irse a casa a hacer el equipaje.

Capítulo 36

Anna se encontraba junto a Norbie cuando el tren de la mañana entró traqueteante en la estación. Las ruedas de hierro chirriaron sobre los raíles cuando la locomotora frenó hasta detenerse. El motor resopló y soltó una nube negra que le llenó las fosas nasales del olor acre del humo del carbón. El pánico se apoderó de ella durante unos instantes. Respiró hondo para calmarse.

—¿Estás segura de que no quieres que te acompañe? —le preguntó Norbie.

—Sí —dijo ella—. Te informaré cuando llegue.

—Está bien. Pero que sepas que estoy dispuesto a reunirme contigo en cuanto me lo pidas, si es que me necesitas.

Ella valoraba mucho su apoyo, y no le cabía la menor duda de que Norbie, si se lo pedía, tomaría el primer tren aunque no tuviera tiempo de hacer el equipaje. «Me encantaría que vinieras conmigo, pero siento que debo ir a verlo yo sola». Apartó esos pensamientos.

—No he tenido ocasión de hablar con Emmi, y no creo que Fleck le explique el motivo de mi ausencia. ¿Podrías hablar tú con ella, por favor?

—Por supuesto. —La abrazó con fuerza—. Saluda a Max de mi parte.

—Lo haré —dijo ella, soltándose.

Norbie la miró a los ojos.

—Todo saldrá bien.

Anna asintió, agradecida por sus palabras tranquilizadoras, recogió la maleta y se subió en el vagón. Un revisor le validó el billete, que había adquirido con el dinero que había ahorrado trabajando en la escuela de perros guía, y encontró un asiento vacío. Al cabo de unos minutos, el tren arrancó de un tirón y se puso en marcha lentamente. Miró por la ventana y vio a Norbie, que agitaba la mano en el andén. Ella acercó los dedos al cristal y permaneció en aquella posición, viendo cómo desaparecía en la distancia.

Se recostó en el asiento, pero no podía descansar. A pesar de haber dormido poco, si es que había llegado a conciliar el sueño, en su mente se agolpaban imágenes de Max y de su encuentro con el doctor Stalling. «¿Qué sabe el médico y no quiere contarme? ¿Por qué no me informó Max de su visita a Stalling?» Ella sabía que se trataba de algún asunto de salud, y que probablemente sería grave, pues de otro modo no habría convencido a Fleck para que le otorgara un permiso. Se llevó la mano al cuello y apretó con fuerza el medallón de su madre. «Protégete el corazón —se susurró a sí misma—. Pase lo que pase con Max, lo superaremos juntos».

Sacó un libro del bolso e intentó leer, pero su cerebro era incapaz de concentrarse en las palabras. Se apoyó en el respaldo y contempló el paisaje alemán al otro lado de la ventana. Permaneció despierta las siete horas y media del trayecto, incluidos un breve retraso y un transbordo en la ciudad de Hannover. Norbie le había preparado un poco de pan negro con col, pero ella había perdido el apetito. Pocas horas antes de que anocheciera, finalmente, llegó a la estación de Leipzig.

La ciudad era mucho más extensa y estaba mucho más poblada que su localidad natal. Las aceras estaban atestadas, y Anna avanzaba abriéndose paso entre hordas de peatones. Además, las calles resultaban más difíciles de cruzar por el gran volumen de coches tirados por caballos y vehículos motorizados. Le entristecía pensar que Max y Nia no hubieran tenido ocasión de practicar en un entorno urbano tan congestionado.

Se detuvo al pasar frente a una farmacia, y le preguntó al encargado cómo llegar a la dirección de Max, que conocía por el remite de las cartas. Media hora después llegó a su calle, pero no consiguió encontrar su edificio, pues carecía de número o cualquier otra indicación. Se dedicó a recorrer la zona hasta que una mujer mayor, que barría la escalera de una casa pareada con fachada de obra vista, la guio hasta el edificio.

En el vestíbulo, consultó los buzones metálicos. El corazón le latió con más fuerza al leer el nombre de Max sobre una de las ranuras. Inspiró hondo para tomar aire y subió la escalera hasta su departamento. Se detuvo en el rellano, dejó el equipaje en el suelo y se frotó un codo algo dolorido. «Por favor, que se encuentre bien». Reprimió el nerviosismo y llamó a la puerta.

En el interior del departamento se oyeron unas patas repicar en el suelo. Y por debajo de la puerta le llegaron los resoplidos de un animal que olisqueaba. «Nia». Pasaban los segundos. Se le agarrotaron los hombros. Volvió a llamar. Un instante después oyó unos pasos.

—¿Quién es? —preguntó Max desde el otro lado de la puerta.

Anna juntó las manos. «Suena como siempre».

—Soy Anna.

Nia ladró. Sus uñas resonaban en los tablones de madera. «Ella ya sabe que soy yo».

Se descorrió un cerrojo y la puerta se abrió.

—¡Nia! —exclamó ella, arrodillándose y acariciándola por todo el cuerpo con las dos manos.

—Anna, ¿qué estás haciendo aquí?

—He venido a verte. —Le dio un beso en la cabeza a la perra, se puso de pie para saludar a Max y se quedó petrificada.

Estaba extremadamente pálido, demacrado y ojeroso, como si llevara días seguidos sin dormir, y tenía el pelo bastante largo y despeinado. Una barba de varios días le cubría la cara y el cuello.

Anna sintió que se le desgarraba el pecho. «Oh, Max».

—¿Por qué no me has escrito para informarme de que venías? —le preguntó él, que seguía con la mano apoyada en la jaladera de la puerta.

Anna hacía esfuerzos por ahuyentar el temor que se apoderaba de ella.

—Quería darte una sorpresa. ¿Puedo entrar?

Max se pasó la mano por la barba y bajó la cabeza, como si acabara de caer en la cuenta de su aspecto desaliñado.

—Por supuesto —dijo, y se retiró para cederle el paso.

Ella recogió el bolso de viaje y entró con Nia.

Max cerró la puerta, corrió el cerrojo y se volteó hacia ella con las manos en los costados.

«No hace el menor esfuerzo por abrazarme», pensó, y el corazón le dio un vuelco.

—Siéntate, por favor —sugirió Max—. Prepararé café.

—Sí, me gustaría mucho un café —dijo Anna, a pesar de que cada vez le dolía más el estómago.

Dejó el equipaje en el suelo y se sentó a la mesa de la cocina.

—¿Qué tal el viaje en tren? —le preguntó Max, pasando la mano por la encimera en busca de una lata.

—Bien.

Nia se acercó a ella y le apoyó la barbilla en el regazo.

—Te he echado mucho de menos, Nia —le dijo Anna, pasándole los dedos por el pelaje.

—Ella también te ha echado de menos a ti. —Max vertió unos polvos en una cafetera y, valiéndose de un dedo para calcular la medida, le añadió el agua de una jarra de cerámica.

Anna no sabía bien qué decir, y Max tampoco, concentrado como estaba en preparar el café. Así que se dedicó a jugar con la perra hasta que estuvo lista la bebida.

Max dejó dos tazas en la mesa y se sentó frente a ella.

Anna le dio un sorbo al café.

—Está bueno.

—He copiado la receta de Norbie de la infusión de corteza.

—Le alegraría oírlo.

—¿Cómo está?

—Está bien, y te envía saludos.

Max asintió y le dio un sorbo al café.

Anna volvió a fijarse en él. Estaba muy flaco y parecía cansado. «Se ve exhausto». Una mezcla de temor y tristeza crecía en su interior. Agarró la taza con más fuerza.

—¿Cuánto tiempo llevas enfermo?

Max bajó los hombros.

—¿Tanto se me nota?

—Sí. ¿Cuánto tiempo?

—Una temporada.

Anna sentía una opresión en el pecho.

—¿Y por qué no me lo dijiste?

—No quería que te preocuparas por mí.

—Deberías haberme mantenido al corriente de tu salud —insistió ella—. Creía que éramos amigos.

—Y lo somos.

—Pero los amigos confían en los amigos. Los amigos se ayudan los unos a los otros en momentos de necesidad.

Max se pasó la mano por la frente.

—Cuéntame qué te ha pasado.

Él empezó a reseguir el borde de la taza con un dedo.

—Está bien —dijo Max, levantando un poco la cabeza, como si rebuscara entre sus recuerdos—. En Oldemburgo, comencé a notarme algo ahogado después de dar largos paseos.

A Anna se le puso la piel de gallina.

—Como era algo que ya me había ocurrido con anterioridad, no le presté demasiada atención. Pero cuando ya estábamos finalizando el curso de formación, aquellos episodios en los que me quedaba sin aire aumentaron, y, en algún caso, acompañados de mareos. La primera vez fue cuando me caí en la escalera de su casa al ir a sacar a Nia a hacer sus necesidades.

Anna revivió mentalmente la imagen de Max tendido en el suelo del taller de Norbie, y se le secó la boca.

—Lo recuerdo. Creía que había sido porque comías poco.

—Sí —coincidió Max—. Lo mismo pensé yo.

Nia se acercó a él y le apoyó la cabeza en una rodilla. Él, con ternura, le acarició las orejas.

—La verdadera causa de mi cansancio la descubrí el día en que a Nia y a mí nos encomendaron explorar por nuestra cuenta el recinto del hospital. Mientras paseábamos por el jardín, me mareé. Una enfermera vino en mi ayuda y fue a buscar al doctor Stalling.

A Anna le temblaban cada vez más las manos.

—Stalling fue muy amable; insistió en que me tomara un caldo caliente y me examinó. Después de auscultarme, fue a buscar a otro médico con experiencia en veteranos de guerra con problemas por inhalación de gases. —Max le dio otro sorbo al café, como si no quisiera terminar de contar la historia, y apartó un poco la taza—. Ese otro médico también me examinó, y me sometieron a diversas pruebas respiratorias. Al rato me informó de que sufría los primeros estadios de una insuficiencia respiratoria.

«¡No!» A Anna se le llenaron los ojos de lágrimas. Se inclinó hacia delante y lo agarró de la mano.

Él le apretó los dedos.

—Desde que me trataron en el hospital de campaña del frente, sabía que tenía los pulmones quemados por el gas cloro. Los médicos, en un primer momento, creyeron que se me curarían lo bastante como para llevar una vida normal. Pero resultó que las lesiones eran más graves.

«Dios mío».

—¿Y te han propuesto algún tratamiento?

Max negó con la cabeza.

—¿Y no te han asignado a algún médico aquí, en Leipzig, que pueda ayudarte? —le preguntó Anna, negándose a aceptar sin más el diagnóstico.

—Anna —dijo él en voz baja—. No pueden hacer nada.

—¡No! —exclamó ella—. ¡Tienen que poder hacer algo!

—Me temo que no.

Las lágrimas resbalaron por las mejillas de Anna.

—¿El doctor Stalling o sus colegas te han dicho cuánto te queda?

—De seis meses a un año.

—Oh, Max —balbució ella.

Max se puso de pie y la rodeó con sus brazos.

Anna sollozaba y le temblaba todo el cuerpo. Permaneció así largo rato, abrazada a él, intentando asimilar lo que Max acababa de comunicarle: se estaba muriendo. Ella misma había conocido innumerables casos de enfermos terminales cuando trabajaba como enfermera, pero estaba segura de que nada podría haberla preparado para descubrir que le quedaba muy poco tiempo para compartir con el hombre con el que deseaba pasar toda su vida.

—En un primer momento me negué a admitirlo —prosiguió él, como si le hubiera leído el pensamiento.

Anna sorbió por la nariz e intentó calmarse un poco.

—Cuando regresé a Leipzig, me negaba a aceptar el diagnóstico. Me pasé los primeros días en casa, tratando de conseguir trabajo de pianista, como si encontrar empleo fuera a servirme para demostrarme a mí mismo y a los demás que estaría bien. Pero pasaban los días y cada vez me costaba más respirar, y finalmente acabé aceptando la realidad.

—Max, estoy aquí para lo que haga falta.

Él apoyó la mejilla en su pelo.

—Habría venido a cuidarte antes.

—Ya lo sé —dijo él—. Precisamente por eso no te conté nada. Me preocupaba que pusieras en peligro tu sueño de adiestrar a perros guía por cuidar de mí.

Anna lo soltó y le apoyó las palmas de las manos en el pecho.

—Eso no importa. A mí me importas tú.

Nia les dio golpecitos en las piernas con el hocico a los dos.

—Lo siento mucho —susurró él—. Ojalá te lo hubiera contado antes.

—No pasa nada —lo tranquilizó ella—. Ya estoy aquí.

A Max le temblaba la mandíbula.

—Dios, cuánto te he echado de menos.

—Y yo —dijo ella en voz muy baja.

—¿Cuánto tiempo puedes quedarte?

—Me han concedido un permiso de dos semanas —respondió ella con el corazón roto—. Pero pienso quedarme hasta que me eches.

Capítulo 37

LEIPZIG, ALEMANIA
20 DE JULIO DE 1917

Max sujetó con fuerza el arnés de Nia y salió de su departamento. Mientras Anna cerraba la puerta, él se adelantó y bajó la escalera, salió a la calle y levantó un poco la barbilla para sentir el calor del sol sobre la cara recién afeitada. «Va a hacer un buen día —pensó—. Por favor, Dios, dame la energía para llegar al parque y regresar sin marearme».

—¿Por dónde es? —le preguntó Anna parándose a su lado.

Max se lo señaló con el bastón.

—Nia conoce el camino.

Anna sonrió y le dio una palmadita en el lomo.

—Adelante —le ordenó Max.

Y la perra se puso en marcha.

Max tanteó el suelo con el bastón y empezó a caminar. Al cabo de cincuenta metros, se quedó sin resuello y le flaquearon las piernas, por lo que tuvo que aminorar el paso.

—¿Y si descansamos un poco? —le propuso Anna.

—Gracias. —Max se detuvo y dio varias bocanadas de aire—. Lo siento. Detesto que me veas así.

—No tienes nada de lo que disculparte —replicó ella—. Podemos tomarnos todo el tiempo que necesites. ¿Verdad, Nia?

La perra meneó la cola.

Max asintió. Hizo una pausa y respiró hondo. El mareo remitió poco a poco, y retomó la marcha.

Tardaron más de veinte minutos en llegar al parque, tres veces más de lo normal. Nia los guio hasta un banco, y Max se dejó caer en él al momento. Resolló varias veces y a continuación soltó el arnés de Nia.

—La pobre lleva tiempo sin correr como Dios manda —comentó Max—. ¿Te importaría llevarla a hacer un poco de ejercicio?

—Me encantará —respondió Anna—. ¡Vamos, Nia!

La perra la siguió hasta un camino de tierra que serpenteaba por un espacio público lleno de árboles de hoja perenne.

Max se apoyó en el respaldo. El ardor que sentía en los pulmones se disipó, y el ritmo cardiaco se hizo más lento. Siguió inspirando hondo, y le llegó el olor de los abetos. Una brisa tibia le acarició el rostro. Oía la dulce voz de Anna mientras jugaba con Nia. «Ojalá pudiera unirme a ustedes».

Después de unas buenas carreras y de recoger el palo que le lanzó Anna varias veces, Nia y ella regresaron al banco, junto a Max. Estuvieron hablando durante una hora, compartiendo detalles de aquellos meses que habían pasado separados.

—Fleck me cambió a instructora sustituta —le comentó ella—. Gran parte de mis deberes consiste en cuidar de los pastores alemanes con Emmi.

—¿Y eso por qué? —quiso saber Max—. Eres la mejor instructora de la escuela.

—Fleck no me informó del motivo. Supongo que cree que mi éxito adiestrando a Nia fue solo cuestión de suerte.

Max alargó la mano.

Ella se la agarró.

—Volverás a entrenar —vaticinó él—. Algún día habrá muchísimos perros guía por toda Alemania que habrán sido adiestrados por ti.

—Me gusta esa idea —comentó ella.

Max entrelazó los dedos con los suyos y, tiernamente, le acarició la palma de la mano con el pulgar.

Nia los empujó con el hocico.

—Me siento muy afortunado por contar con Nia —dijo él—. Y más teniendo en cuenta mi diagnóstico.

—¿Por qué lo dices? —quiso saber ella.

—Para el doctor Stalling habría sido muy fácil asignar a Nia a un veterano que gozara de mejor salud. Fue amable de su parte permitirnos seguir juntos.

Anna le apretó la mano.

—Ojalá hubieras visto todo lo que Nia ha conseguido estos últimos meses. —Se volteó hacia la perra—. Ha trabajado muy bien. No sé qué habría hecho sin ella.

Nia levantó las orejas y ladeó la cabeza.

—Pero, sobre todo —añadió Max—, ha sido una compañera fantástica.

—Me alegro.

Max temía el momento de poner punto final a su visita al parque. Quería seguir con ella, conversando, agarrándola de la mano, pero empezaba a notar una opresión en el diafragma. Con tristeza, retiró la mano y se levantó del banco. Juntos abandonaron el parque, acompañados por Nia, que caminaba entre los dos.

Al regresar al departamento, Max, que durante el trayecto de vuelta había tenido que detenerse en dos ocasiones para recobrar el aliento, se desplomó sobre el sofá y apoyó la cabeza en un pequeño cojín.

—Siento ser tan mal anfitrión —se disculpó—, pero creo que necesito descansar un poco.

Anna se acercó a él y, con ternura, le pasó la mano por la frente. Él se relajó al momento.

—Tus caricias son como estar en el cielo —susurró.

Anna esbozó una sonrisa.

—Duerme un poco y, cuando despiertes, yo ya habré preparado algo para comer los dos juntos.

Max sintió que ella retiraba la mano, y se sumió en un sueño profundo, cavernoso.

Despertó al sentir los lengüetazos de Nia en la cara. Estiró los brazos e hizo esfuerzos por sentarse.

—Buena chica, Nia. Gracias por despertarme.

La perra volvió a lamerle las mejillas y la nariz, y acto seguido se fue hasta Anna.

—¿Cómo te sientes? —le preguntó ella.

—Mejor —respondió él algo aturdido—. ¿Ya es hora de comer?

—De cenar.

Max se frotó la cara.

—¿Cuánto tiempo he dormido?

—Toda la tarde.

—Lo siento mucho —se disculpó Max, levantándose del sofá.

—No pasa nada. Te hacía falta descansar.

Se sentaron a la mesa y cenaron lo que Anna había preparado: las sobras de tortitas de nabo de él y el pan negro con col que se había traído ella. Después, Max, al que la larga siesta y la cena habían reanimado bastante, invitó a Anna a acercarse con él a su piano de cola, que ocupaba la mayor parte del salón de su departamento, que era de unas dimensiones más bien modestas.

—Es precioso —comentó ella, pulsando una tecla—. ¿Lo fabricó tu padre?

—Sí —respondió él—. Te has acordado de que fabricaba pianos...

—Por supuesto.

Max notó una especie de tirón raro en las mejillas, y se dio cuenta de que estaba sonriendo, quizá por primera vez en meses. Colocó las manos sobre las teclas.

—¿Qué te gustaría oír?

—Creo que ya lo sabes —dijo ella.

Él asintió y empezó a tocar el primer movimiento de la *Suite de la luz*. A Max le parecía que interpretar música al piano era una de las pocas cosas que no le cansaban. «Soy incapaz de dar largos paseos, pero todavía puedo regalarle mi música».

Mientras sus manos y sus dedos se deslizaban sobre las teclas, sintió que le inundaba la calma. Le venían a la mente retazos de momentos vividos con ella, cuando transcribía la pieza, compás a compás, en el papel pentagramado. Notaba su calor muy cerca, y su soledad, que desde que se había ido de Oldemburgo lo había engullido por completo, se disipó. Se sintió pleno, y el muro emocional que había creado a su alrededor se derrumbó. Tocó todos los movimientos de la suite y, cuando la resonancia de la música se vio reemplazada por el silencio, se levantó del banco y alargó la mano.

Ella la tomó y se puso de pie.

Nia, que se había tendido bajo el asiento, bostezó emitiendo una especie de aullido agudo, apoyó la cabeza en el suelo y cerró los ojos.

Max notó que Anna se acercaba más a él, entrelazando los dedos con los suyos.

—No quiero que vuelvas a dormir en el sofá esta noche —le comentó.

—Pero ayer convinimos que la cama sería para ti.

—No es eso lo que te estoy diciendo —insistió ella—. Quiero que estemos juntos.

A Max se le llenó el estómago de mariposas. La atrajo hacia sí, pero al momento se detuvo.

—No sé si seré capaz de... —Apoyó la frente en la suya.

—No importa —lo tranquilizó ella—. Nos abrazaremos, nada más. No quiero que pasemos otro día separados.

—Yo tampoco —dijo Max.

Sin dejar de sostenerle la mano, lo condujo hasta el dormitorio.

Una vez allí, Max se la soltó y recorrió sus brazos con las palmas hasta llegar a los hombros. El corazón le latía con fuerza. Se acercó a ella despacio y sus labios se encontraron, y sintió un cosquilleo por todo el cuerpo. Con paciencia, se desnudaron mutuamente, desabotonándose la ropa, desabrochándose las hebillas. La ropa cayó al suelo, se metieron en la cama y se abrazaron, dos cuerpos convertidos en uno solo.

Capítulo 38

Bruno se metió como pudo en una iglesia abandonada cuando el bombardeo aliado se intensificó sobre la localidad de Passchendaele, sobre el último promontorio al este de Ypres. Uno de los lados de la estructura de piedra se había desmoronado por el impacto de un explosivo y dejaba ver un cementerio salpicado de lápidas y mausoleos destruidos. Había varios soldados reunidos en torno a una pequeña hoguera, que habían encendido con la madera de un atril. Una explosión cercana hizo temblar el templo y lanzó pedazos de mortero sobre el casco de Bruno. Los fuertes latidos de su corazón le retumbaban en los oídos, y una mezcla de miedo y remordimiento le atenazaba el estómago. «No tendría que estar aquí».

Las fuertes lluvias habían ablandado el terreno, y una sección del tren ligero que recorría todo el frente se había hundido en el lodo. Así pues, la única manera de hacer llegar bombas a la zona más alejada de la cresta era mediante mulas de carga. Podría haber ordenado que el traslado lo realizaran soldados, pero a él le había faltado tiempo para ofrecerse a encabezar la misión. Asqueado por el uso de la nueva arma química desarrollada por Fritz Haber, el gas mostaza, había abandonado el lugar de origen de aquella atrocidad y había dejado atrás la relativa seguridad de su búnker. Y mientras trasladaba los explosivos al repecho, los Aliados habían lanzado un bombardeo sorpresa que había obligado a sus hombres y a él a abandonar las mulas y buscar refugio en el interior de una iglesia.

El mes anterior, la unidad de Bruno había recibido los primeros envíos de gas mostaza. El aspecto de aquellos explosivos era idéntico al de otros proyectiles, salvo por la cruz amarilla que llevaban pintada en un lateral. Las noches del 12 y el 13 de julio, su unidad había lanzado la nueva arma química sobre las tropas británicas. Bruno esperaba que la promesa de Haber de que el uso de aquel gas mostaza de azufre cambiaría el curso de la guerra se cumpliera. Pero no tardó en descubrir que no iba a ser así, cuando una patrulla alemana capturó a unos diez soldados británicos expuestos al agente tóxico.

Los prisioneros estaban cubiertos de espantosas llagas y ampollas, y muchos habían quedado ciegos y tosían y escupían sangre. A diferencia de otros gases tóxicos, la mostaza de azufre se absorbía a través de la piel, por lo que las máscaras antigás no servían de nada; además, en lugar de morir inmediatamente, los prisioneros sufrían durante semanas. Por lo general, los hombres expuestos al gas fosgeno morían en los dos días siguientes. En cambio, el gas mostaza estaba pensado, sin duda, para discapacitar más que para matar. Y Bruno estaba convencido de que Haber y sus químicos habían creado aquel agente para infundir terror.

Las explosiones hacían temblar la tierra. Algunos soldados buscaron refugio bajo los bancos de la iglesia. Pero Bruno, con la mente y el alma saqueados por años de muerte, subió los peldaños que conducían a un gran altar de madera tallada. Extrajo una hoja de papel, un sobre y un lápiz que llevaba en el bolsillo de la casaca, junto al documento de identidad del soldado francés al que había ahogado en aquel cráter cubierto de agua. Apoyó la punta del lápiz en el papel y empezó a escribir.

Padre:

Parece que hiciera una eternidad desde que dejamos de escribirnos, y supongo que te sorprenderá recibir esta carta. Mi posición en el frente se está debilitando bajo el fuego de la artillería enemiga, por lo que me parece prudente escribirte por si ya no pudiéramos volver a hablar.

Una bomba estalló cerca del cementerio. Con la manga se secó el sudor frío de la frente.

Cuando era pequeño, deseaba conseguir tu afecto y tu aprobación. Y, ya de joven, pensé que quizá te sentirías orgulloso de mí si aceptaba la propuesta de Fritz Haber, que quería reclutarme para su unidad especial de armamento químico. En otro tiempo esperaba que después de la guerra llegaras a verme en pie de igualdad con mi medio hermano y me abrieras las puertas del negocio familiar. Pero tras ser testigo de las atrocidades causadas por los agentes químicos, algunos de los cuales se fabrican en nuestra empresa, ya no aspiro a seguir tus pasos. Me gustaría que vieras con tus propios ojos toda la muerte y el sufrimiento que hemos infligido. Hemos sido nosotros, el Imperio alemán, quienes hemos desatado el uso de estos gases tóxicos y, al hacerlo, no hemos respetado los acuerdos del Convenio de La Haya. Hemos cometido actos espantosos contra la humanidad, y si perdemos la contienda, los responsables del programa bélico de armas químicas serán juzgados por crímenes de guerra. Todo esto te lo cuento no para advertirte de nada, sino con la esperanza de que algún día tú y yo busquemos enmendar nuestras graves faltas.

Si no sobreviviera a esta guerra, te pido respetuosamente que honres mis servicios reasignando el total de la herencia que pensaras dejarme.

En primer lugar, conocí a una francesa de Lille llamada Celeste Lemaire, con la que planeo casarme después de la guerra. Está embarazada y planeamos vivir en Fráncfort. Celeste ha colaborado con Alemania y es leal a nuestra causa. Si algo me ocurriera, te imploro que te ocupes de ella y de tu nieto.

Bruno apretó con fuerza el lápiz y pensó que no debía perder la esperanza de regresar de un modo u otro a Lille antes de que Celeste diera a luz. Ahuyentó aquella idea de su mente y siguió escribiendo.

En segundo lugar, adjunto a esta carta el documento de identidad de un soldado francés caído. Aunque he perdido la cuenta de todos los soldados aliados a los que he quitado la vida en nombre de la patria, esta muerte en concreto me atormenta, y con el debido respeto te solicito que hagas algo por el mantenimiento de la familia de ese hombre.

En tercer lugar, me gustaría que realizaras una donación sus-
tanciosa a una escuela para perros guía que se fundó en Oldembur-
go para devolver la movilidad a los veteranos de guerra que han
perdido la vista en acto de servicio. Muchos de esos hombres queda-
ron impedidos por efecto de gases tóxicos, y en algunos casos sus
heridas las causaron las descargas accidentales de unos cilindros de
gas cloro alemán.

A su mente regresaron imágenes de Anna y Max. Le templa-
ban las manos, y hacía esfuerzos por mantener firme el lápiz.

Rezo por que respetes mis peticiones, y por que Dios nos perdo-
ne por lo que hemos hecho.
Tu hijo,

Bruno

Bruno dobló la carta y, junto con el documento de identidad
del soldado alemán, la introdujo en el sobre y lo cerró. Bajó del
altar y escuchó atentamente el ritmo de las explosiones. «Parece
que el bombardeo está amainando». En su interior le pesaba una
duda: esperar a regresar al cuartel para franquear la carta o hacerlo de inmediato enviando a un mensajero. Sin pensarlo dos
veces, se acercó a los soldados congregados alrededor de la hoguera.

—Jäger —llamó a uno de ellos.

Un joven delgado pero musculoso se levantó y fue hacia él.

—Sí, señor.

—Quiero que te acerques corriendo al cuartel —le informó
Bruno, ofreciéndole el sobre—. Deja la carta en el correo que se
dirige a Alemania.

—Sí, señor. —El soldado se guardó el sobre en el interior
del saco, hizo el saludo militar y salió corriendo de la iglesia
con el rifle entre las manos.

Bruno vio desaparecer al soldado campo a través, se sentó en
un banco y bajó la cabeza. Pasaron los minutos y, a medida que
la intensidad del bombardeo disminuía, lamentó haber enviado
al mensajero. «He exagerado», pensó. Sin embargo, una hora

después, cuando sus hombres y él estaban a punto de regresar junto a las mulas de carga a las que habían abandonado, la infantería aliada inició otro bombardeo mucho más furibundo.

Proyectiles de gran calibre explotaron en las inmediaciones de la iglesia. Algunos de los soldados fueron a gatas hasta la zona trasera del templo, y otros se refugiaron bajo los bancos. El suelo temblaba. Las explosiones reverberaban en el cuerpo de Bruno, le agitaban la sangre. Sin lugar en el que refugiarse, se agazapó junto a la base de un muro de piedra al tiempo que las explosiones se acercaban más y más, como si los cañones aliados estuvieran rectificando el ángulo a fin de acotar mejor el blanco.

Una onda expansiva lo lanzó al suelo. Alzó la cabeza y oyó un pitido en los oídos causado por la detonación. Entonces vio que parte del techo se había desplomado. Un soldado gritaba mientras forcejeaba para liberar las piernas, atrapadas bajo una viga de madera caída. «*Nein!*»

Bruno, decidido a ayudar al soldado, reptó por encima de un amasijo de cascotes. Mientras avanzaba se le clavaban astillas y clavos en las manos y las rodillas. Llegó junto a su camarada y empujó con todas sus fuerzas la viga tratando de levantarla. Le dolían todos los músculos. El soldado aulló. En el momento en que Bruno daba el tirón final, un proyectil de artillería impactó en la aguja de la iglesia y varias toneladas de piedra cayeron sobre los dos.

Capítulo 39

Anna estaba sentada al borde de la cama de Max. Sumergió un paño en el agua tibia de una palangana de loza, lo retorció para escurrir el exceso de líquido y, con suavidad, se lo pasó por la frente. En la respiración superficial de Max sonaban silbidos y ronquidos. «Hoy está peor», pensó, con el corazón en un puño.

—Gracias —dijo Max con voz ronca.

—De nada.

Anna volvió a sumergir el paño en el agua y fue lavándole el cuerpo cada vez más atrofiado tras dos semanas enteras postrado en la cama.

Anna no se había reincorporado al trabajo. Tras el permiso de dos semanas, regresó a Oldemburgo solo para informar a Fleck y al doctor Stalling de que abandonaba su puesto en la escuela de perros guía para poder cuidar de Max. Habría preferido notificar su renuncia por telegrama, o hacer que fuera Norbie el que se reuniera con ellos y les explicara su decisión. Pero Max insistió en que Nia y él estarían bien en su ausencia, y que en todo caso él podía ponerse en contacto con una mujer llamada Magdalena, que había sido amiga de su madre, para que lo ayudara si necesitaba algo. Solo se ausentó unos días, pero a su vuelta a Leipzig constató que la respiración de Max se había deteriorado, y se arrepintió de haberlo dejado solo.

A pesar de la fatiga de Max, los primeros días de su reencuentro fueron de felicidad. Preparaban juntos las comidas, daban cortos paseos con Nia y charlaban sin parar sobre cualquier cosa menos la guerra. Ella le leía libros en voz alta mientras él se acurrucaba junto a su perra, y él tocaba el piano para ella. Y por las noches, se retiraban pronto a la cama, donde se tumbaban abrazados. Pero con el paso de los días a él cada vez le costaba más respirar, y los labios y las uñas empezaron a teñírsele sutilmente de un tono azulado. En poco tiempo, su debilidad le impidió seguir subiendo la escalera del edificio. Confinado en su departamento, cuando no descansaba tocaba el piano. Y desde hacía unas semanas se sentía ya tan frágil que no podía levantarse de la cama, y la música cesó.

Anna secó a Max con una toalla y lo vistió con una pijama limpia. Recogió la palangana y la llevó a la cocina.

Cuando estaba vertiendo el agua en el fregadero, la puerta del departamento de Max se abrió y entraron Norbie y Nia.

La perra se acercó corriendo a Anna, que le dio una palmadita en la cabeza, y acto seguido se dirigió al dormitorio de Max.

—¿Cómo está? —le preguntó su padre quitándose la chamarra y colgándola en un perchero.

Anna se acercó más a él.

—No muy bien.

Norbie la abrazó.

—Me alegro tanto de que estés aquí... —dijo ella.

—Yo también.

Norbie había viajado tres veces a Leipzig en los últimos dos meses, y a su llegada, hacía unos días, se había encontrado a Max postrado en la cama. Fue entonces cuando le comunicó a su hija que pensaba quedarse con ella para ayudarla. En realidad, no podían permitirse que Anna dejara su trabajo y que él cerrara el taller, pero eso a Norbie no le importaba, y a ella tampoco. Lo que les importaba era que Max estuviera bien atendido, que no tuviera que desplazarse hasta un hospital estatal que, sin duda, estaría corto de personal.

—¿Crees que a Max le molestará que pase a verlo? —le preguntó Norbie.

—Creo que agradecerá tu compañía.

Norbie entró en el dormitorio de Max, seguido de Anna.

—Hola, Max —lo saludó.

Max abrió los ojos y lo miró sin verlo.

—Norbie —susurró—. Siéntese, por favor.

Él acercó una silla a la cama y se acomodó.

—¿Cómo te encuentras?

Max ladeó la cabeza en dirección a la procedencia de su voz.

—Mejor. Estaba pensando en sacar a Nia a dar un paseo por la montaña.

—Así me gusta —dijo Norbie.

Anna tuvo que hacer esfuerzos para no echarse a llorar, y acarició a Nia.

—¿Cómo ha ido por el parque? —le preguntó Max entre resuellos.

—Bien. Nia ha perseguido a una ardilla árbol arriba.

Max esbozó una sonrisa fugaz.

—Gracias por estar aquí, Norbie.

—De nada, muchacho. —Norbie sacó un pañuelo del bolsillo y se enjugó las lágrimas.

—Sé que para usted es un sacrificio dejar la tienda —manifestó Max.

—En absoluto. —Norbie le puso una mano en el hombro—. Los relojes dejan de funcionar cuando me voy, pero lo único que tengo que hacer a mi regreso es darles cuerda.

A Anna le dolía el pecho.

—¿Te gustaría comer algo? —le preguntó Norbie.

—No —respondió Max—. Pero si no es mucha molestia, me vendría muy bien tomarme un café. El que usted prepara sabe mejor que el mío.

Norbie sonrió y reprimió el llanto.

—Por supuesto.

Se levantó y se fue a la cocina.

Cuando Anna estaba a punto de ir tras su padre, Max dio una palmadita en su lado de la cama.

—Quédate —susurró.

Ella se acercó a él y le obedeció.

—Debería haberme trasladado a Oldemburgo, como tú querías —admitió. Tomó varias bocanadas de aire—. Ha sido testarudo por mi parte querer quedarme aquí. Soy una carga para ti y para Norbie.

—No es verdad —dijo ella.

Max alargó la mano, y Anna se la apretó con fuerza.

—No quiero que estés triste.

—No puedo evitarlo —admitió ella con voz temblorosa.

—A mí no me da miedo lo que me aguarda. —Aspiró aire con dificultad.

Los ojos de Anna estaban anegados en lágrimas.

—Cuando no esté...

—Max...

Él le acarició la mano.

—Quiero que vivas tu vida. Quiero que persigas tus sueños, que te enamores, que formes una familia.

—No puedo.

—Debes hacerlo. —Aspiró apenas una bocanada de aire—. Y lo harás.

Ella le levantó la mano y se la llevó a los labios.

—Me habría encantado que las cosas fueran distintas para nosotros —prosiguió él.

Las lágrimas resbalaban por las mejillas de Anna.

—A mí también.

Max le cubrió la mejilla con la palma de la mano. Estaba empapada de llanto.

—Estás preciosa.

—Estoy hecha un desastre.

—*Nein*. —Le pasó el pulgar por la piel—. Para mí, eres perfecta.

Abrumada por la pena, se tendió junto a él en la cama y lloró. Lo abrazó, sintiendo cómo se le contraía el diafragma. Max le besó la frente y apoyó la cabeza en la almohada. Anna, desesperada, con el corazón roto, escuchaba los resuellos de su dificultosa respiración, rezando por que se obrara un milagro.

Capítulo 40

LEIPZIG, ALEMANIA
29 DE SEPTIEMBRE DE 1917

Anna despertó y, con suavidad, se dio la vuelta. A través de un resquicio en las cortinas se colaba el sol de la mañana. Permaneció inmóvil, contemplando el pecho de Max, que subía y bajaba. Entonces, sin hacer ruido, se levantó de la cama y se puso la bata.

—Nia —susurró.

La perra, que estaba tumbada sobre una manta dispuesta en el lado de Max, se puso de pie y se fue hacia ella.

Nia y Anna salieron del dormitorio, y ella cerró la puerta despacio. De puntillas entró en la cocina, haciendo todo lo posible por no despertar a Norbie, que dormía en el sofá. Pero Nia se acercó a él y le lamió la cara.

—Buenos días, Nia —murmuró él acariciándole la cabeza.

—Lo siento —dijo Anna—. Debería haberme asegurado de que se mantuviera a mi lado.

—No pasa nada. —Norbie se frotó los ojos y consultó la hora en el reloj de pulsera—. Son las siete. Tengo que levantarme. Pero antes voy a rascarle un poco la barriguita a esta de aquí.

Nia, como si entendiera sus palabras, se echó bocarriba con las patas al aire.

Anna sonrió. Le alegraba contar con la ayuda de su padre y, aún más, valoraba inmensamente que aceptara su relación con Max. Le parecía que no todos los padres habrían visto con buenos ojos que su hija soltera durmiera con un hombre, y mucho menos que iniciara una relación con una persona enferma. Pero Norbie no había expresado la menor reticencia, y ni siquiera sorpresa, ante lo atípico de su vínculo. Desde que había llegado no había mostrado más que comprensión y apoyo a Anna y a

388

Max. Por todo ello sabía que se sentiría eternamente agradecida con él.

Norbie preparó café mientras Anna llenaba un cuenco de sopas de pan negro, que mezcló con un poco de agua tibia. Lo machacó bien para que adquiriera consistencia de papilla. Dispuso una taza de café y la comida en una bandeja y la llevó al dormitorio de Max.

—Buenos días —dijo Anna, dejando la bandeja en una mesilla de noche.

Nia entró en la habitación, y se oyó el repicar de sus uñas en el suelo de madera.

Anna se acercó a la ventana y descorrió las cortinas, permitiendo que la luz inundara el cuarto.

—Hace una mañana preciosa. ¿Quieres que abra la ventana?

Oyó que Nia lloriqueaba, y se giró.

La perra, de pie junto a la cama, empujaba la mano de Max con el hocico, pero él no hacía el intento de acariciarla.

«Dios mío».

—Max...

Nia volvió a lloriquear y le dio golpecitos al brazo inerte.

Anna, que notaba sus piernas como dos ramas a punto de quebrarse, se acercó a la cama. Le acarició la mejilla.

—¡Max! —exclamó.

En ese momento Norbie entró en la habitación y se acercó a su hija. Se le llenaron los ojos de lágrimas.

Con manos temblorosas, Anna sujetó la muñeca de Max para encontrarle el pulso. Pero no había pulso. Abatida, deshecha, bajó la cabeza, la apoyó en el pecho de Max y rompió en sollozos.

Capítulo 41

Anna, con una cesta de mimbre en la mano, entró en el jardín en el que se encontraban Nia y Norbie junto a una hilera corta de plantas marchitas. Observó a su padre, que, apoyando el tacón de la bota en una horca para clavarla en la tierra, levantaba un montículo. Le vino a la mente el recuerdo de Max apartando la tierra helada para sacar de ella unos poros. Sintió un dolor en el pecho. «Cuánto lo echo de menos».

Norbie se arrodilló, desmenuzó la tierra compacta con las dos manos y separó varias papas de escaso tamaño.

—Este invierno vamos a tener algo más que nabos.

Anna asintió. Lo ayudó a cosechar más papas, sin dejar de pensar en el tiempo que había pasado con Max, preguntándose si el dolor que sentía en el corazón la abandonaría algún día.

Cumpliendo con lo estipulado por Max, lo habían enterrado en un cementerio judío de Leipzig, donde se encontraba el monumento funerario de sus padres. Un rabino celebró un servicio breve pero muy profundo al que asistió un grupo reducido de personas, formado sobre todo por compañeros de trabajo de sus padres, dado que todos los amigos de Max seguían en el frente. Tras la ceremonia, una mujer atractiva, de pelo canoso, se acercó a Anna con un sobre en la mano y se presentó. Se trataba de Magdalena, que había sido amiga de la madre de Max.

—Yo lo ayudé a actualizar sus últimas voluntades y su testamento —le explicó la señora—. No poseía gran cosa, pero quería que todo fuera para ti.

Anna, con los ojos anegados en lágrimas, aceptó el sobre. Pero en vez de volver al departamento de Max a iniciar la dolorosa tarea de revisar sus cosas, volvió a Oldemburgo con Norbie y Nia.

Se pasó una semana con Norbie en casa, llorando a Max, casi como si respetara la *shiva*, el periodo de luto de siete días de los judíos. Pero el tiempo y el consuelo de su familia hicieron poco o nada por aliviarle la pena. Regresó sola a Leipzig a la semana siguiente para encargarse de las posesiones de Max, y constató con horror que habían allanado y saqueado su departamento. Habían desaparecido casi todos los objetos de la cocina y el salón, menos el piano de cola, y la ropa estaba tirada por el suelo. Aun así, para Anna, la mayor pérdida fue la del manuscrito de la *Suite de la luz*, que no encontró por ningún lado. «Debería haberme quedado aquí a ocuparme de sus cosas». Anna, con el corazón roto y sintiéndose culpable, limpió el departamento, donó su piano al Conservatorio Real de Música de Leipzig, donde él había estudiado, y volvió a casa.

Anna y Norbie no eran los únicos que se sentían tristes. Desde que había regresado a casa, Nia había demostrado nulo interés en jugar, salir de paseo o ser cepillada. Había perdido el apetito y empezaban a marcársele las costillas a través del pelaje. Además, muchas veces se ausentaba para estar sola, y Anna la encontraba casi siempre en el suelo del dormitorio en el que Max se había alojado durante los meses de entrenamiento. Incluso las visitas de Emmi, que pasaba muchas tardes con Anna para acompañarla en su dolor, servían de poco para animar a la perra. A Anna le preocupaba el estado de Nia, y le habría gustado poder hacer algo para aliviar su dolor.

Norbie dejó la horca y se secó el sudor de la cara.

—¿Te gustaría beber algo?

—No, gracias —respondió ella dejando las papas en la cesta.

Norbie asintió y entró en casa.

Anna observó a Nia, que estaba tendida en un rincón del jardín con la barbilla apoyada en las patas delanteras. Se levantó, fue hacia ella —que no hizo el menor intento de moverse ni agitar la cola— y se sentó a su lado. Se sacudió la tierra de las manos y la acarició.

—Lo echas de menos, ¿verdad?

La perra arqueó las cejas.

—Yo también lo echo de menos. —Anna soltó el aire despacio—. Hay días en los que me parece que no voy a poder levantarme de la cama.

La perra parpadeó, mirando al frente.

—Y creo que a ti te ocurre lo mismo. —Le acarició las orejas despacio—. Es normal estar triste. Estoy aquí contigo, y pasaremos por esto las dos juntas.

Nia alzó la cabeza y le lamió la mano.

A Anna se le llenaron los ojos de lágrimas. Se inclinó sobre la perra y la abrazó.

—Anna —dijo Norbie saliendo al jardín—. Tienes visita.

Anna soltó a Nia y se secó las mejillas.

—*Hallo*, Fräulein Zeller —oyó que decía una voz grave.

Se estremeció. Se puso de pie y se sacudió un poco la ropa.

—Herr Fleck.

El supervisor se quitó la gorra.

—Puedo volver más tarde si no es un buen momento.

—No, no hay problema —respondió Anna intentando recobrar la compostura.

Norbie miró a Anna.

—Estaré dentro, por si necesitas algo —le informó, antes de darse la vuelta y entrar en casa.

Fleck se acercó a Anna.

—Siento lo de Max.

A ella se le encogió el corazón.

—Gracias.

—¿Cómo se encuentra? —le preguntó él.

—Si le soy sincera, estoy destrozada.

Fleck asintió.

—Max era un buen hombre, y fue muy amable de su parte ir a cuidar de él.

«¿Sabe que para Max fui algo más que una enfermera?»

Fleck se arrodilló y le dio una palmadita en la cabeza a Nia.

—¿Y ella? ¿Cómo está?

—Nia está triste, señor. Muestra poco interés por jugar o pasear, aunque cuando recibe una orden, la obedece.

—Es comprensible. Los perros lloran las muertes igual que los seres humanos. —Sujetó a Nia por el collar—. ¿Ha probado a ponerle el arnés y a llevarla con él?

—No —respondió Anna.

—Hacer que vuelva a la rutina de trabajo será bueno para ella.

«¡Oh, no! ¡Ha venido a llevarse a Nia!» El miedo se apoderó de ella. Consumida por su propia pena, no se había planteado siquiera que Fleck pudiera querer que Nia regresara a la escuela. «Ha sido insensato por mi parte no pensar que querría que se la devolviera, cuando hay tantos veteranos que necesitan un perro guía».

—¿Dónde está el arnés? —preguntó Fleck.

A Anna se le revolvieron las tripas.

—En casa.

—Quizá podría ir a buscarlo.

—Por favor, no se la lleve, señor —pidió Anna con las piernas temblorosas, haciendo esfuerzos por no desplomarse—. Déjela un poco más de tiempo conmigo. Una vez que se sienta mejor, le prometo que se la devolveré.

Fleck miró a Anna.

—No iba a llevármela.

Anna enarcó las cejas.

—He pensado que, al llevar el arnés, recordaría su sentido del deber, lo que quizá le serviría para aliviar un poco la pena.

—Me siento algo confundida, señor —dijo Anna—. ¿Por qué está aquí?

Fleck se incorporó y la miró a los ojos.

—Para ofrecerle un puesto en la escuela, una vez más.

—Vaya —dijo Anna.

—Su misión sería distinta a la de antes —prosiguió Fleck.

«No va a dejarme adiestrar, pero al menos trabajaré con Emmi cuidando de las perras».

—No hay problema, señor.

—Quiero que vuelva a ser instructora —le informó Fleck.

Anna abrió mucho la boca.

—Pero esta vez su misión consistiría en enseñar a los nuevos instructores —continuó él—. Stalling está organizando la apertura de varias sucursales de la escuela para adiestrar a perros guía en Hamburgo, Dresde y Münster, entre otras localidades. Vamos a adiestrar a centenares de perros todos los años, lo cual significa que vamos a necesitar a muchos más adiestradores.

Anna pensaba a toda velocidad, tratando de entender todo lo que él le decía.

—Creo que Nia y usted serían una buena pareja para entrenar a los instructores recién contratados —explicó Fleck—. Eso significa que a Nia no la asignaríamos a ningún veterano, por lo que a usted se le exigiría que cuidara de ella de manera permanente.

Anna entrelazó las manos.

—Sería un honor, señor.

—*Gut*. Lo dispondré todo para que regrese al trabajo el lunes, si no es demasiado pronto.

—El lunes es perfecto. Gracias, señor.

Fleck se puso la gorra y se detuvo.

—Además, debe saber que, desde esta mañana, Waldemar ya no trabaja en la escuela. Lo he trasladado a otro puesto en el que no va a interactuar ni con los veteranos ni con los perros. Es algo que debería haber hecho hace mucho tiempo.

—Gracias por informarme, señor.

—Ya me voy. No se preocupe, conozco la salida, Fräulein Zeller. Que pase un buen día.

Fleck se llevó los dedos a la visera de la gorra y se fue.

Anonadada, Anna respiró hondo varias veces, tratando de asimilar lo que acababa de ocurrir. Se arrodilló junto a Nia y le puso la mano en la cabeza.

—¿Has oído eso, bonita? Ahora tú y yo somos un equipo. Y vivirás conmigo para siempre.

Nia alzó la vista, miró a Anna a los ojos y meneó la cola.

QUINTA PARTE

GIGA

Capítulo 42

Anna y Nia pusieron fin a su jornada laboral, que en su mayor parte habían pasado enseñando a un antiguo adiestrador de perros sanitarios a trabajar entre el tráfico de la ciudad con un perro guía. Emprendieron el camino a casa. Anna sujetó con fuerza el arnés de la perra y la contempló. Tras un día de bastante trabajo, empezaba a cojear un poco de la pata derecha.

—Hoy lo has hecho muy bien —le dijo Anna.

Nia jadeó y siguió andando.

—Cuando lleguemos a casa te voy a dar unos regalitos. Y creo que convenceremos a Norbie para que te rasque un poco la barriga.

La perra meneó la cola.

Anna estaba muy orgullosa de Nia. Durante el último año y medio, la había ayudado a formar a más de diez aspirantes a instructores de perros guía, muchos de ellos antiguos especialistas militares en el manejo de canes. La escuela fundada por el doctor Stalling había crecido y poseía sucursales por toda Alemania, y ya había casi seiscientos pastores alemanes acompañando a veteranos de guerra que habían perdido la vista en el campo de batalla.

«Dios mío, cuánto me gustaría que Max pudiera ver lo que ha conseguido Nia», pensó Anna.

Aunque ya había dejado atrás gran parte de su tristeza, cuando perdió a Max fue como si le hubieran quitado un pedazo de corazón. Al ir y volver del trabajo se encontraba con lugares que despertaban recuerdos de muchas conversaciones íntimas mantenidas con él. El piano de su madre era un recordatorio constante de los momentos únicos que habían compartido. Llevaba grabado en el cerebro el timbre de su voz, el cosquilleo que recorría toda su piel cuando él la rozaba, la profunda sensación de alegría cuando estaba entre sus brazos. Y cuando cerraba los ojos y permitía que su corazón y su mente regresaran al pasado, la melodía de su piano resonaba en su interior. Le habría gustado pasar más tiempo con él, aunque muchas veces pensaba que ni toda una vida juntos habría sido suficiente. Pero a la vez se sentía muy agradecida por que hubiera formado parte de su vida, y esperaba que con su trabajo en la escuela de perros guía estuviera honrando su memoria.

La guerra había terminado con la rendición formal de Alemania el 11 de noviembre de 1918, pocos días después de que el káiser Guillermo II abdicara y se exiliara en los Países Bajos. Se calculaba que unos tres millones de alemanes habían muerto y otros tantos habían resultado heridos y mutilados. Y el Tratado de Versalles, que acababa de firmarse entre Alemania y las naciones aliadas, culpaba a Alemania por la guerra y le exigía el pago de reparaciones. El país se encontraba en una situación de gran inestabilidad económica y política. A Anna le parecía que podían pasar generaciones hasta que el pueblo se recuperase de la guerra. Pero ella estaba decidida a aportar su grano de arena a la sanación de su patria mejorando la vida de los soldados ciegos.

Anna y Nia entraron en el taller de Norbie, y sus oídos se inundaron al momento del coro de tictacs. Ella le soltó el arnés a Nia, y la perra salió corriendo hacia Norbie, que estaba sentado al banco de trabajo.

—¡Nia! —Norbie soltó la herramienta que sostenía y acarició a la perra—. ¿Cómo ha ido el día? —preguntó, mirando a Anna.

—*Gut* —respondió ella—. ¿Qué tal tú?

—He vendido un reloj de sobremesa —contó Norbie—. Y creo que por fin he conseguido reparar ese reloj de péndulo que nunca da la hora cuando debe.

Anna sonrió. «Le encanta quejarse de ese reloj. Creo que tendrá una gran decepción el día que toque bien las horas».

—Y, además —prosiguió Norbie, levantando un sobre del banco—, has recibido una carta de alguien de Viena.

—¿Viena? —Tomó la carta y observó el sello—. Yo no conozco a nadie en Viena.

Norbie le alargó a Anna un pequeño destornillador, que ella usó como abrecartas para rasgar el sobre. Extrajo de él la carta y empezó a leerla allí mismo.

Querida Fräulein Zeller:

Me llamo Felix Weingartner. Soy el director de la Filarmónica de Viena y le escribo en respuesta a la carta y el manuscrito que recibí de Maximilian Benesch.

«¡No me lo puedo creer!»

—¿Qué ocurre? —quiso saber Norbie.

—¡Es una carta de un director de orquesta y tiene que ver con la composición de Max! ¡Yo creía que se la habían robado!

Norbie abrió mucho los ojos.

—¡Caramba!

Ella se acercó más a él para que también pudiera leer la carta.

Le hago extensible mi más sentido pésame por su muerte y me disculpo por la tardanza en la respuesta. El paquete que envió quedó apartado mientras la Filarmónica de Viena interrumpía brevemente sus actividades a causa de la guerra. Hace poco he tenido la oportunidad de revisar la composición. He quedado muy impresionado con la Suite de la luz *de Herr Benesch y me gustaría encargar la interpretación de la pieza.*

A Anna le temblaban las manos. Inspiró hondo, haciendo esfuerzos por aplacar las emociones que crecían en su interior.

Según Herr Benesch, usted es la heredera de sus bienes, que incluirían los derechos de su composición. Suponiendo que la suite siga disponible, desearía incluirla en la programación de la próxima temporada en el Musikverein de Viena.

«La Sala Dorada». Los ojos se le llenaron de lágrimas.

La carta de Herr Benesch estipulaba que usted y sus invitados asistieran al estreno de su composición. Espero que al recibo de esta carta se encuentre bien, y quedo a la espera de su respuesta.
Atentamente,

Felix Weingartner

Anna, con el corazón henchido de alegría, dejó la carta en el banco. Se volteó hacia Norbie con los ojos anegados en lágrimas y lo abrazó.

—¡Lo ha conseguido! —exclamó.

Capítulo 43

Anna, con un vestido de noche negro y el medallón de plata de su madre con forma de corazón al cuello, entró en la Sala Dorada del Musikverein. La acompañaba Norbie, vestido con traje oscuro, y Nia, recién aseada y acicalada. Tras ellos iban la mejor amiga de Anna, Emmi, y su marido Ewald.

Anna se detuvo a contemplar la imponente sala de conciertos. Tenía unos cincuenta metros de largo y unos veinte de ancho, con techos altísimos de los que colgaban numerosas lámparas de araña. En la platea se sucedían filas de asientos que empezaban a llenarse de público. Un gran palco profusamente ornamentado recorría todo el interior de la estructura, cubierta casi por completo de pintura y molduras doradas. Dado el tamaño de la sala y el aforo, Anna calculaba que se habían congregado más de mil quinientas personas para asistir al concierto.

—Es magnífico —comentó Norbie en voz baja.

—Sí —coincidió Anna, que sentía el aleteo de mil mariposas en el estómago.

Emmi le apoyó la mano en el hombro.

—Nunca en mi vida había visto tanto oro.

Anna sonrió, honrada de encontrarse en compañía de personas (y una perra) a las que amaba.

Fleck, generoso, les había concedido a las dos un permiso para asistir al estreno de la composición de Max. Habían emprendido el largo viaje en tren desde Oldemburgo hasta Viena, donde Felix Weingartner, el director de la Filarmónica de Viena, les facilitó alojamiento para una noche en una casa de huéspedes.

Un acomodador recibió a Anna y los llevó a todos hasta una escalera alfombrada. Subieron a un palco privado que daba al escenario, y el empleado les señaló la primera fila de asientos, donde había una carta con el nombre de Anna.

Ella le dio las gracias, recogió el sobre y se sentó entre Norbie y Emmi. Acarició a la perra y le ordenó que se tumbara.

Nia obedeció y se tendió a sus pies.

Se fijó en el escenario y en el piano de cola. Se le aceleró el pulso.

—Todo saldrá bien —la tranquilizó Norbie, como si captara su nerviosismo.

Ella asintió.

—Felix Weingartner ha sido muy buen anfitrión —comentó Emmi.

—Sí —convino ella jugueteando con el sobre.

Norbie consultó la hora.

—Si quieres, todavía dispones de unos minutos para leer la carta del director antes de que empiece el concierto.

Anna abrió el sobre y extrajo de él una hoja de papel.

Mi amada Anna:

Supongo que te invade un torbellino de emociones al leer la carta que he incluido junto a mi petición a Felix Weingartner para que dé a conocer mi composición, y no imagino cómo te sentirás cuando vuelvas a escuchar la música que creamos juntos en el piano de tu madre.

Anna se cubrió la boca con la mano y se le llenaron los ojos de lágrimas.

—¿Qué sucede? —le preguntó Emmi.

Anna inspiró hondo y respondió con voz temblorosa.

—Es suya.

—¿De quién? —quiso saber Norbie.

—De Max.

Norbie y Emmi abrieron mucho los ojos. Ewald le agarró la mano a su mujer y se acercó más a ella.

Anna se enjugó las lágrimas y siguió leyendo.

Siento haber muerto cuando nuestra vida en común acababa de empezar, y espero que me perdones por irme tan pronto. Por favor, quiero que sepas que hice todo lo posible por seguir a tu lado. Lamento que no podamos envejecer juntos, pero no tenía que ser. También quiero decirte que los días que he pasado contigo han sido los mejores de mi vida. Tú me devolviste la pasión por la vida y por la música, y me regalaste a Nia, que se convirtió en mi compañera y mi guía. Has dejado una huella imborrable en mi corazón que me acompañará al otro mundo.

«Oh, Max». Las lágrimas resbalaban por las mejillas de Anna. Aceptó el pañuelo que le ofrecía Norbie y se secó los ojos.

Quiero que sigas adelante, amor mío. Tienes una maravillosa vida por vivir, una vida en la que formarás tu propia familia y tendrás un montón de pastores alemanes. Estoy muy orgulloso de ti, Anna. Estás devolviendo la esperanza a otras personas gracias a los perros guía. Vive tu vida sabiendo que yo siempre te amaré, más de lo que te puedas imaginar.
Con todo mi corazón,

Max

Anna se cubrió la cara con las dos manos y lloró. Notó que Norbie y Emmi la rodeaban con sus brazos. Respiró hondo varias veces tratando de calmarse y de aliviar el dolor que sentía en el pecho.

El público aplaudió cuando un hombre con frac negro y moño salió al escenario y se sentó al piano.

—¿Estás bien? —le preguntó su padre.

Anna levantó la cabeza, se enjugó las lágrimas y lo miró a los ojos.

—Ahora sí.

Norbie esbozó una sonrisa.

Los aplausos cesaron y dejaron paso al silencio. Norbie y Emmi agarraron a Anna de las manos.

El pianista empezó a tocar el primer movimiento de la suite, «Preludio a la luz en do sostenido menor», que se iniciaba con unos acordes sombríos, repetitivos, como el rítmico romper de las olas en la costa. Y cuando una melodía delicada se unió al avance de aquellos acordes, un escalofrío recorrió la piel de Anna, y recordó los momentos que había pasado sentada junto a Max al piano.

Nia irguió las orejas y agitó la cola.

Unas lágrimas de alegría asomaron a los ojos de Anna. Y en el fondo de su alma supo que el amor que Max y ella se habían tenido viviría por siempre a través de su música.

NOTA DEL AUTOR

Mientras me documentaba para la elaboración de este libro, me cautivaron los relatos históricos sobre la primera escuela de perros guía para ciegos establecida en Oldemburgo, Alemania, en 1916. Durante la Primera Guerra Mundial, miles de soldados, que en muchos casos habían perdido la vista a causa de la exposición a gases tóxicos, regresaban a sus casas desde el frente. Existen diversos textos en los que se expone que el doctor Gerhard Stalling, director de la Asociación de Perros Sanitarios de la Cruz Roja, tuvo la idea de que los perros podrían ser guías fiables para las personas invidentes. Un elemento común a muchos de esos relatos es el que asegura que el doctor Stalling y su pastor alemán paseaban por el exterior del hospital de veteranos de guerra con un soldado que había perdido la vista en el campo de batalla. A Stalling lo llamaron para atender una emergencia y dejó a su perro con el paciente para que le hiciera compañía. A su vuelta, Stalling constató que el animal parecía estar cuidando del invidente, lo que le llevó a idear la apertura de una escuela de perros guía para ciegos. Su escuela creció y abrió sucursales en ciudades de toda Alemania, llegando a adiestrar a más de seiscientos perros cada año. Además de brindar apoyo a los veteranos de guerra del país, aquellas escuelas proporcionaron perros para ciegos en el Reino Unido, Francia, España, Italia, Estados Unidos, Canadá y la Unión Soviética. La historia de Stalling y su escuela me sirvió de inspiración para escribir esta historia, en la que imaginé a una enfermera de la Cruz Roja alemana, llamada Anna, iniciando su andadura para convertirse en adiestradora de perros.

Antes de escribir esta novela sabía poco de la guerra química que se libró durante la Primera Guerra Mundial. Me impresionó profundamente descubrir las atrocidades cometidas con gases tóxicos que se perpetraron en el frente occidental. En el libro, Max, un soldado judío y aspirante a pianista, queda ciego cuando se rompe un cilindro de gas cloro la víspera del primer lanzamiento de ese gas por parte de Alemania. El 22 de abril de 1915, el ejército alemán violó el tratado del Convenio de La Haya que prohibía el uso de armas químicas al abrir las espitas de sus cinco mil setecientos cilindros y liberar ciento cincuenta toneladas de gas cloro tóxico sobre las tropas francesas desplegadas en Ypres. A la unidad alemana encargada del uso de gases tóxicos se le dio el nombre de «Unidad de Desinfección» para mantenerla en secreto. El ataque con gas causó miles de bajas y, poco después, los Aliados respondieron desarrollando su propio arsenal de armamento químico. He intentado representar el desarrollo de la carrera armamentística química entre Alemania y las fuerzas aliadas, incluido su uso de gases cloro, fosgeno y mostaza, así como los sistemas de lanzamiento que, según se estima, acabaron causando un millón doscientas mil bajas. Durante la guerra, empresas dedicadas a la fabricación de tinta y tintes produjeron gas cloro, producto derivado de sus operaciones manufactureras. En mi relato, he creado una empresa inventada perteneciente a la familia de Bruno, llamada Wahler Farbwerke.

Además de la guerra química, también me documenté sobre «el invierno de los nabos», entre 1916 y 1917. Antes de mi investigación previa, sabía poco acerca del bloqueo naval británico, que duró entre 1914 y 1919 y que dejó a Alemania al borde de la hambruna. A causa de ese bloqueo, así como de una mala cosecha de papas en otoño, durante el invierno de 1916 a 1917 la población alemana subsistió a base de nabos y colinabos suecos, que solían usarse para alimentar a animales de granja. La desnutrición y las enfermedades proliferaron a lo largo de toda la guerra, y la escasez de alimentos contribuyó al fallecimiento de aproximadamente setecientos cincuenta mil civiles alemanes, entre ellos unos ochenta mil niños que murieron de hambre en 1916.

En franco contraste, la parte de la investigación que más disfruté fue la que tenía que ver con los perros guía. Siempre he sido un gran amante de los perros, y ha sido un honor y un placer aprender más sobre su adiestramiento. Pasé muchas horas leyendo libros de entrenamientos y documentos históricos, y también viendo videos de perros lazarillo. La primera escuela de Oldemburgo adiestraba a pastores alemanes, y Paul Feyen, un veterano de guerra ciego, fue el primero en graduarse en ella. Para mi libro, imaginé a Nia, a la que Anna salvaría de ser sacrificada, como una perra cariñosa y responsable que llegaría a ser una guía y compañera para Max.

Mientras me documentaba, descubrí numerosos acontecimientos históricos intrigantes, que me he esforzado por entretejer en el curso del relato. Por ejemplo, durante la segunda batalla de Ypres, Max pierde la vista a causa del gas cloro. En abril de 1916, en la batalla de Hulluch, el ejército alemán lanzó un ataque con gas que el viento devolvió sobre las líneas alemanas y causó numerosas bajas. En la novela, Bruno no consigue convencer a su superior de que aborte el ataque de Hulluch por las condiciones desfavorables del viento. La ciudad francesa de Lille estuvo dominada por los alemanes casi toda la guerra, y he querido reflejar las duras condiciones de vida de los civiles franceses bajo la ocupación germana, incluida la redada masiva de más de veinte mil mujeres y jóvenes, que fueron realojadas en zonas rurales de la Francia ocupada y obligadas a trabajar en el campo. He procurado ser fiel a los hechos relativos a la escuela de perros guía de Oldemburgo. Asimismo, he intentado describir de manera fidedigna las distintas clases de agentes químicos y armas, así como las condiciones brutales de la vida en las trincheras del frente occidental. Toda imprecisión histórica que pueda figurar en el libro es atribuible única y exclusivamente a mí mismo.

Dado que en la novela aparecen numerosas figuras históricas, considero importante destacar que *La luz de la esperanza* es una obra de ficción, y que me he tomado ciertas libertades creativas a la hora de escribirla. El doctor Gerhard Stalling, Fritz Haber, el coronel Petersen, el general Von Stetten y Otto Hahn aparecen en el relato. He tratado de revelar detalles menos conocidos sobre Fritz Haber, director del Departamento de Química del Ministerio de la Guerra. Se le suele recordar como un químico brillante que recibió el Premio Nobel de su especialidad en 1918 por haber inventado el proceso de Haber-Bosch, un método para la síntesis del amoniaco. Aunque su descubrimiento fue de gran importancia para la síntesis a gran escala de fertilizantes y explosivos, también se le considera el padre de la guerra química, por su empeño en convertir gases tóxicos en armas. Asimismo, su esposa, Clara, se suicidó en mayo de 1915 disparándose una bala en el corazón con el arma reglamentaria de Haber. Su suicidio ha sido objeto de continua especulación. Se ha sugerido que se oponía al papel de su esposo en la guerra química y que se quitó la vida tras conocer su implicación en el uso de gas cloro en la segunda batalla de Ypres, que causó un gran número de bajas.

Son muchos los libros, artículos, documentales y archivos históricos fundamentales durante mi trabajo de investigación. *A World Undone: The Story of the Great War, 1914 to 1918*, de G. J. Meyer, me ha resultado extraordinariamente útil para comprender los acontecimientos de la Primera Guerra Mundial, así como para obtener detalles sobre figuras y batallas clave. *Sin novedad en el frente*, de Erich Maria Remarque, es una novela magistralmente escrita que me ha permitido entender cómo era la vida de los soldados alemanes en el frente, y *The Complete Guide Dog for the Blind* de Robbie Robson me ha sido de gran ayuda para conocer las técnicas de adiestramiento que se usan con los perros guía. Un artículo de Monika Baár titulado «Prosthesis for the Body and for the Soul: The Origins of Guide Dog Provision for Blind Veterans in Interwar Germany» («Prótesis para el cuerpo y el alma: los orígenes de la provisión de perros guía a veteranos ciegos en la Alemania de entreguerras») me ha permitido hacerme con una panorámica general del enorme reto asumido por Alemania a la hora de rehabilitar de manera permanente a soldados discapacitados como consecuencia de la Primera Guerra Mundial. Además, la escuela de perros guía The Seeing Eye, de Morristown, Nueva Jersey, ha sido para mí una inagotable fuente de información, en especial su videoteca.

Ha sido un honor para mí escribir esta historia. Los perros guía extraordinariamente fieles que mejoran la calidad de vida de quienes los custodian serán una fuente constante de inspiración para mí, y no olvidaré nunca que ocho millones de personas regresaron a sus casas discapacitadas como consecuencia de la Primera Guerra Mundial, muchos de ellos con ceguera. Tendré siempre presente al doctor Gerhard Stalling y a sus instructores de la primera escuela de perros guía del mundo, que fue el origen del uso de lazarillos en todo el planeta.

La luz de la esperanza no habría sido posible sin el apoyo de mucha gente. Siento un agradecimiento eterno por las siguientes personas: mi brillante editor, John Scognamiglio; sus consejos y sus ánimos me han resultado inmensamente útiles para escribir esta historia.

Muchas gracias a mi agente, Mark Gottlieb, por su apoyo y orientación en mi viaje como autor. Me siento muy afortunado por tenerlo de agente.

Mi más profundo agradecimiento para mi publicista, Vida Engstrand. Siento inmensa gratitud por su creatividad y su empeño en promocionar mis relatos entre los lectores.

También le estoy muy agradecido a Kim Taylor Blakemore, mi «colega de rendición de cuentas». Nuestros breves informes semanales nos han ayudado a terminar a tiempo nuestros respectivos manuscritos.

Gracias a Carol Hamilton, criadora de cachorros para Guiding Eyes for the Blind, que me ha dedicado parte de su valioso tiempo para transmitirme conocimientos acerca de la cría de cachorros y la enseñanza de habilidades de socialización.

Mi agradecimiento más sincero a los integrantes del Akron Writers' Group: Betty Woodlee, Dave Rais, John Stein, Kat McMullen, Rachel Freggiaro, Carisa Taylor, Devin Fairchild, Ken Waters, Cheri Passell y Sharon Jurist. Y deseo dar las gracias especialmente a Betty Woodlee, que analizó un primer borrador del manuscrito.

Le estoy agradecido a mi madre, mujer de inquietudes artísticas y lectora voraz, que me infundió la pasión por la música y los libros.

Esta historia no habría sido posible sin el amor y el apoyo de mi esposa, Laurie, y de nuestros hijos, Catherine, Philip, Lizzy, Lauren y Rachel. Laurie, eres y siempre serás mi cielo.